Great Lives

위대한 생애 ⑤

인도의 성웅 간디 Ⅰ

민병산 / 옮김

일신서적출판사

유학시절의 간디

차 례

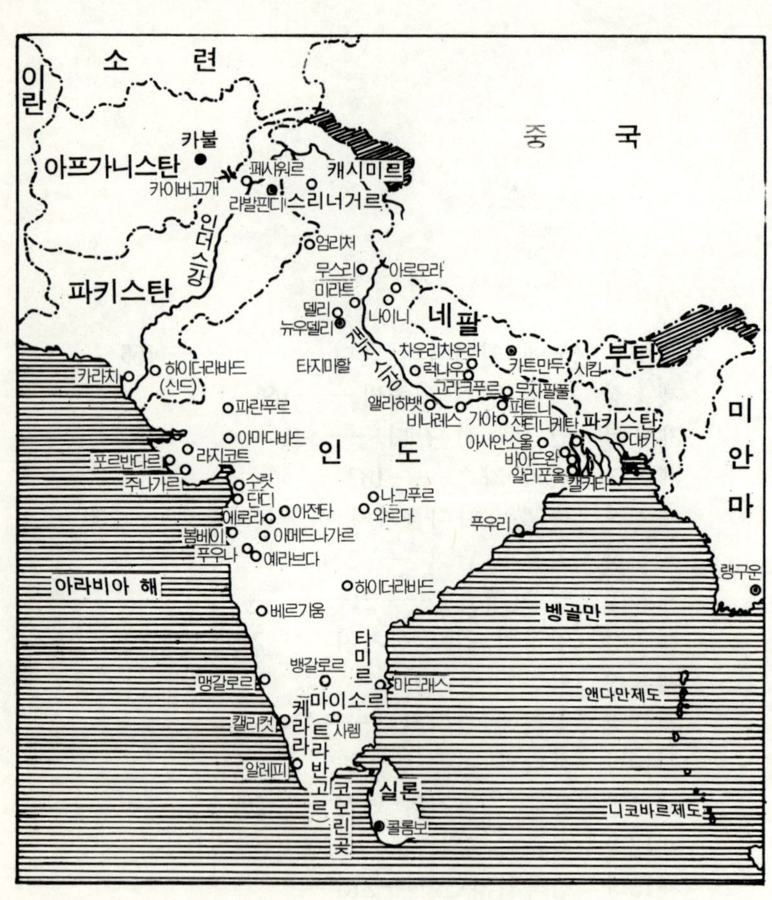
소 련
이란
중 국
아프가니스탄
카불
페샤워르
카이버고개
라발핀디
캐시미르
스리너거르
인더스강
파키스탄
엄리처
무스리
아르모라
미라트
델리
나이니
네팔
뉴우델리
차우리차우라
부탄
카트만두
시킴
미얀마
타지마할
럭나우
고라크푸르
무자팔풀
파트니
카라치
하이더라바드
(신드)
파란푸르
앨라하밧
비나레스 가야
산티니케탄
파키스탄
다카
아마다바드
인 도
아사안소울
바이드완
포르반다르
라지코트
알리포올
캘커타
주나가르
수랏
딘디
나그푸르
에로라
아젠타
와르다
봄베이
아메드나가르
푸우리
푸우나
예라브다
아라비아 해
하이더라바드
벵골만
베르기움
랭구운
타밀
뱅갈로르
맹갈로르
마드래스
앤다만제도
캘리컷
케라라
마이소르
사렘
반고르
알레피
코모린곶
실론
니코바르제도
콜롬보

제 1 부

끝과 시작

제**1**장
최후의 기도

　오후 4시 반. 아버는 간디에게 마지막이 된 저녁상을 차려왔다. 양유 (羊乳), 야채, 오렌지, 그리고 홍당무를 짠 즙에 생강, 레몬, 버터를 탄 음식이었다.

　간디는 뉴델리 시 비르러 씨 저택에 마련된 그의 방에서 식사를 들고 나서 독립한 신정부의 부수상 사르달 바츠라 브바이 파텔과 만나 담소했다. 파텔의 딸이며 비서인 마니벤도 동석했다. 파텔 부수상과 자와하르랄 네루 수상 사이에 무슨 불화가 있다는 소문이 떠돌고 있었던 때이므로 두 사람의 면담에는 중요한 의미가 있었다. 이 면담도 다른 여러 가지 문제와 마찬가지로 마하트마(간디)의 의견을 듣기 위해 마련된 것이다.

　아버는 간디와 파텔 부수상, 부녀만이 있는 방에 들어가는 것에 잠시 주저했으나, 간디가 항상 시간을 엄수함을 알고 있었으므로 역시 시간이 되었다는 것을 알려야겠다고 생각하여 니켈 덮개로 된 마하트마의 시계를 손에 들고 간디에게 시간이 됐다는 신호를 했다. 간디는 "좀더 얘기를 하고 싶지만, 이제 그만." 하고 자리에서 일어나, 바로 옆에 있는 화장실에 다녀와 그 저택 왼편 넓은 정원 안에 설치된 예배당으로 향했다. 마하트마 종형제의 손자인 카누 간디의 신부인 아버와 또 다른 종형제의 손녀딸인 마누가 옆에 따라갔다. 간디는 '나의 지팡이'라 부르던 두 사람의 어깨에 팔을 걸어 의지하며 천천히 예배장소로 걸어갔다.

　간디는 예배당으로 통하는 기다란 적사암(赤砂岩)의 주랑(柱廊)을 걸어가는 약 2분 동안에는, 언제나 편안해진 기분으로 농담을 하곤 했다. 그날은 아버가 아침상에 차린 홍당무 즙을 화제로 삼았다.

"너는 나에게 가축의 사료를 자주 먹이는구나." 하고 웃는 간디에게 아버는 "바아는 그 요리를 쇠죽이라고 했어요." 하고 대답했다. 바아는 작고한 간디의 아내이다.

"남들이 아무도 좋아하지 않는 음식이 입에 맞으니, 참 이상하지?" 간디가 웃으며 말했다.

"시계가, 바아푸(아버지의 뜻. 간디에 대한 경칭)께서 싫증이 나신 게 아닌가 생각할 거예요. 오늘은 전혀 쳐다보지도 않으시니까." 아버가 이렇게 말하니까,

간디는 "시계는 네가 맡고 있으니 내가 들여다볼 필요가 없지." 하고 대답했다.

"하지만 시계를 맡고 있는 사람도 안 쳐다보셨어요." 마누의 이 말에 간디는 또 온화하게 웃었다.

이때는 벌써 예배당 바로 곁 잔디 위를 걷고 있었다. 일상적인 저녁 예배에는 약 5백 명쯤 모여 있었다. "10분 늦었네. 5시에는 올 작정이었는데." 간디는 혼잣말로 중얼거렸다.

간디는 예배당으로 들어가는 다섯 개의 돌층계를 총총걸음으로 올라갔다. 드디어 간디가 기도를 드릴 때 앉는 나무 방석 앞에 이르렀다. 사람들이 모두 일어나, 간디가 지나갈 수 있도록 길을 열어주었다. 아버와 마누의 어깨에서 손을 뗀 간디는 힌두교의 전통인 합장으로 예를 했다.

그때, 한 젊은 남자가 사람들을 헤치고 통로로 나왔다. 그는 간디를 향해서 신도의 예인 무릎을 꿇어 절을 하는 것처럼 보였다. 제지하려고 남자의 팔을 잡았던 마누는 오히려 그에게 떠밀려 자빠졌다. 다음 순간 간디 앞 2피트까지 접근한 젊은 남자는 손에 쥔 소형 자동 권총을 발사했다. 1발, 2발, 3발.

제 1 탄을 맞았을 때, 간디는 움직임을 멈추었으나, 아직 그대로 서 있었다. 흰 옷을 비집고 선혈이 스며나왔다. 얼굴은 창백해지고 합장한

손이 천천히 밑으로 내려지며 한쪽 팔이 아버의 목을 스쳤다.

간디는 "헤에 라아마(오오 신이여)."라고 낮은 목소리로 말했다. 세 번째의 총알이 발사되었다. 간디의 몸은 천천히 무너지듯이 바닥으로 쓰러졌다. 안경이 떨어지고, 가죽 샌들이 벗겨졌다.

아버와 마누는 간디의 머리를 받쳐, 연약한 손으로 그의 몸을 끌어안아 방으로 모셔갔다. 눈을 반쯤 뜨고 아직은 숨을 쉬는 것 같았다. 아까 헤어진 사르달 파텔 부수상이 달려왔다. 파텔 부수상은 간디의 몸에서 맥박과 희미한 고동을 느꼈다. 누군가가 약상자를 후딱 뒤집어놓고 아드레날린을 찾았으나 보이지 않았다. 동작빠른 목격자가 D·P·바르가바 박사를 불러왔다. 그가 도착했을 때에는 첫 총성이 울린 지 10분이 경과하고 있었다. "이미 손을 쓸 도리가 없었다. 10분 이내에 숨이 끊어져 있었다." 바르가바 박사는 이렇게 보고하고 있다.

제1탄은 몸의 중심선 오른편 3.5인치, 배꼽 위 2.5인치 지점의 복부를 관통했다. 제2탄은 중심선 오른편 1인치의 제7 늑골 사이를 관통했다. 제3탄은 오른편 젖꼭지 자리 위 1인치 중앙에서 오른편으로 4인치 지점에 맞아 폐 속에 박혔다.

바르가바 박사는 "한 발은 심장을 관통하고, 또 한 발은 동맥을 파열시키고 있었다."고 설명하고, "이튿날 봤을 때, 복부가 부어오르고 있었으므로 장(腸)도 상처를 입은 것 같다."고 덧붙였다.

간디의 측근이었던 젊은 남녀들은 유체 옆에 앉아서 흐느껴 울었다. 자바라지 메프터 박사가 와서 최종적으로 사망을 확인했다. 얼마 후, 사람들 사이에 '자와하르랄'이라는 속삭임이 들렸다. 집무 중이던 네루는 방 안에 뛰어들자마자 간디 옆에 무릎을 꿇고 피 묻은 옷에 얼굴을 대고 통곡을 했다. 다음에 간디의 막내아들 데바다스와 문교장관 마우라나 아브라카람 아자드가 왔다. 뒤이어 수많은 인도의 명사들이 황급히 달려왔다. 데바다스는 공손히 아버지의 손을 잡았다. 몸은 아직 훈기가 있었고 머리는 아직도 아버의 무릎 위에 놓여 있었다. 얼굴은 미소를 짓고 있어서 편안하게 잠자는 듯했다. "우리는 밤새

눈을 붙이지 않고 유체를 지켰다. 바아푸(아버지)의 얼굴은 하도 평온하고, 그 육신을 둘러싼 성스러운 빛이 너무 부드럽고 아름다웠으므로 우리 마음이 슬픔에 빠지는 것은 오히려 모독으로 여겨졌다." 데바다스는 훗날 이렇게 쓰고 있다.

외교관들이 줄줄이 조문을 왔고 그 중에는 눈물을 흘리는 사람도 있었다.

집 바깥에는 마하트마의 마지막 모습을 보기를 원하는 사람이 무수히 모여들었으므로 유체를 비르러 저택 옥상에 몸을 구부린 자세로 안치하여 전등으로 비추었다. 수천 명의 민중이 말없이 손을 마주잡고 눈물을 흘리며 유체 앞으로 지나갔다.

자정이 되어 유체를 다시 옥내로 모셨다. 조문객들은 밤새도록 오열을 하면서 '바가바드기타'나 그 밖의 힌두교 성전을 소리내어 읽었다.

이튿날 아침이 왔다. '우리 모두에게 못 견디게 괴로운 때'가 왔다. 마하트마가 저격당했을 때 입고 있던 커다란 모직 숄과 무명으로 된 견포(肩布)를 벗겨야 했다. 하얀 옷에는 핏덩이가 엉겨붙어 있었다. 숄을 벗기자, 총탄의 약협(藥莢)이 굴러떨어졌다.

이윽고 간디는 세상 사람들의 눈에 익숙한 흰 요대만을 걸친 모습이 되었다. 그 자리에 있던 사람들은 참지를 못 하여 목놓아 오열했다. 뉴델리에서 먼 곳에 살고 있는 친구나 동지나 친척들이 유체를 다비(茶毘, 火葬)하기 전에 마지막 모습을 보고 작별할 수 있도록 하다못해 2, 3일이라도 다비식을 연기하자는 의견이 많았다. 그러나 데바다스와 간디의 제1비서인 피아레랄 나얄 같은 사람이 그 의견에 반대했다. 그것은 힌두교도의 감정에 어긋나기 때문에 바아푸(아버지)는 결코 우리를 용서하지 않을 거라는 생각 때문이었다. 그래서 그들은 마하트마의 유체를 이튿날 곧 다비하기로 결정하였다.

이른 아침, 제자들은 힌두교의 전통 의식에 따라, 탕관(湯灌)을 하고, 수직(手織) 면사로 만든 목걸이와 염주를 유체의 목에 길었다. 머리와 팔과 가슴을 내놓고 전신을 덮은 담요 위에 장미꽃을 뿌렸다. "나는 아버지의 가슴을 펼쳐두라고 부탁했다. 바아푸처럼 가슴팍이 훌륭한 사람은 병사들 중에도 없다." 데바다스는 이렇게 설명하고 있다. 유체 옆에서 분향을 했다.

오전 중 많은 대중들이 마지막 작별을 할 수 있도록 유체를 다시 옥상에 안치하였다.

오전 11시, 간디의 셋째 아들 라무다스가 인도 중앙주(中央州) 나구블에서 비행기로 도착했다. 장의(葬儀)는 그의 도착을 기다려서 하기로 되어 있었으므로 다시 유체를 옥내로 모셨다. 머리에 무명 실로 만든 화환을 둘렀다. 얼굴은 평온하면서도 어쩐지 퍽 슬퍼보였다. 독립 인도의 백색, 녹색, 홍색의 삼색기가 관 바닥에 깔렸다.

관에 안치된 유체를 많은 사람들이 잘 볼 수 있도록 육군의 무기 운반차의 차체 바닥을 높이 떠올린 새 받침대로 바꿔놓는 작업이 밤새 진행되었다. 인도 육해공군의 3군 200명의 병사가 네 가닥의 튼튼한 밧줄로 차를 끌어당겼다. 원동기는 사용하지 않고, 나이쿠 라므찬드 하사관이 조종했다. 네루 수상과 파텔 부수상 등 지도자들과 간디의 젊은 동지 수명이 차에 올랐다.

참례자의 행렬은 2마일이나 되었다. 오전 11시 45분, 뉴델리 시 알브케르케 가(街) 비르러 저를 출발했다. 운구를 실은 차가 군중 사이를 한 걸음 한 걸음 천천히 나아가 5마일 반 거리의 자무나 강기슭에 도착한 것은 오후 4시 25분이었다. 150만 명이나 되는 사람이 따라갔고 길가에서 지켜본 사람이 100만 명에 이르렀다. 뉴델리의 무성한 가로수 가지가 조금이라도 잘 보려고 기어오르는 사람들의 무게를 지탱하지 못하여 여기저기서 부러졌다. 넓은 분수지 가운데에 선 조지 5세의 희고 커다란 기념탑 대좌가 물을 건너서 올라선 수백 명의 사람으로 까만 산봉우리가 되었다.

이따금 힌두교도, 이슬람교도, 시크교도, 파알시교도, 그리고 앵글로 인디언들이 "마하트마 간디 키이 쟈이(간디 만세)."라고 크게 외쳤다.

군중들도 우렁찬 찬가를 부르기 시작했다. 다코다 기 3대가 장렬 위를 저공비행하며 마지막 경의를 표하며 무수한 장미꽃을 뿌렸다.

관 앞뒤에는 육군 병사 4000명, 공군 병사 1000명, 경관 3000명, 수병 1000명이 다채로운 제복 차림으로 행진했다. 그 중에서도 가장 두드러져보인 것은 마운트바텐 총독의 친위대 창기병(槍騎兵)으로, 그들은 홍백의 기다란 삼각기를 높이 치켜들고 나아갔다. 장갑차, 경관, 병사들이 교통정리를 맡았다. 장례행렬의 지휘를 한 사람은 인도 정부가 초대 최고사령관으로 임명한 영국인 로이 부처 소장이었다.

신성한 자무나 강기슭에는 이른 아침부터 근 100만 명이나 되는 사람이 서거나 앉거나 해서 장례행렬이 화장장에 도착하는 것을 기다리고 있었는데 부인들의 사리, 남자들의 옷과 모자, 혹 터번 등으로 온통 백색이었다.

라지가아트 강기슭에서 수백 피트 떨어진 곳에, 돌과 벽돌과 흙으로 사방 8피트 높이 약 2피트의 화장단이 새로 설치되어, 그 위에 향기로운 백란 통나무 장작이 쌓여 있었다. 유체는 그 위에 머리를 북쪽으로 향한 자세로 놓여졌다. 그것은 불타의 열반 자세였다.

오후 4시 45분, 라무다스가 아버지의 화장단에 불을 붙였다. 백단나무가 훨훨 타오르기 시작하자 무수한 군중 속에서 웅성거리는 소리가 들리기 시작했다. 그것은 곧 통곡 소리로 변했고 어떤 사람들은 화장단에 접근하려고 정신없이 병사들의 경계선을 돌파하려고 했다.

통나무가 후두둑 후두둑 소리를 내고 터지면서 화장단 전체가 불기둥이 되어 치솟았다. 모두는 넋잃은 모습으로 불기둥을 바라보며 간디의 육체가 한 줌의 재로 소멸되는 것을 침묵으로 지켜보았다.

불은 14시간 동안이나 계속해서 탔다. 군중들은 그 동안 쉬지 않고 기도를 올리며 '기타'를 독송했다. 27시간 후, 마지막 불꽃도 사라졌고 재도 식었다. 승려와 고관과 친지들이 철선으로 둘러싸인 화장단 옆에서 다시 식을 거행하고 유회(遺灰)와 타다 남은 유골을 모았다. 유회는 조심해서 수직으로 짠 무명 보자기에 담았다. 재 속에서 권총

탄알이 한 개 나왔다. 유골은 자무나 강물을 끼얹어 구리로 만든 항아리에 담았다. 라무다스는 유골을 넣은 항아리에 화환을 두르고 장미꽃을 깐 바구니에 넣어 가슴에 안고서 비르러 저택으로 돌아왔다.

간디와 절친했던 친구 몇 사람이 특별히 부탁해서 유회를 조금씩 얻었다. 어떤 사람은 조그만 뼛조각을 금반지같이 손가락에 끼웠다. 가족과 제자들은 전세계에서 요구하는 유골의 분배에 응하지 않기로 결정했다. 유회의 일부는 버마, 티벳, 세이론, 마라야로 발송되었으나, 대부분은——힌두교 성전의 규정에 따라——사후 14일이 되는 날에 인도의 여러 강에 뿌렸다.

주의 장관이나 기타 고관들에게 분배된 유골은 다시 주도와 지방 도시로 나누어진 뒤에, 일반 사람의 참배를 받았다. 각지마다 무수한 사람이 참배하기 위해 모여들었다. 여러 강이나 봄베이에서 거행된 유회를 바다로 흘려보내는 의식에도 역시 수많은 사람이 모여 지켜보았다.

그 중 중요한 유회산골식은 연합 주 아라하바드의 성 갠지스 강, 자무라 강, 사라스바티 강의 합류점에서 집행되었다. 3등차 5량으로 편성된 특별 열차는 2월 11일 오전 4시, 뉴델리를 출발했다. 간디는 언제나 3등차를 타고 다녔던 것이다. 유체를 모신 항아리는 중간 차량에 실었는데 꽃이 차량 천장에 닿을 만큼 수북하게 쌓였으며 아버, 마누, 피야레랄 나얄, 수시라 나얄 박사, 푸라마바티 나라얀 그 밖에 간디와 희노 애락을 같이 했던 여러 사람들이 모시고 있었다. 열차는 도중에 11개 도시에서 정차했다. 곳곳에서 수십만 명의 사람들이 경건한 마음으로 기도를 올리고 열차에 꽃다발을 걸었다.

12일, 아라하바드에서 유체가 담긴 항아리를 작은 목조 가마에 넣어 트럭에 실었다. 트럭은 아라하바드와 인근에서 모인 150만 명의 군중을 헤치고 나아갔다. 흰 옷을 차려 입은 남녀가 찬가를 부르면서 따라갔다. 어느 한 음악가가 전통악기로 연주했다. 트럭은 흡사 움직이는 장미화원 같았으며 연합 주의 지사인 나이두 여사, 아자아드, 라무다스,

그리고 파텔 부수상이 타고 있었다. 네루 수상은 고개를 숙인 채 힘없이 걸어서 따라가고 있었다.

트럭이 강기슭에 도착하자 항아리는 하얗게 도색한 미군의 수륙양용 트럭에 옮겨졌고, 다른 수륙양용 트럭이나 선박이 뒤따라 하류로 향했다. 그리고 수많은 사람들이 간디의 유회에 조금이라도 접근하려고 물가에 발을 적시면서 걸어갔다. 아라하바드 보루에서 유회를 항아리에서 꺼내 강에 쏟는 순간, 예포가 발사됐다. 간디의 마지막 잔재인 유회는 바다로 흘러갔다.

인도 전체가 민족의 지도자인 간디 암살에 당황하고 고민했다. 간디의 육체를 관통한 세 개의 탄알은 수천 만의 국민들의 육체를 관통한 것 같은 충격이었다. 적도 사랑으로 포용했던, 벌레 한 마리도 죽이지 않으려 했던, 이 착한 사람이 같은 종교의 신도가 쏜 총탄에 쓰러졌다는 청천 벽력 같은 사실은 모든 국민을 망연 자실하게 했다.

근대사를 통하여, 한 사람의 죽음에 이렇게 각계각층의 사람들이 애도한 적은 없었다.

이 뉴스는 네루 수상이 전국에 공식적으로 발표했다. 네루는 충격으로 마음을 가누지 못했으나 사건 직후 방송국에서 초고도 없이 흐느끼면서 말했다.

"우리 생명에서 불이 꺼져 사방이 어둠에 갇혔습니다. 나는 국민 여러분에게 이 슬픈 사실을 어떻게 알려야 할지 모르겠습니다. 우리가 경애하는 지도자, 우리가 늘 바아푸(아버지)라 부르던 인도의 아버지는 이미 이 세상에 계시지 않습니다. 이렇게 말하는 게 틀린 말일지도 모르겠습니다. 우리가 그처럼 오랫동안 접촉하며 정들었던 모습은 홀연히 사라졌으며, 우리는 이제 충고나 위로를 받기 위해 그분을 찾아가도 만날 수 없게 되었습니다. 그분이 안 계심은 나뿐 아니라, 우리 나라 모든 사람에게 엄청난 충격입니다. 그 충격은 다른 사람의 조언으로 채워질 수 없는 것입니다.

불이 꺼졌다고 말했습니다마는 그것도 역시 틀린 말입니다. 이 나라를 비춘 그 등불은 보통 등불이 아니었습니다. 그 동안 이 나라를 비춘 그 등불은 앞으로도 계속 이 나라를 비출 것이며, 천 년 후에도 여전히 국민들 가슴에 타오르고 있을 것입니다. 전세계도 그것을 목격할 것입니다. 또, 그것은 많은 사람들의 가슴에 위안을 줄 것입니다. 왜냐하면 그 등불은 구체적인 진리를 나타내며, 그 불멸의 인물은 영원의 진리와 함께, 우리들로 하여금 바른 길을 걷게 하고 과오를 바로잡아주고 오랜 역사를 지닌 이 나라를 자유독립국으로 이끌어주며 언제까지나 우리 곁에서 떠나지 않을 것이기 때문입니다.

하나의 시대는 지나갔습니다. 하지만 할 일은 아직도 많이 남아 있습니다. 그분은 참으로 많은 일을 했습니다. 우리는 그분이 우리 곁을 떠났어도 그분이 할 일이 없다든가 맡은 일을 다 끝냈다고 도저히 생각할 수 없습니다. 특히 우리들이 지금, 여러 가지 어려운 문제에 직면하고 있는 시점에서 그분이 유명을 달리 했다는 것은 참으로 큰 충격입니다.

어떤 미치광이가 그분의 생명을 앗아갔습니다……."

마하트마 간디는 1948년 1월 30일(금요일)에 부와 명예, 예술, 과학 분야에 대한 업적을 떠나 평범한 시민으로서 세상을 떠났다. 그러나 간디는 평범한 시민이었으나 정부의 관리나 군대를 통솔하는 장성들이 몸집은 빈약하고, 반나체의 허리에 흰 요포를 두른 78세의 노인에게 경의를 표했다. 인도 정부는 외국으로부터 3441통의 애도의 뜻이 담긴 메시지를 받았다. 한 노인의 죽음에 대해서 전세계가 이렇게 경악하고 슬픔에 잠긴 것은 그 사람이 도의를 구현한 사람이었기 때문이고 또 문명의 산물인 총에 의해 암살되었다는 사실이, 그렇잖아도 도덕적으로 불안한 문명사회에 있어서 더욱 위협을 느끼게 했기 때문이었다. "마하트마 간디는 전인류 양심의 대변자였다." 미국 국무장관 조지 C. 마샬 원수는 이렇게 말했다.

로마 교황, 티벳의 달라이 라마, 캔터베리 대주교, 론돈에 있는 유태교회장, 미국의 트루만 대통령, 장개석 총통, 프랑스의 대통령 등. 실로 거의 모든 국가의 정치 지도자들이 간디의 서거에 대해 공적으로 애도의 뜻을 표명했다.

프랑스의 사회주의자 레옹 브름은 세상 사람들이 간디의 죽음에 대해 느낀 감정을 가장 정확하게 기록하고 있다. "나는 간디를 만난 일도 없고, 인도 어도 모르고, 인도를 방문한 일도 없다. 그런데도 나는 친근한 사람을 잃은 것 같은 슬픔을 느낀다. 전세계는 이 비범한 사람의 죽음으로 슬픔의 심연에 빠졌다."

알버트 아인슈타인 교수는 이렇게 말했다. "간디는 흔히 사용하는 정치적 책략이나 교활한 수단에 의해서가 아니라, 도덕적인 생활태도가 더 강력한 지도력을 발휘할 수 있음을 보여주었다. 오늘날 도덕적으로 크게 타락한 시대에서 그 사람이야말로, 정치의 영역에서 높은 인간의 품위를 보여준 오직 하나의 인물이었다."

유엔 안전보장이사회는 심의를 중단하고서 고인에 대한 경의를 표시했다. 영국 대표 필립 노엘베이커는, 간디는 "가난하고 외롭고 의지할 데 없는 사람들의 벗"이었다고 찬양하고, "간디의 가장 큰 업적은 후세에 더 확실하게 밝혀질 것"이라고 말했다. 안전보장이사회의 다른 나라 대표들도 간디의 고매한 인격을 찬양하며, 평화와 비폭력에 바친 그의 헌신에 대한 찬사를 아끼지 않았다. 소련의 안드레이 그로미코는 간디를 '인도의 대표적 정치가의 한 사람'이라 부르고 "그 이름은 장기간에 걸친 인도 국민의 민족해방투쟁과 함께 영원히 기억될 것"이라고 말했다. 또 우크라이나의 타라센코 대표도 간디의 독특한 정치활동의 의의를 강조했다.

국제연합은 유엔기를 반기로 하여 올렸다.

전인류의 기가 조의를 표했다.

간디의 죽음에 대한 세계적인 반향은 그 자체로서도 이미 중요한 사실이었다. 그것은 아직도 세계는 기운이 살아 있다는 것을 나타냈다고 볼 수 있기 때문이다. 즉, 알버트 도이취는 뉴욕의 〈PM〉 지에서

"간디의 죽음에 대해서 경건한 반응을 보인 세계는, 아직은 다소나마 맥박이 뛰고 있다고 하겠다. 뉴델리의 비극이 초래한 충격과 슬픔은, 우리가 성자라는 것을 완전하게는 이해 못하면서도 아직은 존경을 느끼고 있음을 나타낸다."고 말했다.

미국 상원의원 아더 반덴버그는, 간디는 "겸양과 솔직한 진실을 하나의 제국보다 더 강력한 것으로 만들었다."고 말했다. 소설가 펄벅 여사는 간디의 암살을 "또 하나의 수난"이라고 표현했다. 펠릭스 프랑크풀터 판사는 간디의 죽음을 "이 세계에서 벌어지는 선의 힘에 대한 잔혹한 도전"이라고 말했다.

주일 연합군 최고사령관 더글러스 맥아더 원수는 "만약 문명이 존속하려면 그 진보의 과정에서 파생되는 모든 문제를 해결함에 있어서 대규모의 힘을 행사하는 것은 잘못일 뿐 아니라, 그 자체 속에 자멸의 부종을 품고 있다는 간디의 신조를 절대적으로 받아들이지 않으면 안 된다."고 말했다.

인도를 통치했던 영국의 마지막 부왕 로오드 마운트바텐 총독은 간디의 생애는, "여러 가지 어려움에 시달리는 이 세계에, 그 사람을 숭고한 모범으로 해서 스스로 구제의 노력을 하도록 격려해준다."는 희망을 표시했다.

이와 같이 빈약한 신체의 한 고생자 앞에 전세계의 유명한 장군이나 제독들이 머리를 숙여 경의를 표하는 광경은 영국의 허틀리 쇼크로스 법무장관의 "간디는 금세기에 있어서 가장 특출한 인물이다."라는 판단을 정당화시켜준다.

간디를 찬양한 정치가들에게 있어서 간디는, 적어도 그들 자신의 결점을 각성시켜주는 인물이었다.

캘리포니아의 어떤 소녀는, 편지에 '나는 간디가 죽었다는 얘기를 듣고 대단히 슬픈 생각이 들었습니다. 여태까지 나는 간디에 대해서 관심이 있었다고 생각하지 않았습니다. 그러나 막상 그 소식을 듣고는 위인의 죽음으로 몹시 슬퍼하고 있는 내 마음을 깨달았습니다.'고 썼다.

뉴욕에서는, 13세의 소녀가 아침을 먹고 있다가 라디오에서 간디가 암살되었다는 뉴스를 들었다고 한다. 그러자 그 자리에서 소녀와 가정부, 정원사가 함께 눈물을 흘리며 기도를 올렸다고 한다. 이처럼 세계 모든 나라의 무수한 사람들이 간디의 죽음을 개인적인 불행처럼 애도했다. 그들은 자기 마음에 일어난 감동의 이유를 잘 모르며, 또 자기 감동이 표상하는 것이 무엇인지도 잘 몰랐다. 그들이 모두 선량한 사람인 것만은 확실하다. 그리고 선량한 사람은 이 세상에서 가장 귀한 존재인 것이다.

스타포드 클립스 경은 "과거 어느 시대에도, 또 근세사를 통해서 물질에 대한 정신의 우위를 이처럼 강력하고 명확하게 제시한 인물이 또 있는지가 의문이다."라고 말하고 있다. 바로 이것이 사람들이 슬픔 속에서 느낀 감명의 핵심이었다. 오늘날, 어디에서나 물질이 정신에 우월하고 있었다. 간디의 죽음이 갑자기 발사하는 섬광은 그 커다란 암흑을 비추었다. 간디를 먼저 보내고서 뒤에 남은 사람들 중에는 그처럼 필사적인 노력으로——그처럼 훌륭하게——강력한 적에 대해서 장기간 힘겨운 투쟁을 통하여 진리, 선의, 무사, 겸허, 봉사, 비폭력을 신조로 하는 생애를 끝까지 관철하려는 사람은 하나도 없었다. 간디는 열렬하고도 꾸준하게 영국의 인도 지배에 대해서 싸우고, 또 동포의 분쟁을 중지시키기 위해 노력해왔던 것인데 그 모든 투쟁을 통해서 자기 손을 더럽히지 않고 어떠한 악의나 기만이나 증오를 품지 않고 투쟁했던 것이다.

제2장
비범한 사람의 성장

간디의 출신 성분은 소위 인도의 카스트 제도 하에서 바이샤 카스트에 속한다. 힌두교의 전통적인 사회질서에서 '바이샤'는 제1카스트인 브라만, 제2카스트인 통치자 및 무사의 크샤트리야에 이어서 일반민중이 속하는 제3위의 카스트에 속하는 네 번째의 수드라 계급에 간신히 한층 벗어난 계급이며, 그들은 원래 상업과 농업에 종사하고 있었다.

간디 일족은 그 바이샤 계급 중에서 소구분의 하나인 모드 바냐에 속한다. 바냐라는 말은 인도에서는 영리하고 교활한 상인과 동의어이다. 간디 조상은 식료품 소매상이었다. '간디'라는 말은 식료품상을 의미한다. 그러나 카스트에 의해서 제약된 직업의 장벽은 간디가 태어나기 전, 이미 몇 세기 전부터 붕괴되기 시작하고 있었다. 간디의 조부 우탐찬드는 봄베이 시와 인더스 강 하구의 중간지점인, 서인도 카티야와르 반도에 있는 '포르반다르'이라는 조그만 번 왕국의 재상을 지냈다. 우탐찬드는 그 지위를 아들 카람찬드에게 물려주고, 그것은 다시 동생인 투르시다스에게 계승되었다. 이와 같이 그 직위는 일가의 사유 재산처럼 후손에게 계승되었다.

그 카람찬드가, 모한다스 카람찬드 간디──훗날, 마하트마(위대한 성인)라 불리게 된 사람의 아버지이다.

간디 일가는 그 동안에 몇 번이나 어려운 고비를 겪었다. 정치적 모략 때문에, 간디의 조부 우탐찬드는 포르반다르 번왕국 재상에서 쫓겨나 가까운 쥐나갈이라는 작은 번 왕국으로 망명한 일이 있었다.

그런데 우탐찬드는 망명지의 지배자인 번 왕(이슬람교도)에게 왼손으로 경례를 했다. 번 왕이 까닭을 묻자 "오른손은 이미 포르반다르에게 맹세했기 때문"이라고 대답했다. 훗날 모한다스는 조부의 그러한 충절을 높이 평가하며 "고결한 사람이었음에 틀림없다."고 적었다.

간디의 부친도 역시, 포르반다르의 번 왕 라나사하브 비크마토지 밑에서 재상으로 있다가, 그곳을 떠나 120마일 북서쪽 카디아왈 반도에 있는 또 하나의 소 번 왕국 라지코트에서 같은 지위를 얻었다. 언젠가 한 번 영국인 주재관이 라지코트 번 왕 타쿨사하브 바와지라지를 나쁘게 말한 일이 있었는데, 카라므찬드는 단호하게 자기 군주를 옹호했다. 영국인 주재관은 카라므찬드에게 진사(陳謝)할 것을 요구했으나 카라므찬드는 굴복하지 않고 그 요구를 거부한 까닭에, 즉각 체포되었다. 하지만 간디의 아버지(카라므찬드)는 떳떳한 태도를 취하여 몇 시간 뒤에는 석방되었다. 다음에 그는 완카넬의 재상이 되었다.

1872년의 국세조사에 의하면 포르반다르 번 왕국은 인구 7만 2077명, 라지코트는 3만 6770명, 완카넬은 2만 8750명이었다. 이 번 왕국의 지배자들은 자기 신하에 대해서는 독재자처럼 위압적인 태도를 취하고 한편 영국인 앞에서는 추종자처럼 굽신거렸다.

아들 모한다스(마하트마 간디) 기억에 의하면 카라므찬드 간디는 경험 이외의 교육은 받지 않았으며, 지리나 역사에 관한 지식도 없으나 가정에서도 사회에서도 엄정과 공평했고 청렴결백한 사람이었다. 그는 일가친척을 사랑하며 정직하고 용감하고 관대한 사람이었지만 성격은 좀 급한 데가 있었다. 그리고 육욕에 있어서는 약간 절도가 없었던 듯싶다. 그는 40이 넘은 나이에 네 번째 결혼을 했다. 전 부인들과는 사별하였다. 모한다스 카라므찬드 간디는 아버지의 네 번째 결혼, 즉 마지막 아내와의 사이에서 태어났으며, 막내인 제 4남(넷째아들)이었다. 1865년 10월 2일 포르반다르에서 출생했다. 그 해는, 수에즈 운하가 개통되고 토마스 애디슨이 그의 발명으로 최초의 특허를 받은 해였고 프랑스의 나폴레옹 보나파르트(나폴레옹 1세) 탄생 100주년의 해였고 찰스 W. 엘리어트가 하버드 대학 총장이 된 해이기도 했다. 또한 칼 마르크스가 《자본론》을 출판한 직후였고 프로이센 제국의 비스마르크가 보불전쟁을 준비하고 있던 때이기도 했는데 그 당시의 인도는 빅토리아 여왕이 인도를 통치하고 있었다.

모한다스는 시가 변두리에 있는 구중중한 3층집의 크기가 11피트에 19.5피트, 높이 10피트쯤 되는 어두컴컴한 방에서 태어났다.

소도시 포르반다르는 아라비아 해에 직접 맞닿아 있었기 때문에, "일출이나 일몰에는 소탑이나 첨탑이 황금색으로 물들어 아름다웠다."고 마하트마의 영국인 제자 찰스 후리어 앤드루즈는 말했다. 간디가 젊었던 시대에는 유럽이나 서양의 영향이, 잘 사는 도회지에는 미쳤으나 포르반다르나 라지코트, 그리고 완카넬은 별반 영향을 받지 않았다. 포르반다르가 육지라는 표증은 몇 개의 사원이었다.

간디 가(家)의 가정생활은 비교적 개화되었고, 인도의 수준으로보아 윤택한 편이었다. 집에 책도 있었는데, 그 태반은 종교나 신화에 관한 것이었다. 모한다스는 자기 아코디언을 가지고 있었고, 아버지 카라므찬드는 금목걸이를 걸고 있었고, 모한다스의 형들 가운데 하나는 순금의 무거운 팔찌를 끼고 있었다. 카라므찬드는 포르반다르, 라지코트, 쿠티야나에 각각 한 채씩 집을 가지고 있었으며 병석에 누운 만년의 삼 년 동안 라지코트 번 왕이 주는 연금으로 검소하게 지냈다. 유산은 전혀 없는 거나 마찬가지였다.

간디의 형 라쿠쉬미라스는 라지코트에서 변호사를 개업하고 있다가, 그 후 포르반다르 정부 재무관이 되었다. 그는 돈을 잘 썼으며, 딸 결혼식에는 소왕후처럼 호화롭게 했다. 그리고 라지코트에 집을 두 채 가지고 있었다. 또 다른 형 카르산다스는 포르반다르 경찰에서 경무관보를 지내다가 마지막에는 어느 소왕후의 후궁에 근무했는데, 수입은 무척 적은 편이었다.

형은 둘 다 모한다스 K. 간디가 살아 있는 동안에 먼저 작고했으나, 네 살 많은 누이 라리아트벤은 간디보다 오래 살았으며, 라지코트에서 평생을 살았다.

어린 시절의 간디——모한다스는 모하니아라는 애칭으로 불렸으며, 막내둥이로서 특별한 귀여움을 받았다. 란바라는 여자가 유모로 있으면서 간디를 돌보았는데 간디는 장성한 뒤에도 유모를 사모할 만큼 정이 들었었다. 간디가 가장 존경했던 사람은 아무래도 어머니 프토리파이였다. 아버지는 가끔 무서울 때도 있었지만 어머니는 언제나 편안했다. 훗날 그는 어머니를 생각할 때마다 으레 '경건하고 신심이 깊은 분'이었다는 것을 되뇌었다. 어머니는 식사 전에 반드시 식탁 앞에서 기도를 올렸고, 매일 빠짐없이 사원에 참배하였다. 장시일 동안 하는 단식에 자진해서 참가하여 꾸준히 수행하였다. 우기(雨期) 4개월 동안 하는 차틀마스에는 언제나 일일일식을 했다. 게다가 어느 해에는 격일로 단식을 하기도 했다. 또 어느 해 차틀마스에는 태양을 예배할 때까지는 밥을 먹지 않겠다는 맹세를 하였다. 모한다스 형제자매는 우기임에도 불구하고 태양이 나타날 때까지 종일 하늘만 쳐다보았다. 문득 구름 사이로 태양이 살짝 보이자 형제들은 재빨리 어머니에게 알리려고 집 안으로 뛰어갔으나 어머니가 태양을 보러 나오는 동안 다시 구름 속에 숨어버렸다. 그러자 어머니는 실망한 내색은 하나도 없이 "괜찮아. 신께서 조금 더 기다리라는 거니까." 하고 아이들을 위로하는 것이었다.

한편 모한다스 소년은 고무공이나 팽이 같은 노리개도 가지고 놀았고, 테니스나 크리켓도 하고 혹은 '깃리 단더'라는 막대기 놀이——짧은 나무 토막을 기다란 막대기로 치는 peggy라든가 pussy라든가 하는 놀이——도 했다.

간디는 포르반다르에서 학교를 다녔는데 교사의 별명은 잘 외웠지만 구구단은 외우질 못했다. "나는 아마 지능이 둔하고 기억력도 없었던 것 같다."고 간디는 훗날, 어렸을 때의 모습을 이렇게 회상하고 있다. 1년 후, 가족을 따라 이사를 간 라지코트에서도 그는 역시 평범한 학생이었으나 출석은 빠뜨리지 않았다. 그의 누님의 회상에 의하면 아침상이 미처 준비가 안 됐을 때는 학교에 늦지 않기 위해, 전날 저녁의 식은밥을 떠먹고 갈 정도였다고 한다. 등교는 도보로 했다. 내성적인 성격이어서 책과 수업밖에는 몰랐다. 수업이 끝나면 곧 집에 돌아왔다. 남에게 먼저 말을 걸지 못하고 항상 누가 나를 놀리지나 않나 두려워할 만큼 숫기가 없었다. 그러다가 점점 성장하면서 친구도 몇 명 생기고 집 밖에서도 놀 정도로 성격이 변해갔다. 때로는 바닷가에 가서 놀기도 했다.

모한다스가 라지코트의 알프렛 하이스쿨 1년생이던 열두 살 때 자일스라는 영국인 장학관이 시찰을 하러 온 적이 있었다. 학생들은 영어 단어 다섯 개를 쓰라는 명령을 받았다. 간디는 'KETTLE'의 철자를 틀렸다. 아이들 책상 사이를 돌고 있던 담당교사가 그것을 보고 모한다스에게 옆 자리 아이의 석판(石板)을 보고 정확하게 쓰라고 눈짓을 했다. 그러나 모한다스는 그 지시에 따르지 않았다. 나중에 교사는 다른 아이들은 모두 정확하게 썼는데, 그만이 학급 성적에 먹칠을 했다고 그의 우둔을 질책했다.

그러나 이 사건도 간디의 교사에 대한 존경심을 손상하지는 않았다. "나는 원래 윗사람의 과오에 대해서는 맹목적이며……윗사람의 언행을 비판적으로 보지 않고 우선 명령에 복종하도록 배웠다. 하지만 무조건적인 복종은 명령적인 기만까지를 포함한 것은 아니었다."고 훗날 술회하고 있다.

기만에 대한 거부는 일종의 자기확인이었으며 반항이었다.

어쨌든 학교 안에서의 순종이 학교 바깥에서의 반항까지 억제하지는 않았다. 그는 열두 살 때 담배를 피우기 시작했다. 또, 무슨 나쁜 짓에 쓰는 자금을 조달하기 위해 집에서 형의 물건을 훔친 적도 있었다. 그런 모험의 동반자는 친척인 어느 소년이었다. 둘 다 무일푼이 되면 그들은 야생식물의 기공이 많은 엽병(葉柄)으로 담배 대용품을 만들었다. 그러는 동안 식물에 대한 관심이 생겼다. 그래서 '다투라'라는 야생초의 열매에 독성이 있는 것을 알게 되었으며, 어느 날 정글까지

탐색을 가서 요행히 그것을 발견했다. 양친의 감독에 싫증이 난 두 소년은 자살협정을 맺었던 것이다. 그들은 어느 사원을 자살 장소로 선택했다.

우선 예배를 하고 난 모한다스와 그의 친구는 으슥한 구석으로 가서 독초를 씹기로 했다. 그러나 쉽게 죽지 않고 심한 고통을 당할지도 모른다는 생각이 들기도 하고 차라리 어른들에게 복종하는 것이 낫겠다는 생각도 들었다. 그러나 둘은 자존심이 강했으므로 그 풀열매를 두세 알씩 꿀꺽 삼켰다. 물론 죽지는 않았다.

이런 일이 있은 후에 간디의 관심은 다른 곳으로 옮겨졌다.

모한다스 K. 간디는 열다섯 살 때 결혼했다. 아직 하이스쿨 학생이었으나 그 동안에 이미 세 번이나 약혼을 했다. 물론 그 자신은 아무것도 모르는 상태였다. 그 당시의 풍습은, 약혼은 양친들 사이에서 정해지며 본인은 모르는 것이 보통이었다. 그러나 간디는——아마, 겨우 일어서서 걷기 시작할 무렵——두 번 약혼을 했는데 그 소녀들은 둘 다 어려서 죽었다는 얘기를 우연히 들은 일이 있었다. 그는 "내가 일곱 살 때 세 번째 약혼식이 있었던 것을 희미하게 기억하고 있다."고 말하고 있다. 6년이 지나, 결혼식이 얼마 남지 않았을 때서야 비로소 곧 장가가게 됐다는 말을 들었다. 신부는 고쿠르다스 마칸지라는 포르반다르에서 상업을 하는 사람의 딸로 카스투르바이라는 이름이었다. 이 결혼 생활은 62년간 계속되었다.

간디는 결혼한 지 4년이 지나서야 결혼식에 관해서 쓰고 있는데, 결혼을 하고 포르반다르를 여행한 일도, 결혼식 장면도 상세하게 기억하고 있었다. "그리고 첫날밤을 치렀다. 아직 철부지인 소년과 소녀는 인생의 바다를 향해서 출범했다."고 토로했다. 그 당시 카스투르바이도 같은 열세 살이었다. "나에게는 형수가 첫날밤을 치르는 방법을 가르쳐주었으나 아내에게는 누가 가르쳐주었는지 모른다. 둘 다 얼떨떨했으며, 지도를 받은 것은 별로 소용이 없었다. 하지만 그런 일에는 실제 아무 지도도 필요하지 않다." 간디는 이렇게 쓰고 있다.

간디 자신이 술회한 바에 의하면 두 사람은 '결혼한 어린이'이며 그냥저냥 지내고 있었다. 질투심이 강했던 간디는 곧 남편의 권위를 주장했으며, 아내는 남편의 허락없이는 일체 출입을 못 했다. 열세 살의 아내는 바깥에 놀러나가는 것도 열세 살의 남편에게 허락을 받지 않으면 안 되었던 것이다. 이따금 그는 아내의 외출을 허락하지 않았다. 억제는 일종의 감금이었다. 그런데 아내는 그런 부당한 억압에 묵종하는 여자가 아니었으며, 자기는 가고 싶을 때 언제든지 가고 싶은 곳에 간다고 주장했다. 어린 신랑은 점점 심술궂은 고집쟁이가 되었으며 며칠 동안이나 서로 말을 하지 않은 때도 있었다.

그러나 간디는 카스투르바이를 사랑했다. 그는 오직 한 여성에게 마음을 쏟았으며 보답이 올 것을 기대했다. 하지만 아내는 아직 어린 소녀였다. 그는 하이스쿨 교실에서도 아내의 꿈을 꾸곤 했다. 간디는 그 당시를 이렇게 말하고 있다. "나는 언제나 밤늦게까지 공연히 잡담을 하며 아내가 잠들지 못하게 했다."

간디는 훗날 유아혼(幼兒婚)이라는 나쁜 풍습을 엄하게 비평하게 되었다. 그것은 부모와 자식들, 아들 며느리 손자를 포함하여 경우에 따라서는 30명을 넘는 대가족이 한지붕 밑에서 거주하기 때문에 신혼부부가 집, 가구, 식사에 대해서 별도로 애쓸 필요가 없는 인도 특유의 대가족제도가 아니고서는 성립될 수 없는 풍습이었다. 후에 인도인 개혁자들의 의견을 수렴한 영국의 법률에 의해 결혼 최저연령을 올리게 되었으나 당시는 1년의 약 절반을 신부가 친정에 가서 있게 함으로써 그 폐해가 경감되었다. 간디의 5년간의 결혼생활 중에서 동거생활을 한 것은 약 3년 동안이었다.

아내가 없는 동안에 육욕이 그를 괴롭혔다. 그것은 간디에게 일종의 죄의식을 느끼게 했다. 그 죄의식은 간디의 마음속에서 강한 의무감과 육욕의 충돌이라는 형태로 나타나 죄의식은 점점 더 심각해졌다. 그런 충돌을 일으킨 하나의 사건이 평생 두고 씻지 못할 인상을 남겼다. 모한다스가 열여섯 살 때 아버지 카라므찬드가 치루로 병석에 눕게 되었다. 간디는 어머니나 하인들과 함께 상처를 치료해드리기 위해서 약을 조제하기도 했다. 또 매일 저녁, 아버지가 잠이 들거나 그만 물러가라고 말씀하실 때까지 다리를 주물러 드렸다. 간디는 "나는 그렇게 해드리는 게 좋았다."고 말하고 있다.

카스투르바이는 열다섯 살에 첫 임신을 했고 그 무렵에는 이미 배가 나와 있었다. 그런데도 "매일 저녁 아버지의 다리를 주물러드릴 때에도 내 마음은(아내의) 침실에 가 있었다." 종교, 의학, 상식 모든 것이 다 부부의 교접을 금하는 때임에도 불구하고 간디는 자서전에서 이렇게 말하고 있다.

어느 날 밤 10시나 11시 경, 아버지 간호를 숙부와 교대하게 되었다. 간디는 곧 아내의 침실로 뛰어갔다. 그런데 몇 분 후 하인이 와서 급하게 문을 두드렸다. 아버지의 상태가 심상치 않다는 것이었다. 그는 침대에서 뛰어내려 얼른 달려갔으나, 그가 병실에 들어갔을 때에 아버지는 이미 운명하셨다. 훗날, 그는 자서전에 40년 전을 회상하며 다음과 같이 쓰고 있다. "만약 정욕에 현혹되지 않았더라면 아버지의 임종을 보지 못한 가책을 받지는 않았을 것이다. 나는 숙부와 교대하지 않고 계속 간호를 했어야 한다. 그렇게 했더라면 아버지는 내 품에서 눈을 감으셨을 것이다. 그런데 그 영광을 누린 사람은 숙부였다."

자서전을 쓸 때, 예순 살에 가까웠던 간디는 "아버지가 중환으로 누워 계실 때에 현혹된 육욕의 치욕은……어떤 방법으로도 씻지 못하고 잊어버릴 수도 없는 오점이다."라고 썼다. 그리고 카스투르바이가 분만한 아기는 사흘 후에 사망했다. 모한다스는 그 원인도 임신 후기의 성교 때문이라고 생각했으며 이것이 그의 죄의식을 배가시켰다.

카스투르바이는 배운 것이 없었다. 모한다스는 아내에게 글을 가르치고 싶은 의사는 충분히 있었으나, 아내는 공부를 싫어 했고, 남편도 한편으로는 아내와 있을 때까지 공부에 시달리고 싶지는 않았다. 가정교사도 그녀에게는 그다지 효과를 내지 못했다. 그러나 간디는 그 잘못이 자기에게 있으며, 만약 자기의 애정이 육욕으로 흐려져 있지 않았더라면 아내는 교양있는 여성이 되었을 거라고 생각하고 있었다. 결국 카스투르바이는 모어(母語)인 구자라티 어의 초급 정도의 읽기와 쓰기 이상의 학식은 없었다.

간디는 결혼 때문에 하이스쿨에서 한 해 유급했다. 그는 학업성적에 대해서 '나는 바보는 아니었던 것 같다."고 스스로 말하고 있다. 그가 매년 집에 가지고 온 성적표를 보면 괜찮은 편이었다. 상도 몇 번 탄 일이 있었는데, 간디 자신의 말에 의하면 그것은 경쟁자가 많지 않은 덕택이었다고 한다.

모한다스는 어쩌다가 선생님에게 야단을 맞으면 그게 마음에 걸려서 더러 울기도 했다. 한번은 학교에서 선생님에게 매를 맞았는데 처벌 자체보다 처벌을 받아야 하는 자격지심 때문에 한참을 울었다.

간디는 산수 공부는 중요하지 않다는 생각에서 소홀히 했다. 기하학은 처음에는, 당시의 새로운 언어인 영어로 배웠기 때문에 따라가기가 힘들었으나, 유클리드 기하학 제13 명제까지 배웠을 때 기하학은 아주 간단하다는 것을 홀연히 깨달았다. 인간의 추리력을 순수하고 단순하게 응용하는 것을 요구하는 학과가 쉽지 않을 리가 없다. 그후로는 기하학은 아주 쉽고 재미나는 과목이 되었다. 마찬가지로 그는 산스크리트 어에도 고생을 했는데, 담당교사인 크리쉬나샨카르 선생이 힌두교 성전인 언어의 중요성을 가르쳐주었으므로 용기를 내어 열심히 공부하여 극복했다.

고학년이 되면 체조와 크리켓 경기가 필수과목으로 되어 있는데 간디는 둘 다 싫어했다. 그는 내성적인 성격이어서 체조가 무슨 교육과목이야 하는 생각도 했었다. 그러나 인근에서 장시간의 산책은 건강에 좋다는 것을 읽고 되도록 산책의 습관을 길렀다. "이 산책이 내 신체를 상당히 건강하게 해주었다."고 쓰고 있다.

모한다스는 체격이 좋고 튼튼한 소년을 부러워했다. 그의 체격은 형들에 비해서는 빈약했고, 또 샤이크 마후타브라는 장거리를 잘 달리는 이슬람교도의 친구에 비하면 더욱 빈약했다. 샤이크 마후타브는 넓이뛰기나 높이뛰기에도 능했으며, 그러한 그의 특기에 간디는 늘 압도되었다.

간디는 자기가 겁이 많은 줄로 생각하고 있었다. "나는 늘 도둑이나 유령, 혹은 뱀의 공포를 느꼈다."고 고백하고 있다. 그는 밤에 잘 때도 무서워서 불을 끄지 못했는데 그의 아내는 남편보다 용기가 있어 뱀도 유령도 어둠도 두려워하지 않았다. "나는 아내에게 늘 부끄러웠다."고 그는 말하고 있다.

샤이크 마후타브는 이러한 간디의 성격을 이용하여 맨손으로 뱀을 움켜잡고 도둑 따위는 무섭지 않다고 떠들었고 유령의 존재를 믿지 않는다고 자랑했다. 간디는 그의 용기와 힘이 어디서 오는 것인지 궁금해했다. 그는 육식을 하는데, 간디는 육식을 하지 않았다. 육식은 종교가 금하고 있었다.

당시 학교에서는 학생들이 즐겨 부르는 노래가 있었다.

> 보아라, 저 억센 영국 사람들
> 난쟁이 인도인을 굴복시킨
> 고기를 먹는 까닭에
> 다섯 뼘이나 더 늘씬한 키

가령 인도인이 육식을 하면 영국인을 몰아내고 인도를 해방할 수 있을 것이다. 게다가 또 샤이크 마후타브는 육식을 하면 종기 같은 게 안 생긴다든가, 라지코트의 일부 유력자들이나 교사들 중에도 어떤 사람은 남몰래 고기도 먹고 술도 마시고 있다고 선동을 했다.

샤이크 마후타브는 기회만 있으면 모한다스를 설득했다. 모한다스의 형은 벌써 그 설득에 넘어가 있었다. 결국은 모한다스도 유혹에 빠져버렸다.

유혹자와 추종자는 어느 날 사람이 별로 다니지 않는 으슥한 둑에서 만나기로 했다. 샤이크 마후타브는 삶은 염소 고기와 빵을 가지고 왔다.

간디는 그때까지 서양 빵을 먹은 일도 없었고(그 대신 인도에는 효모를 넣지 않은 차파티가 있다) 고기는 구경도 한 일이 없었다. 간디의 가정은 엄격한 채식주의이며 실제로, 카티야왈 반도 구자라트 지역 주민의 태반은 채식을 하고 있었다. 그러나 간디는 장차 모국의 해방자가 되야겠다는 굳은 결심으로 그 고기를 입에 넣었다. 고기는 가죽처럼 질겼다. 천신만고 끝에 간신히 씹어 삼키기는 했지만 속이 메스꺼웠다.

그날 밤 모한다스는 자기 뱃속에서 염소가 음매음매 우는 꿈을 꾸었다. 그러나 육식은 의무였기 때문에, 무서운 꿈에 시달리면서도 실험을 계속하기로 결심했다.

그 실험은 1년간 계속되었다. 그 동안 정기적은 아니지만 샤이크 마후타브와 계속 밀회하여 고기와 빵의 맛에 빠져들었다. 샤이크가 이 호화로운 메뉴의 비용을 어떻게 구하고 있었는지 간디는 끝까지 몰랐다.

육식에 탐닉하는 죄는 거짓말 죄까지 부가되어 간디의 죄의식을 배가시켰다. 결국 간디는 거짓말을 하다 하다 지쳐서——애국적인 이유에서 육식은 '불가결한 것'이라고 여전히 확신했지만——양친이 세상을 떠나 공공연히 육식을 할 수 있게 되기까지는 육식을 금할 것을 스스로 맹세했다.

간디는 또 그때까지는 샤이크 마후타브를 개심시켜야겠다고 생각했다. 그래서 두 사람의 관계가 더 오래 지속되었다. 그러나 순진하고 나이도 아래인 간디는 반항과 모험을 앞장서서 계획한 꾀도 많고 돈도 많은 건달소년의 상대가 아니었다. 샤이크는 토론을 종결짓는 방법을 알고 있었다. 어느 날 그는 간디를 유곽에 데리고 갔다. 관습에 대해서 미리 설명을 하고, 돈도 먼저 지불했다. 간디는 안으로 끌려들어갔다. "나는 이 악덕의 소굴에 들어가자마자 현기증이 나서 말도 못할 지경이었다. 나는 침대에 앉아 있는 여자 옆에 걸터앉기는 했으나 아무 말도 못하고 입을 다물고 있었다. 결국 답답해진 여자가 나에게 욕지거리를 퍼부으면서 내쫓았다." 간디는 이 사건을 회고하며 그 위험한 순간에서 하느님이 구해주셨다고 후에 설명하고 있다.

그 무렵——아마 열다섯 살 때——모한다스는 형이 소지하고 있던 금 조각을 조금 훔친 일이 있었다. 그러나 이 행위에서 얻은 죄책감은 대단히 커서 다시는 이런 짓을 하지 않으리라고 결심했다. 아버지에게 고백해서 허물을 씻어야겠다고 생각하여, 범행을 상세하게 기록한 자백서를 제출하여 처벌을 자청하는 동시에 두 번 다시 도둑질을 하지 않을 것을 맹세했다. 특히 말미에는 아버지께서 아들을 충분히 감독하지 못한 것을 자책하지 마십시오,라고 부가했다.

아버지 카라므찬드는 병상에서 일어나 그 자백서를 읽었다. 눈물이 볼을 따라 흘러내렸다. 그리고 자백서를 찢어버리더니 조용히 다시 눕는 것이었다. 모한다스는 아버지 옆에 앉아 흐느껴 울었다.

간디는 아버지의 침묵에 깊은 감명을 받았다. 간디의 자백서는 진실한 회개와 사랑에서 나온 고백이었으므로, 아버지의 숭고한 용서와 애정을 얻을 수 있었던 것이다.

그러나 모한다스는 아버지와 특히 어머니에게 충격을 주지 않기 위해 사원 참배를 하러 다니지 않고 있다는 것은 고백하지 않았다. 그는 힌두교 사원의 크고 화려한 모습이 싫었다. 종교란, 당시의 그에게 있어서는 채식주의와 마찬가지로 사회와 기존 권위에 대하여 젊은이다운 반항을 조장시키는 고리타분한 규제에 지나지 않았다. 그는 신에 대하여 확고한 믿음을 갖고 있지 않았다. 도대체 이 세계를 창조한 것은 누구이며 누가 명령을 했을까——하는 그의 질문에 대해서 누구도 명확한 대답을 못했다. 성전도 이 점에 관해서는 만족스럽지 못했다. 그는 무신론자의 입장으로 점점 기울어지기 시작했다. 뱀이나 빈대를 잡아죽이는 것은 오히려 도의적이고 합당한 의무라고 생각하기에 이르렀다.

이러한 반종교적인 감정도 실은 종교에 대한 관심을 각성시키는 하나의 과정이었다. 모한다스는 아버지가 이슬람교도나 배화교도인 친구들과 더불어 그들의 종교나 힌두교와의 차이에 관해서 의논하는 것을 옆에서 경청하는 일이 자주 있었다. 그는 자이나교에 대해서 많이 배우기도 했다. 자이나교 승려들이 집에 자주 왔으며, 간디 가(家)는 자이나교파는 아니지만 탁발을 했다.

1885년 아버지 카라므찬드가 세상을 떠나자, 모한다스의 어머니 프토리바이는 힌두교의 모드 바냐 부(副) 카스트에 속한 베차르지 스와미라는 자이나교 승려에게 가정문제에 관해서 의견을 요청했다. 자이나교는 구자라트 지역에서는 영향력이 컸다. 또 자이나교는 아무리 작은 미물이라도 살생하는 것을 엄격히 금하고 있었다. 자이나교 승려는 호흡을 할 때 벌레를 흡수해서 죽이는 일이 없도록 흰 마스크를 쓰기도 했다. 밤에는 자기도 모르게 벌레를 밟아죽일 염려가 있기 때문에 외출을 하지 않을 만큼 철저했다.

간디는 항상 마음의 창을 활짝 열고 있었다. 그래서 자이나교는 불교와 마찬가지로 간디의 사상에 특색을 주고 그의 사업을 형성하는 요소가 되었다. 이 두 교의(敎義)는 인도의 지배적 종교인 힌두교의 개혁을 시도하기 위해서 6세기에 창교된 것이었다.

자이나교 승려 베차르지 스와미는 간디의 영국 유학을 찬성했다. 간디는 하이스쿨을 마친 후, 카티야왈 반도 내륙의 도시 바바나갈에 있는 사말다스 칼리지 전문학교에 입학했는데, 학과가 어렵고 분위기도 좋지 않았다. 간디 집안과 잘 알고 지내는 어떤 사람이, 만약 모한다스가 아버지의 후계자가 되어야 한다면 되도록 빨리 변호사가 되는 게 좋으며 그러기 위해 가장 빠른 길은 영국에 유학가서 3년 코스를 밟는 길이라고 충고했다. 간디도 영국에 유학을 가고 싶었으나 법학에는 자신이 없었으며 통과시험에 합격할지도 불안했다. 한편으로는 의학을 공부하는 게 좋지 않을까 하는 생각이 있었다. 간디는 의학에는 흥미가 많았기 때문이었다. 그러나 형이 아버지가 유체의 해부를 반대했었다는 점을 들어 의학 분야를 배우려는 간디를 설득했다.

어머니 프토리바이는 막내아들과 헤어지고 싶지 않았다. 그래서 간디에게 "숙부님과 상의해봐야겠다. 이제 숙부님이 우리 집안의 가장이니까.” 하며 숙부를 만나 상의하라고 했다.

모하다스의 마음은 벌써 영국으로 떠나가 있었다. 그는 스스로에게 용기를 불어넣었다. 간디는 즉시 달구지 한 대를 빌려 숙부가 살고 있는 포르반다르를 향해 5일 동안의 여행을 떠났다. 하루를 절약하기 위해 도중에 낙타를 바꿔탔다. 낙타를 타 본 것은 이번이 처음이었다.

숙부는 그다지 적극적으로 찬성을 하지 않았다. 서양에서 공부하고 돌아온 변호사들은 인도의 관습을 벗어던지고 입에는 늘 잎담배를 물고 있으며 가리지 않고 마구먹고, 영국인처럼 태연스럽게 보기싫은 복장을 하고 있다는 생각을 하고 있었다. 그러나 모한다스의 유학을 굳이 반대하려고는 하지 않았다. 어머니 프토리바이가 찬성이라면 자기도 찬성한다고 말했다.

모한다스는 집으로 되돌아왔다. 한편 간디는 포르반다르 정부에서 정부 장학금을 받으려고 노력해보았으나 영국인 행정관은 그의 청원을 거들떠보지도 않았다.

모한다스는 힘없이 라지코트에 돌아왔다. 아내의 보석을 전당 잡힐까. 그 보석은 2천이나 3천 루피의 가치가 있었다. 결국은 형이 학자금을 대주겠다고 약속했다. 그래도 어머니는 아들이 영국에 가서 품행이 흐트러질까 하는 불안감이 남아 있었다. 이 문제는 자이나교 승려 베차르지 스와미가 와서 술, 여자, 고기 세 가지에 대해서는 일체 금욕한다는 것을 모한다스에게 맹세를 시켰으므로, 그제서야 어머니는 안심하여 유학길에 동의했다.

간디는 1888년 6월, 돈을 마련해준 형과 함께 씩씩한 모습으로 우선 봄베이(인도의 서쪽 입국 통로가 되는 항구)로 향했다.

그런데 난관은 아직도 남아 있었다. 아라비아 해는 하기 몬순으로 풍랑이 심하여 이미 배가 한 척 침몰했으며, 간디가 탈 예정인 배도 출항이 연기된 것이다. 거기에다 또, 봄베이의 모드 바냐(前出, 간디 집안에 속하는 카스트의 한 분파)들은 간디가 유학을 떠난다는 소문을 듣고는 회의를 개최하여 모한다스를 불러들였다. 그때까지 모드 바냐에 속하는 사람으로 영국에 유학간 사람은 하나도 없었다. 장로들은, 힌두교는 영국에 전파되어 있지 않기 때문에 교도의 해외진출을 금지하고 있다고 주장했다.

그러나 간디는 유학을 갈 것이라는 주장을 굽히지 않았다. 카스트 회의(모드 박나 회의)의 의장은 모한다스를 그가 속해 있던 카스트에서 추방하여, "이 소년을 오늘부터 카스트 외 사람으로 대우한다."고 선언했다.

간디는 기운을 잃지 않고 기선의 승선권, 넥타이, 자켓, 그리고 비스킷이나 과일 등 서점프토(영국의 항구)에 입항할 때까지 필요한 식량을 준비했다.

드디어 출항한 것은 9월 4일이었다. 그때 그는 만 열여섯 살에서 한 달을 남긴 젊은이였다. 몇 달 전, 그의 아내 카스투르바이는 사내아이를 낳았으며 이름을 하리랄이라 지었다. 이제, 영국으로 향한 해로에 오른 간디는 사랑하는 아내와 장기간의 이별을 하게 되었다.

제3장
청년 변호사 간디

1888년, 간디는 런던에 도착하고 얼마 후, 사진을 찍었다.

까맣고 숱많은 머리카락을 가운데에서 조금 오른편에 가서 양쪽으로 갈라 빗으로 정성스럽게 다듬은 모습이었다. 귀도 크고 코도 큼직하고 뾰족했다. 눈과 입술이 인상적이었으며 경탄과 뜻모를 생각과 동경이 담겨 있는 듯한 눈은 끊임없이 무엇을 찾고 있었다. 도톰한 관능적이고 민감한 입술은 어쩐지 슬픈 방어적인 모습으로 보였다. 그 얼굴에는 자신과 사회 사이에 앞으로 닥쳐 올 투쟁을 예감하는 표정이 나타나 있었다. 자기 감정을 스스로 극복할 수 있을지, 투쟁을 끝내 수행할 수 있을지 불안을 느끼고 있는 듯한 표정이었다.

1890년, 포트 마우스(잉글랜드 남부의 해안도시)에서 열린 채식주의자 회의 때, 호외(戶外)의 그룹 사진에 찍힌 간디의 모습은 흰 넥타이 차림에 희고 뻣뻣한 거프스를 달고 가슴팍 포켓에는 흰 손수건을 꽂고 있었다. 머리는 곱게 빗은 모습이었다. 그는 매일 아침 머리를 손질하는 데 10분씩이나 소비하고 있었다.

당시 런던에 체제하고 있던 인도인 유학생 사타다난다 신허어 박사는 2월에 피카딜리 광장에서 간디를 처음 만났던 때를 이렇게 회상하고 있다. "간디는 반짝반짝 윤이나는 산고모(당시 글래드스톤 스타일이라고 불렀다) 뻣뻣하게 풀먹인 칼라, 여러 가지 색이 화려하게 섞인 넥타이 줄무늬가 있는 고급 비단 와이셔츠를 입고 있었다. 위에는 모닝과 짝을 이루는 더블 조끼와 거기에 조화된 줄무늬 바지 그리고 에나멜 가죽 구두에는 스패츠(단화 위에 다는 각반)를 달고 있었다. 손에는 가죽 장갑을 끼고 손잡이가 은으로 된 지팡이

34

를 짚고 있었으며, 안경은 쓰지 않고 있었다. 그런 옷차림은 당시의 첨단 패션이었으며 법학원에서 공부하는 인도인 청년 사이에 크게 유행하고 있었다.” 법학원은——링컨즈 인, 그레이즈 인, 미들 템플, 그리고 인너 템플 이렇게 네 개 있었는데, 간디가 입학한 인너 템플은, 신허어 박사에 의하면 인도인들 사이에서 ‘가장 귀족적’인 스쿨로 인식되고 있었다.

간디는 “여러 해 동안 복장에 신경을 썼으며 산고모는 값비싼 것이었고, 본드 가(街)에서 한 벌에 10파운드나 나가는 신사복을 맞춘 일도 있었다.”고 자서전에서 쓰고 있다. 형에게 회중시계에 달, 금으로 만든 이중 사슬을 보내달라고 부탁하기도 하고 기성품인 구식 넥타이 대신 최신 유행 넥타이를 매게 되었다. 그리고 영국 신사를 모방하려고 댄스를 배우기도 했지만 피아노 음률에 맞추는 리듬 동작에는 숙달되지 못했다. 의지가 있고 논리적인 간디는 바이올린을 배워서 음악에 대한 감각을 길러야겠다고 생각하고 악기를 구하여 교습소에 다니면서 배우기 시작했으나 곧 이 시도를 단념하고 악기도 팔아치웠다. 다음에는 《표준웅변술》을 구하여 변론술 공부를 시작했으나, 이 역시 곧 포기했디.

간디는 일생을 통해서 인간(자기)의 일상 행동에 주의를 집중한 사람이었다. 런던에서도 그의 가장 큰 관심사는 M. K. 간디라는 인물의 일상 행동이었다. 자서전에서 런던의 학생시절을 회상하고 있는데 그 내용은 주로 식사, 의복, 자기의 내성적인 성격, 교우관계, 종교에 대한 태도에만 한정되어 있다.

미국의 유명한 철학자 조지 산타야나는, 간디가 영국에 체재하던 시절에 한 청년으로서 런던을 방문한 일이 있다. 그는 수십 년 후에 저술한 회고록의 제2권 《중간기(中間期)》에서 런던 방문에 대하여 서술하고 있는데 극장의 수준, 영국 사람의 기질, 혹은 런던의 주택, 공원, 길가의 풍경을 묘사하고 있으며, 문학이나 철학에 관한 언급도 있다. 예술가이기도 한 산타야나는 생활과 시대를 재현하려고 시도

했다. 그런데 개혁자인 간디는 문화적, 역사적 배경을 일단 배제하고 우선, 사람들에게 교훈의 자료를 제공하기 위해 자기를 해부하고 있다.

경험이라는 것은 자기와 객관세계와의 상호작용이다. 그러나 간디의 자서전에는 《진실의 실험》이라는 제목이 붙어 있다. 이 의미에서의 '실험'은 객관세계에서 귀납되는 것이기는 하지만, 본질적으로 자기 내부와 자기 자신에 대한 작용이다. 생애의 끝까지 간디는 자기 자신을 통제하고 개조하려는 노력을 계속했다.

간디는 항상 인격에 주의를 집중했다. 어떤 영국인 친구는 그에게 육식을 권했고, 어떤 사람은 제레미 반담의 《공리론의 원리》에서 인용된 구절을 낭독해주었다. 간디는 "그것은 나에게 너무 심원하다."고 변명하면서 어머니와의 약속을 감히 깨뜨리려고 하지 않았다.

대식가인 간디는 늘 배부르게 먹고 싶었으나 하숙집 식사는 한 끼에 빵이 고작 두세 조각밖에 나오지 않았다. 나중에는 하숙집 두 딸이 조금 더 주게 되었으나 기다란 빵 한 개를 거뜬히 먹어 치울 수 있는 간디는 허기져서 죽을 지경이었다. 인너 템플에서 그다지 멀지 않은, 프리트 가에 가까운 패린든 가에 야채요리를 전문으로 하는 음식집이 있는 것을 알았다. 간디는 그 식당 입구에서 팔고 있는 헨리 솔트의 《채식주의에의 호소》라는 책을 1실링을 주고 샀으며, 영국에 와서 처음으로 만족하게 먹었다. 그것은 천우 신조였다.

솔트의 논문을 읽고 자발적으로 채식주의자가 되었다. 먼저 행동이 있고 다음에 신념이 뒤따른 셈이다.

식사가 검소해짐에 따라 여러 가지 지출 비용도 줄어들었다. 영국 신사를 모방 하려고 애쓰던 짧은 기간에도 간디는 식사, 의복, 통신비, 교통비, 신문, 서적 등 모든 모든 지출을 상세히 기록하여 매일밤 자기 전에 계산을 했다. 하숙집에서의 실험을 마친 간디는 다음에, 학교에서 도보로 반 시간 거리쯤 되는 곳에 셋방을 구했다. 그래서 주거비와 교통비를 절약하는 동시에 신체 단련에도 다소나마 도움이 되었다. 매일 8마일 내지 1마일 정도 걷는 효과가 있었다.

런던에 와 있는 인도인 고학생의 경우를 참작하고 형의 돈을 낭비하고 있다는 죄의식으로 간디는 더욱 근검 절약을 했다. 두 개 쓰던 방에서 단칸방으로 옮기고, 아침은 오토밀과 코코아를 손수 만들어 먹었다. 점심은 늘 다니는 야채요리 식당에서 먹었다. 저녁은 역시 자기가 차린 빵과 코코아를 먹었다. 이런 식으로 하니 식비가 하루 1실링밖에 들지 않았다.

그동안 과자와 조미료를 항상 떨어지지 않게 인도에서 해로로 보내오고 있었는데 그런 사치를 중단하고, 조미료는 아무것도 쓰지 않고 그저 찐 시금치를 매일 먹었다. 이런 생활이 계속된 결과 참다운 미각은 혀에 있는 게 아니고 마음에 있는 것을 터득했다 간디는 '자기 마음을 바로잡는다'는, 일생을 통하여 꾸준히 계속되는 그 경탄할 대사업을 시작한 것이다.

식품 개혁가들의 주장을 참고하면서 간디는 일정기간 동안 전분성 식품을 안 먹는다든가, 빵과 과일만으로 식사를 한다든가, 때로는 몇 주간 계속해서 빵과 우유와 계란만 먹어본다든가 하는 식으로 메뉴를 바꾸었다. 그는 영국 채식주의 협회 실행위원회 위원이 되었다. 어떤 전문가기 일은 고기가 아니며 알을 먹는 것은 살아 있는 것을 해치는 짓이 아니라고 주장했으나, 얼마 후 간디는 다시 생각하여 알도 먹지 않기로 했다. 어머니는 알도 고기로 간주하고 있었는데, 그는 어머니에게 서약을 했으니까 어머니의 해석에 제약을 받는 게 당연하다고 생각한 것이다. 그 후로부터 채식주의 식당에서 나오는 것이라도 알을 넣은 요리나 케이크 푸딩 같은 음식도 먹지 않게 되었다. 그것은 또 하나의 부자유를 증가시키는 일이었지만 서약을 지키고 있다는 만족감으로 음식 자체보다도 마음에서 느끼는 풍미가 훨씬 몸에 좋고 맛이 있고 항구적인 것으로 생각하였다.

간디는 1주간의 예산을 5실링으로 절감하는 한편, 영국요리를 배웠다. 홍당무 수프를 잘 만들었으며 이따금 나라얀 헤무찬도라를 초대했다. 나라얀은 저술가로 명성이 높은 사람으로 최근 인도에서 온 청년이었는데, 간디의 말에 의하면 "그의 옷차림은 기묘했다."고 한다.

간디의 영어 실력은 충분하다고는 할 수 없었으나 나라얀의 영어 실력은 더욱 심했다. 그래서 간디가 그에게 영어를 지도해 주기도 했다. 언젠가 한 번은 나라얀이 셔츠 위에 허리띠를 두른 모습으로 간디의 하숙방을 방문한 일이 있었다. 문을 열어준 하숙집 안 주인이 깜짝 놀라 간디에게 달려와서 "이상한 사람이 당신을 만나러 왔다."고 알렸다. 간디도 "나라얀의 복장을 보고 처음에 몹시 놀랐다."고 쓰고 있다.

나라얀은 프랑스 어를 배우러 프랑스에, 독일어를 배우러 독일에, 혹은 아메리카 여행을 계획하고 있었다. 실제로 그는 프랑스에 가서 프랑스 어 책을 번역했다. 간디는 그의 번역을 몇 군데 정정해주었다. 나라얀은 또 아메리카에로 건너갔는데, 뭔지 잘못된 행실 때문에 체포된 일이 있었다.

나라얀 헤무찬도라의 선동으로 간디는 1890년 파리 만국박람회를 구경하러 바다를 건너갔다. 그는 이 당시를 다음과 같이 회상하고 있다.

"나는 파리에 채식주의자를 위한 레스토랑이 있다는 것을 듣고 있었으므로 방을 예약하여 그곳에서 1주 동안 숙식했다. 박람회에 관해서는 그저 규모가 크고 다채로웠다는 기억이 있을 뿐이다. 에펠 탑에는 두 번인가 세 번 올라갔다. 1층에 레스토랑이 있었다. 대단히 높은 곳에서 식사를 했다는 얘깃거리를 만들기 위해서 7실링이나 낭비했다"

레오 톨스토이 백작은 '에펠 탑은 인간의 어리석음의 기념비'라고 말한 바 있다. 간디는 이 혹평에 동감을 했다. '그 탑은 사람이 신기한 장난감에는 호기심을 강하게 느낀다는 것을 잘 나타낸 물건'이며, 그가 보기에는 별로 대단한 아름다움도 기교도 없으며, 그저 덩치가 크고 진기할 뿐이었다. 한편 그는 파리의 유서 깊은 교회의 장엄하고 정숙한 모습, 특히 노틀담 사원의 섬세한 내부장식과 조각을 보고는 감탄했다. 그저 소란하기만한 거리의 풍경을 본 다음에 신을 모신 성당에서 존엄과 경건을 발견한 것이다. 마리아 상 앞에 무릎을 꿇고 있는 프랑스 사람들은 단순히 대리석에 예배하고 있는 것이 아니고 그것이 상징하는 어떤 성스러움을 예배하고 있었다."고 적고 있다.

간디는 영국의 교회에 대해서는 아무 언급을 하고 있지 않다. 그는 영국에서는 브리지(트럼프로 하는 놀이)를 하고, 이따금 무슨 공식장소에 가는 것 같은 복장을 하고, 축제일에는 야회복을 입었다. 채식주의자의 모임에는 적극적으로 활동했는데 너무 내성적인 성격이기 때문에 여러 사람 앞에서 의견을 발표하지 못하고 자기 생각을 글로 써서 제출하여 다른 사람이 대독을 했다. "어디든 가서 사람이 6, 7명만 모여 있으면 말이 제대로 나오지 않았다."고 고백하고 있다.

간디는 그 회상기에서 영국 유학의 목적을 겨우 몇 줄의 간단한 서술로서 말하고 있다. 그 취급태도는 식사에 관한 모험보다 훨씬 간단했다. 인너 템플에 입학이 허가된 것은 1888년 11월 6일이고, 런던 대학에 입학한 것은 1890년 6월이었다. 프랑스 어, 라틴 어, 물리, 일반법과 로마법을 공부했다. 로마법은 라틴 어로 읽었으며, 책을 많이 구입했다. 영어도 능숙해져서 최종시험에는 아무런 어려움도 느끼지 않았다. 1981년 6월 10일 변호사 자격을 얻어 11일에 고등법원에 등록되었디. 긴디가 모국으로 줄발한 것은 바로 그 이튿날인 6월 12일이었다. 영국에는 하루도 더 머무르고 싶지 않았기 때문이었다.

유학 중의 간디는 그다지 행복하지는 않았던 것 같다. 그것은 전문직의 지위를 얻기 위해 거쳐야 할 과도기였다. 간디 자신이, 유학시대에 주로 교제한 영국인은 "음식과 질병에 관한 얘기밖에는 하지 않는 열렬하게 채식주의를 신봉하는 노인들이었다."고 말하고 있다. 그는 특별히 남의 친절을 받은 일도 없는, 남에게 베푼 일도 없었다.

간디는 아직도 영어를 자유자재로 구사할 수 있는 실력은 아니었다. 훗날, 마하트마——인도의 지도자——가 되어서도 그는 항상 인도 고유의 모어로 공부하고 얘기하는 중요성을 역설했으며, 또 그렇게 하지 않으면 언어의 장벽을 극복하는 데 정신적인 노력을 허비하는 일이 많다는 것을 강조했다. 따라서 영국에서의 생활이 그에게는 매우 이질적이었음에 틀림없다.

간디는 처음에 '영국인'처럼 될 수 있다고 생각하여, 그 변신의 시발점으로 의복, 댄스, 변론 등에 열중했다. 그러다가 그 벽이 얼마나 높은지 깨닫고는 본래의 인도인으로 돌아와야겠다고 결심했다. 그렇기 때문에 간디는 보통사람보다 더 '인도적'으로 되었던 것이다.

간디가 영국에서 보낸 2년 8개월은 그의 형성기이므로 아무래도 그의 인격에 영향을 끼쳤을 것은 확실하다. 하지만 그 영향은 보통 경우에 비해서 적었을 것이다. 왜냐하면 그는 원래 학구적인 인물은 아니었기 때문이다. 간디는 그의 본질적인 신념을 학습에 의해서 배우지는 않았다. 그는 원래 '행동의 인물'이며 행동에 의해서 성장하는 지식을 얻었다. 책이나 사람이나 조건에서도 감화를 받기는 했지만 참다운 간디, 역사의 무대에 나온 간디의 모습은 학생시대나 연수기에는 나타나 있지 않다. 훗날의 존재를 암시하고 있지도 않다. 이 점에 관해서는 어쩌면 18세라는 젊은 나이로 갑자기 대도시인 런던에 뛰어든 인도의 한 시골뜨기에게 뚜렷한 개성이 표시를 기대하는 것은 타당하지 않을지도 모른다. 그러나 역시, 1891년에 영국유학을 마치고 인도에 돌아간, 별다른 특징도 없고 유리한 배경도 없이 어리둥절한 자세로 사회에 뛰어든 청년변호사 M. K. 간디와 훗날, (4억 5천만) 인도 민중의 지도자가 된 마하트마 간디와의 대비는 너무나 다르다. 아마도 이는, 공공 활동에 들어가서 직관, 의지력, 정력의 거대한 축적의 문이 열릴 때까지 그의 진정한 인격은 아직 잠들어 있었음을 의미하는 것으로 여겨진다. 사실 그는, 그 인격을 무의식중에 양성했다. 고기와 술과 여자를 가가이 하지 않는다는 서약을 지킨 것은 의지력과 헌신을 기르는 젊은이다운 수련이며, 훗날 그 생활태도의 기본신념으로 크게 개화 했다. 그러나 간디의 인격은 남아프리카에서 일으킨 행동이 마법의 막대기처럼 촉발함으로써 비로소 움을 트기 시작했다. 간디 자신이 1924년 9월 4일의 영 인디아(젊은 유학)에서, 학생시절을 '……내 인생이 시작하기 이전'이라고 말하였다.

진실로, 간디는 행동에 의해서 위대한 사람이 되었다. 따라서 힌두교의 성전인 《기타(바가바드 기타 성가)》는 행동을 찬미하는 까닭에 간디의 복음서가 되었다.

제**4**장

간디와 《기타》

간디는 전에 얼마 동안 런던의 베이즈워터 지역에서 살았었다. 그는 그곳에서 채식주의 클럽을 조직하여 서기를 맡았다. 회장에는 〈베지테리안〉 지의 편집장인 수염이 덥수룩한 조사이어 올드필드 박사, 부회장에는 써어 애드윈 아놀드가 선출되었다. 아놀드는 《기타》를 산스크리트 어로 된 기타 경을 영어로 번역하여 〈성가〉라는 서명을 달아, 간디와 만나기 몇 해 전인 1885년에 출판한 사람이다.

간디는 런던에서 보낸 법합생 생활 2년 때에, 애드윈 아놀드의 번역으로 된 《기타》를 처음 읽었다. 《기타》는 이슬람교의 《코란》, 유태교의 《구약성서》, 크리스트교의 《신약성서》와 마찬가지로 힌두교의 성전인데, 그것을 스무 살이 되기까지 읽지 않고 있었다는 것은 부끄러운 일이었다.

그러나 간디는 그 후, 산스크리트 어 원전을 비롯하여 여러 가지 번역책을 읽었다. 실제로 그 자신의 그다지 밝지는 못했던 산스크리트 어에서 《기타》를 구자라티 어로 옮겨 주해를 달기로 했다. 간디의 구자라티 어역은 마하데브 데사이에 의해 다시 영어로 번역되었다.

《기타》 즉 '노래'는 《바가바드 기타》——신의 노래 천제(天帝)의 노래——를 줄인 말이다. 간디는 일생 동안 이 고전을 높이 평가하여 애독했다. "무슨 상념에 시달리거나, 실망에 빠지거나 혹은 지평선에 단 한줄의 빛도 보이지 않을 때, 《바가바드 기타》를 펼쳐 거기에서 마음을 진징시켜주는 구절을 발견하면 나는 아무리 슬픔에 잠겨 있다가도 곧 풀어진다. 내 생애는 외면으로는 비극으로 덮여 있거니와,

그것이 눈에 보이는 것이나 보이지 않는 것이나 나에게 흔적을 남기지 않고 있다면 오로지 《바가바드 기타》의 덕택이다" 이는 1925년 8월 6일자 〈영 인디아〉 지에서 간디가 하고 있는 말이다. 마하데브 데사이는 "간디의 생애는 한순간 한순간이 《기타》의 가르침을 실천하려는 의식적인 분투이다."고 말한 바 있다.

《바가바드 기타》는 7백 개의 송으로 구성된 절묘한 시이다. 그 송은 태반이 2행으로 되어 있는데 어떤 것은 4행이나 6행 혹은 8행까지 나가는 것도 있었다. 전체가 18편 혹은 18장으로 구성되어 있으며, 첨서에 의하면 그 하나 하나가 '요가' 학문의 각 특정부문을 다루고 있다고 한다. 따라서 《기타》는 요가의 학문과 실제에 관한 책이다.

《바가바드 기타》는 인도에서 가장 장시로 된 서사시이며 《일리아드》와 《오딧세이》를 합친 것의 7배나 되는 세계에서 가장 긴 서사시 《마하바라타》의 일부이다. 《마하바라타》는 서기 전 10세기의 인물과 전쟁을 기록한 책이다. 그 내용은 유럽의 고전과 마찬가지로 신과 인간이 뒤섞여 있어서 어느 것이 역사적 사실이고 어느 것이 신화인지 구별하기가 어렵다. 우화, 철학적 논설, 신학적 논이를 포함하고 있으며, 또 가장 이름다운 보석이라 할 《기타》를 포함하고 있다.

《바가바드 기타》는 한 사람의 작자에 의해서 만들어졌다고 한다. 또 서기 전 5세기부터 2세기 사이에 성립되었다는 것이 학자들의 일치된 견해이다. 내용은 크리슈나와 아르쥐나의 대화형식으로 되어 있다. 《바가바드 기타》의 영웅이며, 또한 마찬하지로 《마하바라타》의 영웅인 크리슈나는 인도에서 신으로 숭배되고 있다. 많은 힌두교도의 가정이나 크리슈나의 상이나 그것에 해당하는 상징물이 모셔져 있다. 크리슈나의 생애에 관한 얘기에는 유사 이전의 안개가 낀 것처럼 희미한 사실과 전설이 경합하고 있거니와, 크리슈나가 어느 왕의 종자매(從姉妹)의 아들인 것은 확실하다. 그 왕은 왕좌를 노리는 적대자가 나타나는 것을 방지하기 위해 왕족으로 태어나는 아이들을 모조리 죽이게 했다. 여기에서 신이 종자매의 아들로 태어났다. 남성을 매개하지 않고서 직접 신의 변신으로 태어난 크리슈나——어린이는, 신의 배려에 의하여 미천한 목장 주인의 가정에 그 집의 딸 대신 남모르게 옮겨졌다. 어린 시절의 크리슈나는 그의 생명을 위협하는 모든 하계의 시로를 기적적으로 극복하여 나중에는 다른 아이들과 함께 소를 지키는 목동노릇을 한다. 한번은 홍수가 나서 인간과 가축을 구하기 위해 손가락으로 산을 들어 칠일 밤낮을 떠받치고 있었다. 그의 신성을 믿는 마을 사람들은 크리슈나를 사랑하여, 같이 춤을 추었다. 청년이 된 크리슈나는 마침내 자기 숙부인 포악한 왕을 죽여 온 나라에 이름을 떨쳤다. 그 후 여러 가지 모험을 한 뒤에, 크리슈나는 숲속에 들어가 은둔을 하게 되는데, 사냥꾼이 사슴으로 오인하여 활을 쏘아 발꿈치에 화살이 꽂힌다. 다가온 사냥꾼은 사슴이 아니고 크리슈나인 것을 알고 슬퍼하는데, 크리슈나는 미소를 지으며 사냥군을 위로하고 죽는다.

크리슈나는 곧 신이다. "개인을 우주 전체로 보고 동등한 것으로 보는 표현은 힌두교 사상에 자주 나오며 크리슈나는 곧 최고 신인 뷔쉬누 신의 변한 모습이다."라고 인도 철학자이며, 그 자신도 《기타》를 번역한 옥스포드 대학 교수 사르베파리 라다크리슈난은 쓰고 있다.

《기타》의 모두(冒頭)에서는, 크리슈나가, 한쪽 군데의 무장 아르쥐나를 섬기는 몸에 아무 방비를 감추지 않은 마부의 모습으로 나타난다. 적군은 아르쥐나의 종형제 뻘인 왕자들이 골육상쟁의 전투태세를 취하고 있다. 아르쥐나가 말한다.

> "크리슈나여, 나의 혈연들이 싸우려고 모여 있는 것을 보니
> 나는 손발이 움직이지 않고, 입이 마르고, 몸이 떨리며, 소름이 끼친다.
> 간디바는 손에서 떨어지고 피부가 불에 그을리는 것 같으며
> 발은 꼿꼿이 서지 못하고, 마음은 어지럽다"

간디바는 아르쥐나의 활이다.

"케샤바여, 내 눈에는 흉조만이 보인다.
전장에서 친족을 죽이는 게 무슨 이익이 되는가.
승리로 영토도 나는 바라지 않는다.
왕권도, 지상의 쾌락도, 생명도
나에게 무슨 소용이 있겠느냐, 고빈다여

'케샤바'와 '고빈다'는 크리슈나 신의 여러 가지 별명 가운데 하나이다.
아르쥐나는 혈연을 죽이기보다는 차라리 자기가 죽기를 원한다. "두리타라쉬트라의 아들들이 무기를 손에 들어 무저항 무방비의 나를 죽인다고 하면 그 이상의 바랄 것 없다"
아르쥐나는 단호하게 "나는 싸우지 않겠다."고 말한 다음 크리슈나의 대답을 기다려 묵묵히 서 있다. 신(크리슈나)은 이렇게 타이른다.

그내는 슬퍼할 까닭이 없는 자들을 위해서 슬프하여
어진 말을 하는구나
현자는, 죽은 자나 살아있는 자를 위해 슬퍼하지 않는 법이니라.
그 까닭은 나도, 그대도, 저 왕들도 과거에 존재하지 않았던 것은 아니며
또한 사람은 모두 죽은 뒤에 아주 없어져버리는 것도 아니기 때문이다.

크리슈나는 아트만 즉 영혼은 인간의 파괴력이 미치지 못하는 것임을 설명하여 영혼을 '이것'이라고 부르면서 다시 말한다.

이것은, 생성하는 것도 아니고, 사멸하는 것도 아니다.

과거에 이미 태어난 것도 아니고, 미래에 장차 태어나는 것도
아니다.
생성하지 않고 사멸하지 않고, 변화도 없는 태고의 것이다.
비록 몸은 멸망할지라도 결코 사멸하는 존재가 아니다……
서람이 헌 옷을 벗어던지고 새옷을 두른 것처럼
사람이 피곤한 몸을 떠나 새로운 모습을 얻는 것도 같은 이치
이므로

이 구절은 힌두교의 핵심인 아트만의 윤회설의 요체이다.

이것은 어떤 무기에 의해서도 상처를 받지 않고, 불에 타지도
않는다.
물에 젖지도 않고 바람에 마르지도 않는다.
생명을 지닌 자의 죽음은 필연적이고 죽은 자가 다시 태어나게
될 것도 필연적이다.
그러므로 그대는 불가피한 것을 슬퍼할 까닭은 없다.

그리고 크리슈나는 아르쥬나 크샤트리아——무사계급에 속하는 사
람인 바에는 당연히 싸울 의무가 있다고 설명한다. "또한, 그대는 자기
임무를 생각하여, 물러나서는 안 된다. 크샤트리아에게는 다르마의
투쟁보다 더 중요한 임무는 없으므로."
전통적인 힌두교도는 이 성구를 자의대로 해석하여 《기타》를, 어느
한 군사지휘자가 흡혈을 피하려 했으나 힘의 행사에 호소하는 것이
자기가 속하는 카스트의 임무라는 신의 말씀을 듣고서 다시 깨달은,
역사상 실제로 있었던 어떤 전투행위에 관련된 것으로 보고 있다.
이에 대해서 비폭력의 사도인 간디는 분명하게 다른 해석을 제기하지
않으면 안 되었다.
1888년에서 89년에 걸쳐 《기타》를 처음 읽었을 때에 간디는 사실

이 아니라고 느꼈다. 그는 또 훗날, 그 점에서는 "《마하바라타》도 같다."고 쓰고 있다. 간디에 의하면 《기타》는 비유이다. 전장은 인간의 마음으로 상징하며 아르쥬나가 악과 싸우는 인물이다. 간디에 의하면, "크리스나는 항상 순수한 가슴에 속삭이는 내면의 소유자이며 물질계의 전투에 어떤 모습을 취해서 나타난 것"이다. "《기타》는 인간의 마음속에서 벌어지는 끝없는 갈등을 서술한 것이며, 물질계의 전투를 사건으로 비유하고 있는 것은 마음속의 갈등을 교묘한 비유에 의해 묘사하기 위한 것"이라고 주장한다. 간디는 교의나 세속적인 권위에 의념(疑念)을 삽입하여, 독자적인 해석을 제시하는 경우가 자주 있었다.

《기타》는 간디에게 있어 '정신의 길잡이'이고, '나날의 안내서'였다. 《기타》는 활동을 하지 않는 상태를 비난하고 있는데, 간디도 역시 그것을 비난했다. 그리고 더 중요한 것은 《기타》가 행동에 따르게 마련인 악을 피하는 방법을 제시하고 있는 점이다. 간디는 이것이야말로 진정한 《기타》의 교훈의 정수라고 주장했다. 크리슈나는 이렇게 설명하고 있다.

> 고락 득실 승패를 같은 것으로 보고서
> 싸움에 대비하면
> 죄를 범하게 되지 않으리라

행동에 있어서의 무아는 '요가'의 일면이다.

> 다난자야(아르쥬나를 가리킴)여 집착을 버리고, 성부를 동등한 것으로 보아, 요가를 태만히 하지 말아라. 평정한 마음이 곧 요가이다.

그렇다면 요기(요가를 수행하는 사람)는 아무런 보수도 얻지 않는 것일까. 여기에 대하여 간디는 '얻는다'고 대답한다.

"사실, 무엇을 포기하는 사람은 오히려 그 천 배를 얻는다. 《기타》가

가르치는 '포기'는 신앙을 엄밀하게 음미한 내용을 담고 있다. 결과를 너무 중요시하고 서두르는 사람은 오히려 의무의 수행을 소홀히 하는 경향이 있다. 그런 사람은 참을성이 없어 흥분에 이끌려 부질없는 짓을 하며, 행동에서 행동으로 껑충껑충 뛰기는 하지만 어느 것에도 성실하지가 못하다. 결과를 너무 염려하는 사람은 관능의 대상에 굴복한 사람과 마찬가지이다. 항상 마음이 어지럽고 양심의 경고를 충분히 고려할 겨를이 없으며 자기의 짐작이나 판단이 다 옳다고 생각되기 때문에 목적을 달성하기 위해서는 정사를 가리지 않고 온갖 수단에 호소한다." 이와 반대로 '포기'를 할 줄 아는 사람은 진실한 목적을 달성한다. 내면의 평안 즉 정신의 평안을 얻는다.

그러나 아르쥐나는 결과를 포기하고 결과를 바라지 않으면서도 크리슈나의 충고에 따라 사람을 죽이는 행위를 했다. 간디는 이 문제에 관해서 고민을 했다. 그는 1925년 《기타》의 구자라티 어역의 서문에서 다음과 같이 쓰고 있다. "《기타》의 자의에 의하여 전투라는 것은 결과의 포기와 모순되지 않는다고 말할 수 있다고 양보하자. 그러나 자기 인생에 있어서 《기타》의 가르침을 완전히 실천하려고 과거 40년 반 동안 꾸준히 노력해온 나는, 분에 넘친 생각일지는 모르지만 "완전한 '포기'는 어떤 형태이거나 간에 비폭력 정신을 완전히 지키지 않고서는 불가는 하다고 느끼고 있다."《기타》에 충실한 간디는 그것을 수정하는 자격이 자기에게 있다고 생각했다. 간디는 이따금 성구나 개념이나 혹은 어떤 상황이 자기 의도에 맞지 않는 경우에는 그것에 속박되기를 거부했다.

《기타》는 "죽는 것은 육체뿐이며 영혼이 죽는 것은 아닌데, 왜 무사의 본분에 따라서 싸우지 않느냐. 상대를 죽이지 않느냐"고 말하고 있다. 이에 대하여 간디는 "우리는 모두 신의 일부분인데 어떻게 우리가 서로 죽일 수 있는가, 왜 서로 죽여야 하는가."고 반문한다.

《기타》에 의하면 폭력적이고, 간디에 의하면 비폭력적인 행동에의 호소가 되지만 요컨대 《기타》의 중핵이 되고 있는 것은 결과를 포기한 행동인의 서술이다. 아직도 마음이 산란한 아르쥐나는 그렇다면 '요기' 의 특징은 무엇인가 하고 묻는다. "요기는 어떻게 말을 하고 앉는 자세는 어떠하고, 걸음걸이는 어떠한가?"

크라쉬나는 이렇게 대답한다. "팔타여, 마음속에서 일어나는 원망을 모두 버리고, 오로지 아트만에 몰입하는 사람은 완전한 '지혜의 사람' 이라 불린다."

간디는 여기에 "이를테면 부를 소유함으로써 얻는 기쁨은 착각이다. 참다운 정신적인 기쁨, 즉 지극한 복락은 빈곤이나 허기에 시달리면서도 온갖 유혹을 초월함으로서 비로소 얻어진다"고 주석하고 있다.

크리슈나는 '요기'의 정의를 계속해서 말한다.

"슬픔에 시달리지 않고, 기쁨을 원하지도 않는 평안한 마음을 지니고서 정욕 공포 분노를 벗어난 사람이 완전한 고행자이다."

모든 욕념을 떠나, 구애됨이 없는 자유로운 마음으로 행동하여 '나(我)와 '나의 것(所有)'의 의식을 초월한 사람은 마음의 평정을 얻는다.

그러나 사람은 관능(官能)을 그 대상에서 격리하여 관능을 일단은 제압하면서도 여전히 그 대상을 마음에 두고서 곰곰히 생각하는 경우가 있을지도 모른다. 그렇게 하면 집착심이 되살아나, '집착심에서 욕망이 생기고 욕망에서 울화가 생긴다.' 따라서 크리슈나는 "사람은 '나(我-眞我-宇定我)'에 마음을 집중하고 좌정해야 한다."고 가르치고 있는 것이다.

간디는 이 부분에 이렇게 주석을 달고 있다. "이것은 신앙을 통해서 얻어지는 신의 은총이 없이는 인간이 노력이 무익함을 의미한다. 무엇보다도 마음의 통제가 필요하다. 사람은 입(말)을 조심하면서도 마음속으로 나쁜 말을 할지 모르며, 성질을 억압하면서도 은근히 그것을 원할지도 모른다. 그러므로, 억압만으로는 충분하지 않다. 억압 다음에 후회가 온다면 소용이 없다. 궁극적으로 억압은 승화로 나아가지 않으면 안 된다."

크리슈나는 "아르쥐나여, 모든 관능을 마음으로 통제하여, 집착을 벗어나 칼라 요가에 전념하는 사람이야말로 참으로 존귀한 사람이다."
고 가르친다.

간디는 《기타》를 읽은 직후와 그 후 특히 남아프리에 가서 있을
때, 칼라 요기가 되려는 노력을 개시했다. 훗날 그는 칼마 요기를 다음과
같이 정의하고 있다. "칼마 요기는 관능의 쾌락은 전혀 쳐다보지도
않고 오로지 영혼을 향상시키는 활동에 진력한다. 이것이 참다운 행
동의 길이다. 칼마 요가는 자기를 육체의 속박에서 해방시키는 요가
로서 거기에는 방일(放逸)이 끼어들 여지가 없다."

크리슈나는 간결한 대답에서 이 이치를 말하고 있다.

"오오, 팔타여, 나로서는 이 삼계(三界 : 欲界 色界無色界)에 해야 할 일이라고
는 따로 없고, 가져야 하는 것으로 갖지 못하는 것은 아무것도 없으나,
그래도 나는 항상 행동을 한다."

간디는 《기타》에 대한 그 훌륭한 주석에서 이상적인 사람, 즉 완전한
칼마 요기를 설명함에 있어 다시 다음과 같이 덧붙인다. "칼마 요기는
남을 부러워하지 않는 자비의 원천이며 이기심이 없고 무사하여, 한난
(寒暖) 이나 행불행에 구애되지 않고 항상 원칙에 따라서 행동한다.
항상 관대하고 항상 만족할 줄을 알고 결의가 확고부동하며 마음과
영혼을 신에게 바친다. 남에게 공포를 주지도 않고 남을 두려워하지도
않으며 그 마음의 상태는 언제나 기쁨 슬픔 두려움을 벗어나 순수하다.
행동에 능숙하면서도 마구 움직이지는 않고 선악 양단의 결과를 포기
초월하여 벗과 적을 동등하게 취급한다. 남의 존경에 대해서나 모멸에
대해서나 내 마음을 동요시키지 않고 찬사를 듣는다고 해서 자만하지
않고, 비난을 듣는다고 해서 풀이 꺾이지 않는다. 침묵과 고독을 사
랑하는 사람이고 그의 이성은 개명이 잘 되어 있다. 그와같이 신심이
열렬한 사람이다. 그러한 개명된 신심은 맹목적인 집착과는 양립하지
않는다."

《기타》는 무집착이라는 것을 엄밀하게 정의하고 있다.

자만심이 없는 마음, 비폭력, 관용, 정직, 신에 대한 봉사, 순결, 견고한

의지, 자제.

관능의 대상을 혐오하고, 자부심을 갖지 아니하고 생로병사의 고뇌를 인식한다.

집착심에서 벗어나, 처자나 가정, 가족에 대하여 살아서는 안 되며, 선에 대해서나 악에 대해서나 마음이 평정해야 한다.

이러한 덕행을 실천하는 요기는, 브라만(Brahman : 梵), 즉 최고신과의 결합, 모든 고뇌로부터의 해탈, 그리고 모든 살아있는 것에서 아트만(梵에 대한 자아)을 보고 아트만 속에 만인을 보는 무차별의 눈을 완성하게 된다.

간디는 이 이치를 한마디로 요약해서 '무욕'이라 했다.

이 '무욕'은 간디의 목표가 되었으며 사람은 인생의 여러 가지 상황 속에 놓여 있으므로, 따라서 그의 목표는 그의 아내, 아들, 제자들, 그리고 간디 자신에게 무수한 문제를 제시하게 되었다.

"그러나 이 무욕의 상태에는 대단히 귀중한 보답이 기다리고 있다. 위대한 요기들이나 마하트마들, 즉 '위대한 영혼'은 '우리들이 있는 곳에 와서 지상'의 지위에 다다를 것이며 무상한 습품의 기치인 삶을 다시는 얻지 않으리라" 크리슈나는 이렇게 무욕에 대해 설명한다. 결국 요기가 얻는 최고의 보수는 윤회를 되풀이하는 인간으로 다시 되돌아오는 일이 없을 만큼 신에게 굳게 결부되는 일이다. 간디는 그 생에 여러 번 다시 태어나지 않기를 바란다는 희망을 표시했다.

'요가의 스승'인 크리슈나, 즉 최고신에게 요가의 길을 배운 아르쥐나는 드디어 의념을 버린다. 이제야 그는 집착에서 벗어난 행동의 심오한 의미를 이해했으며, 따라서 참된 행동을 할 수 있게 되었다. 따라서 "그대의 명령에 따르리라."고 그는 약속한다.

히말라야의 동굴에 앉아 명상에 잠기고 단식을 하고 혹은 나체생활을 하는 경건한 힌두교도나 신비적인 힌두교도가 있다. 그러나 간디는 항상 행동을 하며, 또 항상 유용하면서도 항상 무용일 것을 목표로 삼았다. 이거야말로 그가 진실로 체득하기를 갈망하는 것이었다. 세상 모든 사람과 마찬가지로 간디도 역시 집착심을 가지고 있었으나 그는 감히 거기에서 벗어나려고 했다.

힌두교도의 무집착은 무사를 포함하고 있으며, 또한 초월한다. 그것은 신도가 내적존재를 벗어나 신과 합일하는 자동적인 해탈, 혹은 힘에 의하지 않는 자기 소멸이라는 종교적 목표를 포함하는 것이다. 그것은 죽음이 아니고 니르바나(열반)이다. 니르바나의 성취는 서구인으로서는 대단히 이해하기 어려우며, 힌두교도로서도 쉽게 다다르지 못하는 신비로운 과정이다. 하지만, 그들 힌두교도는 붓다와 근대의 신비주의자들 가운데 몇 사람은 그 변화를 성취한 것으로 생각하고 있다. 이 점에서 간디는 성취를 못했다.

그러나 간디는 요기의 지위에 다다랐다. 요기는 명상하는 사람이기도 하고 행동하는 사람일 수도 있다. 요기는 생명을 걸고 행동한다. 양자의 차이는 행동의 방식과 목적 그리고 인생의 목표를 어디에 두느냐에 있다.

《기타》는 인생의 궁극적인 목표에 주의를 집중시킨다. 서구인의 입장에서는 성인이 되고, 물질적인 성공을 달성한 뒤에 인생의 궁극적 목표를 생각할 수도 있다. 그런데, 힌두교도는 인생의 출발점에서부터 궁극적인 목표를 생각한다. 간디는 이러한 《기타》의 근본정신에 대단이 큰 영향을 받았던 것이다.

제5장
인도에서의 간주곡

간디는, 런던에서 유학하던 시절에는 《구약성서》의 첫부분에 그만 싫증이 나서, 레위기 민수기에서 더 나아가지 못했는데, 후년에는 예언서, 시편, 전도서를 애독했다. 간디가 흥미를 느낀 것은 오히려 《신약성서》였다. 산상수훈은 "내 마음에 곧바로 들어왔다."고 말하고 있다. 거기에서 《기타》와의 유사점을 발견했기 때문이다.

"그러므로 나는 말한다. 악에 대항하지 말아라. 가령 어떤 사람이 그대의 오른쪽볼을 때릴 경우에는 왼쪽볼도 마저 내밀어라. 그대의 상의를 빼앗는 자에게는 외투를 마저 주어라." 크리스트의 이런 말을 간디는 '기뻐했다.' 그 밖에도 여러 가지 성서 구절에 미래의 마하트마는 공감을 느꼈다. 유순한 사람은 복이 있다. ……남에게 비방을 당하고, 고난을 겪는 사람은 복이 있다. ……까닭없이 형제 간에 화를 내는 사람은 최후의 심판에서 염려가 된다. ……지금 당장 그대의 적과 화해하여라. ……여자를 음탕한 눈으로 쳐다보는 자는 이미 마음속에서 간음을 범한 자이다. ……그대의 적을 사랑하고 그대를 비방하는 자를 축복하여라. ……남의 죄를 용서하여라. ……이 땅 위에 재물을 축적하지 말아라. ……재물이 있으면 마음이 재물에서 떠나지 못하므로……."

간디가 《구약성서》와 《신약성서》를 읽은 것은 어느 영국인이 열심히 권한 덕택이었다. 그는 또 어느 친구의 권고로, 예언자 마호메트에 관한 토마스 카알라일의 평론을 읽었다. 혹은 런던에서 H. P. 브라바츠키 부인과 어니 베선트 부인을 만나, 신지론에 관한 책을 읽기도 했다.

간디의 종교관계 독서는 난독이어서 체계적이 아니었다. 하지만 그것이 오히려 간디다운 방식이었는지도 모른다. 그는 법률에 관한 책을 제외하면 그다지 열렬한 독서광은 아니었다. 독서의 양도 그리 많지는 않았다. 당시는 인도의 역사에 관한 책도 별로 읽은 것이 없었다.

간디는 영국의 새로운 신지학파의 운동에는 참가하지 않았으나 베선트 부인이 무신론을 포기한 것을 기뻐했다. 그 자신은 이미 '무신론의 사하라'를 건너 '종교에 대한 갈망'으로 옮겨 있었다.

이런 상태에서 간디가 귀국한 것은 1891년 여름이었다. 당시 그의 성격은 역시 세속적이었으나, 그렇다고 해서 그 이상 이론에 밝았던 것도 아니었다. 그는 당장에 실패를 인정하면서도 자기가 나아가는 길을 완강하게 고집했다. 자기에 대해 비판적인 동시에 자신에 넘치고 정서면에서는 내성적이면서도 지성면에서는 확고부동했다.

봄베이에 상륙하자 마중 나온 형이 그 동안에 어머니 프토리바이가 세상을 떠난 사실을 알려주었다. 유학 중인 모한다스가 너무 슬퍼할 것을 염려하여 일부러 알리지 않고 있었던 것이다. 간디는 엄청난 충격을 받았다. 아버지가 돌아가셨을 때보다도 더 슬펐다. 하지만 동요되지는 않았다.

간디의 아들 하리랄은 네 살이 되었고 형들에게는 더 큰 아이들이 있었다. 유학에서 돌아온 젊은 변호사는 어린이들에게 운동이나 산보를 시키러 데리고 나갔으며 같이 유희를 하기로 했다. 때로는 부부 간에 말다툼이 있었다. 사실, 한번은 아내를 친정에 보낸 일도 있었다. 그는 아직도 질투심이 많고 처자를 부양하는 일을 제외하고는 남편으로서의 임무를 다 했지만 돈은 없었다.

라지코트에서 변호사를 하고 있던 라크쉬미라스 간디는 아우에게 큰 기대를 걸었으나 모한다스는 변호사로서 완전한 낙제생처럼 보였다. 라지코트와 봄베이에서 조그만 소송을 맡아 법정에 나갔는데 말이 제대로 나오지 않았다.

간디의 영국 유학 학비를 댄 라크쉬미다스는 동생이 다소 어려운 어떤 사명에 실패를 했을 때 누구보다도 더 낙담을 했다. 라크쉬미다스는 포르반다르 왕위 계승자의 비서겸 고문을 하고 있었으며 할아버지와 아버지를 이어 장차 그 소번 왕국의 재상이 될 것으로 기대를 모으고 있었다. 그러다가 영국 주재관의 비위를 거슬렀는데 우연하게도 그 주재관은 모한다스가 런던에서 만난 적이 있는 사람이었다. 그래서 라크쉬미다스는 아우에게 영국인을 만나 사태를 수습해달라고 부탁했다. 간디는 겨우 얼굴이나 아는 사이에서 그런 목적으로 면담을 요청하는 것은 적당하지 않다고 생각했으나 형이 자꾸 부탁하기에 한 번 찾아가서 만나기로 했다. 영국인 주재관은 라크쉬미다스가 부당한 취급을 받고 있는 것으로 생각한다면 공식적인 경로를 거쳐서 의견을 제출하는 게 옳다고 냉담한 태도로 나왔다. 간디는 계속 물고 늘어졌다. 주재관은 그만 방에서 나가라고 명령했다. 간디는 그대로 버티었다. 결국은 서기인지 사환인지 모르는 사람에게 끌려나왔다.

간디는 그 자서전에서 영국인 주재관을 만난 충격이 "내 전생애의 진로를 바꿨다."고 말하고 있다. 그렇지 않았더라면, 간디는 인도의 한 지방 왕국 왕후의 시시한 법률사무소에서 종사했을 것이다. 간디도 형도 그가 장차 번왕구 정부에서 판사나 내신의 지위를 얻게 될 것으로 기대하고 있었다. 선조부터 대대로 계승하는 전통이 있으므로 그 이상의 출세가 가능할지도 몰랐다. 그런데 주재관과 격론을 벌인 사건 때문에 이 장래성은 좌절되고 말았다. 그것은 추종자만이 무사히 나아갈 수 있는 길이다. 간디는 이 사건으로 세간의 속물근성, 음모, 궁정의 경박한 화려함 같은, 포르반다르나 라지코트를 비롯하여 카티야왈 반도의 여러 소번 왕국에 만연되어 있는 부패 분위기를 더욱 혐오하게 되었다. 그것은 사람의 품성에 해를 끼치는 독소였다. 간디는 이런 곳에서 벗어나야겠다고 생각했다.

때마침, 이 중대한 시기에 포르반다르에 있는 어떤 이슬람교도가 경영하는 한 회사가 앞으로 1년간 변호사로서 남아프리카에 출장해줄 것을 그에게 요청해왔다. 그는 새 나라를 구경하고 새로운 경험을 얻을 수 있는 기회를 놓치지 않았다. "나는 어떻게든지 우선 인도를 떠나고 싶었다."고 당시의 심정을 밝히고 있다. 이리하여 미래의 지도자는 모국에 돌아온 근 2년간 실패를 거듭한 끝에 잔지발 모잠비크 나탈 행 기선에 올라탔다. 아내와 두 아들은 그대로 두고서——그 동안 1829년 10월 28일에 둘째 아들 마니랄이 태어나 있었다. "1년만 기다리라."고 간디는 아내 카스투르바이를 달랬다.

간디는 봄베이에서 보석상인 라이찬드바이를 만났다. 간디는 "라이찬드바이만큼 강한 인상을 자기에게 준 사람은 없다."고 말한 일이 있다. 라이찬드바이는 기억력이 대단히 좋은 보석상이자 시인이었다. 돈이 많고 유명한 보석 감정가였으며 상인으로서도 우수했다. 간디는 라이찬드바이의 종교에 관한 학식, 솔직한 인품, 그리고 그의 자아실현에 감명을 받았다. 라이찬드바이의 행위가 진리와 신에 대한 경외심이 담겨 있는 것으로 보고 간디는 그를 전폭적으로 신뢰했다. 무슨 어려운 일이 있으면 고백을 하거나 위안을 얻기 위해서 그에게 달려간 일이 여러 번 있었다. 남아프리카에서도 간디는 그의 도움을 많이 받았다. 그러나 라이찬드바이를 스승으로 삼은 것은 아니었다. 힌두교도는 누구나 그 사람이 가까이 있거나 멀리 있거나 현존하는 사람이거나 고인이거나 간에 자기에 대해서 스승이 되는 훌륭한 인물, 즉 '구르'를 찾아서 만나야 한다는 생각을 가지고 있다. 그러나 라이찬드바이는 간디가 '완전한 스승'에게 기대하는 어떤 요소가 빠져 있었다. 간디는 끝내 스승을 만나지 못했으며, "그 자리는 공석으로 남겨졌다."고 자신이 말한 바 있다. 이 점은 힌두교도로서 매우 의미심장한 것이며 특히 간디의 성격을 이해하기 위해 대단히 계시적이다. 간디는 항상 우수한 사람에 대해서는 반드시 존경을 느꼈지만 그들의 생각에 그대로 따라가지 못하는 경우가 때때로 있었다. 말하자면 겸손하고 조심스러우면서도 정신적으로는 자립하고 있었던 것이다. 혹은 책에서 좋은 생각을 얻는 경우도 있었다. 그러나 역시 어디까지나 자기 자신의 행동을 통해서 탐구했다. 요컨대 간디는 지기 내부를 발굴하는 방법으로 자기를 개조해나갔던 것이다.

간디는 자기 개조를 성취한 사람인데 그 개조 작업은 아프리카에서 시작되었다. 간디에 있어서 자기 개조가 하는 것은 단순히 실패를 성공으로 이끌었다는 뜻이 아니다. 그곳에 있는 흙으로 자기를 다른 인물로 개조했다는 뜻이다. 진실로 간디는 한 생애에 두 번 태어난 특이한 사람이었다.

제6장
위대한 출발

1893년 5월 남아프리카 나탈의 더반 항에 상륙한 간디의 임무는, 승소하여 돈을 벌어서 장차 개업을 하는 것이었다. "남아프리카에서 팔자를 시험해보겠다." 이것은 그가 한 말이다. 그를 고용한 다아다 아브두츠라 세토라는 이슬람교도 실업가를 만나기 위해 배에서 내린 간디는, 유행하는 프록 코트에 줄을 세운 바지에 광이 반짝반짝 나는 구두를 신고 머리에는 터반을 두르고 있었다.

당시 남아프리카 사회는 인종, 계급, 종교, 직업 등 여러 가지 면에서 혼란스러운 상태였으며 각 집단은 서로를 구별하는 언어나 기타의 상징을 애써 지키고 있었다. 영국인은 인도인을 가리켜 모조리 '쿨리'나 '서미'라고 부르고 있었다. 그리고 '쿨리'라는 말은 원래 육체노동자를 의미했던 것을 일부러 망각하여 쿨리 교사, 쿨리 상인, 쿨리 변호사라고 불렀다. 그래서 이 '쿨리'의 그물에서 벗어나기 위해, 인도 출신 배화교도는 페르시아 인이라 자칭했고, 또 인도 출신 이슬람교도는 아라비아 인으로 보이기를 원했다. 터반은 힌두교도의 것이 아니라, 아라비아 인 복장의 한 부분으로 공인되고 있었다.

도착한 지 며칠 후 간디는 재판소에 갔다. 판사가 간디에게 터반을 벗으라고 명령했다. 그러나 간디는 항변하며 그 자리를 떠났다. 다음에는 문제가 나지 않도록 해트(차양이 달린 모자)를 쓰기로 했다. 다아다 아브두츠라 세토는 그것을 보고 "유색인이 해트를 쓰면 급사로 간주되니까 좋지 않다."고 말했다.

간디는 트란스발(남아프리카 연방 북동부의 주)의 수도 프레트리아의 법정에 나오라는 통지를 받고, 1등차표를 끊어 야간열차로 더반을 떠났다. 나탈의 수도 마리츠버그에서 백인 한 사람이 올라탔다. 그는 갈색의 틈입자를 보고 일단 나아갔으나 2, 3분 후에 철도원 2명을 거느리고 다시 나타났다. 역원은 간디에게 3등칸으로 옮기라고 명령했다. 간디는 자기는 1등칸 차표를 갖고 있다고 항의했으나 그들은 무조건 나가라는 것이었다. 그러나 간디는 움직이지 않았다. 그들은 경관을 불러왔다. 경관은 간디를 짐과 함께 밖으로 끌어냈다.

간디는 열차에 돌아오면 3등칸에는 탈 수 있었지만 역 대합실에서 나오지 않았다. 거기는 산간 지대여서 기온이 낮았다. 수하물 속에 외투가 들어 있었으나 역원이 보관을 하고 있기 때문에 다시 또 모욕을 당할까 두려워서 요구를 하지 않았다. 그는 밤새도록 의자에 걸터앉아 부들부들 떨면서 생각에 잠겼다.

이대로 인도에 돌아가야 할지. 하지만 이 사건은 개인적 문제가 아니고, 보다 더 광범한 상황을 반영하는 것이었다. 이 문제를 본격적으로 따져야 할지 단순히 개인적인 구제를 찾아 사건이나 처리를 하고서 인도로 돌아갈지 결정해야 했다. 이제 그는 인종차별이라는 무서운 병폐에 직면하고 있었다. 그리고 그에게는 싸워야 할 의무가 있었다. 동포가 곤경에 빠져 있는 것을 보고 달아나는 것은 비겁했다. 연약한 몸을 지닌 젊은 변호사는 자기가 지금 인종차별이라는 골리앗을 타도하기 위해서 달려드는 다윗의 역할을 맡게 된 것을 인식했다.

많은 세월이 흐른 뒤에, 인도에서 크리스트교 선교사 존 R. 모트 박사가 간디에게 "당신의 일생을 통해서 가장 창조적인 경험은 뭐였습니까." 하고 물은 일이 있었다. 간디는 이 물음에 마리츠버그 역에서 겪은 얘기를 했다.

간디가 악을 상대로 하여 도전을 하게 된 이유는 무엇인가——다른 사람이 아니고 간디가 일어난 까닭은 무엇인가. 이튿날 아침, 간디가 만난 인도 사람들은 모두 비슷한 경험을 하고 있었다. 그들은 악조건의 환경을 참고 있었다. '돌벽에 머리를 부딪쳐본들 어느 쪽이 터질지

뻔한 노릇'이라는 것이다. 그러나 간디는 그 벽이 과연 얼마나 단단한 것인지 시험해보자는 생각이 들었다. 간디의 아버지도 할아버지도 권위에 저항한 일이 있었다. 그 권위에 관해서, 간디가 인도에서 겪은 사소한 경험도 불행한 것이었다. 그는 장구한 시간과 전통으로 뒷받침된 《바가바드 기타》에 관한 일반적인 해석과는 달리 독자적인 해석을 했다. 간디로 하여금 정부의 인종정책에 대하여 투쟁을 벌이게 한 것은 선조로부터 전해진 반골정신 때문이었는지도 모른다. 그 동안 실패를 자주 겪은 까닭에 신경과민이 되었고 흥분하기 쉬운 자유분방한 성격인 야심이 큰 사람이었기 때문인가. 도회의 법정에서 개인적인 이익을 추구하기보다는 지방에서 도덕에 어긋나는 사회적 관습에 도전하는 것이 봉사의 기회가 많았기 때문인가. 그것은 과연 무엇 때문이었을까. 숙명인지 유산인지 기회인지, 《기타》의 계시인지, 혹은 계측할 수 없는 그 무슨 이유에서 오는 것인지.

어쨌든 마리츠버그 역에서의 불유쾌한 기억은 간디의 가슴에 사회적 불의에 항의하는 싹을 틔웠다. 하지만 우선 그는 잠자코 맡은 일을 하기 위해 다시 프레토리아로 향했다.

찰스타운에서 요하네스버그로 가는 길은 합승마차를 탔다. 그 마차는 마부 자리 좌석이 셋이며, 마부와 운행의 리더가 앉기로 되어 있었다. 그런데 통솔자가 객실에 들어가 앉고 간디에겐 마부와 호텐토트 토인 사이에 앉으라고 지시했다. 객실엔 간디가 앉을 수 있는 자리가 비어 있었으나 말썽을 일으켜서 마차를 놓치고 싶지 않았기 때문에 그는 시키는 대로 했다. 얼마 후 통솔자는 또 담배를 피면서 바람을 쏘이고 싶어 지저분한 푸대 조각을 마부의 발 밑에 펼치고 간디에게 거기 앉으라고 명령했다. 간디가 왜 객실에 들어가면 안 되느냐고 항의하자 욕을 하면서 간디를 끌어내리려 했다. 간디는 팔이 부러지는 듯한 아픔을 참고 놋쇠로 된 난간에 필사적으로 매달렸다. 그는 간디를 잡아당기고 주먹으로 후려치기도 했다. 백인 승객들이 싸움을 말렸다. "때리는 쪽이 잘못이다. 그 사람이 옳아." 하고 그들은 간디를 옹호했다.

그는 어쩔 수 없이 승객의 말을 받아들여 태도가 누그러졌다. 간디는 그제서야 객실에 들어가서 손님 자리에 앉았다.

이튿날 간디는 마차회사에 편지를 써서 사실을 알렸다. 얼마 후 앞으로는 그런 일이 없도록 하겠다는 회사 측의 답장을 받았다.

요하네스버그에 도착한 간디는 호텔 방을 구할 수가 없었다. 그곳 인도인들은 간디의 단순한 생각을 비웃었다. 어떤 부유한 상인은 "이 나라는 당신 같은 사람은 견디기 어려울 거요. 우리는 돈벌이를 위해서라면 모욕을 당해도 상관없소. 그러니까 여기 있지."라고 간디에게 말했다. 그 사람은 또 트란스발은 사정이 나탈보다 더 심하니까 프레토리아에 갈 때에는 3등차로 가라고 권고하기도 했다. 그러나 간디는 고집이 있었다. 그는 철도 규칙을 검토하여 금령이 엄밀하지 않은 것을 알았다. 그래서 역장 앞으로 자기는 변호사이며 늘 1등차로 여행을 하고 있는 사람이니까(남아프리카에 와서 9일째이며, 최초의 여행) 1등차 표를 발행해달라고 써보냈다.

역장은 간디에게 동정적인 사람이었다. 차장이나 승객이 그를 몰아내는 일이 있더라도 회사를 고소하지는 않는다는 조건으로 1등표를 발행해주었다. 차장이 검표하러 와서는 간디 앞에서 손가락을 세 개 내밀었다. 간디는 3등칸으로 옮기는 것을 단호히 거부했다. 그 1등칸의 동승자는 단 한 사람의 영국인이 있었을 뿐이었는데, 그는 차장을 질책하고 간디에게는 염려말고 편히 앉아 있으라고 말했다.

그러자 차장은 "손님께서 '쿨리'와 같이 있어도 괜찮으시다면 저로서는 이의없습니다." 하고 말하며 물러났다.

드디어 프레토리아에 도착했다. 간디는 역원에게 호텔에 관해서 물었으나 도움이 될 만한 대답을 듣지 못했다. 그때 옆에서 얘기를 듣고 있던 아메리카 흑인이 간디에게 아메리카 인이 경영하는 존스톤스 패밀리 호텔에 안내해주겠다고 자청을 했다. 존스톤 씨는 반갑게 맞이해 주었으나 다만 손님들이 모두 백인이므로 식사는 방에서 해줘야겠다고 미리 사과를 했다.

식사를 기다리는 동안 간디는 이 기묘한 여행에서 겪은 모험에 관하여 곰곰히 생각해보았다. 모든 사람이 다 편견에 사로잡혀 있는 것은 아니었다. 백인들 중에도 일부는 전혀 이치에 맞지 않는다고 생각하는 사람이 있지 않은가. 이렇게 생각하고 있을 때 존스톤 씨가 들어오더니 "아까 손님에게 방 안에서 식사를 하시라고 말씀드린 게 아무래도 잘못인 것 같아서 다른 손님들에게 당신이 호텔에 묵은 얘기를 하고 식사를 같이 해도 괜찮은지 어떤지 여쭈어보았습니다. 그랬더니 모두 괜찮다면서 손님 사정대로 여러 날 묵으셔도 좋다는 말씀이었습니다." 라고 말했다. 덕분에 간디는 즐거운 식사를 할 수 있었다. 하기는 존스톤 씨의 호텔보다는 민가에 하숙을 하는 게 비용은 덜 들었겠지만.

도착한 지 1주일 쯤 되었을 때, 간디는 프레토리아에 와 있는 인도인 전원을 모임에 초대했다. '인도인이 처해 있는 상황을 그들에게 인식시키자'는 것이 그 목적이었다. 그때 간디의 나이는 24세였으며 대중 앞에서 연설을 하는 것은 이것이 처음이었다. 청중들은 이슬람교도와 상인이 많았고, 힌두교도도 약간 섞여 있었다. 간디는 상업에 있어서도 언행이 진실해야 할 것, 건강한 생활습관을 지킬 것, 카스트와 종교의 차별을 벗어날 것, 영어를 배울 것——네 가지 항목을 강조했다. 이발사, 서기, 상점주인 등 세 명이 영어를 가르쳐주겠다는 간디의 제의에 응했다. 이발사는 자기의 직업용어만을 배우려고 했다. 가르치는 입장에 있는 간디가 오히려 몇 달 동안이나 그들을 쫓아다니면서 공부시켰다.

간디는 그런 모임을 여러 번 되풀이하여 얼마 후에는 프레토리아에 살고 있는 인도인 전원과 알고 지내는 사이가 되었다. 그는 철도 당국과 교섭하여 '복장이 단정한' 인도인은 1등차나 2등차를 타도 괜찮다는 약속을 받았다. 아직은 해석에 따라서는 변수가 있었지만 확실히 하나의 개가를 올린 것이었다. 간디는 이 결과에 크게 고무되었다. 프레토리아의 인도인들은 항구적인 조직을 만들었다.

간디는 그가 당초 아프리카에서 오게 된 용무——어떤 소송에 관련해서 각 방면의 사람들, 로마 카톨릭 파, 프로테스탄트 파, 퀘이커 파, 프리마스 동포 교회파 사람들과 접촉하게 되었다. 그들 중에는 간디를 개종시키려고 시도한 사람도 있었다. 간디는 그런 사람에게 당장 실망을 주지 않고 만약 자기 내부의 소리가 명령을 한다면 개종하겠다고 말했다. 그들이 준 책을 읽고, 또 인도의 종교에 관한 그들의 질문에 대답했다. 대답을 하기가 어려운 경우에는 영국에 있는 친구나 봄베이의 보석상 시인 라이찬드바이에게 편지를 썼다.

언젠가 한번은 퀘이커 교도인 마이켈 코츠가, 간디가 힌두교 비슈누 파의 일원으로서 늘 목에 걸고 있는 염주를 떼어버리라고 설득한 일이 있었다.

"그런 미신은 당신답지 않습니다. 당신이 그렇게 하고 있는 모습을 보기가 언짢으니 내가 부숴드리지요."

"안 됩니다. 이것은 어머니가 주신 귀중한 선물입니다."고 간디는 거절했다.

"하지만 실제로 그걸 믿으십니까……."

간디는 단호하게 대답했다. "나는 그 신비적인 의미는 모릅니다. 몸에 달지 않는다고 해서 무슨 해가 있다고도 생각지 않습니다. 그러나 어머니께서 복을 주는 물건으로 믿고 사랑하는 마음에서 내 목에 걸어주신 이 염주를 확실한 이유도 없이 떼어버릴 수는 없어요. 시간이 흐르면 절로 마모될 것입니다. 그때 새로 구해야 된다는 까닭은 없습니다만 그러나 아직은 이 염주를 버릴 수는 없습니다." 그는 이 염주를 몸에 걸고 있지 않았다.

크리스트 교도인 친구는 간디에게 크리스트 교의 본질을 설명하여 예수를 믿으면 구제를 받는다고 말했다.

"나는 죄의 상쇄를 바라지는 않아요. 다만 죄 그 자체에서 구제되고 싶습니다." 간디가 이렇게 대답한 데 대해서 친구는 그것은 불가능하다고 말했다. 그리고 간디는 신에게는 왜 아들이 하나뿐인지 왜 크리스트 교도만이 천국에 가서 구제를 받는지 이해할 수 없었다. 크리스트 교도는 천국을 독점하고 있는가. 신은 크리스트 교도인가. 신은 크리스트 교도가 아닌 사람들에 대해서 편견을 갖고 있는 것은 아닌가라는 의문이 생겼다.

간디는 크리스트 교의 감미로운 찬송가를 좋아했고 친구가 된 많은 크리스찬들도 좋아했으나, 크리스트 교를 완전한 종교, 혹은 최고의 종교라고 생각할 수는 없었다. "희생이라는 점에서 보면 힌두교가 크리스트 교보다 훨씬 더 월등한 종교이다."고 자서전에서 밝히고 있다. 그리고 라이찬드바이도 간디에게 힌두교가 가장 오묘하고 심원한 종교라는 확신을 심어주었다. 한편 간디는 힌두교의 신성한 《베다》만이 신의 유일한 계시인지를 의심스러워 했다. "왜,《바이블》이나《코란》은 그렇지 않은가 ? " 간디는 여러 종교의 대립관계에 무언가 잘못된 점이 있기 때문이라고 생각했다.

간디는 또, 변호사들 간의 알력도 몹시 싫어했다. 간디의 소송의뢰인인 다아다 아브두츠라 세토와 반대파인 타이야브 세트는 친척 간이며 이미 1년이 넘는 소송의 비용 때문에 양쪽 다 파산 직전이었다. 이에 간디가 소송 취하를 양쪽에 권하여 원고와 피고는 중재인을 세우는 데 동의했다. 중재인은 문제를 심리(審理)한 끝에 다아다 아브두츠라에 유리한 판결을 내렸다. 여기에서 간디는 새로운 문제에 직면했다. 타이야브는 37,000파운드와 소송비용을 지불하라는 명령을 받았는데, 이 막대한 금액은 그를 파산시키기에 충분했다. 그래서 간디는 다아다 아브두츠라를 설득하여 금액을 장기 분할 지불한다는 조건을 받아들이게 했다.

이 사건의 소송을 준비하는 동안에, 간디는 회계의 비밀과 몇 가지 법률의 세밀한 점을 알게 되었다. 그리고 가장 중요한 것은, 법정에서의 심판보다 법정 밖에서의 의견 절충이 긴밀해야 한다는 것을 배운 것이다. 간디는 20년 동안의 변호사 생활에서 이러한 방법으로 많은 효과를 보았다. "나는 아무런 손실도 없었다. 금전적으로도 손해를 보지 않았고 정신적으로도 아무런 손해를 보지 않았음은 물론이다."

　일은 끝났다. 간디는 더반에서 귀국할 준비를 했다. 남아프리카에 약 1년간 머무를 셈이었다. 떠나기 전에 친지들이 송별회를 해주었다. 그 연석에서 누군가가 〈나탈 머큐리〉 지를 그의 손에 쥐어주었다. 거기에는 나탈 정부가 인도인의 입법원 의원 투표권을 박탈하는 법안을 검토하고 있다는 보도 내용이었다. 간디는 정부의 방침에 적극적으로 반대해야 한다고 주장했다. 친구들은 그렇게 하고는 싶지만 문맹의 취약점 때문에 간디가 있어야 한다고 말했다. 결국 간디는 1개월간 더 머무르기로 했다. 아프리카에 있는 동포의 권익을 위한 간디의 투쟁은(도중에 잠깐씩 귀국한 적이 있었지만) 20년이나 계속되었으며, 마침내 그는 승리를 달성했던 것이다.

제**7**장
폭 도

1896년 당시 나탈에는 흑인 400만 명, 백인 5만 명, 인도인 5만 천 명이 거주하고 있었다. 케이프 오브 구드호프 콜로니에는 흑인 90만 명, 유럽인 40만 명 인도인 만 명이 살고 있었다. 트란스발 공화국은 흑인 65만 명, 백인 12만 명, 인도인이 약 5천 명이 살고 있었다. 다른 지역도 대체로 같은 비율이었다. 1914년에는 흑인이 500만 명으로 125만 명에 불과한 백인을 훨씬 능가하고 있었다.

인도인은 남아프리카에서는 항상 소수민족이었다. 그러나 근면하고 유능하고 야심도 있어서 부지런히 일을 했다. 기회만 균등하게 부여된다면 그들은 상업, 농업, 법조계 기타 모든 분야에서 백인과 경쟁할 수 있는 능력이 있었다.

인도인이 박해를 받는 것은 이런 이유 때문인지도 모른다.

16세기에 남아프리카에 처음으로 상륙한 네덜란드 인들은 마라야, 자바, 기타 태평양의 여러 섬에서 원주민들을 노예로 삼아 데려왔다. 그들은 트란스발과 오렌지 자유국에 모여 있었다. 영국인이 온 것은 그 후였다. 그들은 나탈에서 사탕수수, 차, 커피 등 작물 재배가 가능한 것을 알았다. 그러나 흑인들은 영국인 밑에서 일하기를 좋아하지 않았으므로, 인도에서 연계계약의 노동자를 데려오기도 했다. 요하네스버그의 위트워터즈란드 대학의 얀 H. 호프메이어 총장은 다음과 같이 쓰고 있다. "인도인들은 백인의 이익을 위해서 남아프리카에 왔다. 나탈 연안지방을 개발하기 위해서는 아무래도 연계계약 노동자를 고용해야 했다. 그래서 인도인이 이주하게 되었고 그 결과 나탈은 번영했다."

1860년 11월 16일에 최초의 인도인 계약 노동자가 나탈에 상륙했다. 그리고 바로 이것이 간디라는 불세출의 영웅이 탄생하게 된 역사적 배경의 발단이었다.

인도인 연계노동자는 자의로 온 사람, 본의 아니게 오게 된 사람, 행선지가 어디인지도 모르고 온 사람 등 제각각이었다. 그들 대부분은 기아에 허덕이던 불가촉천민이었다. 그 계약 조건은 사영농장에서 5년 동안 일하는 것이었다. 세부 내용은 본인과 가족에게 식사와 주거가 무상으로 제공되며 월 보수는 처음 1년은 10실링이고 매년 월급을 1실링씩 자동적으로 올려준다는 내용이었다. 또 노동자가 다시 5년 동안 자유노동자로 계속 종사하면 같은 대우를 하기로 되어 있었다. 그를 연계노동자들은 대개의 경우 영주를 희망했다.

그러다가 간디가 남아프리카에 와서 만 1년이 지난 1894년 8월 18일에 이 조건이 변질되었다. 처음 5년이 지나면 노동자들은 고국으로 돌아가느냐, 농노로서 영구히 남아프리카에 남느냐 두 가지 중 하나를 선택해야 했다. 그리고 자유노동자로서의 체재를 희망하는 경우에는 본인과 그의 피부양자 한 사람당 1년에 3파운드의 세금을 납부해야 한다는 것이었다. 3파운드는 노동자들의 반년 급료에 상당하는 금액이다.

결국 폭풍이 불어야 했다. 그 중심에는 간디가 있었다.

인도인 계약이민을 뒤따라 수천 명의 자유 신분 인도인——행상인, 점포상, 직공 그리고 간디 같은 전문직 사람들——이 왔다. 1900년에는 그 수가 약 5만 명에 육박하고 있었다.

행상인들은 백인은 전혀 살지 않고 주루 인만 사는 마을을 다니며 물건을 팔았다. 그러면서 차츰차츰 재력을 형성하여 나중에는 인도인이 경영하는 기선항로도 있었다.

1894년, 나탈에 거주하고 있는 250명의 자유 인도인이 재력으로서 빅토리아 여왕의 백성으로 인정받아 투표권을 행사했는데, 나탈 입법원은 바로 그 해, 아시아 인의 공민권을 박탈하는 법률을 공표했다.

이것이 인도인을 분노하게 한 두 번째의 중대한 사건이었다.

나탈 정부는 소요를 우려해서 나탈 시 전역에 통금령을 내렸다. 즉 인도인은 밤 9시 이후 외출 때에는 통행증을 갖고 다녀야 했다. 통행증을 갖지 않은 사람은 모두 체포되었다. 보어 인(네덜란드 인과 남아프리카 원주민과의 혼혈)의 공화국인 오렌지 후리 스테이트는 인도인의 사유재산 소유 상업 활동, 농업 경영을 금지하고 있었다. 주루란드의 크라운 콜로니에서는 인도인은 토지의 소유 및 구입을 금하고 있었다. 같은 규정은 트란스발에도 있었으며 거기에서는 또, 인도인은 거주권을 위해 3파운드의 요금을 지불해야 하며, 그 거주지도 슬럼 가에 제한되어 있었다. 케이프 콜로니의 어떤 도시에서는 인도인의 보도 통행이 금지되고 있었다. 다른 곳에서도 폭행을 당하지 않으려면 큰길을 피해서 다녀야 했다. 남아프리카의 인도인은 법적으로 남아프리카의 금을 살 수 없으며 법령집에는 '미개한 아시아 인'으로 규정하고 있었다.

간디는 이러한 상태의 남아프리카에서 3년을 지내는 동안에 일류 변호사, 유력한 인도인 정치가가 되었으며, 그 이름은 연계노동자의 권익을 위한 투사로서 널리 알려졌다. 집회에서 연설을 하고 행정장관에게 각서를 보내고 신문 기고를 하고 탄원서를 작성했다(어떤 문서에는 무려 만 명의 인도인이 서명했다). 백인, 인도인, 흑인들 사이에 많은 친구가 생겼으며, 주루 어를 공부하였다. 또 마드라스(남인도의 해안도시)나 남인도 사람들이 사용하는 드라비다 어의 일종인 타밀 어로 배웠다. 여가가 있으면 독서를 했는데 대개는 종교관계 서적이었다. 그리고 간디는 《남아프리카의 모든 영국인에게 호소함》, 《인도인의 선거권에 관한 호소》의 소책자를 저술했다.

'호소'야말로 간디의 정치적 활동의 핵심이었다. 간디는 상대방의 상식과 도의심에 호소했다. "나는 항상 사람이 어떻게 동포를 업신여기고 짓밟으면서 자기가 월등하다고 생각할 수 있는지, 도저히 이해할 수 없었다."고 말한 데에서 간디의 '호소' 정신을 알 수 있다.

간디가 남아프리카에서 전개한 투쟁은 당장 평등한 대우를 목표로 하는 것은 아니었다. 간디는 백인이 '자기들은 다수인 유색인들을 보호하고 있다.'고 생각하고 있는 것을 인식하고 있었다. 이런 생각은 1918년 6월 2일 자 〈타임스 오브 인디아〉 지에 보낸 서간에서 나타난다. "편견은 법제화에 의해서 배제되는 것이 아니고……인내와 꾸준한 노력, 그리고 교육에 의해서 극복된다."

인도인들은 '어느 정도까지의' 차별에 대해서는 항의하지 않았다. 간디는 "그들은 불만을 느끼는 경우에도 묵묵히 참고 있다."고 말하고 있다. 이러한 퇴영적인 태도를 고치는 것도 힘든 문제였다.

간디가 우선 제시한 나탈, 트란스발, 오렌지 자유국 및 케이프 콜로니의 백인정부에 대한 항의는, 극복되어야 할 편견을 오히려 법제화에 의해서 더욱 조장하는 일이었다. 적어도 법률은 정의를 구현해야 하는데 그렇지 못한 경우가 많다. 간디는 이렇게 말했다. "나는 입법자의 불가류성을 믿는 것을 거부한다. 입법자가 자기들의 대표를 옹립하지 못한 계급에 대처하는 경우에는 항상, 관대는 고사하고 올바른 감정에도 따르지 않고 있다고 생각한다." 그 입법자들은 실재하지 않는 어떤 위험성에 대한 반응을 일으킬지도 모른다. 그들은 또, 인도인 경쟁자를 싫어하는 백인 장사치들의 배타적인 이익에 봉사할지도 모른다.

간디는, 인도인은 대영제국의 시민이며 따라서 그 법 밑에 평등한 자격을 지니고 있다는 하나의 원칙을 수립하기를 원했으나, 법이 공정하게 운용되리라고는 기대하지 않았다. 백인은 항상 유리하다고 할지라도 일단 법제상의 평등 원칙이 정해지는 경우에는 선량한 시민은 그 기도를 공명정대하게 할 것이며, 또 복잡하고 다양한 실제생활에 있어서도 어느 정도까지는 그 원칙이 지켜질 것이다——간디는 이렇게 생각했다. 그러나 만약 인도인이 권익을 주장하고자 해도 방법을 모르고 자기들의 열등함을 스스로 인정하는 경우에는 인간으로서의 존엄성을 상실하여 타락할 것이다. 그리고, 이 현상은 남에게 열등의식을 강요한 백인들에게도 일어날 것이다.

간디는 인도인은 물론 낙오된 백인의 인간 존엄성도 지켜주어야 겠다고 생각한 것이다.

이리하여 간디는 고국에서 멀리 떨어진 남아프리카에서 완성한 정력, 정의감, 사회봉사의 열의, 성실성, 그리고 지위나 교양의 고하를 막론하고 누구와도 친밀해지는 특유의 인간관계의 재능을 발휘했다. 열정과 대의가 그의 용기를 고무하여 태도가 활달해지고, 말도 부드럽게 할 수 있게 되었다. 위대한 간디의 모습을 볼 때 아직은 겨우 그 편린일 뿐이지만 지도력과 조직 통솔의 탁월함을 이미 보여주고 있었다. 현지의 인도인들은 간디의 역할없이는 그들의 권익 투쟁이 차일 피일 늦추어질 것을 느끼고 있었다. 또한 간디 자신도 동감하고 있었다.

그래서 간디는 인도에 있는 가족을 데려오기 위해, 6개월의 휴가를 얻어 귀국했다.

1896년 여름, 사명을 띤 몸으로 잠시 귀국했을 때의 나이는 27세였다. 그는 인도에서도 활발한 활동을 했다. 라지코트에서 가족을 만난 그는 휴식할 겨를도 없이 한 달 동안 남아프리카에 있는 동포들의 어려운 처지를 알리고자 팜플렛을 만들었다. 그 팜플렛은 초록색이었기 때문에 '그린 팜플렛'이라는 이름으로 알려졌다. 1만 부를 인쇄해서 각 신문과 저명인사들에게 발송했다. 여러 간행물들이 간디가 쓴 기사에 대해 논평을 해주었다. 간디는 인쇄물의 발송에 드는 비용을 절약하기 위해 아이들이 학교에 가지 않는 시간에 함께 우표를 붙였고 겉봉을 썼다. 아이들의 수고에 대해서는 유표딱지와 축복으로 대신했다. 그래도 아이들은 무척 좋아했으며, 그 중 두 아이는 훗날 간디의 제자가 되었다.

간디가 한참 열심히 일하고 있을 때 봄베이에 페스트가 돌아 라지코트는 공황상태에 빠졌다. 간디는 봉사를 자총하여 정부의 방액대책위원회에 참가했다. 그는 화장실 검사를 강화해야 한다고 주장하여 자기가 그 임무를 맡았다. 가난한 사람들은 화장실 검사에 응했고 지시하는 대로 개량했다. 그런데 상류층의 어떤 가정에서는 출입을 거부하는 자도 있었다. 대체로 보아 부유한 사람들의 화장실이 오히려 불결했다. 다음에 그는 불가촉천민의 거주 구역을 조사해야 한다고 주장했다. 위원회 멤버 중에서 단 한 사람이 슬럼 가를 동행하고자 자원했다. 간디로서도 슬럼을 방문하는 것은 처음이며 많은 사람들이 천민들의 생활 수준을 모르고 있었다. 막상 가서 보니 설비가 부족한 것은 사실이었지만 주거 지역은 비교적 청결했다.

간디는 남아프리카에 관한 공공의 집회를 열기 위해 봄베이에 가서 그곳의 지도적 입장에 있는 사람들을 만나 지지를 요청했다. 한편, 간디는 페스트에 전염된 매형을 간호하고 있었는데 나중에는 위중한 환자를 자기 방으로 옮겨서 간호했다. 그는 항상 '환자를 돌보는 간호의 재능'을 자랑하고 여겼다. 그것은 간디에 있어 일종의 열정이라 할 만큼 성실했다.

봄베이에서 연 집회는 그 목적과 후원자의 덕택으로 대성공이었다. 간디는 연설 초고가 있었으나 홀이 넓어서 소리가 들리지 않았으므로 단 위에 있는 사람에게 대독을 부탁했다.

봄베이에서 다시 내륙 지역으로 들어가, 푸나에서 인도 봉사자협회 회장 고팔 크리시나 고카레와 위대한 지식인이며 정치 지도자인 로카마니야 티학을 만났다. "티락은 망망 대해같이 내면이 깊은 사람이었고 고카레는 성스러운 갠지스 강물처럼 상쾌했다."고 간디는 그 당시를 회상하고 있다. 간디는 고카레를 존경하게 되었으나 사사(師事) 하지는 않았다. 1921년 10월 6일자 〈영 인디아〉 지에서 간디는 "어떤 사람을 '구르──스승'이라 하는가. 완벽한 순결과 완벽한 학식의 절묘한 결합이다."라는 말을 하고 있다. 간디가 보기에, 고카레는 그 조건이 완전하지는 못했다. 그러나 고카레는 간디의 정치적인 구르 (스승) 즉 정치상의 이상적인 모델이 되었다.

1896년 10월 26일, 마드라스에서 건 대집회에서 간디는 "우리는 야수같은 처우를 받고 있다. 기회만 있으면 우리를 카필 족의 동류에 편입시키려 하는 정책이 취해지고 있다."고 외쳤다. 남아프리카는 인도인의 생활 수준을 저하시켜 불결한 지역에 거주시켰으면서 인도인의 생활습관이 불결하다고 비난하고 있었다.

간디는 그 자리에서 이러한 "모욕적인 처우나 불명예에 굴복하는 것은 곧 타락을 의미한다."고 지적하며 저항을 강조했다. 또 만약 사태가 조금도 개선되지 않을 경우에는 인도인의 남아프리카 이민을 중지할 것을 주장했다.

봄베이 푸나 마드라스의 각 집회에서 '그린 팜플렛'을 산회하는 군중에게 구독할 것을 권장했다. 간디는 팜플렛 구독 신청이 많을 줄로 생각하여 다시 만 부를 찍었는데 처음에는 잘 팔렸으나 결국 많은 부수가 남고 말았다.

간디는 캘커타(1912년까지 인도의 수도)에서도 집회를 열고, 신문 편집자나 사회 지도자들을 만나 의논할 작정이었는데, 남아프리카 나탈에서 급히 돌아오라는 전보가 왔기 때문에 출발 준비를 했다. 아내와 자식들, 그리고 미망인이 된 누님의 외아들을 데리고 쿨란드 호에 탔다. 그 배는 소송의뢰인이었던 다아다 아브두츠라 세토 소유였는데 덕분에 일행의 여비는 무료였다. 나데리 호도 동시에 나탈을 향해서 출범했다. 두 척에 승선한 승객은 약 800명이었다.

남아프리카 문제에 관해서 간디가 인도의 세론(世論)을 환기시키고 있다는 소식은 남아프리카 현지의 신문에 크게 보도되고 있었다. 그리운 지금 간디는 800명의 자유신분인 인도인과 함께 나탈로 가고 있다. 백인들 사이에서는 간디에게 심한 분노를 느끼고 있는 사람이 많았다. 그들은 특히 간디가 나탈 지역과 트란츠발에 바람하지 못한 사람들——계약의 속박을 받지 않은 유색인을 범람시키려 한다고 비난했다. 물론 간디는 같이 승선하고 있는 자유신문의 인도인 모집이나 이주 장려와 아무 관계가 없었다.

두 척의 배 쿨란드 호와 나데리 호는 처음에 봄베이에 페스트가 만연했었다는 표면상 이유로 항구에 정박되었고 검역기간인 5일이 지나도 아무도 상륙하지 못했다. 디반에서는 백인들이 간디를 포함하여 승객들과 기선을 인도로 돌려보내라고 요구했다. 다아다 아브두츠라는 배를 돌려보내면 그 손해는 보상해주겠다는 제의를 받았다. 그 제의에는 은근히 협박하는 의미도 있었으나 그는 굴복하지 않고 의연한 태도를 취했다.

2, 3일 더 항구 외곽에 정박한 끝에 쿨란드 호와 나데리 호는 1897년 1월 13일 입항할 수 있었다. 그러나 반 간디 진영에 공공연히 참가하고 있던 나탈 정부 법무 장관 해리 애스콤 씨는 간디에게 혼란을 피하기 위한 목적이라며 해질 무렵에 상륙하라고 지시했다. 디아다 아브두츠라의 법률고문이며 영국 사람인 F. A. 로톤 씨는 이 조치에 강력히 항의했다. 간디도 사람의 눈을 피해서 상륙하고 싶지 않았다. 임신 중인 간디 부인과 아들 형제는 일반 승객과 같이 하선하여 루스탐지라는 인도인의 집으로 안내되었다. 간디와 로톤은 상의를 하며 도보로 바로 그 뒤를 따라갔다. 소란한 군중은 일단 흩어지고 있었는데, 두 소년이 간디를 보고 큰 소리로 이름을 불렀기 때문에 백인이 몇 사람 나타났다. 충돌이 일어날 것을 염려한 로톤 씨가 흑인이 끄는 인력거를 불러왔다. 간디는 인력거를 탄 일이 없으며, 더욱이 지금은 타고 싶지 않았다. 그러나 인력거를 끌고 있던 소년이 먼저 겁이 나서 달아났다. 할 수 없이 간디와 로톤은 앞으로 나아갔다. 군중이 점점 불어났고 점점 사나운 폭도로 변해갔다. 그들은 간디를 로톤에게서 떼어놓고 돌, 벽돌, 달걀을 던졌다. 혹은 가까이 다가와서 터번을 잡아당기고 손으로 치고 발로 찼다. 간디는 심한 고통으로 실신할 지경이었으나 간신히 주택 철제 난간을 붙잡고 있었다. 백인들은 간디의 얼굴과 몸을 계속 때렸다. 마침 그때 간디의 지기인 알렉산더 경위의 부인이 지나가다 이 장면을 보고 폭도들 사이에 들어가 간디를 간신히 떼어놓았다.

한 인도인 소년이 경찰을 불러왔다. 간디는 경찰서로 피신하는 것을 거부했으나 그대신 루스탐지의 집까지 호송을 받기로 했다. 전신에 심한 타박상을 입었으므로 응급치료를 받아야만 했다.

간디가 묵고 있는 집은 이미 전 시에 알려졌다. 백인 폭도들은 루

스탐지의 집을 포위하여 간디를 내놓으라고 요구하면서 "놈을 불에
태워 죽이겠다."고 소리를 질렀다. 알렉산더 경위는 성난 폭도들을
진정시키기 위해 애를 썼으나 헛수고였다. 그래서 폭도의 비위를 맞
춰주기 위해 임기응변으로 노래를 선창했다.

　　우리는 저 늙어 꼬부라진 간디를
　　시큼한 능금나무에 매달아 주자

　그러나 이 노래는 폭도들을 더욱 흥분하게 할 뿐이었다. 알렉산더
경위는 사태가 악화되면 사람을 집 안에 가둔 채 방화할지도 모르겠
다는 생각이 들었다. 그래서 간디를 보호하기 위해 형사 두 사람에게
간디를 경찰서로 데려가도록 지시했다. 인도인의 경관제복을 입고
헬멧을 썼다. 백인인 두 형사는 피부를 까맣게 칠하여 인도인 같은
복장을 했다. 그렇게 해서 세 사람은 뒷문으로 빠져나와 작은 골목길로
해서 경찰서에 도착했다.
　알렉산더 경위는 간디가 안전하게 피신한 것을 알고 군중에게 진상을
알렸다. 이 새로운 사태에는 기지있는 처리가 필요했는데 다행히 알
렉산더 경위는 그 적임자였던 것이다.
　간디는 3일 동안 경찰의 보호를 받았다.
　간디가 폭행을 당했다는 보도는 런던을 떠들썩하게 했다. 당시의
영국 식민지 통치자였던 조셉 쳄벌레인은 나탈 당국에 폭도를 색출하여
처분하라는 전보를 쳐왔다. 그러나 간디는 폭도들 중 몇 사람을 알고
있었으나 고소하기를 거부했다. 그는 폭도가 나쁜 것이 아니고 사회
지도자나 타날 정부가 비난을 받아야 한다고 말했다. 그는 또 애스콤
법무장관에게는 "이번 일은 종교적인 문제이며 나에게 자제심을 길
러주었다."고 말했다.
　옥스퍼드 대학의 애드워드 톰슨 교수는 "간디 일생을 통해서 볼
때 모든 백인들을 미워하는 것이 당연하다."고 그가 쓴 글에서 말하고

있다. 그러나 간디는 자기에게 집단 린치를 가한 더반의 백인들 난폭한 행동을 했던 사람들을 용서했다. 그의 마음은 그의 육체에 가해진 과거의 죄악을 아무것도 담아놓지 않았다. 죄인을 책망하는 대신 동포의 운명을 밝은 길로 이끌어가는 보다 더 창조적인 활동을 추구했다.

이리하여 간디는 남아프리카에 다시 오자마자 좋은 기회를 잡았다. 런던의 식민지 통치자인 조셉 쳄벌레인과 인도의 영국 총독청의 압력으로 나탈 입법권은 인종차별을 철폐하여 교육 테스트를 대신하는 법안을 검토하게 되었다. 이것이 간디의 목표였다. 1897년에 통과한 나탈 법은 인도인을 포함한 영국 신민(臣民)에게 평등한 선거권을 줘야 한다는 그의 요구에 합치된 것이었다. 이곳에 와 있는 인도인의 공민권을 박탈하려는 나탈 정부의 시도는 무산되었다. 간디도 이 결과에 어느 정도 만족했다. 평정이 회복되고 긴장이 풀렸다.

제8장
전장(戰場)의 간디

1899년부터 1902년에 걸쳐 남아프리카에서 네덜란드 이민과 영국인이 싸운 보어 전쟁 때, 간디는 개인적으로는 모든 보어 인에 동정을 하면서도 영국측에 봉사할 것을 자청했다. "한 국가의 국민 한 사람 한 사람은 모든 경우에 있어서 자기 의견만을 내세우려 해서는 안 된다. 당국이 반드시 옳다고는 할 수 없으나 국민이 그 나라에 속해 있는 한, 자기 생각을 조정해서 국가의 행동을 지지하는 것이 일반적으로 명확한 의무이다."

그는 이렇게 설명했다.

이 견해는 평화주의자의 말도 아니고 감정도 아니다. 간디는, 인도인은 '제국 안에 있는 노예'이지만 우선은 그 제국 안에서의 조건 개선을 바랄 뿐이었으므로 보어 전쟁에서 영국을 지원하는 것은 그 목적을 달성하는 좋은 기회임을 인식하고 있었던 것이다.

남아프리카에서 인도인의 평등한 권리와 공정한 대우를 요구하는 것은 (현재의 상황에서는) 영국 신민으로서의 지위에 입각한 요구이다. 따라서 영국 신민의 권익을 요구하는 동시에 그 의무를 받아들이지 않으면 안 된다는 것이 간디의 소신이었다.

간디는 전쟁의 속성이 다 부도덕하고 반종교적이므로 순수한 입장을 강조했다. 그러나 전쟁이 시작되기 전에 그 입장을 취하여 적극적으로 순수한 의견을 옹호하지 않는 한 교전이 시작된 뒤에는 그것의 회피를 정당화할 수 없다.

가령 간디가 아무 행동도 하지 않고 그저 중립적인 입장을 취했더라면 동포 사이에서는 더 인기가 있었을 것이다. 하지만 간디는 상황에서 도피하는 태도를 취할 수는 없었다. 그는 인도인들도 참전하여 전선에서의 물자 운반, 간호병 또는 야전병원의 잡역을 맡는 조직을 구성하겠다고 당국에 제의했다. 그러나 나탈 정부는 그 제의를 거절했다. 그래도 간디는 다른 인도인들과 함께 자비로 간호 교육을 시켰다. 그들은 자격증을 첨부해서 다시 참전을 요청했지만 이번에도 또 거절당했다. 그런데 전선에서는 보어 인이 진격을 계속하여 사망자가 전장에 즐비하게 쌓였고 부상병들도 충분한 간호를 받지 못하고 있었다.

편견 때문에 도움을 거부했던 나탈 정부도 사태가 심각해지자 인도인의 야전위생대 조직을 승인했다. 300명의 자유신분의 인도인이 고용주에게 허가를 얻은 800명의 계약노동자들과 함께 지원했다. 영국과 남아프리카 정부는 이러한 인도인의 지원에 감명을 받았다.

간디가 야전위생대의 지휘를 맡았다. 당시 찍은 사진을 보면 카키색 제복을 입고 차양이 넓은 중절모를 쓴 차림으로 같은 복장을 한 21명의 사람들 중앙에 앉아 있다. 다른 사람들과 마찬가지로 콧수염을 기르고 팔에는 적십자 완장을 달고 있다. 체격은 작지만 엄격해보인다. 간디 옆에는 지원자들을 훈련한 키가 크고 염소 같은 턱수염을 단 영국인 의사 부스 씨가 있고 뒤에 서 있는 사람은 간디의 어깨에 손을 대고 있다.

대원들 중엔 아프리카 출신도 있고 인도 출신도 있으며, 힌두교도, 이슬람 교도, 크리스트 교도가 섞여 있었으나 모두 사이가 좋았다. 영국군 병사들과의 관계도 매우 우호적이었다. 민간인도 군인도 간디가 통솔하는 위생대의 인내력과 용기를 찬양했다. 1900년 1월 스피온 콥의 격전에서 크게 패하여 영국군은 어쩔 수 없이 후퇴하게 되었다. 사령관 부러어 장군은 인도인은 전선에는 들어가지 않기로 되어 있지만, 전선에서 부상자를 후방으로 운반해주면 고맙겠다고 부탁했다. 간디는 곧 위생대를 인솔하여 전선으로 향했다. 그들은 며칠 동안 적의 포화 밑에서 일했으며 부상병을 후방 기지의 병원으로 옮겼다. 그들은 어떤 날은 하루에 25마일이나 걸은 일도 있었다.

〈프레트리아 뉴스〉 지의 영국인 편집장 비어 스텐트 씨는 〈요하네스버그 일러스트레이티드 스타〉 지의 1912년 7월호에 스피온-콥 전투 당시의 전선 방문기에 다음과 같이 쓰고 있다. "나는 체격이 썩 좋은 사람들도 피곤할 만큼 고된 밤의 작업이 있은 후, 이튿날 새벽 길가에 앉아서 건빵을 먹고 있는 간디를 만났다. 부러어 군 병사들은 모두 피곤에 지쳐 있었다. 모든 것이 다 음산했다. 그러나 간디는 태도가 침착하고 말은 쾌활했으며 자신에 넘쳐 있었다. 시선은 부드럽고 상냥했다. 그가 하는 얘기는 부드럽고 정다웠다. 나는 나탈 지방에서 전투가 계속되는 동안 전장의 이곳 저곳에서 간디와 그의 위생대를 만났다. 구원을 청하면 곧 그들이 달려왔다. 그들은 조심스러우면서도 대담했기 때문에 아무래도 많은 인명을 잃게 되었으며 드디어 그들을 전선에 보내서는 안 된다는 금지명령이 내렸겼다." 그러다가 1900년 말 영국에서 정예부대가 도착하고 상황이 유리하게 전개되었으므로 인도인의 야전위생대는 해산했다. 간디와 동료 몇 사람에게 종군 훈장이 수여되었고 그들의 야전위생대는 공훈보고에 기재되었다.

이러한 활동을 하면서 간디가 기대한 것은 인도인의 씩씩한 행동이 남아프리카 모든 사람의 공명정대한 감정에 호소하여, 아시아의 유색인에 대한 백인의 적의를 완화시키는 데 도움이 되고 장차는 상호간에 친밀해질 것이다──하는 생각이었다. 간디 자신은 전장 구경을 하고 싶었던 것도 아니고 남아프리카에서 그 이상 무슨 계획이나 야심을 가지고 있는 것도 아니었다. 그가 지도해야 하고 그가 실현해야 할 어떤 기회를 예시하는 것은 아무것도 없었다. 간디는 절실하게 귀국을 원하게 되었으며, 1901년 말 가족을 데리고 인도에 돌아가 봄베이에서 변호사 개업을 하고 정치에도 참가했다.

간디는 그 양면에서 전진하고 있었다. 사실 그는 돈을 벌고 회합에 열심히 참석하고 배가 불룩하게 나온, 보통 변호사로서의 정해진 성공의 길을 나아가기 시작했다. 그런데 남아프리카에서 또 간디를 불렀다. 그는 언제든지 부르면 달려가겠다고 약속했던 것이다. 사업이 안정궤도에 접어들 즈음 그 생활을 중단하는 것은 괴로운 일이었지만 다시 자신의 도움을 필요로 한다는 것이 기쁘기도 했다. 이번에는 아내와 아이들은 두고 가기로 했다. 간디는 이번 일은 4개월 내지 1년 정도면 끝날 것으로 생각하고 있었다.

식민지 통치자인 조셉 쳄벌레인이 남아프리카에 여행을 온다고 하는데, 그의 방문이 현지 인도인의 운명을 결정하는 계기로 생각되어 이 기회에 간디를 통해서 여러 가지 고충을 호소하기 위해 간디를 초청하게 된 것이다. 간디는 1902년 연말이 가까운 시기에 더반에 도착했다.

간디는 쳄벌레인의 남아프리카 방문은 3500만 파운드의 선물을 받고 전후의 보어 인과 영국인 사이의 적대감정을 해소하기 위해서 오는 것이라고 생각했다. 쳄벌레인은 확실히 보어 인에게 적대감정은 없으며 오히려 가능한 한에서 그들에게 양보할 생각이었다. 실제로 보어 인 지도자인 루이스 보터 장군이 영국령 남아프리카 연방의 수상이 되고 또 역시 보어 인 장군이며 변호사인 얀 크리스찬 스머츠가 재무상 겸 국방상이 되었다. 영국인은 보어 인이 입은 상처를 치료해주기 위해서, 인도인의 불만을 선처하기 위해서 보어 인의 감정을 상하게 하고 싶지 않았던 것이다. 그래서 영국령 나탈에서 인도인 대표단을 면접한 쳄벌레인은 간디의 청원을 듣기는 했으나 냉정한 회피적인 응답을 했다. 전 보어 인의 트란스발 공화국에서는, 간디는 쳄벌레인에게 접견도 허용되지 않았으며 접견이 허용된 인도인들도 그저 배알의 만족을 얻었을 뿐이었다.

트란스발에서 일어난 여러 차례의 울림은 언젠가는 정치라는 화산이 폭발하여 인도인 거주민을 몽땅 파멸시키는 것이 아닌가 하는 불안을 주었다. 그래서 간디는 그 자리를 분화구 가까운 곳으로 옮겼다. 트란스발에서 제일 큰 도시 요하네스버그의 주민이 되어 법률사무소를 개설하여 법조계의 반대없이 최고재판소 앞에서 업무를 보는 권리를 얻었다. 트란스발 정부는 인로인에 대처하기 위해서 새로 아시아 전담국을 설치했다. 이것은 그 자체가 불길한 인종적인 차별대우를 암시하는 것이었다. 간디가 그 부패성을 비난한 아시아 전담국에는, 보어 전쟁 중에 인도로부터 이곳에 와서 그대를 잔류를 희망한 영국군 장교들이 배치되어 있었는데, 그들은 열등한 유색인 위에서 군림하고 폭군처럼 행세하고 싶어했다.

장차 제국주의의 열렬한 지지자로서 이름을 떨치게 된 트란스발 이민국 차관 리오넬 커티스가 그 아시아 담당국에서 가장 특출한 이론가였다. 간디는 1903년에 그를 만난 일이 있었다. 훗날 커티스는 이때를 다음과 같이 회상하고 있다. "간디는 지금까지 내가 만난 동양인 중에서는 제일 훌륭한 사람이었다. 그는 정책은 무지에 의해서 조상되어 왔다고 하면서 나에게 근면, 신중, 인내력 등 그의 동포의 장점을 납득시키려고 얘기를 시작했다." 여기에도 정당한 인식으로 오해를 극복하여 상대를 자기 친구로 만드는 간디다운 방식이 나타나 있다. 그런데 커티스는 "간디 씨, 당신은 전혀 생각이 다른 사람에게 설교를 하시는군요. 이 나라에 와 있는 유럽인이 인도인을 두려워하는 것은 결점 때문이 아니고 장점 때문입니다."고 대답했다.

남아프리카에 거주하고 있는 인도인들이 '노예의 상태'에 만족했다면 곤난한 처지를 겪지 않고 그대로 무사할 수 있었을 것이다. 그런데 인도인을 대등한 인간으로 받아들이는 아량이 없는 백인들은 정치권력을 독점하여 제국의 다른 지역에서 온 유색인들을 궁지로 몰아넣었다. 그 목적은 다음과 같은 공언에 의해서 명백해진다. 포터 장군은 1907년 1월 스탠다톤에서 한 선거연설에서 이렇게 솔직하게 표현했다. "우리 당이 정권을 잡으면 쿨리들을 4년 이내에 추방할 것을 맹세하라." 또 스마츠는 1906년 10월에는 "중요한 내장기관이 이미 깊숙이 침식된 아시아 인이라는 암은 결단코 절제하지 않으면 안 된다고 단언했다. 이것이 곧 아시아 담당국의 설치 요체이기도 했다.

간디는 백인들의 무모한 탄압 서곡에 반기를 들었다.

1904년부터 1906년 전반에 걸쳐 트란스발의 아시아 국은 인도인을 억압하고 소외하는 온갖 규제를 만들어내는 데 특별한 재능을 발휘했다. 트란스발에 있는 만 명과 남아프리카 전체에서 10만이 넘는 인도인의 존재는 위기에 빠진 것처럼 보였다. 포터와 스마츠의 협박은 바야흐로 실행 직전에 와 있는 것 같았다. 이때 간디는 남아프리카의 인도인 사회에서 단연 두각을 나타내고 있는 지도자가 되어 있었으며 그 행동방식은 매우 독창적이었다. 백인과 인도인 사이의 긴장이 점점 증대되고 있을 무렵 1906년 전반 주루 족의 반란이 일어났을 때 간디는 정치의 경기장을 떠나서 물자운반과 구호활동에 봉사하기 위해 24명의 인도인으로 편성된 소부대와 함께 참전했다. 간디는 "대영제국은 세계의 복리를 위해서 있다고 믿으며 또한 그것에 대하여 '맑은 충성심'을 품고 있기 때문에 참가했다."고 말했다.

그런데 주루 족의 반란은 사실은 영국측의 주루 족에 대한 징벌적 원정, 혹은 경찰 활동이었다. 12명의 주루 인에 대한 본보기 처형으로 시작하며, 최후까지 잔인한 사살과 채찍의 행진이었다. 백인 의사와 간호사들은 주루 인이 병이나 빈사상태에 빠져 있어도 구호를 하지 않았으므로, 그 일은 인도인이 맡게 되었다. 그들은 피부가 터져서 벗겨질 정도로 매를 맞은 흑인들의 무서운 모습을 목격했다. 간디의 구호대는 흔히 백인이 지나간 5, 6일 후 현장에 도착했는데, 벌어진 상처에서 고름이 흘러나오는 심한 고통에 신음하는 희생자를 수없이 보았다. 구호대는 하루 40마일이나 행진하는 때도 있었다.

구호대는 약 1개월간 봉사한 뒤에 해산했는데 전원이 특별훈장을 받고 간디는 특무상사라는 군직을 얻었다. 전원이 카키색 제복을 입었는데 거기에 이번에는 각잔까지 매고 있었다. 간디는 이 원정에서 돌아와 대영제국에 대한 냉전으로 돌입하게 되었다. 그 투쟁은 결국 도의의 힘의 역사적 승리로 끝났으며 간디는 조국 인도에서 영예를 얻었을 뿐 아니라 전세계에 그 이름을 떨치게 되었다.

제**9**장
변혁의 개시

장기간에 걸친 투쟁에서 남아프리카 정부를 굴복시킨 간디는 우선 자기 자신을 극복하기 위해서 생활습관과 정신의 개혁을 시도했다. 그것은 간디와 그의 아내 카스투르바이 그리고 아이들과의 관계를 바꾸어놓게 되었다.

1897년 28세 때, 처음으로 남아프리카에 건너간 당시의 간디 부인이 간디와 함께 찍은 사진을 보면 좋은 비단 사리(^{힌두교의 여성}_{이 입는 옷})를 우아하게 입은 미인이었다. 아름다운 계란형의 갸름한 얼굴, 또렷한 눈, 오똑한 코, 얌전한 입술, 원만하게 생긴 턱을 가진 대단히 매력적인 여인이었다. 간디는 양복을 입은 모습인데 물먹인 흰 칼라와 와이셔츠를 입었고 넥타이는 화려한 줄무늬였다. 동정에는 동그란 단추가 붙어 있고, 머리에는 조그만 모자를 쓰고 있다. 다음 사진에는 머리에 아무것도 쓰고 있지 않다. 두툼한 입술은, 앞으로 위대한 활동으로 표시되는 강력한 감정의 자제에 의해서 단련된 의지력을 보여주는 것 같았다. 그러나 전체적으로 아직 모방에 의한 서구인의 표준적인 인도인처럼 보인다.

양친을 따라서 남아프리카에 온 아들 형제 하리랄과 마니랄은 무릎까지 내려오는 긴 상의에 긴 바지를 입고 인도에서는 사용한 일이 없는 구두와 양말을 신고 있다. 그것은 카스투르바이도 처음이었다. 어머니와 아이들은 양말을 신은 발이 거북할 뿐아니라 냄새가 난다고 항의했으나 간디는 가장의 권위로 복종을 강요했다. 또 그는 손가락으로 음식을 먹는 것이 편하기도 하고 음식 맛도 좋았지만 가족에게 서양식 나이프와 포크를 사용하게 하여 어딘지 거북한 느낌을 주었다.

간디는 당시의 남아프리가에서는 거액의 수입인 연간 5, 6천 파운드를 변호사 활동으로 벌고 있었다. 한 번은 더반에서 법무장관 집에서 두세 채 건너 있는 바닷가와 가까운 영국인의 별장을 세를 얻은 적이 있었다. 그는 항상 전문직에 성공한 사람다운 생활을 하고 있었다.

런던에 유학하기 전에는 의사가 되고 싶어 했던 간디는 실제로도 언제나 의사이기도 했다. 그는 그의 변호사 사무실을 찾아오는 소송 의뢰인들에게 무료봉사로 의료에 관한 충고를 했다. 루타바시프라는 사람은 천식을 앓고 있었는데 간디는 그에게 단식과 금연을 권하여 쌀, 우유, 마멀레이드를 차린 식사를 1개월 동안 먹였다. 간디는 "그의 천식은 한 달 뒤에는 다 나았다."고 자랑하고 있다.

어떤 인도인 상인의 아들이 갑자기 병이 났다. 의사는 수술이 필요하다고 했고 간디는 환자의 아버지를 안심시키기 위해서 수술에 입회하기도 했다. 그 수술은 실패하여 그 아이는 사망하고 말았다. 간디는 이때 목격한 인상을 언제까지나 잊을 수 없었다.

간디는 아내의 산파노릇도 했다. 출산과 갓난아기를 다루는 방법에 관한 책을 읽은 일이 있었다. 1900년 5월 22일 넷째 아들 데바다스가 탄생할 때, 조산부가 오기 전에 진통이 시작되어 간디가 산파노릇을 했다. 그는 "별로 걱정하지 않았다."고 당시를 회상하고 있다. 데바다스의 출생 후 2개월 동안과 그 전에 셋째 아들 라무다스가 1897년 남아프리카에서 출생한 후 얼마 동안, 간디는 아기를 돌볼 가정부를 고용했었는데, 그 가정부는 주로 카스투르바이의 가사를 도왔을 뿐이고 아기는 간디가 돌보았다.

간디는 집안 살림에 관해서 늘 잔소리를 하여, 카스투르바이를 귀찮게 했다. 아내는 남편이 자기에 대한 교사를 자처하는 것이 싫었다. 그는 아내에게 끊임없이 새롭고 엄격한 행동규칙을 부과했다. 간디가 카스투르바이를 맹목적으로 열렬하게 사랑한 것은 그런 어려움을 덜어주기 위한 보상이기도 했다. 그러나 힌두교도의 아내는 남편에 대한 절대적 복종을 최고의 가치로 여겼다. 힌두교도의 가정에서 남편은 아내의 주인이고, 아내는 남편의 명령에 무조건 복종해야 하는 것으로 인식되고 있었다. 당시의 간디는 그야말로 힌두교도 가정의 남편이었으므로 그 자신은 대단히 착한 남편이라고 생각하고 있었다. 다만 카스투르바이는 이따금 남편의 친절을 이해할 수가 없었다.

간디의 집에는 친구, 서기, 조수들이 자주 와서 숙박했는데, 간디는 그들을 어린이처럼 대접했다. 그런 식객들 중에 운동선수이며 어릴 때 자기에게 육식을 가르쳤던 샤이크 마후타브도 있었다. 간디는 두 번 째 남아프리카에 올 때 죽마 고우를 동반했던 것이다. 그런데 마후타브는 간디의 집에서 점잖게 있지는 않고 몰래 창녀를 자기 방에 끌어들이기도 했다. 간디는 얘기를 듣고는 있었지만 현장을 포착 할 때까지는 믿지 않았다. 마후타브는 면목이 없어 집을 나갔다. 그 후 마후타브는 결혼하고 개심하여 그다지 특색이 있는 것은 못 되지만 간디의 소극적 저항주의자들을 고무하는 시를 썼다. 그의 아내도 소극적 저항주의자로서 투옥당한 일이 있었다.

간디의 집에는 수도 시설이 없고 각 방에는 변기가 비치되어 있었다. 그는 인도에서 모든 불결한 일을 도맡아 하는 불가촉천민 출신의 청소부를 고용하지 않았으며 간디와 카스투르바이가 변기를 들어냈다. 카스투르바이는 남편의 명령이었으므로 어쩔 수가 없었다. 그런데 원래 불가촉천민 출신이지만 천민에 대한 힌두교도의 차별을 모면하기 위해 크리스트 교도가 된 서기가 한 사람 있었다. 전통적인 관념을 아직 떨치지 못한 카스투르바이는 그 사람은 역시 불가촉천민이므로 그의 변기는 청소해주지 않았다. 사실 카스투르바이는 지저분한 일을 싫어했으며, 남편과 자기가 왜 그런 일을 해야 하는지 까닭을 알 수가 없었다. 간디는 아내에게 복종을 강요하면서 그런 지저분한 일도 아내의 교육의 일부라고 생각하여 크게 아내를 꾸짖었다. 아내는 남편의 꾸지람에 한참을 울었다. 그러자 간디는 "일을 할 때는 기꺼운 마음으로 해야 한다."고 하면서 울기는 왜 우느냐고 또 야단을 쳤다.

언젠가 한번은 "당신 하고 싶은 대로 하세요. 하지만 나는 못하겠어요."라고 아내가 반박한 적이 있었다.

간디는 아내의 팔을 붙잡아 문 앞에까지 끌고 가서 밖으로 밀어내려고 했다.

아내는 눈물을 주르르 흘리면서 외쳤다. "왜 이러세요. 나더러 어디로 가란 말입니까. 여기에는 내 부모도 친척도 없습니다. 제발 정신을 차리고 문을 닫아요. 남들이 보면 부끄럽잖아요."

이 말에 간디는 후딱 정신이 났다. 그는 울화통을 터뜨리는 일도 있고 격정에 휘말리는 일도 있었다. 훗날 마하트마 간디의 그 차분한 마음과 태도는 자기 훈련에서 얻은 노력의 산물이었다.

1901년 간디는 인도에 돌아가기로 결정했다. 그가 가족을 데리고 출발하기 며칠 전에, 인도인 사회는 전에 없이 감사하는 마음을 표했다. 간디는 금 은으로 만든 물건과 다이아몬드의 장신구를 많이 받았고, 카스투르바이도 대단히 비싼 황금목걸이를 받았다.

간디는 지난 1896년에 귀국할 때에도 선물을 받았는데 그때 선물은 이번과 달라서 소박한 개인적 감사의 표시였기 때문에 가벼운 기분으로 받을 수 있었다. 그리고 소유의 개념도 그 동안에 점진적으로 변해 있었다. 즉, 부나 재산을 위험한 것으로 생각하며 최근에 와서는 남에 대해서도 보석을 좋아하는 마음을 극복해야 한다고 타이르고 있었다. 그런데 이번에는 그렇게 타일러준 사람들보다도 오히려 자기가 더 많은 것을 갖게 되었다.

증정식을 마치고 집에 돌아온 그날 밤, 간디는 잠을 이룰 수가 없었다. 그 선물은, 자기가 물질적인 이익을 떠나서 한 봉사에 대한 것이므로 반환을 하는 것이 옳다는 생각이 들었다. 물론 그것을 가지고 있으면 도움이 된다는 것은 확실했다. 경제적인 안정을 바라는 마음과 무소유의 자유를 동경하는 마음이 갈등을 일으켜 몇 시간이나 자문 자답을 했다. 또 하나의 문제는 가정에 파문을 던지게 되리라는 점이었다. 카스투르바이는 반대할 것이며 무척 슬퍼할 것이다. 그러나 이튿날 아침 간디는 꼭 반환해야겠다는 결심을 했다.

간디는 자기 자신에 대한 싸움에서는 이겼지만 아내를 납득시킬 수 있을지에 대해서는 자신이 없었다.

간디는 우선, 선물의 포기를 가정의 쟁의를 초월한 차원에 두기 위해 그 선물을 인도인 사회의 기금으로 희사하는 계획을 세워 편지를 썼다. 다음에 큰아들 하리랄, 둘째 아들 마니랄을 동원했다. 형제는 당장에 납득을 했다. 그들은 원래 보석에 대해서 아무 관심이 없었으므로 새로운 내핍철학을 발전시키는 데 반대를 하지 않았다. 아버지의 말에는 힘이 있었다.

"아버지 생각대로 반환하는 게 좋겠습니다." 하고 형제는 찬성했다.

"그럼 너희들이 어머니를 납득시켜주겠니?"

형제는 쾌활하게 대답했다. "염려마시고 우리에게 맡기세요. 어머니껜 패물은 필요가 없으며 우리를 위해서도 필요하다고는 생각하지 않으실 겁니다. 우리가 필요가 없다는데 어머니가 반대를 하실 일도 없지 않겠습니까?"

그러나 하리랄과 마니랄은 어머니의 동의를 얻는 데 실패했다. 결국은 간디가 나설 수밖에 없었다.

"당신은 그렇게 하는 것이 만족스럽겠지요." 카스투르바이는 부드럽게 말을 시작했다. "당신은 보석 따위에 관심도 없고 쓸 데도 없으니까요. 그리고 아이들을 설득시키는 것도 아주 쉬운 일이겠지요. 아이들은 언제나 당신을 믿으니까요. 나는 그 동안에도 당신이 시키는 대로 패물을 몸에 달지 않았습니다. 당신이 패물을 달지 않는 사람들 얘기를 하는데 어떻게 내가 달고 다녀요. 하지만 장차 며느리들은 어떻게 하실 작정입니까." 카스투르바이는 못마땅한 듯이 그리고 점점 단호한 투로 말했다. "며느리들은 필시 패물을 갖고 싶어할 겁니다."

간디는 되도록 조용히 말했다. "아이들은 아직 장가를 들지 않았잖소. 내가 늘 말하는 것처럼 조혼을 해서는 안 돼. 며느리들이야 성인이 되면 자기들이 알아서 하겠지. 그리고 우리는 아마 보석 같은 걸 좋아하는 여자는 며느리감으로 삼게 되지는 않을 거요."

"젊은이들은 아름다운 걸 좋아합니다." 카스투르바이가 계속 버티자 간디는 살짝 구슬렸다. "만약 그렇게 돼서 패물을 구해줘야 할 경우에는 그때는 나한테 부탁하면 될 것 아니오."

그러자 카스투르바이가 화를 냈다. "그때 가서 부탁을 하라구요? 나는 당신의 마음을 알고 있습니다. 당신은 내 패물을 모조리 떼어 버리라고 하지 않았습니까. 그러던 분이 그래 며느리한테는 구해주신단 말입니까. 자식들에게도 무소유를 가르치는 분이. 싫어요. 절대로 반환하지 않겠어요. 그리고 목걸이는 내 것이에요. 당신이 반환을 요구할 권리는 없어요." 그러나 이렇게 되어서는 이미 카스투르바이의 패배였다. 선물로 받은 보석을 다 갖겠다는 것은 단념하고 목걸이만이라도 간직하겠다는 말이었다.

간디는 아내를 구슬리면서도 엄격했다. "그렇다면 목걸이는 당신의 공으로 얻은 거요? 내 공으로 얻은 거요?" 하고 그는 묘한 표현을 써서 말했다.

드디어 카스투르바이는 한바탕 울면서 말했다. "그건 결국 마찬가지 아닙니까. 당신 공은 내 공이기도 하지요. 나도 밤낮으로 부지런히 일했어요. 그것도 공덕이 아니면 뭡니까. 집에 오는 손님 접대만해도 고된 일이었어요. 나는 노예처럼 일했어요."

간디는 그게 그저 하는 말이라는 것을 알았지만 그때는 용납을 하지 않았다. 그는 보석을 모두 반환하여 인도인 사회의 기금으로 쓰겠다는 결심이 확고했다. 공적 활동에 종사하는 사람은 값비싼 물건을 선물로 받아서는 안 된다는 생각에 그치지 않고 이제야 그는 선물로 받았거나 벌어서 생겼거나 값진 물건은 애당초 소유를 해서는 안 된다는 신념을 갖게 되었다. 장차 그 정점에 다다라 간디의 생활양식 전체를 바꾸게 될 이 신념, 이 추진력에 대해서 카스투르바이는 그 이상 저항할 말이 없었다. 그녀의 원망은 태고부터의 여성의 미적 본능에서 오는 것이고 그 불안도 역시 원시적인 물질적 결핍을 염려하는 마음에서 오는 것이었다. 하지만 그러한 욕망에 바탕을 둔 주장으로는 간디의 도덕적

지향에 대항할 수 없었다. 요컨대 카스투르바이는 남편으로 하여금 사회봉사보다 재물을 택하게 하지는 못했다. 마지막에 간디는 단순하게 남성의 권위를 주장하여 1901년과 지난 1890년에 받은 선물을 재단 관계자에게 위임할 것을 공표했다. 간디가 설립한 이 기금은 다른 찬조금도 보태져서 수십 년간 남아프리카 인도인을 위해 유익하게 사용되었다.

　이 사건이 있은 지 얼마 후, 귀국한 간디가 봄베이에 집과 사무실을 구하여 새로운 생활에 접어들었을 때 하루는 아메리카의 어떤 보험회사 사원이 사무소로 찾아왔다. 그 사람은 얼굴도 호감을 주게 잘 생겼고 말도 유창했다. 그는 마치 옛친구처럼 간디의 장래에 관해서 다정하게 얘기했다. "아메리카에서는 보통 당신 같은 입장에 있는 사람은 보험에 듭니다. 사람의 생명은 어떻게 될지 모르니까."라고 하면서 "어떤 방식으로든지 보장을 받는다는 것은 종교적인 의무입니다."라고도 말했다. 간디는 이 말에 수긍하지 않을 수 없었다. 보험에 드는 것은 신심이 깊기 때문이라는 생각도 들었다. "그리고 당신 가족은 당신이 사망하면 어떻게 생활하겠습니까." 하고 보험회사원은 덧붙여 말했다. 간디는 보석을 기금에 낸 까닭에 아내의 장래를 불안하게 만들었다고 생각했다. 내가 먼저 죽으면 아내는 어떻게 될까. 그 동안 여러 모로 후원해준 고마운 형에게 죽은 뒤에까지 폐를 끼칠 수는 없다는 생각이 들었다. 그래서 간디는 만 루피, 약 천 파운드의 보험에 가입했다. 말 잘 하는 미국인 보험회사 직원은 미래의 위대한 마하트마를 공략하는 데 성공한 것이다. 이때만 해도 미래의 마하트마는 아직 개인의 심리문제를 완벽히 해결하지 못하고 있었다.

　한편 봄베이에 돌아온 지 얼마 후, 열 살의 둘째 아들 마니랄이 장티푸스에 걸렸고 폐렴 증세까지 합병되어 중태에 빠졌다. 밤새도록 열이 대단했다.

　배화교도인 의사가 불려왔다. 의사는 특효약은 따로 없으며 적절한 식사를 주고 잘 간호할 수밖에 다른 도리가 없으므로 묽은 치킨 스프와 계란을 권했다.

"하지만 우리는 채식주의자인걸요." 간디가 의사에게 말했다.

"아드님의 생명이 위독하다는 걸 생각해야지요. 물을 탄 묽은 우유도 좋습니다마는, 그것만으로는 영양분이 부족하니까요." 의사는 또, 힌두교도 환자는 대개 채식주의자이지만 중병을 앓을 때에는 의사의 지시에 따른다고도 말했다.

"설사 생명에 관한 일이라도 우리는 하지 않는 일이 있습니다. 옳고 그르고를 떠나 계란이나 고기를 먹지 않는 것은 우리 종교적 신념의 일부입니다. 이런 위기에 직면했을 때야말로 그 사람의 신심이 시험을 받는 거지요." 간디는 이렇게 대답했다. 평상시에는 채식주의를 지키고, 몸이 고달플 때에는 육식을 한다면 그것은 결국 채식주의 원칙을 우롱하는 짓이다. 그래서 간디는 생각을 바꾸지 않겠다고 분명하게 의사에게 말한 것이다. "그리고 내가 알고 있는 수질 치료법을 써볼까 합니다."라고도 말했다. 간디는 라이프치히의 쿠네 박사가 쓴 수질 치료법에 관한 책을 읽은 일이 있었다.

간디는 의사하고 의논한 내용을 마니랄에게 얘기했다. 마니랄은 다만 고개를 끄덕끄덕 할 뿐이었다. 이제 아버지가 환자를 치료도 하고 시중도 들게 되었다. 간디는 마니랄에게 하루 3~4회 3분 동안 요탕을 시키고 3일 동안은 물 탄 오렌지쥬스밖에는 아무것도 먹이지 않았다.

그러나 환자의 체온은 여전히 40도 가까웠으며 헛소리를 하기도 했다. 간디는 점점 초조해졌다. 사람들이 뭐라고 하고 집안의 가장인 장형 라크쉬미다스가 뭐라고 할까 두려웠다. 카스투르바이는 다른 의사를 불러야 할지 혹은 인도 전통의 아율 베다 의술 전문가에게 의논하는 것이 좋을지 결정을 내리지 못해 안절부절 못했다.

간디는 여러 가지 생각이 들면서도 '사람의 목숨은 하느님의 의지에 달려 있다. 하느님께서는 채식주의와 자연요법에 대한 나의 열성을 알아주시겠지.' 하고 자위하고 있었다.

마니랄의 용태는 극도로 악화되었다. 간디는 습포장을 해보기로 결심했다. 홑이불처럼 커다란 포목을 물에 적시어 짜서 마니랄의 전신을 둘러싸고 다시 그 위에 담요를 두 장 덮고 머리에도 수건을 얹었다.

마니랄의 몸은 열에 지쳐 건조해 있었다. 간디는 미칠 지경이었다. 환자는 아직도 땀이 나지 않고 있다. 간디는 아내에게 이 상태로 둬야 한다고 단단히 일러두고 잠시 밖에 나가서 긴장을 풀어야겠다고 생각했다. 그는 길을 걸어가면서 “하느님, 제발 마니랄을 살려주십시오.” 하고 간절히 빌었다.

그는 흥분과 피로에 지쳐서 집에 돌아왔다.

“아버지 오셨어요?” 마니랄이 물었다.

“오냐, 아버지다.”

“몸이 타는 것 같아요. 그만 풀어주세요.”

“조그만 더 참아라. 이제 땀이 나기 시작한다. 곧 편해질 테니까.”

“더는 못 견디겠어요. 정말 몸이 타는 것 같아요.”

“조금이면 돼. 조그만 더 참아라.”

간디는 담요를 벗기고 포목을 풀어 흠뻑 젖은 몸을 닦아주었다. 그리고서 아버지와 아들이 같이 잠자리에 누웠다. 다행히 이튿날 아침에는 차도가 있었다. 열이 차츰차츰 내리고 있었다. 간디는 아들이 완쾌할 때까지 40일 동안 물탄 우유와 과즙만을 먹게 했다.

수질 치료법 덕택인지, 식이요법의 덕택인지, 다행히도 간디는 의학적으로 보아 적절한 조치를 취했던 것이다. 오렌지쥬스와 우유는 적어도 계란이나 닭고기보다는 환자의 몸에 좋았다. 그러나 간디는 마니랄이 살아난 것은 ‘하느님의 은총’이라고 생각했다.

“하느님이 마니랄을 구해주셨어.”라고 그는 말했다.

간디는 봄베이에서 확고하게 기반을 잡고 있었는데 1902년 다시 또 초청을 받아 남아프리카에 가게 되었다. 이번은 체재가 길어질 것 같아 아내와 둘째, 셋째, 넷째, 삼형제를 동반했다. 맏아들 하리랄은 계속 인도에 머물렀다. 간디는 요하네스버그에서 변호사업을 재개했다. 그는 의뢰인에게 사실을 숨김없이 다 털어놓고 얘기할 것을 요구했다.

그 결과 자기가 속고 있었던 것을 알고, 소송에서 손을 뗀 사건이 적지 않았다. 변호사의 본문은 유죄를 무죄를 증명하는 일이 아니고 법정이 진리에 다다르기 위해 협력하는 일이다——이것이 간디의 생각이었다.

가령, 누군가가 간디에게 자기 잘못을 순순히 고백하면 간디는 "왜, 유죄를 인정하지 않느냐, 왜 벌을 받지 않느냐."고 말했다. 그는 사회의 풍기와 개인 도덕에 관한 소송이 너무 많다고 생각했다. 신념에 의하면, '참다운 변호사는 우선 진리와 봉사를 존중하고 자기의 직업적 이익을 다음으로 돌리는 사람'이었다 그러나 세상에는 참다운 변호사는 대단히 드물었다. 변호사들도 흔히 거짓말을 한다. 사람보다 돈이 존대를 받고 때로는 증인도 태연스럽게 위증을 했다.

간디의 변호사로서의 추진력도 역시 인간의 변혁에서 왔다. 간디는 자기가 도입해야겠다고 생각하는 변화에 대해서는 어떤 전례나 전통이나 법규나 혹은 습관에도 구애를 받지 않았다. 그는 가능한 한 빨리 자기 자신의 습관을 개선했다.

간디는 가끔 류마티스, 두통, 변비에 시달렸다. 채식주의자이기는 하지만 대식가였던 그는 이 병을 과식 때문이라고 단정했다. 영국 (맨체스터)에 아침 식사를 하지 않는 모임이 결성됐다는 소문을 듣고 아침을 안 먹었더니 두통을 비롯해서 다른 병도 나았다. 그 후로는 변비약을 쓸 필요가 없었다. 그래도 어쩌다가 약이 필요할 때에는 냉수를 적신 깨끗한 흙을 복부에 습포했다. 그런데 이것이 소화에 기적적인 효과가 있었다. 그와 동시에 햇볕에 말린 과일이나 생과(生果)를 기본으로 하는 식사를 시작했다. 간디에 의하면 포도와 아몬드는 인체의 조직과 신경에 충분한 영향을 주었다.

집에서 사무실까지는 걸어서 다녔다. 가족이 요하네스버그에 있는 동안은 아이들도 동행했다. 그 거리는 왕복 5마일 정도였다. 사무실에서의 간디는 또 우수한 타이피스트이기도 했다.

한번은, 이발소에 가서 백인 이발사에게 거절을 당한 일이 있었다. 간디는 이발사를 책망하지 않고(흑인의 머리를 깎아주면 고객을 놓칠 염려가 있었다. 인도인 이발사도 불가촉천민의 머리를 깎아주지 않았다) 이발 도구를 구했다. 그 후로는 스스로 머리를 깎고 아이들도 깎아주었다.

간디는 뻣뻣하고 흰 칼라를 목에 두르고 있었는데 세탁소에 보내면 비용이 많이 들 뿐아니라 시간도 오래 걸리기 때문에 늘 여러 개를 준비하고 있지 않으면 안 되었다. 그러다가 자기가 빨아서 풀을 먹이게 되었다. 처음에는 풀을 너무 많이 먹이기도 하고 다리미가 열이 부족하여 재판소에 가서 풀이 벗겨져 동료들의 웃음거리가 되기도 했다. 그러는 동안에 제법 훌륭한 솜씨를 터득했다. 그는 자립의 아름다움을 터득하게 되었다.

1903년 간디는 크리스트 교도와 신지론자들의 모임 시크 클럽(Seekers Club)에 참가했다. 그 모임에서는 간혹 《바가바드 기타》를 같이 읽었다. 이 활동에 자극을 받아 간디는 다시 《기타》 공부를 시작했다. 아침에 세수를 하는데 35분이나 걸렸으므로(인도의 전통적인 풍습에 따르는 양치질에 15분, 목욕에 20분) 그 동안에 《기타》를 암송했다. 간디에게 있어 《기타》가 의미하는 최고의 교훈은 '무소유'였다. 따라서 그는 봄베이의 아메리카 보험회사와 계약한 것이 실효가 되는 것을 그대로 방치했다. 신이 가족을 보살펴주실 것이라는 믿음 때문이었다. 아니면 처가도 일종의 소유로 여기고 있는 것이었는지도 모른다.

시크 클럽의 토론에서 간디는 자기 반성을 하여 감정이 정립되어 있지 않고 심신이 평정하지 않다는 결론을 내렸다. 마음이 평정해지려면 가족이나 친구나 적에 대해서 평등하게 대하지 않으면 안 된다. 이것이 곧 《기타》의 초탈 정신이다.

어느 날 저녁, 간디는 '에트 홈'이라는 단골 야채요리 전문 레스토랑에서 헨리 S. L. 볼랙이라는 청년을 만났다. 그는 1882년 레오 톨스토이의 작품을 읽고 감화를 받아 채식주의자가 된 사람이었다. 볼랙은 또 간디가 전부터 신봉하는 아돌프 자스트의 《자연에의 복귀》라는 자연요법에 관한 책도 알고 있었다. 두 사람은 얘기를 주고받는 동안에 서로 뜻이 맞아 친구가 되었다. 볼랙은 그때 〈트란스발 클리틱〉 지의 부편집장이었다. 간디는 볼랙을 평하기를 "이성에 호소하는 것은 뭐든지 실천에 옮기는 훌륭한 재능을 지닌 사람으로서, 과격하다 할 정도로 갑작스러운 변화를 그 일생에 여러 번 실행했다."고 말하고 있다. 이는 간디가 보기에 볼랙의 좋은 점을 묘사한 말이거니와 간디 자신을 묘사한 말이라고도 할 수 있다.

그보다 몇 달 전인 1903년 간디는 〈인디언 오피니언〉이라는 주간지의 발간을 원조하고 있었는데 경영난을 타개하기 위해 발행 장소인 더반에 갔다. 볼랙이 역에 전송와서 긴 여행길에 읽어보라고 책을 한 권 주었다. 그것은 존 러스킨의 《이 마지막 사람에게도》라는 책이었다.

러스킨은 생존 중에 이미 미술 평론가나 수필가로 윤리학, 사회학, 경제학에 관한 여러 저술로 대단한 존경을 받고 있었다. 1891년부터 1894년에 걸쳐서 나온 8권으로 구성된 그의 기념비적인 책 《운명 이 곤봉을 가진 자》는 인간의 '손'에 의한 노동의 존엄성을 주장하고 검소한 생활을 예찬하면서 근대 경제조직의 여러 가지 복잡한 병폐를 비판한 것이다.

러스킨은 자기 동시대의 사회를 멸시하는 발언을 자주 했다. 《깨와 백합꽃》에서는 다음과 같은 질문을 던지고 있다. "우리가 말(馬)에 대한 투자에 비해서 공립 사람 도서관에는 과연 얼마나 투자를 하고 있다고 여러분은 생각합니까……혹은 또, 비근한 예를 들어서 이 나라의 포도주 창고에 저장되어 있는 술의 양에 비해서 공 사립 도서관의 서가에 꽂힌 책이 과연 어느 정도 가격이 된다고 생각하십니까?"

러스킨의 이런 비판적 정신은 맨 처음 1860년에 런던 〈콘힐 매거진〉과 뉴욕의 〈하퍼어즈〉지에 연재되었다가 나중에 단행본으로 나온 《이 마지막 사람에게도——정치, 경제의 제1 원리에 관한 4편의 논문》에도 스며 있다. 40년 후에 그 책을 읽은 간디는 커다란 감명을 받아 그것은 '피와 눈물'로 쓴 문장이라고 호평했다.

"부라는 것은 그 자체의 불균형 혹은 자기 부정을 사이에 두고

작용하는 전기 비슷한 힘이다. 이를테면 당신 호주머니에 들어 있는 1기니의 힘은 당신 이웃사람 호주머니의 1기니의 결핍을 의미하고 있다. 이웃사람이 그것을 바라지 않으면 돈은 아무런 작용을 못한다."고 러스킨은 말하고 있다. "이웃사람이 가난하고 오랫동안 직업도 없이 빈둥거리고 있을수록 그 '기니'의 가치는 더 커진다. 따라서 '사람들이 부를 얻으려고 하는 경우 참으로 그가 원하는 것은 본질적으로는 타인을 지배하는 힘이다.'"

그러므로 인간은 부가 아니고 검소한 기쁨을 추구해야 할 것이며, 무슨 특별한 행운이 아니고 진실한 행복을 원해야 할 것이며, 자제를 근본 바탕으로 삼아 평화로운 상태에서 참다운 목표를 추구함으로써 자기의 품위를 지키도록 노력해야 할 것이다. 어떤 한 사람이 소유하는 것은 다른 사람이 그것을 소유하지 못하고 있다는 점을 늘 염두에 두고 부자는 가장 가난한 사람까지 포함한 이 세상 모든 사람이 다 넉넉하게 소유할 때까지 마지막에 온 이 사람에게도 그대와 마찬가지로 크리스트의 빵과 은혜와 평화가 부여될 때까지……사치를 해서는 안 된다."

이러한 존 러스킨의 주장은 간디에게 만인에게 복지를 주는 경제만이 선을 구현할 수 있다는 것을 재음미시켰다. 그것은 간디도 익히 알고 있었지만 이젠 확신할 수 있었다. 그리고 간디가 막연하나마 느끼고 있었던 제 2 의 교훈은 '세상 모든 사람은 각자의 노동에 의해서 생계를 꾸린다는 점에서 동등한 권리를 가지고 있으며, 변호사의 일과 이발사의 일은 동등한 가치를 지닌다.'는 것이었다. 또한 간디는 러스킨의 책에서 다음과 같은 해석을 끌어냈다. "노동자는 중류계층이 칼이나 펜으로 봉사하는 것처럼 삽이나 곡괭이로 국가에 봉사한다." 그러나 러스킨은 간디의 말처럼 만인의 일에는 "평등한 가치가 있다."고는 말하지 않았다. 오히려 그 반대로 러스킨은 어떤 의미에서는 평등의 불가능성을 지적했다. 사회적인 지위가 낮은 사람들은 지위 높은 사람들의 도우심의 비호를 받아야 한다는 것으로 만족해야 하며 불평등의 악조건을 독지가의 양심에 호소해서 경감되기를 바랄 뿐이라는 것이다.

《이 마지막 사람에게도》의 제 3 의 교훈——'노동하는 생활 즉, 농사 짓는 사람이나 수공업에 종사하는 사람의 생활에는 가치——삶의 보람이 있다.'는 것은 간디로서는 전혀 새로운 인식이었다. 그러나 이것은 실은 간디 자신의 말이다. 이 교훈은 러스킨의 견해와 무관한 것은 아니지만 러스킨의 논문에 보이지 않는다. 다만 러스킨은 각주에서 "부자는 식사량을 줄이고, 일을 더 하면 더욱 건강해질 것이며 빈자는 식사량을 늘리고 일의 양을 줄이면 역시 건강해질 것."이라는 문장에서 간디가 자의적인 해석을 내린 것이었다.

아직 러스킨의 책을 읽은 적이 없었던 간디는 기차가 요하네스버그에서 떠나자마자 《이 마지막 사람에게도》를 읽기 시작하여 밤새워 통독했다. 먼 훗날인 1940년 10월 그는 "이 책이 내 생애의 전기가 되었다."고 말했다. 간디는 그때 곧 '이 책이 가르치는 대로 생활을 바꾸기로' 결심하여 가족이나 동지들과 함께 농원을 경영하는 생활을 구상했다.

간디는 《기타》에서 자기 자신의 깊은 신념을 찾았던 것처럼 러스킨의 책에서 자기 생각을 찾아냈던 것이다. 다시 말하면 《기타》와 《이 마지막 사람에게도》는 원래 간디의 인생관과 가장 가까웠기 때문에 그의 가슴에 강한 호소력을 지니고 있었다. 또한 자기 사상과 맞지 않는 부분은 간디 특유의 해석으로 정립했다. "싫은 것은 잊어버리고 좋은 것은 무엇이든 실행하는 것이 내 버릇이다."고 간디는 말하고 있다.

간디는 1932년에, 러스킨을 가리켜 "그는 자기 마음의 변혁에 만족했으나 실생활을 바꾸는 힘은 없었다."고 평한 일이 있다. 간디에게는 그런 결함은 전혀 없었다. 간디는 즉각 넓은 초원에 이상향을 건설하는 행동으로 돌입했다. 더반에서 14마일 떨어진 페닉스(소도시 지명)에 가까운 곳에 농원을 구했다. 그 농원은 언덕 위에 자리잡아 샘이 있고 약간의 오렌지, 뽕나무, 망고나무와 쓰러져가는 오두막이 있었다. 그 땅면적은 100에이커였다. 그 농원을 1000파운드에 구입했는데 인도인 자산가 몇 사람이 자금을 도와주었다. 간디는 흙벽과 초가지붕을 좋아했으나 다른 동지들이 반대했다.

그와 동시에 〈인디언 오피니언〉 지의 인쇄소와 사무소도 농원으로 옮겼다. 그 잡지의 영국인 편집자 알버트 웨스트는 간디가 채식주의 레스토랑에서 알게 된 사람이었는데, 이 기발한 계획에 곧 찬성했다. 편집자, 잔심부름 하는 소년, 식자공에 월액 3파운드의 급료를 지불하기로 되었다.

얼마 동안 간디는 업무 때문에 요하네스버그에 머물러 있지 않으면 안 되었다. 그는 아직 페닉스의 새 생활에 들어갈 수 있는 자유로운 몸이 아니었다. 〈인디언 오피니언〉 지에 많은 글을 집필하여 매월 수 파운드나 되는 결손의 태반을 개인적으로 충당했다. 또 인도인 동포를 위해 법률관계를 처리해주었으므로 인도인들은 소송뿐 아니라 저축까지도 그에게 위임하고 있었다. 인도인 연계노동자들은 간디를 당국이나 재판소에 자기들의 권익을 옹호하는 투사라고 생각하고 있었다. 계약을 마쳐 자유의 몸이 된 사람으로 다소나마 그 동안에 저금을 한 사람들 중에는 흔히 그에게 돈을 맡기는 이들이 있었다. 그들은 은행에 관한 지식도 없거니와 백인을 신용하지 않았다.

어떤 야채요리 식당을 경영하는 사람이 식당을 확장할 자금을 구하고 있었다. 간디는 농노였던 바도리라는 사람의 돈을 위탁받아 있었는데 "당신 돈을 투자해도 괜찮겠느냐?"고 바도리에게 물었다.

"선생님이 빌려주시고 싶으면 빌려줘도 좋아요. 어차피 나는 그런 일을 잘 모르며 내가 아는 것은 선생님뿐이니까요." 바도리는 이렇게 대답했다.

간디는 식당 주인에게 돈을 빌려주었는데 3개월 후에 식당이 망하고 말았다. 간디는 식당 주인을 대신하여 자기 돈으로 바도리의 돈을 갚았다.

헨리 볼랙은 잡지 일을 거들고 있었는데, 간디는 변호사 업무에도 그의 도움이 필요했다. 그래서 일단 페닉스 농원에 와 있던 볼랙은 요하네스버그의 간디 집으로 옮겼다. 그 가정생활은 인도의 대가족과 비슷했으며 다른 점은 친족뿐 아니라 친구, 업무관계의 동료, 종업원 혹은 정치적인 동지들이 같은 지붕 밑에서 살고 있다는 점뿐이었다. 비용은 간디가 도맡았다.

볼랙은 결혼을 하고 싶었으나 경제적 이유로 연기하고 있었다. 간디는 그를 자기 가족의 일원으로 맞이하면서 결혼을 권했다. "자네는 이제 우리 가족이니까 자네나 자네 아이들에 대해서는 내가 보호를 하겠소. 내가 권하니까 당장 결혼을 하는 데 더 망설일 필요 없겠지?" 볼랙은 영국에서 색시감을 데려왔다. 볼랙은 유태교도인데 신부는 크리스트 교도였다. 간디는 두 사람의 참다운 종교는 '윤리교'라고 이름지었다. 그 밖에도 간디는 가까운 사람들의 생활을 염려해주었다. 알버트 웨스트에게도 결혼을 권했다. 웨스트는 스코틀랜드에 가서 아내와 장모와 여동생을 데리고 왔다. 그들도 간디의 대가족 품에 안겼다. 간디는 이 시기에는 모든 미혼 친구에게 결혼을 시키려고 애를 썼다.

요하네스버그에서 점점 커져만 가는 이 대가족의 살림 원칙은 자급자족이었다. 빵도 사다 먹지 않고 조맥분 비스킷을, 대단히 먼 곳에 있는 사람이기는 하지만 널리 세상에 알려진 《신 치료학》의 저자, 즉 라이프치히의 쿠네 박사의 조리법에 따라 가정에서 만들었다. 건강과 경제적인 측면에서 커다란 쇠바퀴가 달린 수동의 제분기로 밀을 빻았다. 간디와 그의 어린이들, 볼랙 부도 이 힘든 일을 했다. 엄격한 아버지는 '아이들에게 썩 좋은 운동'이라고 했다. 아이들은 또 하기 싫은 일——변기 청소도 했다.

1904년과 1905년에는 간디는 처자와 함께 요하네스버그에서 지내기도 하고 페닉스 농원에서 지내기도 했다. 어디에서나 그는 절제와 자제에 엄격했다. 그리고 기회만 있으면 그의 어머니처럼 단식을 하게 되었다. 단식을 하지 않는 날은 과일과 나무 열매 같은 가벼운 식사를 하루 2회 섭취했다. 그런데 단식을 마친 뒤에는 음식이 평소보다 맛있게 느껴져 식욕이 왕성해졌다. 따라서 단식은 방종을 유발시킨다는 모순이 있었다. 간디는 힌두교의 논리에 의하면 신과의 합일에 이끌어주는 '해탈'과 '무욕'을 목표로 하고 있었다. 단순한 자제만으로는 《기타》의 이상에 미치지 못한다. 욕망 자체를 벗어나지 않으면 안 된다. 단식을 하는 것이 오히려 식욕을 증진시킨다면 절제의 효과가 없다.

그러므로 간디는 미각을 초월하지 않으면 안 되었다. 그래서 우선 최소한의 조미료를 넣기로 했다. 이리하여 '동물 같은 인간'의 상태를 유지하면서 마음은 동물의 차원을 초월한다는 그의 전생애에 걸쳐서 꾸준히 계속되는 '식사에 대한 탐색'이 시작되었다.

음식물에 대한 감정을 억제하지 못하는 사람이 분노, 허영, 성욕을 어떻게 억제할 수 있겠는가. 사람은 자기 육체에 의식주를 공급한다. 물질(의식주)은 정신의 목표에 다다르기 위한 수단에 지나지 않는다. 그런데 세상 사람들이 흔히 그런 방식으로 살고 있는 것처럼 물질을 유일한 목표로 삼는 경우에는 인생은 참다운 만족을 얻지 못하고 항상 불만에 시달리게 된다. 슬픈일이기는 하지만 인간의 영혼은 그 주거 (육체)를 필요로 한다. 그러나 청결한 토옥은 궁전과 동등하거나 혹은, 실제적으로는 더 편하고 안락하다. 육체는 활력이 있어야 하지만 육체에 현혹되어 끌려다녀서는 안 된다. 간디는 "정신의 해방을 이루기 위해서는 육체는 마음의 규율에 복종해야 한다."고 강조했다.

유럽 사람은 통상적인 쾌락을 부정하는 것은 일종의 마조히즘이라고 할지 모른다. 그러나 크리스트 교의 윤리는 금욕적이며 다른 종교에 있어서도 모든 참다운 성자는 자기 부정의 길을 취하고 있다.

1906년은 간디에게 있어 자기 감정의 내면적 투쟁 위기의 해였다. 간디는 요하네스버그의 집을 내놓고 가족과 함께 페닉스 농원으로 옮겼다. 그리고 자기는 주루 전쟁에 의료활동을 지원했는데 원주민에 대한 탄압과 인간의 인간에 대한 무감각한 잔인성을 목격하고 마음이 우울해졌다. 수난을 당하는 흑인들을 본 간디는 거기에서 자기 분석의 기회를 얻었다. 정의로운 세계를 구현하기 위한 일이 남아 있다는 것을 깨닫게 되었다. 또 남아프리카의 인도인에 대한 차별이 강화되는 것을 예감했다. 그는 공공봉사를 위해 자기 자신을 완전히 바쳐야겠다고 생각했다.

간디가 생각하는 봉사개념은 자기가 소유하고 있는 재산의 일부를 기부하는 것이 아니고 자신을 투자하는 것이 요구되는 일이었다. 이 목적을 위해 헌신하는 사람에게는 아내도 없고 자식도 없다. 그렇지 않고서는 그야말로 목적을 위한 목적에 그칠 뿐이었다. 자기 자신을 바치기 위해서는 모든 유혹을 끊어버리고 모든 욕망을 통제하지 않으면 안 된다.

그래서 간디는 부부 간의 육체관계를 끊어야겠다고 결심했다. 전에도 두 번 절제하려고 한 일이 있었다. 이 결정에 카스투르바이는 반대하지 않았다. 내외는 잠자리를 각각 구별해서 자기로 했으며, 간디는 육체적으로 몹시 피곤하지 않은 한 잠자리에 들지 않기로 했다. 하지만 그때는 두 번 다 육체적인 유혹에 굴복하고 말았다.

그러나 이번에는 결심이 확고했다. 주루 족 반란에 관계된 의료활동을 마치고 페닉스 농원에 돌아온 간디는 카스투르바이에게 다시 부부의 육체 교접을 끊겠다는 결심을 말했다. 이번에도 아내는 반대하지 않았다. 간디는 "나의 아내는 요부형의 아내와는 전혀 거리가 멀었다."고 명백하게 말하고 있다. 이리하여 부부 간의 친밀한 관계의 새로운 성격이 결정되었다.

간디는 1906년 36세 때부터 세상을 떠난 1948년까지 완벽한 금욕 생활을 했다.

"인도에서는 '금욕'은 '부라흐마차리야', '독신자'를 '부라흐마차리'라 한다. '부라흐마차리야'는 완전하고 정확하게 말하면 부라흐마——신을 탐구하는 것을 의미한다." 간디는 1924년에 쓴 어떤 글에서 이렇게 말하고 있다. 또 "부라흐마차리야는 언제 어디에서나 마음과 행동, 말이 모든 관능을 통제하는 것이다."라고도 말했다. 따라서 그것은 성의 긴장을 초월하는 일이고 음식, 감정, 언어를 절제하고 조심하는 것을 포함하는 것이다. 그것은 증오, 분노, 폭력, 허위를 모두 배제하여 마음의 평정을 조성하는 것으로 한마디로 말하면 곧 무욕이다. 간디는 다시 다음과 같이 말하고 있다. "완전한 부라흐마차리는 죄악을 벗어나 있으며, 따라서 그만큼 신에 접근해 있는 존재이다."

간디가 지향한 것은 바로 이것이었다. 이것이 자기 개혁의 궁극적인 핵심이었다.

간디의 동기를 추측하기는 어려운 일이지만 "자기의 절제는 '공적인 임무의 요청에 대한 응답'이며 내 목적의 하나는 아이를 더 얻지 않겠다는 것이었다."라고 밝히고 있다.

그렇다면 아이를 더 두고 싶지 않은 것은 무슨 까닭일까. 페닉스 농원은 이미 대가족이었으므로 자기 아기가 하나 둘 더 생긴다 해도 별로 부담이 되지는 않았을 것이다.

카스투르바이는 빈혈증세가 있었고 한번은 내장출혈 때문에 위독했던 일도 있었다. 수술을 할 때에도 심각한 쇠약증세로 마취를 못할 정도였다. 수술로도 완치가 되지 않았다.

부라흐마차리야는 인도의 전통적인 생활습관으로 볼 때 그다지 드문 일은 아니었다. 그러나 간디 같은 기혼자가 아직 고령도 아닌데 그런 결단을 하는 것은 특이한 일이다. 힌두교의 철리(哲理)와 함께 카스투르바이의 건강조건이 그 동기의 일면을 설명한다고 보겠다. "남아프리카에서도 나는 여성에게서 성충동을 느끼지 않게 되었다."고 그는 1947년 6월 15일자 〈하리잔〉지에 보낸 글에서 말하고 있다. 그것이 제 3 의 요소였다. 또한 그는 아마 아버지가 돌아가실 때 있었던 일도 회상했을 것이다.

물론 간디는 그 회상기에서 금욕을 맹세한 이유를 자기나 카스투르바이의 생리에 두고 있지 않을 뿐 아니라 자기 심리에도 두고 있지 않다. 간디 자신은 효과와 동기를 동일시 하고 있었다. 그 효과는 정신적인 것이며 위대한 길을 열었다. 금욕생활은 공공복리에 대한 그의 정열과 희생심을 강화시켰다. 육욕을 벗어남에 따라 점점 더 이기적인 면이 사라지게 되었다. 그는 홀연히 물질적으로 초월한 것처럼 보였다.

새로운 내면적 충동이 그를 이끌기 시작했다. 내부에서 소용돌이를 치던 힘(인간의 생명력)을 이제야 더욱 강한 힘을 발휘하는 데 이용할 수 있게 되었다.

새 사람이 된 간디는 남아프리카 정부에 도전했다.

제**10**장
1906년 9월 11일

3천 명이나 되는 사람이 요하네스버그의 임페리얼 극장에 꽉차 있었다. 남부 인도의 타밀 어나 텔구 어, 혹은 구자라티 어나 힌디 어 소리가 넓은 홀을 진동하고 있었다. 소수의 부인들은 사리를 입고 있었다. 남자들 중엔 양복을 입은 이도 있고, 전통 복장을 한 사람도 있었다. 어떤 사람들은 이슬람교도의 모자를 쓰고 있었다. 유복한 상인, 광부, 변호사, 연계노동자, 급사, 차부, 사용인, 행상인, 소매상 등 각계각층의 사람들이 모여 있었다. 그들의 대부분은 이제 영국의 식민인이 된 트란스발에 거주하는 만 8천 명의 인도인을 대표하는 사람들이며, 인도인에 대한 차별대우 대처 방안을 결정하기 위해 모여 있었다. 큰 상회의 지배인이며 트란스발 영인협회(英印協會) 회장인 압둘 가니도 출석하고 세트 하비브의 연설이 중심이었다. 모한다스 K. 간디는 단상에 자리를 잡고 있었다.

이 모임을 주선한 것은 다름아닌 간디였다. 주루 족에 대한 봉사 활동에서 돌아와 카스투르바이에게 금욕의 동의를 얻은 간디는, 인도인 사회의 초청에 응하여 요하네스버그에 온 것이다. 1906년 8월 22일자 〈트란스발 관보〉에는 의회에 제출될 조령의 초안이 실려 있었는데, 간디는 만약 그것이 채택될 경우에는 "남아프리카 인도인의 전면적인 파멸을 초래할 것이며……그런 법률에 굴복하기보다는 차라리 죽는 것이 낫다."고 현 상황을 판단했다.

어떻게 대처해야 할지 간디는 곰곰히 생각해보았으나 좋은 방침이 금방 떠오르지 않았다. 그러나 이 조령에 저항해야 한다는 것만은 확실했다. '전세계 어디에도 이런 굴욕적이고 속박적인 법률에 복종을 강요당하고 있는 자유인은 없다.'고 그는 확신했다.

조령의 초안에 의하면 모든 인도인 성인 남녀 및 8세 이상의 어린이는 당국에 등록할 때 지문을 새겨야 하며, 교부된 증명서를 언제 어디서나 항상 휴대해야 했다. 등록이나 지문 날인을 하지 않은 자는 거주권을 상실하여 투옥되거나 벌금, 혹은 트란스발에서 추방당해야 했다. 길거리나 기타 어떤 장소에서든지 검문을 받았을 때, 증명서를 휴대하고 있지 않은 인도인은 상당한 자산가나 대상(大商)도 예외없이 투옥되거나 벌금, 혹은 추방당하게 마련이었다.

인도인들은 대단히 흥분했다. 이 법률은 특히 인도인을 대상으로 하고 있었으며, '인도인'과 '인도'를 모욕하는 것이었다. 가령 그 법령이 공표되면 남아프리카의 다른 지역에서도 법제화되어 마지막에는 남아프리카 전역에 한 사람의 인도인도 남지 않을 것이다. 또 그 법령에 의하면 경찰관이 노상에서 인도인 여성에게 말을 걸거나 가옥에 들어가서 여성의 등록서류를 확인해도 무방했다. 인도인 여성은 전통적으로 완전하게 혹은 부분적으로 격리된 생활을 해왔으므로, 이 조항은 특히 이슬람교나 힌두교도나 양쪽에 대단히 불쾌한 일이었다. 간디가 출석한 준비위원회 자리에서 어떤 인도인은 격분한 나머지 "만약 누군가가 내 아내에게 직접 증명서를 확인하러 오는 경우에는, 나는 그 놈을 즉각 쏘아 죽이고 그 결과를 감수하겠다."고 절규했다.

이런 격앙된 기분이 지금 임페리얼 극장의 대집회를 지배하고 있었다.

연주석도 2층 관람석도 회랑도 의장이 개회 선언하기 훨씬 전부터 사람으로 넘쳐흘렀다. 분노로 가득 찬 네 가지 언어의 연설에 자극받아 청중의 감정은 더욱 격앙되었다. 세트 함지 하비브가 결의문을 낭독했다. 그 결의문은 등록 규정에 응하지 않겠다는 방침을 주장한 것으로, 문안작성에는 간디가 협력했다. 핫지 바비브는 출석자들에게 결의문 채택을 요구했는데 그 방법이 보통이 아니었다. 그는 '신에게 맹세한'

결의여야 한다고 다짐했다.

간디는 긴장했다. 민감한 귀와 날카로운 직감으로 그는 사태의 중대성을 파악했다. 신에게 맹세하면 그것은 곧 종교적 맹세이므로 절대로 어겨서는 안 된다. 보통 집회에서 거수로 승인을 하면 곧 잊어버려도 그만이었지만 종교적인 맹세는 다르다.

간디는 발언권을 얻어 대표 전원에게 냉정하고 침착하게 생각할 것을 호소했다. "힌두교와 이슬람교는 이름은 다를지라도, 우리 모두 유일신을 믿고 있습니다. 신의 이름으로 맹세하는 것은 결코 일시적인 유희일 수는 없습니다. 만약 맹세를 깨뜨리는 경우에는 우리는 신과 인간에게 죄를 범하는 결과가 됩니다. 나 개인으로서는 맹세를 한 뒤에 스스로 어기는 사람은 인간의 자격을 상실한다고 생각합니다……경솔하게 맹세하고 그것을 어기는 사람은 자기를 허수아비로 만드는 격이며 현세와 내세에서 벌을 받는다고 생각합니다."

간디는 이렇게 경고한 다음 사람들의 분발을 촉구했다. 가령 인도인 공동사회의 위기에 직면해서 정당화된다면 지금이 적기(適期)이다. 신중한 것도 필요하지만 한도가 있다. "정부는 지금 절도를 상실하고 있습니다. 화염에 포위된 상황 속에서 전력을 다해서 노력하지 않는다면 우리의 어리석음과 비굴함을 스스로 폭로하는 것이 됩니다……."

결의의 목적은 외부에 인상을 주자는 것은 아니었다. 개인의 찬성표는 개인 각자의 서약이며, 각자 스스로가 서약을 수행할 힘을 지니고 있는지 판단하지 않으면 안 되었다. 그 서약의 결과는 투옥을 당할지도 모르고 옥중에서 구타를 당하거나 무슨 치욕을 당할지도 모른다. 혹은 더위나 추위에 시달리게 될지도 모른다. 직업과 재산을 잃을지도 모르며 추방을 당할지도 모른다. "그러나 나는 결단코 선언합니다. 서약하는 사람이 조금이라도 있으면, 우리 투쟁의 목표는 오직 하나——승리가 있을 뿐입니다." 간디는 외쳤다.

청중들의 환호는 대단했다. 간디는 소리를 낮추었다. 이 자리에 모인 많은 사람들은 지금은 우선 집회를 지배하는 열광과 분격에 휩쓸리고 있지만, 오늘 저녁에 서약한 것을 이튿날 아침이나 혹은 다음 달에는 후회할지도 모른다. 아마도 강력한 정부를 상대로 하는 투쟁에서 최후까지 남는 사람은 과연 얼마나 될지. 하지만 그것은 미리 염려할 문제는 아니다. 간디는 나지막하지만 힘있는 목소리로 말했다.

"내가 나아가야 할 길은 오직 하나가 남아 있습니다. 그것은 설사 생명을 잃게 될지라도 그전 법률에 굴복하지 않는 일입니다. 설사 형세가 불리해져서 사람들이 모두 동요되어 나 혼자서 상대해야 할 처지에 이르더라도 결코 서약을 어기지 않을 자신이 있습니다. 아무쪼록 나를 오해하지 마시기 바랍니다. 나는 허세를 부리는 것이 아닙니다. 나는 여러분——특히 연단 위에 계신 지도자들에게 경고를 하고 싶습니다……가령, 자기 혼자서는 단호하게 나아갈 결심도 힘도 지니지 못했다면 그런 사람은 서약을 하지 말아야 할 뿐 아니라, 결의에 대해서 반대 의사를 표명해야 합니다……우리는 지금 전체가 한 덩어리가 되어서 서약을 하려 하고 있습니다마는, 일부 사람이나 혹은 상당수 사람들이 참가하지 않는다고 해서, 나머지 사람들의 임무가 해제된다고 생각해서는 안 됩니다. 각 개인은 남이 어떻게 하거나 말거나 또 죽음을 당할 위험이 있을지라도 이 서약을 충실히 지켜나가야 합니다."

이윽고 결의를 하게 되었다. 출석자 전원이 일어나서 손을 들어, 인도인을 억압하는 그 법령이 법적으로 성립되더라도 거기에 복종하지 않을 것을 신에 맹세했다.

이튿날 9월 12일 임페리얼 극장에 불이 나서 전소됐다. 많은 인도인들은 법령이 같은 운명을 따라 소멸되는 조짐이라고 생각했다. 간디는 그런 말을 믿지 않았으며 단순한 우연이라고 생각했다. 어쩌면 미래의 험난함을 예고하는 것인지도 모른다. 어쨌든 간디는 자기만은 무슨 일이 있더라도 시련을 견딜 수 있음을 알고 있었다.

제**11**장
최초의 투옥

간디에게는 소극적인 요소는 아무것도 없었다. 그는 '소극적 저항(Passive resistance)'이라는 말을 싫어했다. 임페리얼 극장에서 집단 맹세가 있은 후 뒤이어서 간디는 정부의 부정에 반대하는 이 새로운 투쟁——집단적인 동시에 개인적인 것이기도 한 반대운동에 가장 적절한 명칭을 붙이기 위해 명칭 현상모집을 제의했다.

간디의 팔촌 종형제 마간랄 간디는 페닉스 농원에서 같이 살고 있었는데, 그가 '사라구라하' 즉 '대의에 견고한'이라는 문구를 내놓았다. 간디는 그것을 다시 '사티야구라하'로 수정했다. '사티야'는 진리와 사랑을 의미하고 '아구라하'는 견고함 혹은 힘을 의미한다. 따라서 '사티야구라하'는 '진리의 힘' 또는 '사랑의 힘'의 뜻이었다. 진리와 사랑은 원래 영혼의 공유한 성질이기도 하다.

이 '사티야구라하'가 간디의 목표가 되었다. 짐승의 힘이 아니라 신의 활기에서 오는 힘으로 자신과 모두를 강화시키기도 했다.

간디는 사티야구라하는 '고통을 적에게 주는 것이 아니라 오히려 자기 자신에 부과함으로써 진리를 증명하는 일'이라고 설명했다. 따라서 엄격한 자제가 필요하다. 사티야구라히(사티야구라하에 따르는 사람)의 힘은 자기 마음속에 있다.

또한 사티야구라하는 평화적이다. 가령 말로는 상대의 신뢰를 얻는 데 실패할지라도 꾸준한 순수, 겸양, 정직은 달성할 수 있을 것이다. 적을 '인내와 동정에 의해 그의 과오에서 분리시켜주는 것이 사티야구라하의 요체이다. 과오에서 떼어놓는 것이지 부수는 것이 아니며,

개변시키는 것이지 멸망 시키는 것이 아니다.

사티야구라하는 모든 사람을 맹목적이 되게 하는 소위 '눈에는 눈, 이에는 이' 식의 정책과 정반대의 것이다.

새로운 생각을 사람들에게 강제로 주입시킬 수는 없으며 새로운 정신을 사람의 심장에 넣을 수는 없다.

힘으로서 강제하는 행위는 패자에게는 슬픔을 주고, 승자에게는 야수의 심성을 준다. 사티야구라하는 양자를 같이 향상시키는 것을 목표로 한다.

간디는 자기들이 '산상수훈'을 실천하면 스마츠(정교의 차별주의자)도 그 가르침을 다시 되새겨볼 것으로 기대했다. 사티야구라하는 그 궁극적인 화해를 염원하면서 대립자 사이에 항상 은혜를 미치는 상호작용을 한다. 폭력, 모욕, 무모한 자기 주장은 오히려 목표 달성을 방해한다.

임페리얼 극장에서 사티야구라하의 정신적 세례가 있은 며칠 후, 트란스발 정부는 아시아 인 여성의 악법에 의한 등록 의무를 해제했다. 이 조치는 새로운 저항운동의 성과였는지 어떤지는 모르지만, 어쨌든 인도인은 간디의 전술이 성공한 것으로 보고 상당히 고무되었다.

간디는 사티야구라하 방식으로 정부와 대립하기 전에 런던을 방문할 필요가 있다고 생각했다. 트란스발은 영국의 직할식민지로서 왕은 대신의 조언(助言)에 따라 법 제정에 대한 재가를 보류할 수 있다. 간디는 이슬람교도이며, 소다수 제조업자인 H. O. 알리와 함께 영국으로 향했다. 모든 것이 다 어리둥절했던 학생시절 이후 오래간만의 방문이었다. 하지만 그때와 지금은 달랐다. 간디는 이제 언변 좋은 지도자 중의 한 사람으로서 식민지 통치자인 로드 앨긴 및 인도 담당상 존 모리와 면담하고 종전에 있었던 '대의의 투사들처럼 하원 위원회에서 연설을 했다. 그리고 간디는 소위 인도의 글래드스턴, 즉 다다바이 나오로지와 같이 일하는 영광을 누리게 되었다. 세상 사람들이 다다바이라 부르는 그 인물은 런던에 있는 인도인 협회 회장을 50년 이상이나 맡고 있으며, 런던 대학 구자라티 어 교사이고 인도 국민회의파의 전 의장이었다. 1892년 7월 16일 61세 때, 센트랄 핀즈베리에서 자유당 후보로 출마하여 3표의 차로 영국의회에 선출되었다. 투표하기 전에 수상 로드 솔즈베리는 "영국의 유권자가 흑인을 선출하리라고는 생각할 수 없다."고 말했었다. 다다바이는 이런 조소를 받았으나 당당하게 의석과 명예를 얻었다. 간디는 다다바이를 만난 일이 있었다. 인너 템플의 학생으로서 아무 말도 없이 공손히 그의 발 밑에 엎드렸던 적이 있었다. 그러나 지금 1906년 가을에는 간디와 다다바이는 정치 활동의 동료였다.

간디는 런던에 머문 6주 동안 영국인들은 그에게 친구를 소개하고 모임을 열거나 문서를 발송하는 일을 도와주었다. 영국인들의 너그러운 협력을 보고 간디는, 자비는 결코 갈색 피부를 가진 사람들만의 특성은 아니라는 것을 알았다.

남아프리카로 돌아가는 도중 배가 포르투칼령 마디라 섬에 정박했을 때, 간디와 알리는 앨긴 식민지상이 아시아 인을 억압하는 트란스발의 법률을 인가하지 않기로 선언했다는 런던에서 친 전보를 받았다. 그후 선상 2주 동안 간디와 알리는 의기양양했다. 그들은 승리를 달성한 것처럼 보였다.

그런데 얼마 후, 앨긴 식민지상은 그것은 진심이 아니고 실은 '책략'이었다는 소식이 전해졌다. 그는 런던에서 영국 왕은 트란스발 주재 장관에게 등록법령을 인가해주지 않을 것이라고 발표했지만 트란스발은 1907년 1월 1일에는 황제 직할식민지가 아니게 되며 그렇게 되면 칙령이 없어도 법령을 법제화할 수 있다는 것이 앨긴의 복안이었다. 간디는 이 '교활한 책략'을 비난했다.

이윽고 트란스발은 현지의 책임정부를 수립하여 '아시아 인 등록법'을 1907년 7월 31일부터 실시할 것을 결정했다. 인도인은 그 법률을 흑인, 갈색인, 황색인을 대상으로 한, 도의적으로 사악한 '악법'이라고 비난했다. 연한 갈색 피부인 간디는 때때로 자기는 '흑인'이라고 자칭했다.

간디는 확신을 갖고 인도인들에게 "우리가 자기 자신에 충실하기만 하면 옳지 못한 정책은 언젠가는 시정이 된다."고 주장했다. 바야흐로 인도인들은 사티야구라하의 실천을 준비했다. 수상인 포터 장군은 불안을 느꼈으므로 인도인에게 메시지를 발표하여 백인들이 법제화를 주장했기 때문에 '부득이 한'일이며, 따라서 정부로서는 이 법령을 강행하겠다는 입장을 알렸다.

결의가 확고한 것은 인도인측도 마찬가지였다. 아흐마드 무하마드 카차리아라는 한 이슬람교도는 많은 사티야구라히를 대변하여 "나는 신의 이름을 걸고 맹세한다. 비록 처형당할지라도 나는 이 법에 복종하지 않겠다."고 말했다.

일부 인도 사람들은 그 법에 의한 인가를 받았으나 태반은 받지 않았다. 그 때문에 상당수의 인도인은 등록을 하든지 트란스발에서 떠나든지 선택하라는 당국의 경고를 받았다. 그 어느 쪽에도 따르지 않은 까닭에 그들은 1908년 1월 11일에 치안판사 앞에 끌려나가게 되었다. 간디도 그 중의 한 사람이었다. 그는 그 법정에 변호사로서 선 일이 있었는데 지금은 피고석에 서 있었다. 그는 정중하게 자기는 이 저항운동의 지도자이므로 최고형을 받아 마땅하다고 판사에게 말했다. 조단 판사는 감정을 나타내지 않은 무뚝뚝한 태도로 간디에게 중노동을 부과하지 않은 단순한 금고 2개월의 형을 언도했다.

이것은 간디가 받은 최초의 형이었다.

간디는 당시 활자화된 논문에서 이 최초의 형무소 경험을 이렇게 기록하고 있다. "형무소 당국은 호의적이었으나 식사 질이 나빴고 감방은 초만원이었다." 간디는 다른 사티야구라히 4명과 함께 감방에 들어갔다. 무슨 일에도 꼼꼼한 간디는 매일 끌려오는 사람들의 수를 메모하고 있었는데 1월 29일에는 155명에 달했다.

간디는 오전 중에는 《기타》를 읽고 오후에는 《코란》 영역본을 읽었다. 또 같은 수형자인 중국인 크리스찬에게 영어를 가르치기 위해 《성서》도 읽었다. 그 밖에 러스킨, 소크라테스, 톨스토이, 헉슬리, 혹은

베이컨의 수필이나 카알라일의 전기 작품을 읽었다. 그는 새삼스럽게 독서의 기쁨을 느꼈다. "양서를 읽는 취미가 있는 사람은 언제 어디서나 쉽게 고독을 견딜 수 있다."고 믿고 있었다. 실제로 그는 카알라일의 책과 러스킨의 《이 마지막 사람에게로》를 구자라트 어로 번역하는 일을 시작하고 있었기 때문에 형기가 너무 짧은 것을 안타깝게 여길 정도였다.

옥중의 독서와 번역 작업은 밖에서 찾아온 어떤 방문자에 의해 방해되었다. 그 방문자는 간디의 친구이며, 요하네스버그에서 발행되는 〈트란스발 리더〉 지의 편집자 알버트 카트라이트였다. 그는 얀 크리스찬 스마츠 장군의 밀사로서 스마츠가 작성한 타협안을 휴대하고 온 것이다.

스마츠는 인도인이 자발적으로 등록을 하면 '악법'을 장차 철폐할 것을 제안했다.

1월 30일에는 요하네스버그의 경찰장관이 형무소에 찾아와서 간디를 스마츠 장군과 회견시키기 위해 자기가 직접 프레토리아에 안내했다. 수인복을 입은 죄수와 장군은 장시간 의논을 했다. 간디는 철폐한다는 확약을 요구하고 인도인의 저항에 대해서 공적으로 언급할 것을 부가했다.

스마츠는 "나는 한번도 당신들을 싫어한 일이 없습니다. 당신은 아시겠지만 나도 원래 변호사이고 학생시절에는 급우들 중에 인도인도 몇 사람 있었습니다. 그러나 나는 의무를 수행해야 합니다. 유럽계 사람들은 이 법률을 요구하고 있습니다……나는 당신이 제시한 조건을 인정하겠습니다. 포터 장군과도 상의를 했으므로 당신들이 자발적으로 등록을 한다면 곧 아시아 인 법을 철폐할 것을 확약합니다."라고 말했다.

"나는 어디로 가야 합니까?"하고 간디가 물었다.

"당신은 지금 이 순간부터 자유입니다."

"다른 수인들은 어떻게 됩니까?"

 "내일 아침에는 다른 사람들도 석방을 하도록 형무소 책임자에게 당장 전화를 걸겠습니다."

 이때는 밤중이었고 간디는 돈이 한 푼도 없었다. 스마츠의 비서가 요하네스버그까지 가는 여비를 주었다.

 간디는 요하네스버그에서 맹렬한 반대에 부딪쳤다. "왜 등록을 하기 전에 법률이 먼저 철폐되지 않았는가?" 인도인들은 공공집회의 자리에서 간디에게 다그쳐 물었다.

 "타협의 성질상 그렇게는 될 수 없습니다."고 간디는 해명했다.

 "만일 스마츠 장군이 약속을 이행하지 않는 경우에는 어떻게 되는가."

 "사티야구라히는 두려움을 모릅니다. 그러니까 두려움없이 적을 신뢰합니다. 설사 적에게 20회 기만을 당할지라도 21회째도 역시 상대를 신용하는 것이 우리의 태도입니다. 인간의 본성을 절대적으로 신뢰하는 것이 곧 사티야구라히의 신앙의 정수이니까요."

 인간의 본성에 관한 낙관주의가 간디의 모든 행동의 출발점이었다. 그 때문에 이따금 아주 천진난만한 때도 있었다. 그러한 낙관은 '사람은 자기 기분과 생각을 통제하거나 개혁할 수 있다.'는 신념에서 오는 것이었다. 하기야 사람은 그것을 아주 제거할 수는 없으며, 신은 그런 자유를 우리에게 부여하지 않았는지도 모른다. 그렇기 때문에 변혁과 통제에는 끊임없는 노력이 요구된다.

 스마츠는 트란스발의 인도인이 등록을 하지 않으면 인도인 이민이 무제한으로 증가하여 국내에 좋지않은 아시아 사람이 범람하게 된다는 우려를 하고 있었다. 간디는 그 점을 인정하여 공공집회의 자리에서 "우리가 자발적인 등록을 하면 비밀이나 기만으로는 단 한 명의 인도인도 트란스발에 끌어들이지 않는다는 것을 당국에 보여주는 것이 된다."고 사람들을 설득했다.

 간디가 자발적인 등록을 수락하기로 한 것은 인종적인 편견에 사로잡힌 백인들의 압력을 고려했기 때문이다. 그러나 간디는 또한 정부는 모든 국민을 평등하게 대우하는 것이 당연하므로 법률에 의한 강제적인 등록에는 결단코 반대했다. 그것은 개인의 존엄과 발전을 방해하는 것이므로 그러한 강제력에 굴복해서는 안 된다는 생각이었다. 간디는 이 두 가지 전제 하에서 상대방에게도 곤란한 사정이 있음을 이해하여 협력하는 것은 우리 쪽의 관대한 태도이며, 따라서 고매한 태도이기도 하다고 모임에 참석한 인도인들에게 설명했다. 스마츠는 등록에 강제성을 부여하지 않겠다고 말했다. 그 방침에 따라 정세가 전체적으로 달라졌다고 보아야 한다.

그러나 흥분된 사람들을 납득시키는 건 쉬운 일이 아니었다. 북서 인도의 카이발령 근방의 황량한 산간지대에서 온 바탄 인의 거인이 일어나서 말했다. "우리는 당신이 인도인 사회를 배반하여 스마츠 장군에게 만 5천 파운드에 약속을 팔아넘겼다는 얘기를 들었소. 우리는 절대 지문 등록에 응하지 않을 것이며, 남들도 응하지 못하게 할 생각이오. 나는 알라 신에 맹세하여 등록을 권유하는 놈을 때려 죽이고 말겠다."

간디의 사티야구라하에 관한 책에는 이 고발이 후세를 위해서 기록되어 있다. 간디는 자기가 먼저 지문을 등록할 작정이라고 선언했다. 그리고 다음과 같이 덧붙였다. "생명은 언젠가는 죽게 되어 있습니다. 병이나 기타 자연스럽게 죽는 것이 아니고, 동포의 손에 의해서 맞아 죽는다 해도, 결코 슬픈 일은 아닙니다. 또 그런 경우도 나는 공격자에 대해서 분노나 증오의 마음에 사로잡히지는 않을 것입니다. 죽음은 나의 영원한 안식이 될 것이며 나를 공격한 사람도 나중에는 내가 무고하다는 것을 알게 되리라고 생각했습니다." 청중은 잠자코 듣고 있었다. 바로 그 직후에 생명이 위독할 정도의 습격을 받게 되리라는 것도 다시 40년 후에 결국 동포의 손에 의해서 죽음을 맞이하게 되리라는 것도 아무도 예견할 수 없었다.

간디는 3월 10일 우선 제일 먼저 등록할 절차를 취했다. 그날 아침, 평상시나 다름없이 사무실에 나갔다. 바깥에는 몸집이 큰 바탄 인들의 일단이 모여 있었다. 그 중에는 간디의 변호의뢰인의 한 사람인 키가

6피트에 체격이 당당한 밀 아람도 있었다. 간디는 바탄 인들에게 인사를 했으나 그들의 응답은 이상하게 냉정했다.

얼마 후 간디는 몇 명의 동행과 함께 사무실을 나와 등록사무소로 향해 걸어갔다. 바탄 인들이 바싹 따라왔다. 목적된 장소가 얼마남지 않은 지점에 이르자 밀 아람이 다가와서 어디 가느냐고 물었다.

"등록증명서를 받으러 가오."라고 간디가 대답했다.

간디의 말이 끝나기도 전에 맹렬한 일격이 그의 머리를 쳤다. "나는 '헤, 라마(오, 신이여).' 하는 외마디 소리와 함께 정신을 잃었다." 간디는 이렇게 쓰고 있는데 이 말은 1948년 1월 30일 영면하기 직전에 그의 입에서 새어나온 말이기도 했다.

간디는 큰 충격으로 쓰러졌다. 바탄 인들은 쓰러진 간디의 몸을 때리고 발로 찼다.

간디는 어떤 사무실로 옮겨졌다. 의식을 회복하여보니 턱수염을 기른 바프티스트 파의 이상가 조셉 J. 도크 목사가 그를 지켜보고 있었다. 목사가 "어떻습니까?" 하고 물었다.

"괜찮습니다만, 이빨과 늑골이 좀 아픕니다. 밀 아람은 어떻게 됐습니까?"

"다른 바탄 인들과 함께 체포되었습니다."

"석방해줘야 합니다. 그 사람들은 자기가 옳은 일을 한다고 생각하고 있었으며 나는 그들을 고소할 생각이 없으니까요." 간디는 낮은 소리로 말했다.

간디는 도크 목사의 집으로 옮겨져 볼과 입술의 상처를 봉합하는 수술을 받았다. 간디는 지금 여기서 지문등록을 해야겠으니 아시아 인 국의 등록관 차무니 씨를 불러달라고 부탁했다. 등록을 하는 절차는 간디의 육체에 고통을 주었다. 동작 하나 하나가 못 견디게 괴로웠다. 차무니는 흐느껴 울었다. "나는 가끔 차무니에 대하여 비판적인 글을 발표한 일이 있었는데 그 장면은, 사람의 마음이 사정에 따라서는 아주 쉽게 풀어질 수도 있다는 것을 보여주었다." 간디는 이렇게 자서전에 쓰고 있다.

간디는 10일간 '신심이 돈독한 목사 식구들'의 친절한 간호를 받았다. 그는 가끔 기분 전환으로 도크 목사의 어린 딸 올리브에게 〈어진 광명이여, 나를 이끌어주소서〉라는 노래를 불러달라고 부탁했다. 그것은 간디가 좋아하는 크리스트 교 찬송가였다.

건강을 회복한 간디는 피로도 잊고 등록의 약속을 지키자고 호소했다. 밀 아람의 습격사건 후, 카스투르바이와 아들들은 무척 걱정을 하고 있었다. 간디는 가족을 안심시키기 위해 페닉스 농원에 갔다. 하지만 거의 대부분의 시간은 〈인디언 오피니언〉 지에 발표할 자발적 지문등록에 관한 스마츠와의 협정을 설명하는 기사를 쓰는 데 바쳤다. 많은 인도인들은 완전히 동의한 것은 아니었지만 간디의 방침에 따랐으며 간디는 그들을 안심시키기 위해 많은 노력을 기울였다.

그러므로 스마츠가 '악법'을 철회한다는 약속의 이행을 거부했을 때 간디가 느낀 놀라움과 곤혹을 상상하고도 남는다. 스마츠는 철회하는 대신 자발적인 등록증명서를 유효로 하는 동시에 강제등록법을 그대로 두는 안을 의회에 제출했다.

"그것 봐. 그러니까 우리는 당신이 함부로 사람을 믿는다고 한 거요." 인도인들은 이렇게 비웃었다.

그로부터 20년이 지나 관대하고 객관적인 기분으로 《남아프리카에서의 사티야구라하》를 저술한 간디는 "1906년 당시 스마츠 장군의 인도인에 대한 태도에 계획적인 배신의 죄는 없었을지도 모른다."고 말하고 있다. 그러나 투쟁의 소용돌이 속에 있었던 당시의 간디는 '파울 프레이'라는 제목을 붙인 글을 〈인디언 오피니언〉 지에 발표하여 스마츠를 가리켜 '무정한 사나이'라고 불렀다.

인도인들의 분노는 극도로 치달았다. 1906년 8월 16일 오후 4시 요하네스버그의 하미디아 사원에서 집회가 열렸다. 굽은 다리가 네 개 달린 커다란 쇠가마가 눈에 잘 보이도록 단상에 놓여 있었다.

연설이 끝난 다음 청중으로부터 모은 2천 장 이상의 등록증명서가 가마에 던져져 불을 붙였다. 갈색 군중은 열렬한 환호를 보냈다. 런던 〈데일리 메일〉지의 요하네스버그의 특파원은 이 사건을 보스턴에서 일어난 다회사건(1773년 보스턴에서 발생한 미국 독립전쟁의 도화선이 된 사건)에 비교했다.

이것으로 인도인과 정부 사이에 전단이 생겼다.

스마츠 간디 협정에 따라 거주자의 대부분은 자발적으로 등록을 했는데 그 후로는 등록증을 소지하지 않은 것이 발각되면, 새로 온 불법침입자로 간주되어 추방을 당하게 되었다. 결과적으로 이 법령은 아시아 인의 이민을 저지하는 효과가 있었는데 바로 이것이 '악법'의 목적이기도 했다.

그렇다면 스마츠는 왜 지금에 와서 강제등록을 재개했을까. 이에 대해 인도인들은 "차별을 강조해서 우리를 모욕하고, 우리의 열등함을 인식시키기 위한 짓이다."고 말했다.

간디는 배후에 숨겨진 동기를 폭로하여 진실을 밝히는 것이 사티야구라하의 한 가지 장점이라고 말했다. 그 방법을 쓰면 상대방의 의도를 가능한 한 잘 설명해서 그들이 스스로 저급한 충동에서 벗어날 수 있는 기회를 준다. 그럼에도 불구하고 스스로 깨닫지 못하는 경우에는 더욱 명확하게 상대의 의도를 관찰하게 될 것이며, 또한 그러는 동안에 제3자도 어느 쪽이 옳은지를 알게 된다.

이제 인도인들은 강제등록에 응하지 않고서 트란스발 정부의 이민 금지 정책을 무시하기로 했다.

트란스발 정부와의 절박한 충돌에 대비하여 간디는 그의 자원을 동원하기 시작했다. 요하네스버그의 린크 로와 앤더슨 로의 교차점에 있는 간디의 사무실은 이제 실질적으로 사티야구라하의 본부가 되었다. 그 사무실에는 약간의 설비를 갖춘 조그만 방이 두 개 있었다. 하나는 비서가 쓰고 간디는 그 안쪽 야전위생대 애니 베산트 부인, 몇 사람의 인도인 지도자들의 사진과 크리스트의 성화가 걸려 있는 방에서 집무하고 있었다. 그는 또 페닉스 농원에도 사무실을 두고 있었는데, 트란스발의 만 3천 명보다 훨씬 더 많은 나탈 거주 인도인의 지원이 필요했기 때문에, 그곳에서 보내는 시간이 종전보다 많아졌다. 농원에서의 간디의 생활은 검소하고 엄격했다. 비가 오지 않는 날에는 으레 홑이불을 덮고 집 밖에서 잤다. 물질적인 쾌락은 완전히 포기하고 앞으로 닥칠 전투 준비에 전력했다. 그는 "사티야구라히는 서커스의 줄타기 곡예 이상으로 의식을 집중하지 않으면 안 된다."고 말했다.

요하네스버그의 사무실과 페닉스 농원에는 인도인이나 백인들이 끊임없이 찾아왔다. 간디의 교우관계는 매우 폭이 넓었고, 많은 사람들이 간디를 따랐다. 그 많은 사람들이 대개는 간디에 대해서 충실했다. 《아프리카 농원과 꿈 얘기》의 저자 올리브 쉬나이네르도 케이프 코로니에서 사는 간디의 가장 친한 친구 중 한 사람이었다.

"그녀의 눈에는 사랑이 있다."고 간디가 말한 바 있는 올리브 쉬나이네르는 유복하고 교양있는 가정에서 자랐으나 생활은 대단히 검소했다. 가정에서는 식기를 손수 닦았고, 요리도 청소도 스스로 했다. 간디는 그러한 육체노동이 그녀의 문학적 재능을 신장시켰다고 생각하고 있었다. 인종차별이 큰 잘못임을 알고 있었던 그녀는 남아프리카에 살고 있는 인도인에 대한 공정을 위해서 큰 힘을 발휘했다. 그녀의 오빠이며 전에 케이프 코로니의 수상을 지낸 일이 있는 상원의원 겸 법무장관인 W. P. 슈나이네르도 같은 활동을 했다. 그 밖에도 여러 저명인사나 고관들이 공공연히 간디의 운동을 지원했다. 크리스트 교 목사들도 많은 원조를 했다. 그들은 사티야구라하라는 사상과 행동에 이름만 크리스찬이라고 불리는 조직에 반대해서 행동하고 있는 참다운 크리스트 교의 진리를 인정했던 것이다. 도의적 전향의 길을 천천히 나아가고 있던 간디는 육체적인 강제나 정신적인 강제보다도 마음의 전향——인식에 의해 바로잡는 방향을 택했다. 진짜 크리스트 교도라면 이 원칙을 반대할 수 없었다. 크리스트 교도의 여러 편집자, 이상가, 목사들은 빈약한 체구에 갈색 피부를 지닌 힌두교도(간디)를 원조함으로써 다스나마 백인의 죄를 갚았다.

출신이나 인종을 떠나 간디의 남아프리키 시대 협력자들 중에서 가장 친밀했던 사람은 헨리 볼랙과 대단한 거부인 건축가 헬만 카렌바하, 그리고 스코틀랜드 출신의 소녀 슈레신이었다.

카렌바하는 키가 크고 체격이 컸으며 사각형 두상을 지닌 유태계 독일인으로, 기다란 카이젤 수염을 기르고 코안경을 쓰고 있었다. 간디와는 우연히 알게 되었는데, 불교에 관한 관심이 공통되었기 때문에 쉽게 친해졌으며, 그 후 간디가 귀국할 때까지 대단히 긴밀하게 지냈다. 사실 간디의 사티야구라하의 부사령관이라고 부를 사람이 있었다고 하면 카렌바하였다. 간디는 그의 특징을 "강한 감수성과 폭넓은 동정심 그리고 어린이처럼 순진한 인품"이라고 평했다.

간디가 비서 겸 타이피스트를 구하고 있을 때, 카렌바하가 슈레신 양을 추천했다. 소냐 슈레신은 유태계 러시아 인이었다. 간디는 그녀를 보고 '품위가 있으며 자기가 아는 유럽 사람들 중에서 가장 청순한 여성'이라고 생각했다. 그녀는 남자처럼 단발머리 차림이었고 넥타이를 매고 있었다. 평생을 독신으로 보낸 그녀는 젊은 여성이었지만 인도인 지도자들은 흔히 그녀를 만나서 의견을 물었다. 도크 목사는 〈인디언 오피니언〉지를 발행하고 있을 때, 그녀에게 논설에 대한 비판을 청했다. 간디는 이 소냐 슈레신 양을 사티야구라하의 회계 겸 명부 담당으로 임명했다.

저항운동의 자금을 마련하기 위해 남아프리카의 인도인과 유럽인, 그리고 본국의 인도인이 상당한 금액을 기부했다. 간디는 사심없는 올바른 목적을 위해 완전히 공공의 입장에서 활동하는 조직은 결코 자금 부족으로 시달리지는 않을 것으로 확신하고 있었다. 그리고 엄정하고, 낭비없는 지출과 정확한 출납을 신조를 삼았다.

간디는, 남아프리카에서의 인도인에 대한 차별대우에 관한 모든 문제를 종합해서 그 투쟁을 위해, 대륙의 인도인 사회 전체를 동원하는 전술을 쓰는 것이 좋겠다는 진언을 받았다. 그러나 간디는 투쟁하는 도중에 목표를 확대하거나 변경하는 것은 사티야구라하의 신조에 어긋난다고 판단했다. 현재의 쟁점은, 트란스발에 인도인이 거주하고 출입하는 권리를 확보하는 데 있을 따름이며 그외의 것은 아무것도 없었다.

다음에 간디는 놀랍고도 극적인 실질적인 행동을 취했다. 소라부지 샤풀지 아다자니아라는 나탈에 거주하는 배화교도 인도인이, 스스로 이민에 대한 장벽을 육탄의 방법으로 시험해보겠다고 했다. 그는 트란스발에는 한 번도 방문한 일이 없었지만 영어는 할 수 있었다. 그는 정부에 그 의도를 통고하고서 폴크스라스트에 있는 트란스발 주경감시소에 출두하여 체포당하기도 했다. 그런데 주경 당국자들은 통과를 허가했으므로 그는 무사히 요하네스버그에 도착했다.

놀라움이 진정되자 인도인들은 정부가 전투를 회피했으므로 그것은 곧 승리라고 해석했다. 그 후 소라부지가 트란스발에서 퇴거하지 않는다는 이유로 1개월간의 투옥이 결정되었을 때에도 간디의 방식에 대한 민중의 깊은 감명에는 변함이 없었다. 그리하여 영어를 아는 나탈 거주 인도인들이——그 중에는 인도에서 돌아온 간디의 맏아들 하리랄도 끼어 있었다——트란스발로 월경을 감행하기로 했다. 그들은 폴크스라스트에서 체포되어 3개월의 형을 받았다. 간디는 "트란스발의 인도인은 이제야 고매한 정신을 체득했다……운동은 바야흐로 최고조에 달했다."고 말하고 있다. 간디의 운동은 투옥을 양식으로 해서 성장했다.

체포를 자원하는 많은 사람들이 간디의 지시를 요청했다. 간디는 나탈에 거주하는 일부 인도인들의 소원을 들어주었다. 트란스발의 인도인들도 같은 특권을 원했다. 그들은 경찰에 가서 "나는 등록증명서를 갖지 않았다."고만 하면 되었다.

간디도 체포되어 폴크스라스트 형무소에 수감되었다. 간디의 그때 수형자 카드를 마니랄이 보관하고 있는데, 새로 3인치 8분의 1, 가로 2인치 8분의 7 크기의 크림색 카드였다. 이름은 M. K. 간디를 M. S. 간디로 잘못 적혀 있었다. '직업——변호사. 별칭없음. 형벌 및 일부——벌금 25파운드, 혹은 징역 2개월. 1908년 10월 10일(다른 인도인들과 마찬가지로 간디는 징역을 택했다) 석방기일 1908년 12월 13일.' 카드의 뒤쪽 '복역국정위반'란은 공백이었다. 간디는 모범수였다.

형무소에서는 75명의 동지들과 같이 있었는데 간디는 자청해서 취사당번을 맡았다. 당시에 쓴 글에 "나는 그들의 호의에 감사한다. 그들은 내가 설탕가루도 없이 만든 미지근한 오트밀을 불평하지 않고 먹어주었다."고 말하고 있다. 간디는 또 중노동을 자원했다. 손에 물집이 잡혀 통증으로 고생했다.

한번은 간수가 변소를 소제해야겠으니 두 사람만 나오라고 했을 때도 간디는 지원했다.

이러한 노고는 간디 스스로 한 것이고 다른 사람들의 경우는 간디의 지도에 따라 자청한 것이었다. 왜 벌금을 내고 집에 가서 있지 않았는가?

"형무소에 갇히는 것을 두려워하면 진짜 비겁자가 된다."고 한 간디의 말에서 그 이유를 찾을 수 있다. 형무소에는 독특한 장점이 있었다. 자유로운 상태에서는 많은 사람들과 같이 어울려 있지만 여기서는 간수 한 사람뿐이다. 밥을 굶을 걱정도 없다. 노동을 하면 몸도 건강해질 수 있다. 간디는 해로운 습관이 전혀 없다. 이와 같이 수인의 마음은 감금된 상태에서 오히려 자유롭다. 그리고 신에게 기도를 드릴 시간도 넉넉하다. 행복에 이르는 참다운 길은 사회와 진리를 위해 교도소에 들어가서 고통과 부자유를 극복하는 데 있다."고 선언했다.

이 옥중 생활과 감상의 기술을 끝마치면서 간디는 교도소 도서관에서 빌려 본 소로우(미국의 작가. 〈숲 속의 생활〉의 저자)의 '시민적 불복종'의 유명한 문장을 인용하고 있다. 소로우의 말은 다음과 같다. "나는 나와 같은 도시에서 살고 있는 사람들과의 사이에 벽이 있다고 하면 그들이 나처럼 자유로운 사람이 되기 위해서는 그 이상으로 넘어가기도 어렵고 타파하기도 어려운 벽이 있는 것을 알았다. 나는 단 한 순간도 갇혀 있다는 느낌을 받지는 않았으며 오히려 나를 둘러싼 벽은 돌과 회석의 낭비로 여겨졌다……."

소로우는 계속해서 말한다. "그들은 내 생각을 움직일 수 없기 때문에 그 대신 내 신체를 처벌하는 것이다……국가는 어리석기도 하거니와 부유하고 외로운 부인처럼 겁이 많으며, 자기의 진짜 적과 동지를 구별하지 못한다는 것을 알고 그나마 남아 있는 경의도 한꺼번에 없어져버려 딱한 생각이 들었다."

간디는 이 문장을 소로우에게서 끌어왔다. 그리고 간디는 소로우의 여러 에세이를 거의 다 읽었다.

그러나 사티야구라하 이념을 소로우에게서 배운 것이라는 말에 대해서는 간디 자신이 1935년 9월 10일자 인도 봉사자협회의 P. 코단다 라오 씨에게 보낸 편지에서 부인하고 있다. 그 편지는 다음과 같이 말한다. "내가 시민적 불복종의 이념을 소로우에게서 배웠다는 것은 틀린 말입니다. 남아프리카에서 전개된 권위에 대한 저항은 내가 소로우의 논문 〈시민적 불복종〉을 읽기 전에 이미 상당히 진행되고 있었습니다. 당시 우리들의 운동은 소극적 저항이라는 명칭으로 알려지고 있었는데, 그것으로는 불충분하기 때문에 나는 구자라트의 독자를 위해서 사티야구라하라는 말을 만들어냈던 것입니다. 소로우의 훌륭한 논문의 서명을 안 뒤에는 영어 독자에게 우리들의 투쟁을 설명하기 위해 그 말을 사용하게 되었던 것입니다. 그러나 '시민적 불복종'이라는 말도 역시 우리 투쟁의 의미를 완전히 전달하지는 못하는 것같이 생각되었으므로 나는 다시 '시민적 저항'이라는 말을 사용하게 되었습니다."

그렇다 하더라도 간디는 역시 소로우의 논문 〈시민적 불복종〉에 감화를 받았다. 간디 자신도 그것을 '훌륭한 논문'이라 부르고 거기에서 '깊은 감명을 받았다'는 것을 인정했다. 소로우의 영향은 간디가 인정하는 이상으로 역사적 배경이 있다. 소로우는 《바가바드 기타》나 힌두교 성전 《우파니샤드》를 몇 가지 읽고 있었다. 소로우 친구이며 후원자이기도 한 랄프 월드 애머슨도 읽고 있었다. 뉴잉글랜드(소로우가 살던 지방)의 반역자 소로우는 먼 인도에서 빌린 검을 사상의 연못에 자기가 단련한 이념을 던져서 반환했다. 그 물결이 남아프리카에서 투쟁을 전개하고 있는 인도인——간디에게 다다랐던 것이다.

시인이며 에세이스트인 헨리 데이빗 소로우는 1817년에 태어나 결핵으로 45세에 사망했다. 그는 흑인 노예제도를 비롯하여 교회, 국가, 부, 풍습, 전통에 개인이 노예처럼 복종하는 상태를 싫어했다. 매사추세츠 주 콘코드 교외에 있는 월든 폰드 호숫가에 직접 오두막을 지어 양식을 생산하는 일부터 모든 일을 다 자급하면서, 자연과 밀착한 생활을 실험하고 영유했다.

월든에서 보낸 2년 동안에 자기가 자유로운 용기와 정신력을 지니게 되었다고 만족한 소로우는 다음에는 콘코드에 돌아와 사회에서도 자유로울 수 있는지 시험해보려고 했다. 그는 자기가 실천해야 할 최저한은 '자기가 비난하는 악에 굴종하지 않는' 것이라고 생각하여 세금 납부를 거부한 까닭에 투옥당했고 친구가 대신 세금을 납부하여 24시간 후 석방되었다. 이 체험에서 소로우의 가장 도전적인 정치평론집인 《시민적 불복종》이 나왔다.

소로우는 《시민적 불복종》에서 "내가 실천할 권리를 가진 유일의 의무는 자기가 옳다고 생각하는 일을 항상 실천하는 것"이라고 선언하여 '올바른' 것이 법률에 충실한 것보다 더 명예로운 일이라고 강조했다.

소로우의 민주주의는 소수의 신념이라고 볼 수 있다. "왜, 정부는 현명한 소수를 존중하지 않는가? 왜 역사는 항상 크리스트를 십자가에 못박는 것인가?" 이것이 소로우의 절규였다.

1849년 당시, 소로우는 흑인노예제도와 메키스코 침략에 대해서 곰곰이 생각해보았다. 그런 일을 규탄하지 않는 다수가 잘못이라는 소로우의 판단이 옳았다. 그리고 그런 죄악을 범하는 정부에 어떻게 복종할 수 있는가. 소로우에 의하면 부동의도 불복종을 수반하지 않는 경우에는 동의와 마찬가지이며 따라서 책망을 받아 마땅하다는 것이다.

소로우는 간디가 이해한 것처럼 시민적 불복종을 엄밀하게 규정하여 다음과 같이 말하고 있다. "나는 잘 알고 있다. 가령 이 매사추세츠 주에서 내가 지명할 수 있는 사람이 1000명, 아니 100명, 아니 겨우 10명——그것도 아니고, 정직한 사람이 단 한 사람일지라도 노예 소유제도를 폐지하기 위해 현 제도에서 손을 떼어 그 까닭으로 투옥을 당한다면 그것이 곧 이 나라에서 노예제도를 폐지하는 일이 될 것이다. 비록 그 최초의 행동이 아무리 미약해보일지라도, 일단 실천을 한 다음에는 영구히 계속된다. 그런데 우리는 그것을 한갓 얘깃거리로나 삼기를 좋아한다……."

"노예제도나 전쟁에 대하여 나쁘다는 반대의견을 갖고 있으면서도 그것을 종식시키기 위한 실질적인 행동을 아무것도 하지 않고 있는 사람이 수없이 많다. 유덕한 사람 하나 하나에 대해서 999명의 덕의 지지가 있다." 소로우는 실행을 따르지 않는 의사발표를 경멸했다. 그는 "오늘날 이 미국정부에 대해서 예의를 지키는 것이 과연 인간다운 일일까?"라고 묻고 "그것은 오히려 수치라고 나는 대답한다."고 말했다. 소로우가 제시하는 방법은 '평화로운 혁명'이었다. 그는 또한 다음과 같이 쓰고 있다. "세상 모든 사람이 혁명의 권리 즉 어떤 정권의 전횡이 하도 심하여 못 견딜 정도에 이르렀을 때에는 협력을 거부하고 저항하는 권리——를 인정한다."

바로 이 점이 소로우의 《시민적 불복종》을 읽은 간디가 옥중에 있었던 이유이다. 《이 마지막 사람에게도》의 저자 러스킨과 마찬가지로 소로우도, 목표와 행동 사이에는 긴밀한 대응이 있어야 한다고 생각했다. 이 양면의 예술가는 '말'과 '행동'과 '신조'의 통행을 필요로 했다. 무릇 위대한 시인이며 위대한 예술가에게 있어서 초지 일관의 정신은 당연하다.

많은 사람들이 러스킨의 작품과 소로우의 작품들을 읽었으며 그들의 견해에 찬동했다. 힌두교도 중에도 러스킨과 소로우를 읽고 찬동한 사람이 많았다. 그 중에서로 간디는 특히, '말'과 '이념'을 신중하게 받아들였다. 이념을 신조로 받아들인 바에는 그것을 실행할 의무가 있으며 실행을 하지 않는다면 불성실을 면하지 못한다고 생각했다. 정신적, 종교적 교의를 믿으면서 어떻게 그것을 체현하지 않을 수 있을까.

'말'과 '신앙' 사이에 인간이 있다면 그것은 허위이다. 신조와 행위가 일치되지 못하고 있는 상태야말로 오늘날 문명사회의 온갖 부정의 근원이다. 이것이야말로 모든 교회, 모든 국가, 모든 정당, 모든 사람들의 약점이다. 그 허위, 그 불일치가 제도나 인간의 성격을 분열시키고 있다.

'말'과 '신앙'과 '행동'의 조화를 달성하기 위해 간디는 인간에 관하여 가장 중심적인 문제를 추구했다. 다시 말하면 정신을 바로잡는 공식을 탐구했던 것이다.

제 **12** 장
아들에게 보낸 편지

　간디의 두 번째 투옥은 1908년 12월 13일에 형기를 일단 마쳤으나 이민금령에 대한 시민적 저항을 계속했기 때문에 세 번째 복역을 하게 되어, 1909년 2월 25일 폴크스라스트 교도소에 다시 수감되었다. 5일 후, 프레토리아에 신설된 교도소로 옮기게 되어 머리 위에 약간의 소지품을 얹고서 억수같이 쏟아지는 비 속을 뚫고 프레토리아 행 기차로 호송되었다. 도착하자 간수장이 "당신은 간디의 아들이냐?"고 물었다. 간디가 하도 젊어보였기 때문에, 폴크스라스트에서 6개월 형을 받고 복역중인 맏아들 하리랄이 아닌가 착각한 것이다. 이때 간디는 40세였다.

　옥중에서 간디는 스마츠 장군이 보낸 종교 책자 2권을 받았다. 그 외에도 스티븐슨의 《지킬 박사와 하이드》, 카알라일의 《프랑스 혁명》, 인도의 종교 관련 책을 읽었다. 훗날 간디는 "책의 덕택으로 무료한 시간을 보낼 수 있었다."고 회상하고 있다.

　마니랄은 당시 간디가 옥중에서 보낸 편지를 지금도 보존하고 있다. 그 편지는 교도소에서 쓰는 판형이 큰 길쭉한 크림색 양괘지 다섯 장의 앞뒤에 자색 잉크로 쓴 영문 편지이다. 간디는 마니랄에게는 보통 구자라트 어를 사용하고 있었는데 그 교도소용지는 왼쪽 구석에 통신문은 영어, 네덜란드 어, 독일어, 프랑스 어 혹은 카필 어로 써야 한다는 글귀가 붙어 있었다. 날짜는 1909년 3월 25일, 간디의 수인 번호는 777번이고, 검열관의 사인은 2일 후로 되어 있었다.

　마니랄은 그때 17세의 청년이었다. 직접 돌봐주는 사람이 아무도 없었기 때문에 직업이나 장래에 대해서 스스로 모색하고 있었다. 정규교육은 받지 않고, 농원과 〈인디언 오피니언〉 지에 종사하며 아버지의 일을 돕고 있었다. 아마도 그는 번민이 많은 청년이었던 것 같다.

마니랄에게.

나는 한 달에, 편지를 한 통 써보낼 수 있고 한 통 받을 수 있다. 누구에게 편지를 쓸 것인지 한참 망설였다. 리치 씨(〈인디언 오피니언〉 지의 편집자), 블랙 씨, 너, 세 사람을 생각하다가 아무래도 네가 나를 가장 잘 이해해 줄 것 같아서 너에게 쓰기로 했다.

수감 생활에 대해서는 자세히 적을 수 없으나 나는 그런대로 무사히 지내고 있으니까 걱정 말아라.

어머니는 건강이 완전히 회복되었으리라고 생각한다. 그 동안에 네가 몇 통인가 편지를 보낸 것은 알고 있지만 제한 때문에 받아보지는 못했다. 그러나 차관이 친절하게도 어머니 용태가 차차 나아지고 있다고 전해주더구나. 이제는 제대로 걸어다니게 되었는지. 어머니도 너희들도 모두 아침에는 사과와 우유로 식사를 하고 있겠지. 찬지이(장남 하리랄의 아내, 구라아브의 애칭)는 어떻게 하고 있는지. 내가 늘 찬치이를 염려하고 있다고 전해주어라. 찬치이가 앓던 피부염은 다 나았는지 무척 궁금하구나. 라미(하리랄의 딸)는 잘 놀고 있겠지?

라무다스(간디의 3남)와 데바다스(4남)는 식구들에게 폐를 끼치지 않고 점잖게 공부를 하는지, 라무다스는 기침이 좀 가라앉았는지도 몹시 궁금하구나.

너희들 모두 위리이가 머무르는 동안 잘 대접해주었겠지? 코즈 씨한테 융통한 식량은 갚아드렸느냐?

그래 너는 어떻게 지내고 있니? 아버지가 맡긴 임무를 잘 감당하고 있을 줄로 짐작한다마는 나는 너에게는 필요한 정도의 개인 지도를 해주지 못했다는 생각이 들 때가 가끔 있다. 네 자신도 충실한 교육을 받지 못했다고 스스로 생각하고 있는 것을 아버지는 알고 있다. 나는 교도소 안에서 독서를 꽤 많이 했다. 애머슨, 러스킨 그리고 마치니(이탈리아의 독립지사) 같은 이들이 쓴 글을 읽고 있다. 《우파니샤드》도 읽고 있다. 어느 책이나 교훈은 문자의 지식이 아니라 인격형성이라는 생각을 기초로 하고 있다. 교육이란 의무의 지식이다. 우리 말인 구자라트 어로 하면 문자 그대로 훈련이란 뜻이다. 이 관점이 틀림없다면——아버지는 이것이 바른 생각이라고 믿는다마는——너는 그런대로 최고의 교육 훈련을 받고 있다고 할 수 있다. 어머니 시중을 들어 기분을 상쾌하게 해드리는 일, 찬치이를 보살펴 하리랄이 집에 없는 동안 로해주는 일, 그리고 라무다스와 데바다스에게 아버지대신 염려해주고 보살펴주는 일——이보다 더 좋은 일이 있을까? 이런 일을 잘 할 수 있으면 너는 이미 반 이상의 교육을 받은 셈이다.

나는 나투라무지의 《우파니샤드 입문》의 한 구절에서 깊은 감명을 받았다. 나투라무지에 의하면 "(인생) 제 1 단계인 브라흐마나차리야기는 최종 단계인 산냐아신 기와정말이다. 천진난만하게 그저 즐겁기만 한 것은 철부지인 한두 살 때이고, 철이 나기 시작하는 나이가 되면 책임을 지도록 요구된다. 그 후부터는 마음에 있어서나 행동에 있어서나 절제하고, 진리를 실천하여 그 어떠한 생명도 침해하지 않도록 조심해야 한다. 그것은 억지로 하는 학습이 아니고 자연스럽고 즐거운 생활의 실천이라야 한다. 나는 라지코트에서 보낸 어린 시절에 그런 소년을 몇 사람 회상할 수 있다. 내가 너보다도 어린 시절이지만 나의 가장 기쁜 일은 병석에 누워 있는 아버지——너의 할아버지——를 간호해드리는 일이었다. 열두 살이 지나서부터는 (보통 의미에서) 즐거움이라는 것을 극히 조금이거나 전혀 없어지고 말았다. 네가 세 가지 덕행을 지켜 그것이 곧 생활의 일부가 된다면 내가 보는 관점에서는 너는 이미 교육——훈련을 완료한 셈이 된다. 그 덕성만 터득을 하면 너는 이 세상 어디에 가서도 생활의 양식을 얻을 수 있다. 그리고 영혼과 너 자신과 신에 참다운 인식으로 나아가는 길을 닦은 것이 된다. 그렇다고 해서 그 이상 아무 지시도 받지 않아도 된다는 의미는 아니라 너는 당연히 그렇게 해야 하며 또 그렇게 하고 있다. 하지만 그것은 네가 걱정할 문제는 아니다. 시간은 넉넉하게 있으며, 너는 터득한 훈련이 세상을 위해 도움이 되도록 적절한 지시를 받기로 되어 있다.

앞으로 우리는 가난을 운명으로 알고 나아가야 한다는 것을 명심하기 바란다. 나는 생각하면 생각할수록 풍부한 상태보다도 가난한 상태가 더 축복된 상태라는 것을 명확하게 느낀다. 빈곤의 효용이 부의 효용보다 훨씬 더 마음에 흐뭇하다는 말이다.

편지는 페닉스 농원 사람들에 대한 지시 전언, 문안이 105행 계속된 다음에 다시 이어진다.

그리고 다시 너에 관해서 얘기하겠다마는 밭에 나가 농삿일을 열심히 하여라. 장래 우리는 농사에 의지하지 않으면 안 되게 될 것이다. 너는 우리 가족의 숙련된 농부가 돼줘야 한다. 여러 가지 기구는 언제나 정한 장소에 잘 정리가 돼 있어야 한다. 특별히 깨끗하게 해둬야 한다. 공부는 수학과 산스크리트 어를 열심히 하여라. 너에게 절대 필요하다. 이 두 가지 학과는 기초를 충분히 하지 않으면 나중에 가서 힘이 든다. 음악도 등한히 해서는 안 된다. 영어나 구자라트 어나 힌두 어나, 좋은 문장, 찬가, 시가 눈에 띄면 단정하게 필사해서 모아두도록 하여라. 한 해를 계속하면 귀중한 자료가 될 것이다. 이런 일은 모두 네가 규칙적으로만 하면 쉽게 할 수 있는 일이다. 다만 너무 조급하게 서둘러서는 안 된다. 한꺼번에 하려면 무엇을 먼저 할지 오히려 일이 손에 잡히지 않는다. 그러므로 참을성있게 시간을 아껴서 꾸준히 계속하면 절로 요령이 생길 것이다. 그리고 가계는 낭비가 없도록 정확하게 장부를 기록하여라.

다음에는 농원에 와 있는 어떤 학생에게 보내는 말을 아래와 같이
덧붙이고 있다.

마간라르바이에게 내가 애머슨의 에세이를 읽도록 권하더라고
전해주기 바란다. 그 책은 달함에서는 9펜스에 구할 수 있으며, 염
가판도 있다. 읽을 만한 가치가 있는 책이다. 마간라르는 책을 읽
으면서 중요한 구절에 표시를 해뒀다가 나중에 노트에 기록하는 게
좋을 것이다. 애머슨의 에세이는 내가 보기에 서양의 구르가 가지고
있는 인도의 지혜를 담고 있다. 우리의 정신적 유산이 형체를 바
꾸어서 서양인의 사상에 나타나고 있음을 보는 것은 흥미로운 일
이다. 마간라르는 또 톨스토이의《천국은 그대의 가슴속에 있다》라는
책도 읽으면 좋을 것이다. 대단히 쉬운 영어로 되어 있는 책으로
톨스토이의 언행일치를 주장하는 내용이 잘 나타나 있는 책이다.

간디는 마니랄에게 보낸 이 편지를 몇 통 복사해서 한 통은 볼랙에게,
한 통은 카렌바하에게, 그리고 한 통은 인도에 돌아간 어떤 스와미에게
보내라고 지시했다. 투쟁에 관한 얘기는 한 마디도 해서는 안 되었다.
간디는 볼랙과 카렌바하의 답서(答書)를 기대했으나, 검열관은 허락
하지 않았다.
맨 마지막에 간디는 '뭐든지 좋으니까 대수(代數) 책을 보내달라고
부탁했다.

그럼 여러분에게 안부 전해주기 바란다. 라무다스와 데바다스,
그리고 라미에게도.

아버지로부터

이 편지는 아들에게 어떤 영향을 주었을까. 어쩌면 간디의 지나칠 정도로 세밀한 교훈에 초조한 느낌이 들었을지도 모른다. 마니랄을 자기가 생각하는 타입으로 만들려는 간디의 애정과 사려는 어쩌면 여러 가지 성가신 잡무를 섞어넣은 설교로 들렸을 것이다. 이제 인생의 길을 출발하는 지점에 서 있는 청년은 농기구를 창고에 잘 정리해두라는 지시나 그 엄격한 감독 밑에서 금욕, 빈곤, 근면 같은 덕목을 지키라는 요구도 그다지 절실하게는 여겨지지 않았을 것이다.

13세 때 일찍 결혼했기 때문에 소년다운 시절을 보내지 못한 간디는 자기 아들에 대해서는 이해가 부족했다. 마니랄에게 보낸 편지도 이 점을 보여주고 있다. 간디가 그려보이는 미래의 청사진은 진리를 가르치는 것임에 틀림이 없지만 진리의 길은 멀고도 먼 고난의 길이다. 아버지가 소년시대부터 생활을 향락한 일이 없었다는 사실은 감수성이 강한 아들에게 슬픔을 주거나 두려움을 느끼게 했을 것이다. 그런 아버지하고는 동거하기가 어렵다. 그런 아버지니까 그런 편지를 쓴다. 실제, 편지에는 "네 생애는 아버지의 생애에 결부되어 있다. 너는 네 멋대로 진로를 택해서 나아가서는 안 된다."고 씌어 있다. 간디는 조수를 필요로 하고 마니랄은 자유를 원했다. 마니랄 자신은 변호사나 의사가 되고 싶었으나 아버지는 처음부터 아들을 나이 어린 성자로 만들 작정이었다.

이 시기의 간디는 아득하게 먼 찬란한 목표를 응시하고 있었기 때문에 때로는 가장 친근한 사람의 사정도 충분히 이해를 못하는 예가 있었다. 간디는 자기에게 부과한 엄격한 기준——그 자신의 맹랑한 기분으로 부과한 기준에 친근한 사람들이 모두 다다를 것으로 기대했던 것이다. 그러나 간디는 물론 일부러 무자비하려고 한 것은 아니었으므로 그 자신은 편지에 아버지로서의 깊은 사랑과 염려만을 썼다고 생각했을 것이다.

제 **13** 장
톨스토이와 간디

그 무렵, 중부 러시아에 남아프리카에서 한 힌두교도 변호사가 탐구하고 있었던 것과 똑같은 정신적 문제를 오래 전부터 꾸준히 탐구해온 한 슬라브 귀족이 있었다. 레오 톨스토이 백작이다. 그는 유라시아 대륙을 건너서 모한다스 K. 간디를 이끌어주었으며, 또한 간디가 분투하는 모습에서 기쁨과 위로를 받았다.

간디의 법률사무소에는 종교문제에 관한 톨스토이의 책이 몇 권 놓여 있었는데 이 인도인이 위대한 러시아 인의 가르침을 흡수한 것은 주로 옥중의 여가 때였다.

아마도 세계문학사에서 최고의 소설인 《전쟁과 평화》,《부활》,《안나 카레니나》같은 작품의 성공으로 톨스토이의 이름은 일찍이 전세계에 알려졌다. 하지만 그 동안에도 그의 마음은 크리스트 교의 교의와 인간사회의 현실 사이에 벌어져 있는 격리에 몹시 고민을 하고 있었다. 톨스토이는 1828년 부유한 명문 가정에서 태어나 작가로서 명성을 떨쳤으면서도 57세 때부터 상류사회를 떠나 검소한 생활로 접어들었다. 맨발로 땅을 딛고 꺼칠꺼칠한 농민의 옷을 입고, 농부들과 더불어 밭을 갈았다. 담배와 육식을 끊고 수렵도 하지 않았다. 시골 길을 도보나 자전거로 다녔다. 1891년에는 '용납할 수 없는 사치'에서 벗어나기 위해 많은 재산을 처자에게 주고 자기는 농촌 교육이나 기근구제 사업을 전개하고 혹은 채식주의, 결혼문제, 신학 등에 관한 저술에 전념했다. 그는 교회제도를 신랄하게 비난했는데 참다운 신앙을 갈구하는 사람들은 야스니야 포리야나에 있는 그의 집을 메카로 삼게 되었다

전세계 구석 구석에서 크리스트 교도, 유태교도, 이슬람교도, 불교도들이 물질적인 쾌락에 포만한 끝에, 이제 70세 가까운 노령으로 진리 탐구의 새로운 노력을 하고 있는 대문호의 발 밑에 모여들었다. 해외에서는 시카코에 있는 할 하우스의 제인 아담스, 그 후 미국 국무장관이 된 윌리암 제닝그스 브라이언, 필라델피아의 성직자 조셉 크라우스코프, 미국의 국제법 학자로서 러시아의 츠아 정부의 허가를 받고 시베리아를 방문하여 수형자에 대한 학대를 비난한 조지 케난, 그리고 독일의 시인 라이너마리아 릴케, 훗날의 체코슬로바키아 대통령 코마시 G. 마시릭 같은 사람들이 찾아왔다.

이들 순례자에게 있어 톨스토이는 속세를 초월한 위대한 존재였다.

독자적인 생활방식으로 신앙과 행동의 통합을 시도하는 노력이 톨스토이의 매력이었다. 그 생활방식에는 육체노동과 수공업, 최저한도의 욕망, 재산을 소유하지 않을 것, 생류를 죽이지 않을 것 같은 신조가 포함되어 있었다. 그는 지주제도를 '큰 죄악'으로 보고, 헨리 조지(미국의 사회운동가)의 인물건세를 찬양했다. 징병제를 비난하고 양심적인 참전 거부자를 옹호했다. 반전주의를 주장하는 두호볼 파 교도들의 카나다 이주를 원조하는 한편 키세네프의 유태인 학살자들을 비난했다. 또 윌리엄 로이드 개리슨의 '무저항'을 찬양하고, 혹은 마을 소학교에서 시골 어린이들에게 글을 가르치기도 했다. 그는 일체의 상금을 받지 않았고 노벨상을 사퇴했다.

러시아 정교회는 그를 파문했다.

옥에 갇혀 있는 어떤 친구에게 보낸 편지에서 그는 "유감스럽게도 나는 지금 감옥에 들어가 있지는 않으나……."라고 말했다.

다음과 같은 여러 소책자의 제명에서도 톨스토이의 정신을 짐작할 수 있다. '사람을 죽이지 말아라', '이웃사람을 사랑하여라', '크리스트 교도, 특히 러시아 사람은 왜 어려움을 겪는가', '어린이에게 주는 크리스트의 가르침', 《종교적 관용》, 《자기 완성》 그 밖에 비슷한 것이 수없이 많다.

톨스토이는 그 정신편력의 마지막 길에서 승원(僧院)이나 '톨스토이 인보관(隣保館)에 가서 최후의 평안을 찾으려고 남모르게 집을 빠져 나가 방황하다가 1906년 11월 20일 아스타포포 역에서 세상을 떠났다.

간디는《천국은 그대의 가슴속에 있다》라는 책을 통해서 톨스토이를 알았다. 그 책의 제목은 곧 저자가 세상에 펴기를 원하는 복음이었다.

톨스토이는 솔직하게 말했다. "교회의 역사는 광란과 공포의 역사이다……모든 교회는 속죄와 구제, 혹은 우상숭배를 내세워서 참다운 크리스트 교 교리를 어기고 있다." 어떤 편견에도 사로잡히지 않고 냉철한 논리와 여러 가지 예를 들어서 오늘날 모든 크리스트 교 교회는 오히려 '크리스트의 가르침을 은폐' 하고 있다는 것을 눈에 보는 것처럼 증명했다.

또 톨스토이는 정권에 대해서도 비판적이었다. "아득하게 먼 옛날부터 '당신에게 평화가 있기를' 하고 서로 만나서 주고받는 인사말이었는데, 오늘날 유럽의 크리스트 교 제국은 문제를 살인으로 해결하기 위해 2800만 명이나 되는 병사를 무장시키고 있다."고 단언했다. 그리고 프랑스의 작가 기드 모파상에 찬동하여 "사회가 '전쟁'에 대해서 단결된 반발을 하지 않는다는 것은 이해할 수 없는 일이다."라는 말을 인용했다.

러시아의 위대한 문예평론가 알렉산드르 겔첸은 "점점 더 심해져가는 군국주의는 현대의 모든 정부를 전신설비를 갖춘 징기스칸으로 만들고 있다."고 말했는데, 톨스토이는 이에 찬동하고 당시 덧붙여서 "남을 탄압하는 점에서는 크리스트 교 국가들이 이교도보다 나쁘다."고 말했다.

톨스토이는 또 이런 생각도 했다. '크리스트 교 교리의 본질을 미리 배운 인도인이 유럽에 와서, 실제의 크리스트 교도 생활을 본 놀라움을 묘사한 것은 막스 뮐러였다고 생각한다.' 이것은 곧 교리와 행동의 간격이 소로우와 마찬가지로, 톨스토이가 항상 주제로 삼고 있었다는 것을 의미한다.

그렇다면 우리는 어떻게 할 것인가. 톨스토이의 해답은 간단했다. 참다운 크리스트 교도로서 생활하는 일. 구체적으로 말하면 크리스트 교도는 이웃사람과 싸우거나 남을 공격하거나 폭력에 호소하지 않는다. 오히려 그 반대로 무저항으로 자기가 고통을 당하고 인내한다. 그리고 악에 대한 그 독특한 태도에 의해서 자기 자신을 해방할 뿐 아니라 전세계를 모든 외부적 권위의 압박에서 해방하는 일을 돕는다.

간디는 인도의 고전 《기타》와 《신약성서》의 산상수훈에 의해서 완전히 똑같은 결론으로 이끌렸다.

톨스토이는 이 세상 모든 고통을 평화적으로 인내하면서 사악한 정부에 대한 봉사나 복종을 거부하라고 주장했다. 그리고 그 방법의 명세를 제시하고 있다. 선서는 성서에 명백히 금지되어 있으므로 충성을 맹세하거나 법정에서 선서를 하지 않는다. 경찰에 봉직하지 않는다. 군대에 복무하지 않는다.

톨스토이는 여기서 질문을 던진다. "정부는 이런 사람들에게 어떻게 대처하겠는가 ?"

이것이 곧 남아프리카에서 스마츠 장군이 직면한 문제였다. 스마츠는 인도인에 대해서 어떻게 할지를 몰랐다. 톨스토이는 다음과 같이 쓰고 있다. "크리스트 교를 신봉하는 사람들 앞에서 정부의 지위는 매우 불안정하며, 그 힘을 타파하기 위해서 거의 아무것도 필요로 하지 않을 정도이다." 소로우도 이 말과 거의 같은 말을 한 일이 있다.

간디는 자기를 해방하는 일부터 시작했다. 그것은 복잡한 과정이었다. 즉 사람은 여러 가지 사슬에 매인 존재이다. 강한 사람——가장 강한 사람이란, 자기 자신의 마음——마음이라는 대장간에서 단련되는 것이지 결코 교회나 국가에 의해서 단련되는 것은 아니다. 천국은 그대의 가슴속에 있는 것이다. 사람은 자기 자신이 만들어내는 것이다. 자기 자신을 해방하지 않고서는 참으로 자유인일 수 없다.

톨스토이는 "천국은 진리를 위해 외부적 환경을 희생으로 해서…… 달성된다."고 말했다.

간디의 길에는 처음에 외부적인 소유물이나 쾌락이 여기 저기 살 포되어 있었는데 자기 마음속에 있는 나라——천국——진리를 탐구하는 도정(道程)에서 그것을 모조리 포기했다.

이 두 사람, 지리적으로는 멀리 떨어져 있지만 정신적으로는 서로 닮은 두 사람이 접근한 것은 당연한 일이다. 간디가 톨스토이와 개인적으로 접촉하게 된 것은 간디가 영어로 장문의 편지를 써보낸 것에서 시작되었다. 그 편지는 1909년 10월 1일 런던 시 S. W. 빅토리아 가 4번지 웨스트민스터 팔레스 호텔에서 중부 러시아 야스나야 포리야나의 톨스토이 앞으로 되어 있다. 그 편지에서 간디는 러시아의 인도주의자에게 트란스발에서 전개되고 있는 시민적 불복종의 현황을 보고했다.

톨스토이는 1909년 9월 24일의 일기에 (당시 러시아 력(曆)은 서구력에 비하여 13일 늦게 되어 있었다) "트란스발에서 활약하고 있는 힌두교도로부터 흐뭇한 편지를 받았다."고 기록하고 있다. 또 4일 후, 그의 친구이며 뒤에 그의 전집을 편집한 우라디밀 G. 첼트코프에게 보낸 편지에 "트란스발의 힌두교도가 보낸 편지에 깊은 감명을 받았다."고 쓰고 있다.

톨스토이는 야스나야 포리야나에게 1909년 10월 7일(20일) 간디에게 러시아 어로 답장을 썼다. 이 러시아 어 문장을 그의 딸 타티아나가 영어로 옮겨서 간디에게 발송했다. 그 문면은 다음과 같다. "매우 흥미로운 편지를 받고 대단히 기쁘게 생각합니다. 트란스발 현지의 정다운 형제나 동지들에게 하느님의 가호를 기원합니다. 유순한 것의 강경한 것에 대한 싸움, 유화와 사랑의 존대와 강포에 대한 싸움——당신이 하고 있는 것과 같은 싸움은, 이곳에서도 해마다 점점 더 뚜렷이 느껴지고 있습니다……나는 당신을 형제로 맞이하며 당신과의 교제를 나의 행복으로 생각합니다."

간디는 다시 톨스토이에게 요하네스버그에서 1910년 4월 4일 두번째 편지를 써서, 그의 소책자 《힌두 스외리지(印度의 自治)》한 권과 같이 보냈다. 간디의 편지는 다음과 같다. "귀하를 뒤따르는 한 사람으로 내가 쓴 소책자를 동봉합니다. 이것은 원래 구자라트 어로 쓴 것을 나 자신이 영어로 옮긴 것입니다……혹시 폐를 끼치는 일이 아닌지 매우 염려가 됩니다마는 만약 건강이 좋으시고 시간도 여유가 있으시면 부디 일독하시어 고견을 말씀해주셨으면 고맙겠습니다."

톨스토이는 1910년 4월 19일 일기에 다음과 같이 쓰고 있다. "오늘 아침 일본인 두 사람이 내방했다. 이들은 서양 문명에 도취한 야만인이다. 이와 달리 힌두교도가 나에게 보내준 책과 편지는 유럽 문명의 모든 결점과 그 절대적인 무력을 인식하고 있음을 보여준다." 톨스토이의 일기는 이튿날에도 "어제는 간디의 문명론을 읽었다. 훌륭하다."고 썼으며, 다시 또 그 이튿날에도 "간디에 관한 책을 읽었다. 대단히 중요하다. 간디에게 답장을 써야겠다." 여기서 간디에 관한 책이란 J. J. 도크가 쓴 《간디 전기》로 역시 간디가 톨스토이에게 보낸 것이었다.

톨스토이는 또 그 후 친구인 체르토코프에게 보낸 편지에서 간디를 가리켜 "우리들에게 대단히 친근한 사람"이라고 부르고 있다.

톨스토이는 1910년 4월 25일(5월 8일) 야스나야 포리야나에서 간디에게 답장을 썼는데, 그 문면은 다음과 같다.

사랑하는 벗에게

당신의 편지와 저서 《인도의 자치》는 잘 받았습니다. 대단히 흥미를 느끼면서 그 책을 읽었습니다. 왜냐하면 당신이 다루고 있는 사건이나 문제 즉 소극적 저항은 인도뿐 아니라 전인류의 입장에서 보아 지극히 중요한 문제니까요. 먼저 받은 편지가 얼른 눈에 띄지 않습니다마는 J. 도스(J. J. 도크의 착오) 씨가 쓴 당신의 전기도 매우 흥미롭게 읽었으며 덕택으로 당신의 편지를 더 잘 이해할 수 있게 되었습니다. 요즈음 건강상태가 그다지 좋지 못하기 때문에 당신의 책과 활동에 대해서 자상하게 말씀드릴 여유가 없습니다마는 썩 높이

평가하고 있습니다. 건강이 회복되는 대로 약속을 이행할 생각입
니다.

당신의 벗이며 형제인
L. 톨스토이

이것은 톨스토이가 러시아 어로 쓴 것을 영어로 옮겨 간디에게 발
송된 문장의 전문이다.

간디는 톨스토이에게 보낸 세 번째 편지를 요하네스버그의 리시크
앤더슨 가 모퉁이 코트체인버즈 21~24에서 1910년 8월 15일에 보냈다.
간디는 그 편지에서 톨스토이의 5월 8일자 답장에 감사를 하고 다시
"약속해주신 바 있는 나의 소책자에 대한 상세한 비평을 기다리겠습
니다."고 쓰고 있다. 그리고 간디는 카렌바하와 함께 톨스토이 농원을
설립한 것을 알리면서 카렌바하가 농원에 관해서 톨스토이에게 편지를
쓸 작정임을 전하고 있다. 톨스토이는 간디의 주간지 〈인디언 오피
니언〉 예닐곱 권과 함께 발송된 간디와 카렌바하의 편지에 접하여
간디에 대한 관심이 더 커졌다. 1910년 9월 6일(19일) 일기에는 "트
란스발에서 소극적 저항 콜로니에 관한 반가운 소식"이라고 씌어 있다.
그 무렵 톨스토이는 정신적으로 울적하고 몸도 편하지 않았다. 9월
5일과 6일(16일과 19일) 저녁에 편지를 구술하여 7일(20일) 러시아 어
원문의 영역을 부탁하기 위해 첼트코프에게 돌렸다.

간디에게 보내는 톨스토이의 편지를 발송한 것은 첼트코프였다.
첼트코프는 따로 자기 편지를 곁들여 다음과 같이 썼다.

나는 나의 친구 레오 톨스토이로부터 8월 15일자 귀하의 서신을
잘 받은 것을 확인하고 아울러 귀하에게 보내기 위해 9월 7일(신
력으로는 20일)에 러시아 어로 쓴 편지를 영어로 옮기라는 부탁을
받았습니다.

톨스토이는 또 귀하가 가렌바하 씨에 관해서 쓴 얘기에 대단히

흥미를 느껴, 카렌바하 씨의 편지에 대해서 자기를 대신하여 답장을 쓰도록 나에게 의뢰했습니다. 톨스토이는 귀하와 귀하의 동지들에게 진심으로 인사를 보내며 뜻이 이루어질 것을 기원하고 있습니다. 동봉한 그의 편지를 읽어보시면 잘 아시겠지만 나의 영역이 서투른 것을 죄송스럽게 생각합니다. 러시아의 촌구석에 살고 있기 때문에 잘못이 있어도 영국인의 정정을 받을 수가 없습니다.

톨스토이의 허가를 얻어, 톨스토이가 귀하에게 보낸 편지를 런던에서 우리 친구들이 발행하고 있는 조그만 정기간행물에 발표할 예정입니다. 그것이 게재된 잡지를 귀하에게 한 부 보내드리도록 하겠습니다. 그것과 함께 더 프리 에이지 프레스에서 간행한 톨스토이 저작의 영역서도 보내도록 하겠습니다.

귀하가 실천하고 있는 운동은 영어를 통해서 더 광범위하게 알려지는 게 바람직스럽다고 나는 생각합니다. 그래서 나의 친구이기도 하고 톨스토이의 친구이기도 한 글래스고우(^{스코틀랜드 중부}의 상공업 도시)에 거주하는 메이요 부인에게 귀하와 연락을 취하도록 전달하겠습니다.

첼트코프는 카렌바하에게는 별도로 편지를 썼다.

이 편지가 톨스토이가 간디에게 보낸 편지 중에서는 제일 장문의 편지였다. 소인은 1910년 9월 7일(20일)로 적혀 있다. 그러나 첼트코프가 영역을 해서 간디에게 보내기 위해 영국의 중계자에게 발송되었다. 영국의 중계자는 마침 병을 앓고 있었기 때문에 우편함에 넣은 것은 11월 1일이었다. 이리하여 간디가 트란스발에서 그 편지를 받은 것은 톨스토이 옹이 아스타포포에서 영면한 지 1주일 후였다.

이 편지에 톨스토이는 다음과 같이 쓰고 있다.

나는 이미 장수를 했습니다마는 요즈음에 와서는 떠날 날이 멀지 않은 것을 느끼고 있습니다. 그러므로 내가 명확하게 인식하고 있으며 또한 내가 생각하기에 중요하다고 여겨지는 것을 여러분에게 말씀드리고 싶습니다. 즉 소극적 저항이라는 것은 실제적으로는 사랑——허위의 해석에 의해서 부패하지 않은 참다운 사랑의 가르침 이외의 아무것도 아니라는 점입니다.

　사랑은——이 세상에서 최고의 법이고 유일의 법입니다. 그리고 모든 사람은 각기 자기 마음의 밑바닥에서(어린이에게 잘 나타나 있는 것처럼) 그것을 느끼고 또한 알고 있습니다. 사람은 누구나 다 세간의 왜곡된 사상에 휩쓸리기까지는 그것을 알고 있습니다. 그 법은 이미 고대에 인도인, 중국인, 유태인, 그리스 인, 로마 인 등 전세계의 현자들이 널리 세상에 펴, 가르친 진리입니다.

　그런데 현실에 있어서 '힘'이 '사랑'에 간섭하는 것이 허용되자 마자 '인생의 법'으로서의 사랑은 없어지고 말았습니다. 다시 말하면 '사랑의 법'이 없어 폭력 즉 강자의 힘이 대신하게 되어 그 외에는 아무 법도 없어지고 말았습니다.

　크리스트 교도들은 19세기를 이렇게 살아왔습니다.

이것은 길고 긴 정신적 편력 끝에 이제야 죽음에 임박한 노인이 아직 젊은 사람에게 보낸 글이다. 이때 간디는 젊은 나이였다(톨스토 이보다 40년의 나이 차가 있었다). 톨스토이의 생애는 어떻게 보면 비극 적이었다. 그는 《전쟁과 평화》의 통찰력을 지닌 작가로서 인류사회가 크리스트 교가 가르치는 행복에서 멀리 떨어져 있는 것을 인식했기 때문이다. 그리고 자기 내부에서도 그 모순을 완전히 극복하는 데까 지는 이르지 못했기 때문이다. 그러나 간디는 톨스토이보다 고무적 이었다. 간디는, 사람은 누구나 다 개조할 수 있다고 믿었으며 그것을 행동에 실천하고 있었기 때문에 톨스토이보다는 행복했다.

제14장
장래의 모습

간디는 아무리 자기 정견이 없는 사람에게도 절망하지는 않았다. 남아프리카의 투쟁시대에 간디와 가깝게 지낸 친구 한 사람이 정부측 스파이였다는 사실이 드러났다. 그 후로는 그는 공공연하게 간디를 비방하고 다녔다. 그런데 훗날 그 사람이 병으로 쓰러져 경제적으로 곤궁에 빠졌다는 소식이 들리자 간디는 그를 찾아가서 여러 모로 도와주었고 결국 그 배반자도 회개했다고 한다.

간디의 입장에서 보면 그의 노선을 따르는 사람들을 계속 통솔하는 것은 여간 어려운 일이 아니었다. 정부의 징벌 방침에 견디지 못하여 많은 사티야구라히들이 이탈했다. 일부 저항자들은 재산을 빼앗겨 인도로 추방되었다. 사티야구라하는 가장 강인한 사람도 동요를 느낄 만큼이나 큰 시련을 겪었다. 어느 시기에는 트란스발에 거주하는 13000명의 인도인 가운데, 2500명이 투옥되고 6000명이 토지를 빼앗기고 피신한 일도 있었다. 그럼에도 불구하고 운동이 계속될 수 있었던 것은 헌신적이고 고매한 정신과 확고부동의 의지를 지녔으며 지칠 줄 모르는 간디라는 지도자가 있었기 때문이다. 아무리 궁지에 몰려도 간디의 승리의 신념은 흔들리지 않았다. 이 신념이 감옥 안에 있는 사람과 바깥에 있는 사람을 연결시켜주었고 고난을 같이 나누게 하여 서로 사랑으로 지탱하게 했다. 그리고 때에 따라서는 끊어져버리는 게 아닌가 하는 우려가 있을 만큼 가늘어지는 충절의 끈을, 그때마다 이어주어 위기를 극복하면서 더욱 튼튼하게 결부시켰던 것이다. 어떤 사람들은 형기를 마치고 나면 다시 또 다른 형을 치러야 한다는 식으로 다섯 가지 형을 계속해서 받은 예도 있었다. 그들은 트란스발에서 나탈에 형식적으로 월경(越境)했다가 곧 되돌아왔다. 그것은 이민금 지령 밑에서는 엄연히 범죄였다.

이윽고 더 큰 위험이 다가왔다. 남아프리카 연방이 계획되고 있었는데 그것은 장차 트란스발 같은 '반인도인 법'을 제정할지도 모르며 아마 그렇게 될 것 같았다. 간디는 정부 관리들을 설득하기 위해서 런던으로 갔다. 포터 장군과 스마츠 장군은 이미 런던에서 연방을 설립하는 준비를 추진하고 있었다.

간디는 언제나 결정권이 있는 유력층을 움직이려고 노력했다. 이번에는 전 마드라스 주 지사이며 1904년에는 인도 총독대리를 지낸 로드 앤프트힐의 적극적인 지원을 받았다. 1909년 7월 10일 영국에 도착하여 11월에 남아프리카에 돌아갈 때까지 간디는 보도관계자, 국회의원, 관료, 기타 각계각층의 시민들을 만났다. 간디의 열성은 그 많은 사람들을 매료하여 감응(感應)을 일으켰다.

자유주의 입장에 선 영국인들은 유색인이 압도적 다수를 차지하는 국가에서 공공연히 인종차별을 하는 것을 유감스럽게 생각했다. 제국주의 입장에 선 영국인들은 남아프리카에서의 '반인도인 입법'이 인도에 끼치는 영향에 관심을 두고 있었다. 간디가 영국에서 운동하는 동안 헨리 볼랙은 인도에서 트란스발의 정세를 국민들에게 설명하여 항의 정신을 고취시키고 있었으며 분노는 화이트 홀에 메아리쳤다. 런던에서는 영국정부가 스마츠와 간디를 타협시키려고 시도했으나 스마츠 장군의 양보는 너무 폭이 작았다. 스마츠는 강제등록법을 철폐하고 영어를 할 줄 아는 고등교육을 받은 일정수의 전문직 인도인이 인도인 사회에서 활동하기 위해 트란스발에 이민하는 것을 인정할 용의가 있다고 했다.

그러나 간디는 열위(劣位)의 기장(記章)과 암묵(暗默)의 인종적 오명(汚名)을 요구하고 또 이민에 관한 법률 및 이론상의 평등을 요구했다. 실질에 있어서 약간의 양보는 간디의 태도를 누그러뜨리지는 못했다.

그러므로 영국 식민지 재상 로드 크루우가 간디에게 "스마츠 씨는 아시아 인이 입국이나 기타의 권리에 관해서 유럽인과 대등한 지위를 얻어야 한다는 요구를 인정할 수 없다."는 서면을 보내왔을 때 이 전투적인 변호사(간디)는 외교적 절충이 실패한 것을 알고 시민적 불복종을 재개해야 한다는 것을 예견했다.

그러나 간디의 이번 영국 방문은 남아프리카 문제를 영국 제국 내의 주요 관심사가 되게 했으며 따라서 거기에 남아프리카에서 최종적 승리를 쟁취할 씨앗이 뿌려진 셈이었다.

그리고 간디는 처음으로 런던에 머무르는 동안에 인도의 독립 문제에 관계하게 되었다. 그는 영국에서 민족주의자, 자치파, 무정부주의자, 테러리스트 등 여러 가지 색조의 정치신조를 가진 인도인들을 만났다. 그들과 더불어 밤을 지새워 담론하는 가운데 정치적 견해와 철학이 형성되어 갔다. 훗날 마하트마의 신조를 구성한 교의의 몇 가지 요소는 1909년 10월 9일 웨스트민스터 팔레스 호텔에서 앤프트힐에 써보낸 서간에 처음으로 나타나 있다.

간디는 그 편지에 "영국에 거주하는 인도인들의 판단에 의하면 인도 현지에서 영국의 통치를 싫어하는 마음이 영국인을 미워하는 마음과 마찬가지로 광범하게 번져 있다. 폭력을 숭배하는 무리들이 활약할 기반이 생길지도 모른다. 이에 대한 억압은 무익할 것이다. 영국인 통치자들은 그러한 움직임에 늦지 않도록 선심을 쓰지는 않을 것 같다."는 염려를 표시하고 있다. "영국 국민은 상업적 이기주의라는 악마의 조종을 받고 있는 것처럼 보입니다. 결함은 사람에게 있는 게 아니고 조직에 있습니다……인도는 외국 자본가들의 이익을 위해 수탈을 당하고 있습니다. 참다운 구제는 영국이 근대문명——크리스트 교 정신의 부정——을 제지하는 데 있다고 나는 생각합니다." 이 말에는 톨스토이의 부드러운 목소리와 브룸즈바리(런던 북부 대학, 학사, 박물관 등이 있다.)에서 공부하고 있는 인도인 유학생들의 강한 목소리가 혼합되어 있다.

간디는 이것은 너무 큰 요구라는 것을 스스로 인정했다. 철도와 각종 기계, 그리고 그것을 이용하는 데서 오는 향락적인 생활습관이 증대되고 있는 것은 유럽인과 마찬가지로 인도인의 예종을 나타내는 표징입니다. 그러므로 나로서는 지배자들을 비난한다기보다는 그들이 사용하는 방법 하나 하나를 비난하는 것입니다……캘커타나 봄베이 같은 도시가 생기는 것은 기쁜 일이 아니고 오히려 슬픈 일입니다. 인도는 농촌조직의 일부를 파괴당함으로써 쇠퇴했습니다."

간디는 다시 말을 계속하고 있는데 그것은 무의식적인 가운데 앞으로 그가 인도에서 전개하게 될 모든 행동계획을 예언하고 있다. "내 견해는 이상과 같습니다마는 나도 인도인의 한 사람으로서 동포들과 같이 민족정신을 가지고 있습니다. 다만 나는 그 방법을 달리하고 있습니다. 급진파나 온건파나 궁극적으로 폭력에 의존하고 있는 점에서는 마찬가지입니다. 그런데 폭력적인 방법을 쓴다는 것은 근대문명을 받아들이는 것을 의미하며, 그렇게 하면 우리가 지금 눈앞에 보고 있는 것과 마찬가지로 파멸적인 경쟁을 인정하는 일이 되며, 결국은 필연적으로 도의의 퇴폐를 초래하게 될 것입니다. (이렇게 따지고 보면) 나로서는 누가 통치하느냐에 관심을 둘 게 아니라 통치자가 나의 희망에 따라서 통치하는 것을 기대해야 할 것입니다. 그렇지 않는 한 나는 통치자가 나를 통치하는 방식에 협력할 수 없습니다. 나는 그들(그 방식)에 대해서 소극적 저항을 할 수밖에 없습니다."

간디는 자기를 인도 해방의 기본 요소 혹은 지도자로 간주하는 정당한 이유를 발견하기 훨씬 전에, 자기의 목적은 단순히 영국인의 지배에서 벗어나는 데 그치는 게 아님을 알고 있었으며 그것이 앤프트힐에게 보낸 이 편지에 제시되고 있다. 간디는 통치기관이 아니고 그 수단과 목적에 관심을 두고 있었던 것이다. 다시 말하면 권력의 자리에 앉는 자가, 윌리엄이나 찬드라냐가 아니고 누구의 행동이 보다 더 고매하느냐에 관심을 두고 있었던 것이다.

이것이 간디와 다른 정치가들과의 차이점이다. 간디는 성자였느냐, 정치가였느냐 하는 의문은 끝없이 계속되는 문제이지만 그렇게만 따지는 건 무의미한 구별이다. 볼랙에 의하면 간디 자신이 남아프리카에 있을 때, "사람들은 나를 가리켜서 정치에 방황하는 성자라고 부르지만 오히려 성자가 되려고 전력을 다하고 있는 정치가——라는 표현이 적합하다."고 말한 일이 있다고 한다. 요컨대 중요한 것은 간디 자신이 정계에서는 항상 종교적, 정신적 고찰을 추구하고 성자로서는 자기의 장소가 동굴이나 승원이 아니고 권리와 정의를 위한 속계(사회)의 투쟁의 소용돌이에 있는 것으로 생각하고 있었다는 점이다. 간디의 종교는 정치에서 아주 분리된 것이 아니었다. 간디의 종교는 그를 정치로 나아가게 했다. 또 그의 정치는 종교적이었다.

간디는 1909년 말 영국에서 남아프리카에 돌아오자 정치적인 필요에 따라 시민적 저항에 가담한 사람들을 새롭고 검소하며 상호간의 조화에 입각한 생활을 하도록 훈련하기 위해 소규모의 일종의 협동조합 비슷한 사회(사회——서클)를 조직했다. 그리하여 성자——마하트마——인도의 성전 《기타》가 가르치는 초탈로 향한 길을 한 걸음 더 나아갔다.

전에 사티야구라히들이 투옥되었을 때 당시의 조직은 그들의 가족을 종래의 생활양식에 입각해서 원조했는데 그렇게 해서는 불평등이나 기만이 발생하는 예가 있었으므로 간디는 영속적인 운동을 위해서는 운동에 참가하는 사람들과 그들의 가족을 위해 어떤 규모의 '전원(田園) 콤문(자치단체)'이 필요하다는 생각이 들었다. 그런데 페닉스 농원은 기차로 30시간이나 걸리는 거리에 있어 트란스발 투쟁의 중심점에서는 너무 멀었다.

그래서 헬만 카렌바하가 요하네스버그에서 21마일 떨어진 교외 로우리에 1100에이커의 땅을 사들여 1910년 5월 30일, 사티야구라히들에게 완전 무상으로 제공했다. 여기에서 종교와 정치가 제휴한 것이다. 간디는 이 땅을 '톨스토이 농원'이라 명명했다.

톨스토이 농원에는 오렌지, 살구, 자두 같은 과목이 1000수 이상이었고 우물을 둘 샘이 한 군데 그리고 집이 한 채 있었다. 나무와 양철로 집을 증축했다. 간디는 가족을 농원으로 옮겼다. 카렌바하도 이곳으로 옮겨서 살게 되었다.

그 무렵, 간디는 인도에 있는 친구에게 보낸 편지에서 다음과 같이 말하고 있다. "나는 농원에서 우리가 먹을 빵을 만들고 있습니다. 다들 이만하면 좋다고 합니다. 이스트 균도 베이킹파우더도 쓰지 않고 만듭니다. 밀가루도 우리 손으로 빻고 있습니다. 최근에는 농원에서 난 오렌지로 마멀레이드(잼)를 조금 만들었지요. 캐러멜 커피를 만드는 방법도 배웠습니다. 이것은 갓난아기의 음료로도 훌륭합니다. 농원에 와 있는 소극적 저항자들은 홍차나 커피는 먹지 않고 농원에서 생산되는 캐러멜 커피를 먹기도 했습니다. 이것은 밀을 일정한 방법으로 빻아서 만듭니다. 장차 이 세 가지 생산물은 농원에서 쓰고 남는 양을 시장에 팔 작정입니다. 이렇게 우리는 지금, 노동자로서 건설작업에 종사하고 있습니다……." 사티야구라하 관계자 외에 따로 고용한 일꾼은 한 사람도 없었다.

간디는 빵집 주인이고 캐러멜 커피와 마멀레이드 제조자이고 기타 여러 가지 일을 했다. 카렌바하는 독일 카톨릭 승의 트라피스트 승원에서 샌들 만드는 기술을 배워왔다. 간디는 카렌바하에게 그 기술을 배워 다시 다른 사람들에게 가르쳤다. 필요 이상 생산된 샌들은 친구들에게 팔아 자금으로 활용했다. 건축가로서의 카렌바하는 목수 일도 할 줄 알았으며 이 부문의 지휘자였다. 간디는 가구나 학교에서 사용하는 기다란 의자를 만드는 기술을 배웠다. 하지만 그들은 아직 책상도 없고 침대도 없었다. 전원이 마루바닥에서 그것도 날씨가 나쁜 날을 제외하고는 집 밖에서 잤다. 각자가 담요 두 장과 목침을 가지고 있었다. 간디는 또 아내의 상의를 손수 바느질을 해서 한 벌 만들어 주기로 했다. 그는 훗날 아내가 그 옷을 입었다고 자랑했다.

간디는 말하자면 톨스토이 농원의 총지배인이었다. 농원의 인구는 때에 따라 체포나 기타의 사정에 의해 변동이 있었지만 맨 처음에는 청년 40명, 노인 40명, 부인 4명이고, 어린이 2~30명 가운데 5명은 여자아이였다. 그들은 힌두교도, 이슬람교도, 크리스트 교도, 배화교도,

채식주의자, 육식자, 담배를 피우는 사람, 안 피우는 사람, 타밀 어, 테르구 어, 구자라트 어 등을 사용하는 사람……형형색색이었다. 그런 조건에서 오는 문제만도 복잡한데 간디는 거기에 몇 가지 문제를 덧붙였다.

담배와 술을 엄금했다. 농원 거주자가 육류를 구하고 싶을 때에는 총지배인의 설교를 조금 듣고 나서 구할 수는 있었지만 신청하는 사람은 아무도 없었다. 간디는 가끔 주방에도 응원을 가서 여자들 사이에 분쟁이 나지 않도록 조심을 했다.

간디는 초보적인 위생에 관해서도 지침을 주어 침을 마구 뱉지 않게 일렀으며 '노상에서 변을 보거나 코를 풀고 침을 뱉는 것은 신과 인간에 대한 죄악'이라고 가르쳤다.

때때로 카렌바하는 시내에 용무가 있었고 간디도 아직 변호사 일을 하고 있었다. 원칙적으로 농원의 용건으로 갈 때에는 3등차를 타도 괜찮지만 사적인 여행이나 오락이 목적일 경우에는(어린이들은 흔히 요하네스버그에 놀러가고 싶어했다) 도보로 갔으며 절약을 위해 마른 식품을 도시락에 싸서 가지고 가기도 했다. 간디는 흔히 21마일 거리의 요하네스버그에 걸어서 갔다. 새벽 2시에 출발하여 용무를 마치고 그날 밤에 돌아왔다. 이것은 다른 사람들에게 좋은 모범이 되었다. "어느날 나는 50마일을 걸었다."고 말한 적도 있다.

간디는 자기나 동지들의 육체적인 활력을 순결한 생활과 건강식의 소산이라고 생각했다. 7시에 아침, 11시에 점심, 5시 30분에 저녁, 7시 30분에 예배, 9시에 취침하는 일상생활이었다. 식사는 다 가벼운 음식뿐이었는데 간디와 카렌바하는 더 소식하기 위해서 조리한 음식은 삼가하여 바나나, 대추, 레몬, 땅콩, 오렌지, 올리브 기름을 써서 만든 과일요리로 메뉴를 제한하기도 했다. 그리고 간디는 어떤 책에서 인도에서는 소나 물소에서 최대한의 우유를 짜내기 위해 잔인한 짓을 하고 있다는 얘기를 읽은 적이 있었는데, 그게 마음에 걸려서 간디와 카렌바하는 우유도 먹지 않기로 했다. 카렌바하는 요하네스버그의 언덕

위에 호화로운 저택을 세워 늘 윤택한 생활을 하던 사람이었지만 농
원에 와서는 아무도 특권을 누리지 않는 동등한 상태, 잡다한 용무,
검소한 식사——같은 모든 실험에 참가했다. 그리고 간디와 함께 어
린이들에게 초보적인 종교, 지리, 역사, 수학 등을 가르치는 일을 분
담했다.

간디는 남녀공학에 관해서 자유로운 생각을 가지고 있었다. 사춘기가
된 소년소녀들을 샘에 데리고 가서 같이 목욕을 시키기도 했다. 그럴
때에는 소녀를 보호하기 위해 언제나 현장에 가서 감독을 했다. "나는
어머니가 딸을 보는 것 같은 눈으로 소녀들을 보고 있었다." 물론,
소년들의 눈도 같이 움직였는데 그들의 시선은 그다지 천진난만하지는
않았다. 밤에는 전원이 집 밖의 베란다에서 잤다. 청년들은 간디 주위에
모여서 잤다. 침대의 간격은 3피트밖에 되지 않았다. 청년들은 간디가
자기들을 '모성애 같은 애정'으로 사랑하고 있는 것을 알고 있었다.

그러다가 소녀 2명을 포함한 어떤 사건이 있은 후, 간디는 죄인의
눈을 소독하는 방법을 연구했다. 밤새도록 자지 않고 궁리한 끝에
새벽에 단안을 내렸다. 그는 소녀들을 불러 머리를 깎으라고 지시했다.
소녀들은 깜짝 놀랐으나 간디의 강경한 주장에 못이겨 결국 승낙을
했다. 간디가 손수 머리를 잘라주었다.

후년 간디는 이 일을 회고하며 "그런 이상한 방법을 쓴 것은 무지에서
왔다."고 말했으나 자기가 왜 무지했느냐 하는 이유는 설명하지 않았다.
간디는 자기의 신앙과 용기는 톨스토이 농원에서 최고조에 이르렀다고
하여 설명되지 않은 그 이유의 일부를 덮어두고 있다. 사실 간디는
인간에 대한 무한의 신뢰 때문에 오히려 때로는 인간의 결함이 눈에
보이지 않는 장님이 되는 경우가 있었던 것이다. 그것은 장해물을
제거하기 위해서는 그런 용감한 모험을 감행하는 그런 특이한 장님
이다. 다시 말하면 간디는 자기의 '저울'로 남의 능력을 계량했기
때문에 간혹 사람들에게 그들이 익숙하지 못한 어려운 일을 시키는
경우가 있었다. 하기는 그것이 잘 되기만 하면 매우 훌륭한 교육일

수도 있지만 그것은 보통 청년들보다는 성인이나 어린이에게 더 효과적인 방법일 것이다.

1913년 10월 인도에 있는 '인도 봉사자 협회' 회장이며 영어와 경제학 교수인 고팔크리시나 고카레가 남아프리카 인도인 사회의 실태를 조사하여, 간디와 협력해서 그 개선 방침을 세우기 위해 1개월간 남아프리카 현지를 방문했다. 고카레는 로카마니아 틸락과 함께 간디보다 먼저 나온 인도 민족운동의 지도자——말하자면 간디시대 이전의 간디의 선구자였다. 고카레는 총명한 지식인이고 인품도 인상적이며 많은 사람들에게 경애를 받고 있었다. 간디는 그를 훌륭한 인물감정자라고 인정했다. 남아프리카를 방문한 고카레는 간디를 만나 "자네는 항상 자기가 택한 길을 나아갈 것이오. 여기서는 다들 자네가 하자는 대로 하고 있으니 나로서는 어떻게 할 여지가 없네."라고 말한 일이 있는데, 그것은 우정어린 진실한 말이었다.

간디의 '무사'는 그 자신의 신념을 강화했다. 확실히 그의 마음속에는 사사로움이 없었다. 물질적인 이익이나 권력, 남의 칭찬 같은 것을 일체 바라지 않았다. 자기 견해의 주장을 방해하는 죄악감이나 주저감은 하나도 없었다. 사실 그는 항상 올바르고 올바르기 때문에 승리를 확신하고 있었다. 신념을 가진 사람이 굴복할 리가 없었다. 고카레가 시민적 저항의, 참으로 신뢰할 수 있는 동지의 명단을 요구했을 때 간디는 66명의 이름을 적어서 제시했다.

그게 최고의 수였으며 그 수는 어쩌면 16으로 감소될지도 몰랐다. 고작 이것이 간디의 '평화군'이었지만 그는 결코 동요되지 않았으며 마침내 정부가 항복하고 말았다.

고카레의 여행은 남아프리카 전역에 걸친 승리의 행렬이었다. 어디에나 간디가 늘 동행을 했다. 고카레가 상륙한 케이프타운에서는 슈라이넬 남매가 환영했다. 인도인뿐 아니라 유럽인도 그 대집회에 참석했다. 트란스발 주 경계에서 요하네스버그까지 특별열차가 제공되었다. 그는 도시마다 들러서 집회에 참석했으며 거기에는 시장도 참석했다. 중요한 역(驛)은 인도인들이 그를 환영하는 장식을 했다. 요하네스버그의 파크 종단역에는 카렌바하가 고안한 커다란 아치가 세워졌다. 요하네스버그에 머무르는 동안에는 시장 차를 타고 다녔다. 트란스발 수도 프레토리아에서는 정부의 환대를 받았다.

남아프리카 당국은 고카레가 좋은 인상을 심어준 채 인도에 돌아갈 것을 기대했다.

고카레는 인도인이나 백인들이 모인 여러 장소에서 연설도 하고 의견교환도 한 뒤에 당시 연방정부의 수뇌인 포터 장군과 스마츠 장군을 만나 2시간에 걸쳐 회담을 했다. 그 자리에 간디는 자진해서 참석을 사양했다. 그는 분위기를 해칠 염려가 있는 문제의 인물이었기 때문이다.

고카레는 회담을 마치고 돌아와서 이민조령의 인종차별은 연계계약(年季契約)이 만료된 후에도 계속해서 남아프리카에 거주하는 노동자에게서 징수하는 연액(年額) 3파운드의 세금과 함께 폐지될 것이라고 회담의 결과를 보고했다.

간디는 "나는 그것이 과연 실행이 될지 의심스럽습니다. 당신은 그들이 어떤 사람인지를 나만큼 모릅니다."고 의문을 제기했다.

고카레는 큰소리로 다시 말했다. "내가 말한 대로 됩니다. 포터 장군이 '악법과 3파운드 세를 폐지한다'고 나에게 약속했으니까. 당신은 1년 이내에 인도에 돌아가야 합니다. 다른 말은 할 필요없습니다."

간디는 정부가 그런 약속을 한 것을 기뻐했다. 그것은 결과적으로 인도인 정의를 증명하는 것이었기 때문이다. 그러나 간디는 한편으로 자기 자신을 포함해서 더 많은 인도인들이 다시는 형무소에 끌려가는 일없이 이대로 무사히 끝나리라고는 생각하지 않았다.

고카레의 요청에 따라, 간디와 카렌바하는 기선으로 탕가니카(아프리카 동부에 있음. 영국의 신탁통치령)의 잔지발까지 그와 동행했다. 배 안에서 고카레는 인도의 정치와 경제에 관하여 광범위하게 얘기를 했다. 그 얘기에는 간디가 나아갈 미래의 길이 암시되어 있었다. 고카레는 인도에 돌아가고 간디와 카렌바하는 최후의 투쟁을 향해서 나탈에 돌아왔다.

1912년 12월, 고카레가 봄베이 시민관에서 열린 집회에서 한 연설은 다음과 같다. "간디라는 사람은 자기 주위에 있는 평범한 사람들을 영웅이나 순교자가 되게 하는 놀라운 정신력을 지닌 사람이다."

고카레는 간디를 비판적으로 보기도 하고 때로는 비난을 한 일도 있었지만 그는 간디를 경애하고 있었다. "간디와 같이 있으면 내가 혹시 어리석은 짓을 하지는 않을까 해서 부끄러운 생각이 들며, 실제로 내 생각이 틀리지 않았는지 반성을 하게 된다."

간디는 그가 남아프리카에서 전개한 활동——서사시의 마지막 장에서 이 점을 충분히 증명했다.

제15장
승 리

스마츠 장군은 결전을 서둘렀다. 인도인 연계노동자들의 당초의 고용주인 나탈 지방 유럽 인은 전 농노에 대한 연액 3파운드 세금의 철폐를 허용할 생각이 없다는 것을 입법원에서 공언했다. 그것은 인도인의 입장에서는 시민적 불복종 운동 재개의 뇌관 역할을 했다. 연계노동자와 계약기간을 마친 뒤에 계속 남아 있는 노동자들은 그것은 곧 고카레 교수와 맺은 약속을 어긴 것으로 보고 집단적으로 사티야그라하를 지원했다.

간디는 톨스토이 농원을 폐쇄하고 카스투르바이와 아이들, 기타 여러 사람들과 함께 페닉스 농원으로 옮겼다. 성인들은 기꺼이 감옥에 들어갈 준비가 되어 있었다.

쟁점은 우선 세금과 아시아인 이민에 대한 금령——두 가지였는데 이윽고 제3의 쟁점이 추가되었다. 1913년 3월 14일, 케이프콜로니 최고재판소의 한 판사가 남아프리카에서는 크리스트교리에 순종하는 결혼만이 합법적이라고 공포했다. 그것은 힌두교, 이슬람교, 혹은 배화교 방식의 결혼을 무효로 인정했고 모든 인도인 아내를 권리없는 아내로 전락시키는 것이었다.

이 결정에는 많은 여성들이 저항자의 대열에 참가했다. 물론 카스투르바이도 참가했다.

새로운 투쟁의 첫걸음으로 여성지원자의 일부는 트란스발에서 나탈로 주 국경을 넘어 체포당하기도 했다. 만약, 주 경계선의 경찰이 무시하는 경우에는 뉴카슬에 있는 탄광 지역에 가서, 연계노동에 종사하는 갱부들에게 파업을 호소할 예정이었다. 그와 동시에 간디가 '나탈의 자매'라 부른 그녀들의 일부 선발대는 아무 통고도 없이 트란스발로 넘어와서 체포당하기로 되어 있었다.

당연히 '나탈의 자매'는 체포당하여 투옥되었다. 이와 동시에 분격의 불이 타올라 후속대원이 나타났다. 한편 '트란스발 자매'는 체포당하지 않고 뉴카슬까지 가서 노동자들에게 파업을 호소했다. 사태가 이렇게 흐르자 정부는 이 부인들을 체포해서 3개월 동안 투옥했다. 그 결과로 갱부들의 스트라이크는 점점 확대되어갔다.

간디는 페닉스 농원에서 뉴카슬로 급히 달려갔다.

갱부들은 사택에 살고 있었는데 회사측에서는 전기와 수도를 끊었다.

간디는 스트라이크가 오래 갈 것으로 짐작하여 연계노동자들에게 담요와 의류를 가지고 사택에서 나와 D. M. 라잘스 부처의 집 바깥에 가서 캠프를 치고 기거하도록 권했다. 라잘스 부처는 인도에서 온 크리스트 교도인데 그러한 호의는 자기들에게 위험을 끼치게 될지도 모르는 것을 각오하고 간디를 환영하여 얼마든지 머물러 있으라고 했다.

파업에 참가한 사람들은 노천(露天)에서 잠을 잤다. 그리고 뉴카슬의 인도인 상인들은 음식과 식기 취사도구 등을 기부했다. 이윽고 파업에 돌입한 5000명의 노동자가 라잘스 씨 저택이 보이는 곳에 모였다.

간디는 놀라기도 하고 난처하기도 했다. 이 많은 군중을 어떻게 할지. 몇 달 동안이나 계속해서 이 사람들을 보살펴야 할지도 모른다. 간디는 그들을 트란스발의 '형무소에 안전하게 맡겨두기'로 결심했다. 그는 노동자들에게 이 방침을 설명하고 형무소의 가장 암담한 면을 설명해주고서, 그게 염려가 되는 사람은 탄광으로 돌아가라고 말했다. 그러나 다시 돌아가는 사람은 하나도 없었다. 다음에 날짜를 정하여 뉴카슬에서 나탈——트란스발 경계선에 있는 찰스타운까지 36마일을 행진하여 트란스발 영내에 들어가서 투옥당하기로 결정했다. 어린이를 동반한 부녀자와 소수의 불구자들은 기차로 같은 목적지로 향하기로 했다.

계획을 꾸미고 있는 도중에 새로 스트라이크에 참가한 사람들이 도착했다. 간디는 그들을 만류하려고 시도했으나 헛수고였다. 드디어 10월 13일에 뉴카슬에서 출발하기로 결정했다. 한 사람마다 빵 1근 반, 설탕 1온스를 배급할 수 있었다. 그리고 다음과 같은 지시를 했다. "도의에 적합하게 행동해야 한다. 위생에 유의해야 한다. 마음을 평정하게 가다듬어야 한다. 경찰 당국의 채찍이나 학대를 인내하여 체포에 반항하지 않아야 한다."

찰스타운에는 무사히 도착했다. 카렌바하와 기타 동지들이 미리 그곳에서 간디 일행에 대한 접대를 준비하고 있었다. 찰스타운의 인도인 상인(보통 약 1000명)이 쌀, 채소, 취사도구 등을 제공했다. 간디가 인솔자이고 급사장이었다. 모든 부족분에 대한 불만은 서로 웃고, 서로 고무하면서 전원에게 균등하게 분배했다는 설명으로 납득되었다. 부녀자와 어린이는 옥내에 숙박했으나 남자들은 모두 현지의 모스크(이슬람교 사원) 바닥에서 잤다.

행동을 시작하기 전에 간디는 그 의도를 정부에 통고했다.

'나와 나의 동지들은 포터와 스마츠의 위약에 항의하고 우리들의 자존심을 확인하기 위해 트란스발로 행진한다. 나는 인간으로서의 자존심 상실보다 더 큰 손실을 상상할 수 없다.' 간디는 또 물론 나탈 정부가 찰스타운에서 그들을 체포하여 그 이상의 여행을 절약시켜줘도 좋고 혹은 정부가 3파운드 세금을 폐지한다면 스트라이크에 참가한 노동자들이 직장에 복귀할 것이라고 덧붙여 통고했다.

정부는 찰스타운에서 그들을 체포하여 행정을 단축시키는 은혜를 베풀어주지도 않았고 3파운드 세금의 철폐 조치를 취하지도 않았다. 간디는 당국은 군(저항행렬)이 트란스발에 들어가도 제지하지 않는 게 아닌가 하는 생각이 들었다. 그래서 만일 그렇게 되는 경우에는 8일 동안 20마일씩 걸어서라도 톨스토이 농원으로 가는 방침을 세웠다.

그 도중의 8일 동안 이 평화부대에 어떻게 식량을 공급할 것인지. 트란스발 경계선에서 가까운 폴크스라스트 시의 어느 백인 빵집에서 폴크스라스트에서의 식사 제공을 맡아주었을 뿐 아니라 매일 필요한 양의 빵을 농원에 이르기까지 지정된 각 중간지점에 철도 편으로 보내주겠다고 했다.

간디는 평화군을 점호해보았다. 남자 2030명, 부인 127명, 어린이 57명이었다. 간디의 회상에 의하면 1913년 11월 6일 아침 6시 30분에 기도를 올려 신에 맹세하고 행진을 개시했다고 한다.

나탈 쪽 찰스타운에서 폴스크라스트까지의 거리는 1마일이었다. 트란스발 경계수비를 맡고 있는 기병들은 비상경계를 하고 있었다. 폴크스라스트의 백인들은 2일 전 집회를 열었는데 그 자리에 나온 몇 사람은 트란스발에 들어오는 어떤 인도인이건 사살하겠다고 강경한 태도를 취했다. 그 모임에, 인도인을 옹호하기 위해서 출석한 카렌바하는 결투의 도전을 받았다. 그러나 근골이 우람하고 우수한 권투 선수이며 레슬러이기도 한 이 간디주의 독일인은 조용히 일어나서 다음과 같이 말했다.

"평화의 종교를 신봉하는 사람으로서 나는 그런 도전에 응할 수가 없습니다……인도인들은 지금 여러분이 짐작하는 그런 목적을 위해서 뭉친 것은 아닙니다……그들은 당신들의 지배자로서의 지위에 도전을 하려는 것은 아닙니다. 당신들과 싸우려는 것도 아니고 이 나라 땅을 온통 인도인으로 충당하자는 것도 아닙니다……이곳에 정주하기 위해 트란스발에 들어오는 것도 아닙니다. 그들은 다만 부과된 부당한 세금에 대해서 효과적인 시위 행위를 하려는 것입니다. 그들은 여러분과 여러분의 재산에 무슨 해를 끼치는 일은 없을 것입니다. 또 여러분과 싸우지도 않을 것입니다. 하지만 그들은 모두 용감한 사람들입니다. 무슨 일이 있어도, 설사 여러분에게 발포를 당하더라도 트란스발에 들어오는 것을 주저하지는 않을 것입니다. 그들은 여러분의 총탄이 두려워서 물러나는 사람들이 아닙니다. 오히려 그들은 감히 자기를 희생하는 방법으로 여러분의 오해를 풀려 할 것이며 실제로 여러분의 오해나 분노를 풀어드리게 되리라고 나는 생각합니다."

아무도 발포를 하지 않았다. 아마 카렌바하의 연설이 백인들의 분노를 진정시킨 덕택이었을 것이다. 또 경계선에 경찰관이 증파되어 흥분한 사람들이 정신을 차린 때문이기도 했을 것이다. 경비원들은 인도인 행렬의 통과를 허용했다.

폴크스라스트에서 8마일 지점 팜포드에서 첫 번째 휴식을 취했다. 행진참가자들은 가벼운 식사를 하고 땅바닥에 누워 휴식을 취했다. 그들이 휴식을 취하는 것을 보고 간디도 휴식을 취하려 했을 때 문득 발소리가 들렸다. 경관 한 사람이 램프를 들고 다가오는 모습이 보였다.

"체포영장을 가지고 왔소. 당신을 체포하겠소." 경관은 조용한 목소리로 말했다.

"언젭니까?" 하고 간디가 물었다.

"지금이요."

"나를 어디로 연행하는 겁니까?"

"우선 가까운 경찰서에 가 있다가 기차 편이 있는 대로 폴스크라스트에 가게 될 거요." 경관은 상당히 민주적인 태도로 설명했다.

간디는 충실한 부관 P. K. 나이두 씨를 불러 톨스토이 농원으로 향해 행진을 계속하라고 지시한 다음 경관을 따라갔다. 간디는 폴스크라스트에서 기소되었다. 검사는 투옥을 요구했으나 판사는 카렌바하가 보석금을 낸 것을 인정하여 석방시켰다. 간디는 행진참가자들에 대한 책임을 생각하여 우선 보석금에 의한 석방을 원한 것이다. 카렌바하는 폴스크라스트에 머물러 낙오자나 신참자를 뒤따르게 하고 있었는데 곧 차를 준비하여 간디를 다시 행렬 선두에서 행진할 수 있게 했다.

이튿날 인도인의 행렬은 스탠다톤에서 정지했다. 간디가 빵과 마멀레이드를 배급하고 있을 때, 치안판사가 다가오더니 간디에게 "당신을 체포하겠소."라고 말했다.

간디는 "이번에는 경관이 아니고 치안판사께서 일부러 출두하셨으니 나도 조금 승격을 한 셈이군요." 하고 웃으면서 말했다.

간디는 다시 보석금을 내고서 석방되었다. 동지 5명은 그대로 투옥되었다.

2일 후 11월 9일 간디와 볼랙이 대열 선두에서 걸어가고 있는데 자동차가 접근하여 차에 타고 있던 경관이 간디에게 동행할 것을 명령했다. 간디는 군중 지휘를 폴랙에게 부탁했다. 경관은 간디가 체포된 사실을 행렬자에게 알리는 것을 허락했으나 빈약한 체구의 장군(간디)이 침착하게 초지 일관하라고 훈시를 하니까 "당신은 지금 체포된 몸이니까 연설을 해서는 안 된다."고 하며 소리를 질렀다.

간디는 4일 동안에 세 번이나 체포되었다.

일행은 지도자도 없이 그대로 행진을 계속했다.

10일 아침, 발퍼에 도착한 인도인들은, 그들을 트란스발에서 나탈로 호송하기 위한 특별열차 3량이 역에 대기하고 있는 것을 알았다. 처음에 그들은 체포되는 것을 거부했으나 폴랙 아프마드, 카차리야 같은 사람들의 협력에 의해서 경찰은 간신히 행렬자들을 기차에 태울 수 있었다.

폴랙은 경찰에 협력해준 대가로 치하를 받았으나 그 역시 체포되어 폴스크라스트 형무소에 수감되었고 그곳에서 카렌바하를 만났다.

11월 14일, 간디는 폴스크라스트에서 재판을 받았다. 간디는 죄상을 인정했다. 그러나 간디의 회상에 의하면 재판소측은 단순히 피고의 자인(自認)만으로 유죄 판결을 내리려고는 하지 않았다. 그래서 간디는 자기에게 유리한 증인을 신청하라는 요청을 받아 카렌바하와 폴랙이 증언하게 되었다.

24시간 후에는 간디가 카렌바하의 증인으로 출두하고 다시 2일 후에는 간디와 카렌바하가 폴랙의 증인으로 출두했다. 그 결과 세오돌 조스트 판사는 어쩔 수 없이 이 세 사람에게 폴스크라스트 형무소에서 3개월의 중노동에 복역할 것을 언도했다.

잇따라 옥에 들어오는 사람들이 간디에게 바깥에서 계속되고 있는 사티야구라하 운동의 진전 상황을 전해주었다. 지도자들과 일부 행진자들이 체포된 것은 오히려 새로운 열광을 불러일으켜 남아프리카 전역에 걸쳐 저항자의 수가 급속히 증가했다. 간디는 가끔 아직 자유로운 몸으로 활동하고 있는 동지들에게 하고 싶은 말을 전달할 수 있었다. 한편 간디는 옥중에서도 많은 동지들에게 둘러싸여 있었다. 하지만 그것은 정부 입장에서는 성가신 일이었기 때문에 정부는 간디를 브룸폰테인으로 옮겼다. 그 감옥에는 유럽 인과 흑인들이 수감되어 있었고 인도인은 한 사람도 없었다.

스트라이크(파업)를 한 갱부들은 더 곤욕을 겪었다. 그들은 열차로 탄광에 도로 끌려가서 철사를 두른 울타리 안에 갇혀 선서를 하고서 특별경관의 임무를 맡은 회사 직원들의 감독 밑에서 노역하게 되었다. 하지만 그들은 채찍과 곤봉과 발길질을 당하면서도 갱에 들어가는 것을 거부했다.

사건은 인도와 영국에까지 보도되었고 인도 전체가 분격으로 들끓어 당국은 긴장을 했다. 당시의 영국 부왕(인도 총독) 로드 허링은 어쩔 수 없이, 마드라스에서 이례적으로 강력한 연설을 하지 않으면 안 되었다. 즉 그는 남아프리카 정부를 통렬히 비난하여 조사위원회를 설치하자고 요구했다.

현지에서는 상황이 계속 진전되고 있었다. 다시 또 더 많은 연계 노동자들이 뉴카슬 갱부들을 동정하여 직장을 포기했다. 당국은 노동자들은 스트라이크를 할 권리가 없는 노예로 간주하여 진압하기 위해 군대를 파견했다. 어떤 곳에서는 약간의 사상자를 내기도 했다.

저항의 물결은 더욱 고조되어 약 5만 명의 연계노동자가 스트라이크에 돌입하고 자유신분의 인도인도 수천 명이 투옥되었다. 인도에서는 연달아 의연금을 보내왔다. 펀잡 주 라홀에서 열린 집회에 참석한 찰스 F. 앤드루스 목사는 가지고 있는 돈을 몽땅 남아프리카 인도인의 저항운동 기금으로 내놓았다. 그 밖에도 이와 같은 희생을 자처한 사람들이 많았다.

현지 인도인 지도자 몇 사람과 〈인디언 오피니언〉지 편집장 알버트 웨스트 그리고 간디의 서기 소녀 슈레신은 상의를 해서 체포되지 않도록 조심하면서 선전활동 자금조달의 인도와 영국과의 연락 활동에 종사했다. 그러나 정부는 웨스트를 체포했다. 그래서 고카레가 웨스트 대신으로 앤드루스를 파견했다. 앤드루스는 또 하나의 고결한 영국인 W. W. 피어슨을 동행했다. 인도 총독청과 런던 사이에 그리고 런던과 남아프리카 사이에 쉴새없이 공전(公電)이 오갔다.

그러다가 정부는 1903년 12월 18일 갑자기 간디, 카렌바하, 폴랙을 석방했다. 간디는 훗날 그 회고록에 "우리 세 사람은 석방된 것이 오히려 불만이었다."고 쓰고 있다. 정당하게 개시되어 영감을 받은 이 커다란 움직임——시민적 불복종에는 지도자는 필요하지 않았다.

가령 간디가 자유로운 몸이 되는 것을 원하고 있었다면 처음부터 형무소에 가지 않을 수도 있었을 것이다. 정부에 반대하는 활동을 중지할 수도 있었을 것이기 때문이다. 투옥이나 출옥도 그렇고 대의를 창도(唱導) 선양(宣揚)하는 의미가 있어야 한다. 그런데 이번 출옥은 애매했다. 인도 총독 및 화이트 홀의 영국 당국의 압력으로 위원회가 구성되어 남아프리카에서 인도인이 놓여 있는 불합리한 상태를 조사하기로 되었다. 간디와 그의 동지들에 대한 석방 조치는 포터와 스마츠의 선의를 증명하는 것으로 기대되었다.

이에 대하여 석방된 간디는 곧 "조사위원회는 '어용기관'이며 인도와 영국 양쪽의 세론에 대해서 눈을 가리기 위한 연막"이라고 비난했다. 간디는 "의장 윌리엄 솔로몬의 '청렴하고 공정함'은 의심하지 않으나 애왈드 애세렌 씨는 편견을 갖고 있다."고 말했다. 그리고 "제3의 위원은 1847년 1월, 2척의 선박으로 더반에 도착한 인도인의 상륙에 반대하여 폭도의 데모를 지휘한 사람이다. 그는 공공집회에서 2척의 선박을 타고 있는 인도인과 함께 침몰시키라고 요구한 일이 있으며, 또 어떤 연설자가 인도인을 향해서 발포하는 사람에게는 1개월치의 봉급을 기꺼이 제공하겠다고 한 말을 찬양한 일이 있었다. 그는 시종일관해서 우리의 적이었다." 간디도 그때 습격을 받아 부상을 당했었다.

출옥한 지 3일 후 간디는 더반에서 열린 대집회에 참석했다. 이때부터 간디의 복장이 달라졌다. 이제 그는 와이셔츠도 입지 않았다. 무릎까지 내려오는 하얀 두루마기 밑에 기다란 흰 요포(腰布)를 다리까지 두르고 맨발에 샌들을 신고 있었다. 양복을 벗어던진 것이다. 그는 그 모임에서 "갱부의 스트라이크 중에 희생당한 동지를 애도하는 뜻으로 이런 옷차림을 했다."고 말했다.

간디는 현재의 정세를 검토한 다음 드디어는 "정부가 군대에 우리를 총탄으로 벌집을 만들라고 명령하게 될지도 모를 만큼 더 큰 정화(淨化)의 수난을 줄지도 모른다."고 호소했다.

"여러분은 이런 각오가 되어 있습니까?"

"있소." 하고 청중이 외쳤다.

"여러분은 이미 차가운 돌 밑에 잠자고 있는 동포와 운명을 같이 할 마음의 준비가 되어 있습니까?"

"있소."

간디는 말을 계속했다. "남자나 여자, 어린이들도 한 사람 한 사람이……월급, 영업, 가족, 자기 자신의 몸을 일단 넘어서서 우리 공동 목표를 제일로 생각하기를 바랍니다."

간디는 또 '지금 벌이고 있는 싸움은 인간의 자유를 위한 투쟁이며, 따라서 종교를 위한 투쟁'임을 강조했다.

집회가 끝난 뒤에 간디는 스마츠 장군에게 위원회 멤버 중 두 사람의 선임(選任)에 항의하는 편지를 썼다. 간디의 생각에 따르면 "사람은 그 기질이나 성격을 한꺼번에 변화시키지는 못하므로 이 두 인물이 갑자기 사람이 달라졌으리라고 상정(想定)하는 것은 자연의 이치에 어긋난다."는 것이었다.

스마츠는 3일 후 보낸 회답에서 인도안이나 혹은 인도인에 대해서 호의적인 인물을 위원회 맴버에 넣는다는 간디의 제안을 거부했다.

그래서 간디는 1914년 1월 1일에, 인도인의 일단(一團)이 체포당하기 위해 나탈의 더반에서 행진을 개시한다고 공표하여 인도인의 목적은 당장에 이민의 자유를 얻자거나 가까운 장래에 참정권을 달라는, 세상을 소란하게 하자는 것이 아니고 우선 단순히 빼앗긴 권리를 되찾기를 바라는 데 있음을 명백히 했다.

인도인의 집단행진이라는 골치아픈 위협이 정부를 압박하고 있을 때, 남아프리카 철도 전체의 백인 종업원이 스트라이크에 들어갔다. 간디는 즉각 행진을 중지하는 조치를 취했다. 간디는 그 이유를 설명하여 "적을 파멸시키거나 상처를 입히거나 혹은 굴욕이나 고통을 주어서 상대가 약해진 틈을 타서 승리하는 것은 사티야구라하의 전술에는 있을 수 없다."고 말하면서 또 "시민적 저항자는 성의와 용기의 자기 희생을 기본 방법으로 하여, 상대의 이성을 승복시키고 상대의 마음을 정복하기를 원하며 정부가 곤경에 빠진 틈을 이용하거나 다른 어떤 세력과 부자연스러운 동맹을 맺거나 하지는 않는다."고 천명했다.

사방에서 간디에게 기쁨과 감사의 말을 보내왔다. 로드 앤프트힐이 런던에 전보를 보내 온 것을 비롯하여 각 방면에서 전보가 날아오고 인도와 남아프리카 각지에서 감사의 말을 보내왔다.

스마츠는 철도 스트라이크 때문에 분주했으나(계엄령이 발효돼 있었다) 일부러 간디를 초청하여 회담했다. 2차에 걸친 회담을 통해 정부측은 회담의 원칙을 인정했다. 그러자 간디의 주위 사람들은 행진을 재차 연기하는 데 관해서 간디에게 경고하여 스마츠가 지난 1906년에 약속을 파기했던 사실을 회상했다.

간디는 산스크리트 구절을 인용하여 "관용은 용자(勇者)의 장식"이라는 말로 대답했다.

간디가 행진을 중지한 기사도적 관용의 덕택으로 해결의 실마리가 보였다. 또 남아프리카에서 인도인이 박해를 받고 있는 현실에 대하여, 인도에서도 적대적인 반응이 일어나지나 않을까 염려한 인도 총독의

특사 벤자민 로버트 경이 특별선으로 급히 도착하여 간디의 입장은
더욱 고무되었다.

회담에서 스마츠는 간디에서 이렇게 말했다. "이번에는 오해가 없
도록 하고 싶습니다. 서로 거리낌없이 털어놓고 얘기합시다. 혹시 자구
(字句)의 해석에 관해서 나하고 다른 견해가 있을 때에는 지적해주시기
바랍니다."

간디는 스마츠의 이 태도는 우호적이라고 느꼈다. 회담 속도는 빠
르지 않았으나 착실하게 진전되었다. 스마츠는 종전과 달리 수동적인
자세로 간디의 말을 존중하면서 "당신은 2만 명이나 되는 인도인을
형무소에 보낼 수는 없습니다(그렇게 돼서는 안 되겠지요)."라고 말했다.

스마츠와 간디는 기탄없이 의견을 발표하여 각서를 교환했다. 몇
주에 걸쳐 한 마디 한 마디를 정확하게 계산하고 한 줄 한 줄을 엄밀하게
검토했다. 1914년 6월 30일 이 두 교묘한 교섭자는 최종적으로 구체적
조건에 관해서 완전한 의견일치를 확인하는 서한을 교환했다.

이 문서는 다음에 인도인 구제법안으로 모습을 바꾸어 케이프타운에
있는 연방의회에 제출되었다. 스마츠는 의원들에게 협조적인 정신으로
문제를 처리해줄 것을 요청했으며, 7월에는 남아프리카의 법률이 되
었다.

그 법안에 제시된 조건은 다음과 같았다.

1. 힌두교도, 이슬람교도, 배화교도의 결혼은 유효하다.

2. 나탈에 계속 거주하기를 원하는 연계노동자에게 부과되는 연 3
   파운드 세금을 폐지한다. 아직 내지 않은 세금은 불문(不問)에
   부친다.

3. 인도에서 당지(當地)에 오는 연계노동자의 도래(渡來)는 1930년
   까지에 종결되는 것으로 한다.

4. 인도인은 연방 내의 어떤 주에서 다른 주로 자유롭게 옮겨 다
   녀서는 안 되지만 남아프리카에서 태어난 인도인은 케이프 콜
   로니에 들어가는 것은 자유이다.

스마츠는 법률은 '정당하게 또한 인도인의 권리를 적절히 고려해서 시행될 것'이라고 공약했다.

이 협정은 쌍방을 만족시키는 타협이었다. 간디는 인도인이 여전히 각 주에 '갇혀 있는' 상태이며 금을 사서는 안 되고 트란스발에서 토지를 소유할 수 없으며, 또 상업의 허가를 얻기가 어렵다는 몇 가지 불합리한 점이 남아 있었으나 그런대로 우선 이 협정을 남아프리카 인도인의 '마그나 카르타(大憲章)'라고 평가했다. 간디는 남아프리카를 떠나기 전 요하네스버그의 송별연에서——그는 사방에서 연회 초대를 받았다——"달성된 이익은 법률에 포함된 실질적인 조항보다 추상적인 인종평등의 원칙을 확립한 일과 인종적인 오점을 철폐시킨 일"이라고 말했다.

아무튼 이 승리가 달성한 또 하나의 중요한 점은 시민적 저항이라는 것이 하나의 방법으로 확립된 일이다. 간디는 〈인디언 오피니언〉지에 이렇게 쓰고 있다. "가령 시민적 저항이 널리 보급된다면 사회 관념의 개혁에도 도움이 될 것이다. 혹은 독재정치와 군국주의——서구 나라들을 혼란과 죽음에 빠뜨리고 동양의 여러 국가에 대해서도 압박을 끼치는, 점점 더 커지고 있는 경향——을 배제하는 힘이 될 수도 있을 것이다."

승리라는 월계관을 손에 쥔 간디는 1914년 7월 18일 부인 카렌바하와 함께 영국으로 향했다. 이때 간디는 양복 차림이었다. 그 태도는 부드럽고 사려 깊어 보이지만 아무래도 좀 피곤한 것 같았다. 카스투르바이는 꽃무늬가 있는 화려한 사리(힌두교 여성이 입는 겉옷.)를 입고 있었는데 아름다움과 함께 오랜 고통에 시달린 흔적을 동시에 보이고 있었다. 어느새 그녀는 남편과 함께 45세가 되어 있었다.

간디는 남아프리카를 영구히 떠나기 직전, 그가 옥중에서 만든 샌들을 스마츠 장군에게 증정하도록 슈레신 양과 폴랙에게 부탁했다. 스마츠 장군은 해마다 여름철이 되면 프레토리아에서 가까운 이레네에 있는 그의 돈쿠르프 농장에서 그 샌들을 신었다. 그러다가 (25년이라는 세월이 흘러) 1939년 간디가 고희(古稀)를 맞이했을 때 그것을 우정의 표시로 간디에게 반환했다. 그리고 당시 이미 세계적인 정치가, 전쟁 지휘자로서 유명했던 스마츠는 간디의 그 기념논문집에 기고해달라는 부탁을 받고 솔직하게 자기를 "지난날 간디와 대립했던 사람이라 부르고 마하트마 간디는 우리를 진부한 관념이나 경박한 관념에서 구출해주고 또 우리에게 행동을 바로잡도록 영감을 준다……."고 썼다.

스마츠는 또 계속해서 "남아프리카 연방의 초기에 우리가 충돌한 사건은 간디가 얘기한 바와 같이 이미 세상이 아는 그대로이다. 당시에 최고의 경의를 느끼던 인물에 대한 대립자가 되는 것이 나의 운명이었다……그는 항상 사건의 인간적인 배경을 망각하지 않았으며, 화를 내는 일도 없고 증오심이 굴복하는 일도 없고 가장 어려운 처지에서도 착한 마음을 잃지 않았다. 그의 태도와 정신은 당시에 있어서나 지금에 있어서나 오늘날 유행하고 있는 잔혹하고 야만스러운 힘——폭력에 비하여 명백히 대조적인 것이었다.

당시 그의 행동이 나에게 있어서 대단히 큰 시련이었던 것을 솔직하게 인정한다. 간디는 새로운 수법을 제시했다. 그의 방법은 교묘하게 법률을 위반하여 뜻을 같이 하는 사람들을 대중운동으로 조직하는 일이었다. 사회는 불안하게 하는 소동이 벌어져 많은 인도인이 그 불법행위 때문에 투옥을 당하지 않으면 안 되었다. 간디도——물론 그 자신이 바라는 바였지만——옥중에서 휴양과 안정의 시간을 보냈다. 모든 일이 그의 계획되로 진행되었다. 법과 질서를 지켜야 하는 나는 항상 곤란한 입장에 놓였으며 민중이 지지하지 않는 법률을 시행하기 위해 많은 비난을 감수해야 했다. 그리하여 종국에 가서는 법률이 철폐되어 완전한 패배를 당했다."

그리고 스마츠는 간디의 선물에 언급하여 "그처럼 훌륭한 위인이 손수 만든 신을 사용할 자격이 없다고 생각하면서도 나는 그 후 몇 해 동안 여름철마다 그 샌들을 신었다."고 말하고 있다. 이러한 기질과 아량이 스마츠라는 사람을 마하트마 간디의 성격과 어느 성도 부합한 인물이었음을 보여준다.

요컨대 간디가 성공한 원인은 상대의 인간성 속에 잠재하는 선(善)——다름아닌 '간디주의'를 깨우쳐서 최고의 추진력을 발휘시킨 데 있었다.

간디의 투쟁 방법이 놀랍도록 순수했기 때문에 스마츠는 간디의 방식에 반대하기가 곤란했다. 스마츠가 전투력을 상실했을 때가 아니라 전투 의지를 상실했을 때 간디는 승리의 월계관을 썼던 것이다.

길버트 마리 교수는 다음과 같이 쓰고 있다. "관능의 기쁨, 위안, 혹은 명예나 승진에는 전혀 관심이 없으며, 오로지 자기가 옳다고 믿는 일을 행하려고 결심한 사람을 대할 때에는 조심을 해야 한다. 그 사람은 상대하기 어려운 적수이다. 그의 육체는 언제든지 정복할 수 있을지 모르지만 육체의 그의 정신에 대해서는 전혀 효력이 없기 때문이다."

이것이야말로 지도자로서의 간디를 정확하게 표현한 것이다.

간디는 언젠가 인도의 크리스트 교도 모임에서 셸리의 시를 왼 일이 있다.

일어나라, 조용하고도 단호하게
울창한 무언의 수풀처럼
서로 팔짱을 끼어 불굴의 무기와도 같은 씩씩한 얼굴을 쳐들어

폭군이 그대를 위협할지면
짓밟고 채찍으로 치고 창으로 찌르는 그 포학에 내 몸을 제공하여
난도질을 당하여 불구가 될지언정
그들이 하고 싶은 대로 내버려두어라

곧장 앞을 보고 팔짱을 끼어

두려움도 놀라움도 억제하여
그들의 분노가 저절로 시들 때까지
제멋대로 하는 것을 지켜보아라

이윽고 그들은 스스로 부끄러움에
오던 길을 되돌아간다
그렇게 흐른 피는
그들의 얼굴을 수치로 물들인다

일어나라 잠에서 깨어난 사자처럼
결코 굴복하지 않는 동지들과 함께 잠든 동안에 내린 이슬처럼
몸을 얽어맨 사슬을 풀어던져라
그대들은 다수이고 저들은
소수이다

《아나키의 가면(假面)》 중에서

　남아프리카에서 간디가 주장하고 이끌었던 인도인의 시민적 저항자의 모습이 이 시를 보면 잘 나타나 있다.

　그 후 1949년 현재 남아프리카에 거주하는 인도인은 250만 명이며, 그 가운데 25만 명은 나탈 주에 살고 있었다. 인구는 배로 늘고 생활도 향상되었으나 아직도 참정권과 보증된 시민권은 소유하지 못하고 백인과 주루 족의 압박 밑에 놓여 있어서 그들의 입장은 여전히 불안정하다. 마니랄 간디(간디의 차남)의 〈인디언 오피니언〉지는 1949년 2월 25일자 호에 "이곳 인도인의 소극적 저항은 1914년에 '일시 중지'되었을 뿐이며 재개될지 모른다."고 말하고 있다. 권리를 위한 투쟁은 각 세대마다 계속 반복되어야 하며, 그렇지 않으면 획득했던 권리도 다시 잃어버린다. 그러나 소극적 저항은 세계 각지에서 시도되었음에도 불구하고 모한다스 K. 간디 외에는 비폭력의 대중에 의한 시민적 불

복종의 투쟁을 성공적으로 이끈 사람은 없다. 확실히 간디는 같은 상황에 처한 사람들의 마음속에 공동목표를 추가하기 위한 의사와 능력을 각성시키는 특별한 개성을 지닌 사람이었던 것이다.

제 2 부

인도에 있어서의 간디

제1장
귀국 후의 새 출발

‘나는 모순된 말을 하고 있는가?’라는 스스로의 의문에 ‘오히려 일관성이야말로 환상이다.’라고 자문자답한 간디는 어떤 하나의 주의 주장(主義主張)에 자유를 넘겨줄 만큼 속박을 받은 일은 없었다. 간디의 사상과 행동은 어떤 일정한 이론에 끌려다닌 것은 아니었다. 그는 항상 ‘마음의 창’을 열어두고 있었으며 자기 자신과 대립하는 권리를 유보해두고 있었다.

“내 생애는 끝없는 실험이다.”라고 말한 적도 있는 간디는 70대에 접어들었는데도 자신에 대한 실험을 했다. 일정한 틀에 박히지 않은 간디는 보통 틀에 박힌 힌두교도도, 민족주의자도, 평화주의자도 아니었다.

속박을 받지 않고 항상 자유로운 입장에 서 있기 때문에 짐작하기가 어려운 간디는 상대방의 입장에서는 어떻게 나올지 추측을 할 수 없는 인물이었다. 간디와 대화하면 언제나 새로운 항해를 하는 것 같은 느낌이 들거니와 그는 어떤 항해에도 일정한 해도(海圖)도 없이 떠났다.

공격을 받고 있을 때에도 자기를 방위하려고 하지 않았다. 인도라는 나라가 얼마나 복잡한지를 잘 아는 그는 남에 대해서는 누구 한 사람도 비난을 하지 않았다. 겸손하고 소박하며 일부러 위엄이 있는 척 할 필요는 없었다. 그러한 무익한 심로(心勞)에 시달리는 부담이 없었기 때문에 언제나 공명정대하고도 독창적이었다.

간디는 단순히 세상 사람들의 인기를 끌거나 자기를 따르게 하거나 남을 구슬리기 위해서 말이나 행동을 한 일이 없으며 오히려 자기가 세운 계획을 스스로 뒤엎은 일이 여러 번 있었다. 다시 말하면 어떤 행위를 실천함에 있어서 자기 내부의 요구가 지지자들에게 끼치는 효과보다 우선하고 있었던 것이다.

간디 부부와 카렌바하가 남아프리카에서 영국으로 가는 도중 도착 2일 전에 제 1 차 세계대전이 발발했다. 간디는 인도인은 영국을 위해서 분수에 맞는 봉사를 해야 한다고 생각했다. 그래서 스스로 앞장을 서서 야전 위생대를 모집할 것을 제의했다. 태반이 영국 유학 중인 대학생들이었으나 80명의 인도인이 지원했다. 그는 환상을 품고 있지는 않았다. "전장(戰場)에서 부상자를 간호하는 일 외에 아무 일도 하지 않는 사람도 전쟁의 죄를 면하지는 못한다."는 말에서 보듯 그는 몽상가는 결코 아니었다.

그렇다면 비폭력을 신조로 삼는 간디가 어떻게 전쟁에 참가할 수 있느냐고 친구들은 항의했다.

이에 대한 간디의 대답은 다음과 같았다. "자기는 대영제국의 은혜와 보호를 받고 있으며 그 동안에도 대영제국을 쓰러뜨리려고 한 일은 없다. 어찌 대영제국이 멸망하는 것을 방관하고 있을 수 있겠는가."

근대국가는 평화시에도 전시에 비해서 그 폭력성이 양적으로 감소할 뿐이다. 평화시에는 협력을 하지 않고 전쟁 같은 특수상황에서야 비로소 협력한다는 것은 도덕성이 없는 것이다. 왜 살인무기 제조에 사용되는 세금을 내는가. 왜 전쟁을 기도하는 관료들에게 복종을 하는가. 전쟁이 일어나기 전에 시민권을 포기하거나 형무소에 들어가거나 하지 않는 한 전시중에는 누구나 군대에 속해 있는 것과 마찬가지이다.

간디의 전쟁을 지지하는 태도는 개인적으로는 가슴아픈 일이었고 정치적으로는 손해였다. 하지만 그는 마음의 위안보다 진리가 놓여 있는 현실을 택했다.

이 문제가 그의 머리에서 폭풍처럼 소용돌이치고 있을 때 과도한 단식 때문에 늑막염이 악화되어 의사로부터 인도에 돌아가는 것이 좋겠다는 권고를 받았다. 간디는 1915년 1월 9일 카스투르바이와 함께 봄베이에 도착했다. 카렌바하는 독일인이기 때문에 인도 도항(渡航)이 허용되지 않았으므로 남아프리카로 돌아갔다.

간디의 전쟁 지지의 태도는 그의 고향인 구자라터 지방과 봄베이 시 캘커타 시, 그리고 남아프리카에서 살고 있는 타밀 계(系) 연계노동자의 고향인 마드라스 지방을 별도로 하면 별로 영향을 끼치지 않았다. 간디는 아직 인도에서는 그다지 알려져 있지 않았으며, 그 자신도 인도를 잘 모르고 있었다.

그래서 고카레 교수는 귀국한 간디에게 앞으로 7년 동안은 입 다물고 귀만 기울여 지내라고 충고했다. 간디는 이 1년 동안 과거에 배운 지식을 이미 1909년에 쓴 최초의 저서 《인도의 자치, 힌도 스와라지》에서 주장한 미래상과 관련시켜서 재검토했다. 간디가 이 소저(小著)를 쓴 것은 1909년 당시, 남아프리카의 이민금령에 대한 반대투쟁을 영국 본국정부와 교섭하기 위해 런던에 갔다가 남아프리카에 돌아오는 도중이었다. 이 글은 처음에 〈인디언 오피니언〉 지에 연재되고 나중에 구자라트 어와 영어로 각각 출판되었다. 그 후 1921년 인도에서 전혀 수정하지 않고 그대로 재간했다. 1938년에 재판했을 때에도 그 자신이 서문에서 "이 책에 전개된 견해를 바꿔야 할 점이 있다고는 생각하지 않는다."고 밝히고 있다. 따라서 78페이지 분량의 이 소책자는 간디의 근본적인 사회관을 표명하는 것으로 볼 수 있다.

《인도의 자치》에는 간디가 런던에 와 있는 인도인들과 토론한 내용이 기록되어 있다. 그 인도인들 가운데 한 사람은 무정부주의자이고 몇 사람은 테러리스트였다. 간디는 그들에게 이렇게 말한다. "인도는 장차 자유를 누리게 될 것입니다. 그런데 우리가 영국인 한 사람 한 사람을 적으로 삼아 기피한다면 자치의 날은 오히려 늦어질 것입니다. 그렇지 않고 우리가 영국인을 공정하게 보면 그들의 지원을 받게 되리라고 나는 생각합니다." 이것은 예언적인 발언이었다.

간디는 대화자(對話者)들을 '독자'로 일괄하여 그들에게 인도의 장래를 어떻게 구상하느냐고 묻는다. '독자'는 이렇게 대답한다. "인도는 일본처럼 문명개화하지 않으면 안 된다. 우리는 우리 자신의 육군과 해군으로 위세를 떨치지 않으면 안 된다. 그렇게 하면 인도의 소리(말)가 전세계에 울리게 될 것이다."

이에 대하여 간디는 다음과 같이 논평한다. "다시 말하면 당신이 희망하는 것은 영국인이 없는 영국의 지배, 호랑이가 없는 호랑이의 성격입니다……당신은 인도를 영국적인 나라, 영국을 닮은 나라로 만들고 싶어합니다……그것은 내가 생각하는 스와라지는 아닙니다."

고카레 교수는 남아프리카에서 간디를 만났을 때 《인도의 자치》는 '미숙하고 성급한 착상'이라고 평했다. 사실 내용의 일부분, 특히 영국의 내정에 관한 부분에 대해서는 고카레의 평이 옳다. 그러나 다른 편 레오 톨스토이는 이 책에 담긴 철학을 아낌없이 찬양했던 것이다. 스와라지 즉 자치의 개념에 대한 간디의 정의에는 끝없는 흥미가 있다. 간디는 다음과 같이 쓰고 있다. "일부 영국 사람들은 자기들이 칼로서 인도를 정복하여 장악하고 있다고 말합니다마는 그것은 틀린 말입니다. 인도를 장악함에 있어 '칼'은 전혀 효능이 없습니다. 영국인을 인도에 머무르게 하고 있는 것은 사실은 인도——우리 자신입니다. 우리는 그들의 상업을 좋아하고, 그들은 교묘한 방법으로 우리를 조종하여 우리에게서 그들이 원하는 것을 빼앗고 있습니다. 우리는 서로 경쟁하여 더욱 그들에게 장악됩니다.……인도는 영국의 발뒤꿈치에 눌려 있는 것이 아니고, 근대문명의 발뒤꿈치에 눌려 있는 것입니다." 그리고 간디는 뒤이어서 인도에 있어서의 철도나 각종 기계의 사용을 몹시 비난하였다.

간디가 근대기계를 증오하는 견해에 대해서 외국인이나 인도인이 자주 의문을 제기해왔다. 《인도의 자치》의 몇 가지 판(板)은 그러한 기계문명에 관한 토의의 일부를 보고하고 있다. 이를테면 1924년에도 간디는 "당신은 모든 기계에 반대하느냐?"는 질문을 받았다.

간디는 대답했다. "나는 이 육체도 정교한 하나의 기계라고 생각하고 있습니다. 어떻게 모든 기계문명을 무조건 배척을 할 수가 있겠습니까. 물레도 기계이고 이쑤시개도 기계입니다. 내가 반대하는 것은 기계에 대한 광신이지 기계 자체는 아닙니다. 오늘날 기계는 소수자가 다수자를 지배하는 체제를 지원하고 있습니다. 기계는 사람의 지체(肢体)를 쇠약시키는 결과를 초래해서는 안 됩니다. 그러나 가령 유익한 경우의 예를 하나 든다면 재봉틀 같은 것은 유익합니다. 재봉틀은 오늘날까지 사람이 발명한 것 중에서 고안(考案)에 꿈——인간의 소망이 이루어진 극소수 발명품 중의 하나입니다."

"그렇다면, 재봉틀이라는 조그만 장치를 만들어내기 위한 큰 공장은 어떻게 생각해야 할까요 ?"

"물론 필요하지요."

여기에서 의논의 범위를 한정시켜서 원점으로 되돌아가기를 좋아하는 간디는 다시 말을 계속하고 있다. "나의 이상은 모든 기계를 배척하고 싶다는 것입니다. 우선 이 육체부터가 영혼의 구제——그 절대적인 해방에는 소용이 없기 때문에 배척을 했으면 좋겠어요. 이 견지(見地)에서는 모든 기계를 거부하고 싶어요. 그러나 육체가 불가피한 존재인 것과 마찬가지로 기계도 어느 정도 불가피한 물건이므로 존속을 하겠지요." 간디는 이렇게 원칙을 확인한 뒤에 논쟁을 허용했다.

간디는 기계 문명을 무조건 거부한 것은 아니었다. 말하자면 간디는 처음에 우상을 만들어놓고 그 비위를 맞추기 위해 희생을 바치는 야만인의 풍습과 어느 정도 유사한 상태에 있는 근대문명의 위험과 공포를 다른 사람들보다 먼저 인식하고 있었던 것에 지나지 않는다. 기계의 발전 속도가 증대할수록 인간 생활의 속도도 빨라지며 정신적 긴장과 스피드에 문화적, 사회적 공물도 더 증대된다. 간디는 기계가 단순히 육체에만 봉사하는 것이라면 그렇게까지 반대하지는 않았을 것이다. 간디는 기계가 인간의 마음속에 침입하여 정신을 불구가 되게 하는 것이 싫었던 것이며 이에 관련해서 '도의적 존재로서의 인간을 향상시키는' 일이 인도의 사명이라고 믿었던 것이다. 따라서 "영국인이 인도화한다면 우리는 그들과 타협할 수 있다."고 한 것이다.

그런데 '독자'는 그런 일은 한 번도 있던 예가 없다고 반론을 제기했다.

간디는 이에 다음과 같이 대답했다. "과거 역사에 그런 일이 없으니까 앞으로도 절대 일어나지 않는다고 정해버리는 것은 인간의 존엄에 대한 불신입니다." 간디는 그의 가슴속에 동양 예언자의 마음과 서양 개척자의 마음을 간직하고 있었다.

'독자'는 간디가 도의를 존중하는 마음이 너무 철저한 것을 비웃었다. 그러나 간디는 마치니나 가리발디가 이탈리아를 오스트리아의 질곡에서 해방시킨 것처럼 인도를 영국의 질곡에서 해방시키고자 했던 것이다. 간디는 이 유추로 중심적인 주제가 뭐라는 것을 '독자'에게 납득시켰다. 그리고 바로 이 점——도의적 주제가 인도 독립운동 도정에서 또한 특히 독립을 달성한 후에 간디라는 인물을 위대하게 이끌었던 것이다.

"이탈리아는 이탈리아 사람이 통치하기만하면 그게 곧 행복이라고 생각한다면 그런 단순한 견해는 어둠을 손으로 더듬는 것과 마찬가지입니다……마치니에 의하면 자유라는 것은 이탈리아 사람 전체, 즉 농민들을 가리키는 것이었습니다. 그런데 마치니의 이탈리아—— 마치니가 자유를 얻어 주려고 했던 이탈리아는 지금은 아직 노예상태에 있습니다. 말하자면 인도인의 석유왕 록펠러가 아메리카 인 록펠러보다 낫다고 생각하는 것은 어리석은 생각입니다."고 간디는 말하고 있다.

간디는 서양문화의 결함을 간파하고 있었으나 한편, 거기에서 많은 것을 섭취하기도 했다. 간디의 두 가지 기본방침——사회에 대해서 개인을 옹호하는 방침과 기계에 대해서 인간을 옹호하는 방침은 러스킨, 소로우, 마치니 및 공상적 사회주의자(마르크스 주의 아닌)와 부합한다. 간디는 관념적으로는 한쪽 발은 19세기 전반 유럽의 개인주의

사조를 딛고, 다른 한쪽 발은 19세기 후반의 팽배한 민족주의 사조를 딛고 서 있다. 두 흐름이 간디의 마음속에서 합류했다. 또한 간디는 인도의 독립운동에서도 그 종합을 달성하려고 노력했던 것이다.

간디는 영국이 인도에서 떠날 것을 요구했으나 아주 분리되는 것을 바라지는 않았다. 문화적으로나 기타 어떤 측면에서는 영국과의 유대가 계속 유지되기를 원했다. 이를테면 1936년 카마르나얀 바쟈아스라는 인도인 학생에게 런던에 있는 폴랙 앞으로 소개장을 써준 편지에서 간디는 다음과 같이 말하고 있다. "우리는 영국을 상대로 싸우고 있지만 한편 런던은 점점 더 우리의 메카(聖地)가 되고 있습니다……나는 이 청년에게 런던 경제학원에 입학하도록 권했습니다." 간디의 민족주의에는 보통 민족주의에 붙어 있는 요소, 즉 배외사상(排外思想)이나 증오 같은 것은 섞여 있지 않았다. "나의 애국심은 나의 종교에 도움이 된다." 간디는 어디까지나 종교가 근본이었다. 어떤 요소보다도 종교가 가장 강하게 영향을 끼쳤다. 그렇기 때문에 어느 하나의 국가, 하나의 민족, 하나의 카스트, 하나의 가족, 하나의 개인에 봉사를 한정할 수 없었다. 종교도 어느 하나의 종교에 한정되는 것이 아니었다. 말하자면 인간성이야말로 간디의 종교였다.

고카레 교수가 당분간 견습이나 하라고 명령했던 귀국 후의 최초의 1년 동안 간디는 인도의 이곳저곳을 돌아다니면서 이런 이념을 심고 있었다. 간디는 고카레 교수의 충고에 따라 보고 배우는 동시에 그의 명령을 어기어 의사발표를 했다. 간디는 남아프리카에서의 활동을 예찬하는 연회에 부인 카스투르바이를 동반하여 아내의 내조를 자랑하기도 했다.

1913년 4월 마드라스의 어느 만찬회에서 간디는 영국군의 모병운동을 지지하는 연설을 했다. 그 연설은 매우 친 서양적이었다. "나는 대영제국이 어떤 이상을 갖고 있는 나라임을 알게 되었습니다. 나는 그것에 매혹되었습니다. 그 이상의 하나는 대영제국의 신민은 한 사람 한 사람이 각자의 역량을 발휘하여 명예를 높이는 가능한 한에서 가장 자유로운 기회를 누리고 있으며, 사상에 있어서는 무슨 생각을 하든지 양심에 입각하고 있다는 점입니다. 이것은 영국만의 통치의 진실이며, 다른 어떤 통치도 그렇지 않다고 생각합니다……거듭 말하지만 가장 적게 지배하는 통치가 가장 좋은 통치입니다. 나는 바로 이런 통치 방법이 이미 대영제국 안에 있는 것을 알았습니다. 따라서 나는 대영제국에 충성을 맹세합니다.”

이 순간의 간디는 인도 민중들에게서 가장 인기없는 편에 서 있었다.

간디의 연설은 힘이 약하고 인상도 흐린 보통 회화투였다. 남아프리카에서 스마츠 장군을 굴복시킨 영웅으로서 장차 인도를 자유 독립국으로 이끌어나갈 사자처럼 씩씩하게 새로운 거인을 기대했던 민족주의자들은 크게 실망했다. 고카레(1915년에 서거했다) 후계자다운 훌륭한 인물이 나타날 줄 알았는데 우스꽝스러운 커다란 터번에 늘어진 허리띠를 두른 단신수구(短身瘦軀)의 사나이였다. 목소리도 잘 들리지 않았으며 (확성기는 없었다) 청중을 감동시키지도 못 했다. 그러나 이 볼품없는 단신수구의 사람이야말로 인도의 민족주의 운동 전체를 개조하여 이끌어나갈 사람이었다.

간디가 페닉스 농원을 떠난 것과 때를 같이하여 그의 가족도 다른 가족들과 함께 남아프리카를 떠나 인도로 향했다. 간디는 이 일단(一團)의 어린이들이 우선 거처할 곳으로 동부인도 벵갈 주에 있는 샨티니케탄 학교를 택했다. 그 학교를 인도의 위대한 작가 계관 시인(桂冠詩人)이며 1913년 노벨문학상 수상자인 라빈드라나트 타고르가 경영하는 학교였다.

간디와 타고르는 동세대이며 20세기에 있어서 인도 부흥의 중심인물로서 밀접한 관련이 있다. 그러나 두 사람의 성격은 여러 면에서 대조적이었다. 간디를 밀밭이라고 하면 타고르는 장미화원이고, 간디를 노동하는 팔이라 비유한다면 타고르은 노래 소리이고, 간디를 장군이라 하면 타고르는 식전관(式典官)이고, 간디를 머리와 수염을 깎은 수척한 고행자라고 한다면 타고르는 족장 같은 우아한 흰 머리와 수염을 기른 귀족적 지식인이었다. 간디가 이기적인 자아를 극복하는 방향에서 모범이 되었다고 하면 타고르는 지상의 온갖 환희에서 자유의 포옹을 느꼈다. 이렇게 서로 대조적이기는 하지만, 두 사람은 '인도'와 '인류'에 대한 사랑에 있어서는 같은 유대로 맺어져 있었다. 타고르는 남의 쓰레기통에서 언제까지나 넝마주이를 하는 조국 인도를 보고 눈물을 흘렸으며, 전인류의 아름다운 조화를 기원했다.

타고르는 간디와 마찬가지로 인도의 자유를 속박하는 칼은 인도 자신이 만들어낸 것이라고 생각했다.

수인이여, 이 단단한 쇠사슬을 누가 만들었는지 말하여라.
이 사슬을 공들여 만든 것은 나 자신이오, 하고 수인은 대답했다.

20세기 전반에 있어 가장 위대한 인도인인 타고르와 간디는 서로 존중했다. 간디에게 '마하트마'라는 칭호를 붙인 것은 타고르였다. 타고르는 간디를 '걸인의 옷을 몸에 두른 큰 인물'이라 부르고, 간디는 타고르를 '위대한 파수꾼'이라 불렀다. 이 두 사람은 평생 떨어질 수 없는 마음의 벗으로서 논쟁을 했다. 하나의 길을 나아가면서도 뜻은 대조적이었기 때문이다. 간디는 과거 속에서 미래의 역사를 만들어 냈다. 그에게는 종교, 카스트, 힌두교, 신화가 깊이 배어 있었다. 한편 타고르는 현재에 중점을 두어 서양의 기계문명을 받아들이면서 '동양의 시'를 썼다. 그 대조적인 차이는 지방적인 기원이 중요한 인도에 있어서 아마도 고립된 구자라트와 국제적인 벵갈의 차이에서 오는 것이었다. 간디는 검소하고 타고르는 윤택했다. 간디는 타고르에게 "고난에 허덕이는 몇백만 민중은 하나의 시——허기진 창자에 기운을 주는 양식을 원하고 있다."고 써보냈다. 타고르는 민중에게 음악을 주었다. 샨티니케탄 학교에서 타고르의 생도들은 노래를 부르고 춤을 추고 화환을 만들면서 생활을 감미롭게 했다. 귀국한 지 얼마 안 되어 페닉스 농원에서 온 아이들이 어떻게 지내고 있는지 보기 위해 샨티니케탄을 방문한 간디는 그곳의 생활방식을 완전히 바꾸어 놓았다. 간디는 남아프리카 시대의 친구인 찰스 후리어 앤드루즈와 윌리엄 W. 피어슨의 도움을 받아 125명의 소년들과 교사들 전원에게 주방을 관리하고 쓰레기를 처리하고 변소를 소제하고 마당을 쓸도록 가르치는 한편, 명상은 원칙적으로 승려가 하는 일이라고 해서 생도들은 그만두도록 설득했다. 타고르는 이런 변화를 너그럽게 응낙하여 '실험은 스와라지——자치를 달성하는 열쇠'라고 말했다. 그러나 내핍생활은 역시 성미에 맞지 않았으므로 간디가 고카레 교수의 장례식에 참석하기 위해 떠나게 되자 그 실험도 끝나고 말았다.

그러나 간디는 꾸준했다. 간디는 자기 가족, 친구들, 가장 가까운 협력자들이 자기 포기와 봉사 활동에 집중할 수 있는 집——'아쉬람'을 탐구했다. 이제야 간디의 생활에는 사적인 변호사의 업무로 처자와의 사적인 관계도 여지가 전혀 없어졌다. 언젠가 한 외국인이 간디에게 "당신의 가족은?" 하고 물은 일이 있었다.

간디는 "인도 전체가 내 가족입니다."라고 대답했다.

이리하여 간디는 새로운 생활을 실천할 사티야구라히 아쉬람을 맨 처음에는 코티라브에 설치했다가, 얼마 후 이번에는 영구적으로 아후마다바드 시에서 사바르마티 개천을 건너는 곳에 있는 시바르마티 마을에 건설했다. 이곳에서 그는 인도의 '흙'과 '사람'에 뿌리를 박아 인도의 지도자로서 크게 성장하게 되었다.

아후마다바드 직물업계의 부호나 봄베이 조선업계의 거물들이 간디의 아쉬람에 들어가서 살게 된 사람들을 위해 경제적 원조를 제공했다. 사바르마티 아쉬람은 무성한 수풀 속에 위치하고 있었고 찰흙으로 벽을 바른 오두막집이 늘어서 있다. 아쉬람에서 1마일 떨어진 지점에 사바르마티 형무소가 있었는데 후에 많은 독립운동 전사들이 투옥되었다. 아쉬람 부지 밑에 냇물이 흘러 여자들이 거기서 빨래를 하고, 소나 물소가 걸어서 건너다닌다. 주위의 풍경은 한가롭고 목가적이지만 밀집한 공장의 추악한 연통으로 포위된 아후마다바드 시는

176

그다지 멀지 않았다.

간디의 방은 형무소의 독방만한 크기이며 하나의 창에는 쇠격자가 끼어 있고, 작업장으로 쓰는 조그만 테라스로 통해 있다. 형무소에 들어가 있는 기간을 제외하고 간디는 이 방에서 무려 16년을 보냈다.

간디는 냇가 옆의 높은 둑 위에서 그날 그날의 기도회를 집전했다. 가까운 곳에 마하트마의 육촌 뻘이며 아쉬람을 관리하다가 1928년에 작고한 마간랄 간디의 묘가 있다. 묘비에는 '우리를 외롭게 남기고 간 사람 M. K. 간디'라고 씌어 있었다.

간디의 문하생이 되기를 희망하는 인도인을 수용하기 위해 아쉬람은 해마다 증축됐다. 인도 독립운동의 가장 활동적인 지도자들의 일부는 사바르마티 아쉬람에 와서 간디의 제자로서 정치생활을 개시한 사람들이었다. 거주자의 수는 최초의 30명에서 최고 230명 폭으로 변동이 있었는데 그들은 밭을 갈고, 과수를 재배하고 물레를 돌리면서 공부를 했다. 여가에는 이웃 마을에 가서 농민에게 글을 가르치기도 했다.

아쉬람이나 승려의 종교적인 은둔장소는 고대 인도에서는 흔히 있는 시설이었다. 각각 다른 지방에 있는 4개소의 아쉬람을 차례로 도는 순례는 사람의 발로써 인도의 통일을 증명하는 의미가 있었다. 그러나 옛날 아쉬람의 은둔자들은 침사묵고(沈思默考)하면서 죽음을 재촉하기 위해 일부러 자기 육체를 학대했던 것이지만 간디의 아쉬람은 사회와 밀접한 접촉을 유지하고 있었다. 사실 이 아쉬람은 오히려 인도의 중추가 되었으며 이 아쉬람을 순방하는 인도인은 그 최초의 거주자에게 애착을 느꼈다. 그리고 간디는 일부러 자기 육체를 가해한 일은 한 번도 없었다. 간디는 마사지를 하고 수면을 충분히 취하고 원기를 내기 위해 산보를 했다. 다만 서양인뿐 아니라 많은 인도인에게도 기이한 느낌을 준 그의 특이한 식사는 정신적 목적을 달성하기 위해 육체를 완전히 생물학적 도구로 삼는 것을 의도한 것이었다. 식사의 양을 극도로 제한하기는 했지만 굶어죽기를 원한 것은 아니었다. 남아프리카에서는 갑자기 시장기를 느낄 때에 대비해서, 언제나 초콜릿을 바른 아몬드를 휴대하고 있었다. 암살당할 때까지 모범적인 건강상태를 유지하고 있었다. 78세나 되는 노인이 여간 건강한 몸이 아니고서는 그렇게 자주 장기간의 단식을 할 수는 없을 것이다.

간디가 귀국한 지 얼마 안 되어서 찍은 사진이 있다. 그는 단상 위의 의자에 앉아 있고 그 옆에는 양복을 입은 인도인 정치가들이 즐비한데 간디는 짧은 허리 두루마기 외에는 아무것도 입지 않고 연단에 올랐다. 이윽고 간디는 그들에게 양복을 벗으라고 주장하였다. 본드 가에서 맞춘 정장이나 봄베이에서 맞춘 신사복을 입고 어떻게 농민의 지지를 얻을 수 있겠는가.

정치가들은 아직도 농민에 대한 인식이 부족했다. 그들은 농민과 아무 관계도 없었다. 그저 영국인이 돌아갈 것을 요구하거나 혹은 하다못해, 제국의 제도에서 어떤 면을 개선해줄 것을 요구한다는 생각뿐이었다. 그 목적을 달성하기 위해서는 사격 솜씨가 있든지 줄무늬가 있는 바지를 입고서 영국인 관리들을 만나 유창한 영어로 탄원하는 것을 방법으로 알고 있었다. 훗날 인도의 독립기념관에 군주나 고관들에게 보낸 우아한 탄원서나 청원서 따위가 전시되기나 한 것처럼.

그러나 간디는 그들에게 민중 속에 들어가야 한다고 주장했다. 그러기 위해서는 영어를 지껄일 게 아니라 힌디 어, 울두 어, 틸구 어, 마라야람 어, 칸나다 어, 벵갈 어, 편잡 어 같은 각종 인도어를 사용하지 않으면 안 된다. 이 여러 가지 언어는 서양적인 교육은 고사하고 교육이라고는 전혀 받지 않은 각 지방 인도인들의 언어이다. 실제로 농촌의 향상이 간디가 생각하는 자유독립을 향한 첫걸음이다. 인도의 인구 8할 이상이 농촌에 살고 있으므로 간디가 생각하기에는 인도를 영국의 압제 밑에서 해방한다 하더라도 농민으로 빈곤과 무지와 나태에서 해방시키지 않는 한 무의미하다. 영국인들은 인도에서 떠날지도 모르지만 과연 그것만으로 힌두교의 계급차별의 희생자인 5~6000만 명이나 되는 불가촉천민을 구제하게 될지. 참다운 독립은 영국인 관리들이 차지하던 지위와 관저에 인도인 관리가 들어가는 것에 그치지 않고 그 이상의 것이 아니면 안 된다.

간디는 '인도 국가'가 훗날 새로워지는 일보다도 '인도 사람'이 오늘 당장 새로워져야 한다고 생각했다.

간디의 메시지는 '인도'라는 몸 전체에 마법의 지팡이 작용을 했다. 차츰차츰 새로운 광경이 전개되기 시작했다. 모국(母國)의 영광의 실추 때문에 아픔에 시달리는 인도인의 마음에 간디가 진통제를 주었다. 간디는 허리 두루마기를 걸치고 냉정하면서도 깊은 신심(信心)을 품고 영국신사의 시늉이 아니고, 옛날의 성자처럼 숲속에 앉아 있었다. 그리하여 인도가 역사상 여러 정복자의 침입을 받았음에도 불구하고 인도 민족의 충성을 일관함으로써 거꾸로 정복자를 압도했던 것을 새삼 회상시켰다. 간디는 인도의 긍지와 신앙에 다시 불을 붙였다. 그의 마법의 지팡이는 멀리 날아가는 화살이기도 했다.

간디의 메시지는 인도 국민회의파를 거꾸로 세웠다.

인도 사람은 인도 국민회의파를 콩그레스(congress)라 부른다. 그것은 1885년 12월 28일 봄베이에서 탄생했으며, 그것을 만든 중심인물이며 최초의 서기장을 맡은 사람은 영국인 아란 오크타비안 흄이었다. 그는 영국 부왕(인도 총독) 로드 다파린의 후원을 받았다. 흄은 처음에 제반 불합리한 문제를 처리하는 기관으로 인도인 정치가들이 영국인 장관을 의장으로 해서 정기적인 회합을 여는 안을 제출했는데 부왕(총독)은 그 사회를 인도인이 한다면 인도인들이 더욱 자유롭게 발언하리라고 생각했다. 흄이 이 두 가지 일을 저명한 인도인들에게 제시하자 인도인들은 부왕(총독)의 안을 택했다. 이것이 국민회의파의 발단이다. 흄은 때로는 혼자서 때로는 인도인 동료와 함께 1907년까지 서기를 맡아보았다. 그 국민회의 1888년 의장은 영국인 조지 율이고, 1894년에는 영국 의회 아일랜드 출신 의원인 알프렛 웨브, 1904년에는 전에 인도 문관을 지낸 서 헨리 코톤, 1910년에는 전에 봄베이 정부 장관을 지낸 윌리엄 웨더번이 각각 의장이 되었다. 간디는 그 중에서 특히 흄과 웨더번의 노력을 찬양했다. 그들과 초기 회의파 당원은 모두 헌법상의 개혁과 행정적 조치에 의한 인도의 복지를 바라고 있었다.

요컨대 국민회의는 민중의 항의에 합법적인 완화의 수로를 내기 위해 설립된 것이었다. 그런데 이 수로에 19세기 후반에 타고르 일가 스리 오로빈드 신비주의자인 라마크리쉬나의 제자로 정력적이고 웅변인 수와미 비베카난다, 다다바이 나오로지 혹은 《우파니샤드》를 처음으로 번역한 라쟈 라므 모한 로이 같은 사람들에게 고무된 민족적 복고주의의 신선한 물이 흘러들었다. 고대 인도의 종교와 문화를 존중하는 세계적인 신지주의 운동도 역시 인도의 민족적 복고운동의 긍지가 되는 과거에의 긍지를 길러주었다.

부분적 현상이기는 하지만 인도는 영국인에 의해 국토가 통일되고 행정의 질서가 잡힌 것은 사실이며 거기에 따라 인도인 공업가들——특히 힌두교도와 배화교도——이 부유해졌다. 이러한 자본주의의 발전과 새로운 중산계급의 출현이 자치를 획득해야겠다는 강력한 자극이 되었다.

이러한 여러 가지 요소의 복합된 영향을 받아 국민회의는 그 소년기라 할 협조의 시기에서 청년기라 할 자기 주장의 시기에 들어갔다. 영국인 통치자에 대한 탄원은 점점 강경한 어투로 표명하게 되었다. 국민회의 식전에 출석하는 대영제국 고관에 대한 정중한 초대도 말투는 여전히 정중했으나 배척을 암시하고 있었다. 연설이나 결의 중에는 최종적인 자치를 강력히 요구하는 것도 있었다. 그러나 아직 대중행동을 통해서 인도의 독립을 획득하기 위해 국민회의를 보다 더 활발한 기관으로 발전시켜야겠다고 생각하는 사람은 극히 소수의 급진주의자들 뿐이었다.

간디도 1915년 귀국 당시에는 협조주의자였다. 그러나 의복, 언어, 습속, 정치, 모든 면에서 서양의 복제(複製)가 아닌 '인도다운 인도'의 열렬한 지향에는 혁명적인 비협조주의 가능성이 이미 들어 있었다. 간디는 그의 모국에 우선 내면적인 자유를 초래하고 뒤이어 그 결과로서 외면적 자유로 필연적으로 초래하게 될 문화면의 부활과 정신

측면의 재생을 갈망했다. 즉 개인이나 집단이나 참으로 그 위업을 획득하는 경우에는 민중이 그 권리를 강력히 주장하게 될 것이며 아무도 그들에게 예종을 강제(强制)하지 못하기 때문이다.

간디가 구상한 민족의 변모는 소수의 상류계급만으로 달성되는 것도 아니고 남의 증여로 얻어지는 것도 아니었다. 이 점에서 간디는 국민회의의 결점과 한계를 의식하여 비판을 하게 되었다. 다시 말하면 간디는 국민회의라는 안장에 자기가 올라앉기 전에 그 안장을 조절하고 안정시키는 좌철(座鉄) 역할을 해야 했다. 그러기 위해서는 무척 어려운 과정을 거쳐야 했다.

제**2**장
연단에 선 간디

인도는 제1차 세계대전의 충격으로 항의의 기운이 한층 높아져 국민회의의 온건파 당원도 자치를 요구하게 되었다. 1915년 9월, 근대 인도사에 불후의 이름을 남긴 유명한 영국 여성 애니 베산트 여사가 자치연맹(Home Rule League)의 결성을 선언하여 노련한 다다바이에게 의장에 취임해줄 것을 요청했다.

1847년 생으로 당시 일흔 살에 가까운 고령이었던 베산트 부인은 무신론자, 사회주의자, 여권신장론자, 신지론자로서 파란 많은 생애를 보냈으며 자기를 알렉산드리아의 하이페시아와 조르다노 브루노 ^(16세기 이탈리아의 철학자)가 다시 태어난 인물이라고 생각하고 있었다. 이 두 사람은 모두 비명으로 죽었다. 베산트 여사는 자서전에서 "크리스트의 신부를 동경했다."는 말을 하고 있다. 외국인이면서도 인도의 지도자로 받아들여져 존경을 받고 있었다. 웅변가, 신랄한 문필가, 용기있는 정치가이며 출판물의 편집에도 종사했다. 평생을 인도를 고향으로 삼고 살다가 세상을 떠난 것은 1933년이었다.

베산트 부인은 1872년 갠지스 강기슭의 성도 비나레스에 학교를 설립했는데 그 학교는 다시 1916년 판디트 마라비아의 지도 밑에 힌두교 대학 센트럴 컬리지로 발전했다. 1916년 2월, 3일간에 걸쳐 거행된 개교식에는 저명한 인사가 많이 참석하여 성황을 이루었다. 부왕(인도 총독)을 비롯하여 금은 보석으로 찬란하게 치장한 대번 왕(大藩王), 왕비, 왕후, 기타 고관대작들이 눈이 부시도록 즐비하게 참석했다. 간디는 2월 4일의 모임에 나기서 강연을 했는네 강연은 중단을 당했다.

인도에서 이처럼 솔직하고 꾸밈없는 강연은 처음이었다. 간디는 아무것도 가감하지 않고 말했다. "어제 우리들의 토의에 참석하신 마하라자 각하는 인도의 빈곤에 대해서 말씀하셨습니다마는 그것은 다른 변사들도 열심히 강조한 바입니다. 그런데 부왕 각하가 정초식 (定礎式)을 집행한 판달(大演壇)에서 우리가 목격한 것은 무엇이었습니까. 의심할 여지도 없이 그것은 가장 호화로운 구경거리이고 보석의 전시회이며 파리에서도 첫째 가는 보석상인의 눈을 즐겁게 했을 것이 틀림없습니다. 그런데 나는 호화롭게 장식한 고귀한 분들과 이 세상 많은 가난한 사람들을 비교해볼 때, 그 고귀한 분들에게 '당신들이 몸에 지닌 그 보석을 떼어서 이 나라 동포에게 내놓지 않는 한 인도는 구제되지 않는다.'고 감히 말씀 드리고 싶습니다."

청중 속에서 학생들이 "옳소." "동감이오." 하고 외쳤다. 그리고 어떤 사람들은 이의를 제기했으며, 몇 명의 왕후들은 퇴장해버렸다.

간디는 거리낌없이 연설을 계속했다. "영령 인도거나 번 왕령 인도거나 인도의 대도시에서 큰 저택이 섰다는 얘기를 들을 때마다 나는 '그것도 우리 농민의 주머니에서 나온 돈이겠지.' 하는 생각이 듭니다……농민들이 땀흘려서 지은 농사의 수확을 거의 다 빼앗고 또 빼앗은 것을 허용하고 있는 한 우리는 참다운 자치의 정신을 깨달았다고 할 수 없습니다. 우리의 구제는 농민을 통해서만이 가능합니다. 그런데 변호사도 의사도 부유한 지주도 그 구제를 확립하려고 하지 않습니다."

국민회의는 곰곰이 생각해보아야 한다.

간디는 이제 인도의 강자들 앞에서 자기의 깃발을 치켜올리려 하고 있었다. 그것은 하층민의 깃발이었다.

"오늘 저녁 나는 학생 여러분에게 호소합니다. 가령 여러분이 우리 인도의 명예로운 정신생활을 단순히 입으로 전달할 수 있다고 생각한다면 그것은 틀린 생각입니다. 어느 날 우리 인도가 전세계에 전달하게 되리라고 내가 기대하는 메시지——인도의 정신생활에서 나오는 메시지를 여러분은 단순히 입만으로는 결코 발표하지 못할 것입니다. 감히 말하자면 우리는 말을 희롱하는 재주에 있어서는 거의 극한에 다다르고 있습니다. 하지만 사람의 귀나 눈에 즐거움을 주는 것만으로는 충분하지 않습니다. 그것보다도 우리의 가슴이 감동해야 하고 우리의 손과 발이 움직여야 합니다. 그것이 가장 중요합니다."

간디는 다시 말을 계속했다. "오늘 저녁 이 성스러운 도시의 훌륭한 컬리지에서 동포에게 얘기를 하는데 우리 언어로 못 하는 것은 중대한 치욕입니다."

간디는 청중을 쳐다보며 말을 이었다. "가령 우리가 과거 50년 동안 모국어로 교육을 받아왔다고 하면 오늘날 우리는 어떻게 되어 있을까요. 우리는 이미 자유로운 인도를 건설했을 것입니다. 교육을 받은 사람이 자기 모국 안에서 외국인 노릇을 하는 이런 상태가 되지는 않았을 것이며, 동포의 마음을 울리는 말을 하고 가난한 사람들 속에 뛰어들어서 활동하고 있을 것입니다. 그리고 과거 50년 동안에 획득한 것은 이 나라의 장래를 위한 유산이 되었을 것입니다."

이 말에 대해서 산발적인 박수 소리가 났다.

간디는 그의 철학의 핵심에 언급하여 모여 있는 귀족들이 깜짝 놀랄 만한 표현을 써서 얘기를 계속했다. "서류를 제출하는 것으로 자치가 달성되지는 않을 것이며 연설을 한다고 해서 자치의 능력이 생기는 것도 아닐 것입니다. 자치를 가능하게 하는 것은 결국 우리의 행동뿐입니다. 그런데 우리는 그 행동——우리의 자치를 어떻게 하고 있을까요……오늘 저녁 내가 하는 얘기를 분수없이 마구 지껄인다고 생각하시는 분은 아무쪼록 독백하는 인물과 같이 생각해본다——는 식으로 알아주시기 바랍니다. 또 나를 예의를 모르는 건방진 녀석이라고 생각하시는 분은 잠시 동안이나마 용서해주시기 바랍니다. 어젯밤 나는 뷔시바나드 상원에 참배했습니다. 골목길을 걸어가면서 언뜻 생각난 것을 한 힌두교도로서 진심으로 말씀드리고 싶습니다. 우리의 성스러운 사원이 있는 골목이 그렇게 불결해서야 되겠습니까. 그 근방은 가옥이 누추하고 좁은 길이 꾸불꾸불합니다. 사원이라는 것은 공간을 넓게 잡은 만큼 모습을 늘 정결하게 하는 모범을 보이지 않는다면 '자치'라는 것이 도대체 무슨 소용이 있겠습니까. 영국인이 인도에서 철수한다고 해서 그와 동시에 과연 우리 사원이 신성과 청결과 정적의 주거가 될 수 있을지……."

간디의 논점은 어디까지나 현실에서 유리되지 않았다. 비록 제아무리 섬세한 귀도 현실에서 나오는 소리에 귀를 기울여야 한다. "봄베이의 거리를 왕래하는 사람이 높은 건물에서 떨어지는 침을 염려해야 한다는 것은 유쾌한 일이 못 됩니다." 간디가 이렇게 말하자 인도인들은 얼굴을 찌푸렸다. 영국인들이 있는 자리에서 인도인 자신이 이런 말을 하다니. 그리고 침을 뱉는 게 바나라스 대학이나 인도의 독립과 무슨 관계가 있는가.

간디는 청중의 불만을 알았으나 더이상 길게 말하지 않았다. 그는 대부분 3등차로 여행했다고 말했다. 객차의 상태가 나쁜 것은 관리 결함 때문만은 아니다. 인도인은 남이 누워서 잘 자리에 마구 침을 뱉는다. 학생들이 차 안에서 떠들고 장난을 한다. 간디는 아이러니컬한 표현을 했다. "학생들은 영어를 할 줄 알고 노포크 자켓을 입고 있다고 해서 차칸에 들어와 제멋대로 좌석을 차지할 권리를 주장합니다…… 나는 가슴에 담은 생각을 다 털어놓고 싶습니다. 정말이지 우리가 자치를 염원해서 나아가려면 이런 일을 모두 바로잡지 않으면 안 됩니다."

간디의 충격적인 고찰은 더 계속되었다. 누구나 감히 말하기 어려운 문제가 아직 남아 있었다. "나는 최근 2,3일 동안 마음을 괴롭히고 있는 일을 말씀드릴 책무가 있다고 생각합니다. 부왕 각하가 비나레스의 거리에 나올 때마다 형사가 곳곳에 배치되고 있습니다." 이 말에 청중은 잠시 술렁거렸다. 그것은 대중 앞에서 할 말이 아니고 간디 혼자 가슴에 담아둘 말이 아닌가. "우리는 그럴 때 불쾌한 생각이 듭니다. 왜 이런 불신이 일어나는가를 자문해보았습니다. 왜 이 형사들이 우리를 감시할 필요가 있을까.”

간디는 불쾌한 질문을 했을 뿐 아니라 그 이상으로 불쾌한 대답을 했다. 형사들에 대한 인도인의 반응을 간디는 이렇게 설명했다. “우리는 때때로 초조하기도 하고, 화가 나는 경우도 있습니다……그러나 여러 가지 상태가 긴장된 오늘의 인도에는 무정부주의자의 단체도 생기고 있다는 사실을 잊어서는 안 됩니다. 나 자신도 무정부주의자의 일원입니다마는 부류가 다릅니다……그들의 무정부주의는……공포의 징후입니다. 진실로 신을 믿고 공경한다면 우리는 마하라자들이나 부왕이나 형사나 조지 폐하일지라도 아무도 두려워할 까닭은 없습니다.”

청중은 점점 소란해졌다. 여기 저기서 낮은 소리로 속삭임이 들리기 시작했다. 간디가 말을 계속하려 하자 사회를 보던 베산트 부인이 “그만 중지하십시오.” 하고 말을 가로챘다.

간디는 베산트 부인을 향해서 말했다. “지시에 따르겠습니다. 내가 하는 말이 인도를 위해서도 대영제국을 위해서도 무익한 것이라면 중지하겠습니다.”

베산트 부인이 조용히 말했다. “요점을 설명해주세요.”

“지금 설명을 하고 있는 겁니다. 나는 다만…….”

그러나 장내의 소음에 간디의 소리가 들리지 않았다.

“계속하시오.” 어떤 사람이 외쳤다.

“간디, 집어치워라.” 다른 사람이 외쳤다.

잠시 후 다시 조용해졌다. 간디는 베산트 부인을 옹호했다. “베산트 부인은 우리 인도를 좋아하기 때문에 내가 청년 여러분 앞에서 독백 같은 말을 한 것은 잘못이라고 판단한 때문입니다.” 하지만 우리 자신에게 조명을 비춰 실정을 밝히자는 것입니다……때로는 그 때문에 여러분의 꾸지람을 받는 것도 불가피합니다.”

이때 고관대작들이 내빈석을 떠나고 장내가 소란해졌다. 간디는 중단하지 않을 수 없었다. 베산트 부인은 그만 산회하기로 했다.

간디는 바나라스에서 사바르마티로 돌아왔다.

인도는 국토가 광범위하고 전달기관은 발달되어 있지 않았다. 글씨를 아는 사람도 적었고 라디오를 가진 사람은 더 적었다. 하지만 그 대신에 인도는 귀가 밝다. 1916년 '인도의 귀'는 한 인물의 목소리에 귀를 기울이기 시작했다. 그 인물은 경솔한 것 같지만 참으로 용감한 사람이었으며 가난한 사람들을 옹호하며 그 자신이 가난한 생활을 하고 있는 체격이 빈약한 사람, 사바르마티에 설치된 아쉬람의 성자였다.

간디의 이름은 전국적으로 알려지지는 않았으나 '새로운 마하트마'의 명성은 차츰 번져나가고 있었다. 인도는 힘과 부를 경외한다. 그러나 겸손하고 가난한 사람을 사랑한다. 재산, 코끼리, 보석, 군대, 왕궁은 인도를 복종시키지만 희생과 자기 포기는 인도의 마음을 획득한다.

마슈 아놀드(영국 19세기의 시인, 평론가)의 시에 이런 구절이 있다.

동양은 돌풍 앞에 고개를 숙인다
강한 인내로 상대에 대하여 깊은 모멸을 느끼면서

마찬가지로 동양도 부와 힘을 탐내는 경우에는 같은 모멸을 느끼면서 고개를 숙인다. 따라서 인도인은 '자기 포기'를 이해하는 동시에 그것을 평가한다. 간디의 '자기 포기'는 특히 독창적인 것이었다. 인도에는 옛날부터 승려나 고행자가 많이 있거니와 간디는 '그 자체를 목적으로 삼는' 자기 포기에는 반대했다. 말하자면 자기 포기라는 것은 어떤 이상에 봉사하는 것일 때 비로소 의미가 있다고 보는 것이다. 이 점에서 간디의 자기 포기는 간디 한 사람에 그치지 않고 인도 사회 전체에 커다란 반향을 불러일으켰다. "어머니는 일부러 물에 젖은 마룻바닥에 눕지는 않지만 아기에게 자리를 내주기 위해서는 기꺼이 그렇게 한다." 그는 어떤 편지에서 말한 일이 있다.

간디의 자기 포기는 봉사는 조국 인도, 혹은 보다 더 큰 어떤 이상에 봉사하기 위한 것이었다.

제**3**장
신의 자손

　자와하르라르 네루는 "인도는 온갖 추악한 것과 온갖 고귀한 것을
공유하고 있다."고 말한 일이 있다. 그 추악한 것 중에서도 간디가
'힌두교의 중요기관을 좀먹는 암종(癌腫)'이라고 부른 소위 불가촉
천민 제도만큼 심한 것은 없다. 전통적인 힌두교도는 그것이 추악한
제도라는 견해에 동의하지 않았다. 이 나쁜 전통을 근절하려고 애쓴
간디의 노력을 환영하지도 않았다.

　불가촉천민을 없애려는 간디의 노력은 말하자면 몇천 년이나 오래
된 뿌리를 뽑아버리려는 어려운 작업이었다. 그 뿌리는 유사이전 아
리아 인의 인도 침입에서 발단하여 미신과 사회적 관습에 침투 확대
되었다. 서양의 여러 나라에서도 '불가촉천민(untouchable)'이 있지만
인도에서는 특히 힌두교적 현상이라고 할 특이성을 띠고 있다. 말하
자면 종교의 인가를 얻어서 더욱 추악해진 특이한 역사적 경제적 상
황에 근원을 두고 있다.

　유사이전의 장구한 무기록(無記錄)에 갇힌 어둠의 시대에 '아리아'
라 부르는 피부색이 다른 종족이 인도 북부지역에 살고 있었다. 아마도
그들은 아득하게 먼 카스피 해와 흑해 사이에 있는 카흐카스 지역이나
토르키스탄 혹은 더 멀리 고대 스키타이 인의 그 훌륭한 황금의 장
신구가 발굴한 러시아의 돈 강이나 테렉 강 유역에서 온 것으로 추
측된다. 네루는 파탄 족의 춤이 코사크 지방의 춤과 닮은 점을 지적하고
있다. 6~7000년 전 아리아 인은 남하를 시도했다. 한 파는 B. C 2~3000
년에 인도로 이주하고, 다른 한 파는 이란으로, 또 다른 한 파는 유

럽으로 향했다.

이것이 '인도 유럽' 어족(語族)의 유래이다. 인도의 산스크리트 어와 각종 유럽어 사이에는 명백히 유사한 점이 많다. 이를테면 산스크리트의 pitri는 라틴 어에서는 pater, 그리스 어에서는 pater, 영어에서는 father이다. 산스크리트의 matri는 라틴 어에서는 mater, 그리스 어에서는 meter, 영어에서는 mother, 러시아 어에서는 mat이다. 산스크리트의 duhitri는 영어에서는 daushter, 독일 어에서는 tochter, 러시아 어에서는 doch이다.

고귀한 사람이라는 뜻을 가진 이 아리아 인들은 차츰 차츰 북서부 인도를 정복했다. 그들은 거기에서 바빌로니아나 앗시리아, 그리고 아마 이 지프트와 관계가 있는 보다 더 오랜 문명을 만났다.

1922년 카라치(^{인더스 하구 최북단에 위치, 파키스탄 수도}) 북쪽 약 200마일 거리 모헨조다로라는 곳에서 인도 고고학자가 비교적 연대가 가까운 1700년 전의 불교사원을 조사하다가 그 사원 밑에서 훨씬 더 옛날 도시의 흔적을 발견했다. 그래서 과학적인 발굴을 실시한 결과 귀중한 점토의 인장(印章), 목걸이, 연와(煉瓦), 항아리, 기구, 장신구 등이 나왔다. 어떤 항아리에는 바빌로니아의 쐐기문자[楔形文字]로 된 수메르 바빌로니아 식 명각(銘刻)이 있어 B. C 2600년 내지 2500년 대의 것으로 판명되었다. 모헨조다로나 같은 지역의 다른 발굴지에서 나온 여러 가지 출토품은 티그리스 강, 유프라테스 강 유역 카르데아(低地)에 있는 울, 키쉬, 혹은 텔 아스말에서 나온 출토품과 닮았다. 한편 발굴가들은 북서 인도와 《성서》에 나오는 근동 지방 사이에 상품이나 문화 교류를 통한, 지금은 잊혀진 먼 옛날의 대상로를 찾아냈다.

진흙과 모래와 파편을 파낸 자리에 5500년 전에 구축되어 약 600년 동안에 걸쳐 사람이 거주한 고도 모헨조다로가 모습을 나타냈다. 면적이 240에이커 이상이고 그 중앙 도로는 폭이 33피트였다. 무수한 폭넓은 직선의 도로가 동서남북으로 연결되어 있으며 2, 3층의 벽돌 건물이 늘어서 있는 흔적을 보였다. 가옥에는 우물과 목욕탕이 있고 하수(下水)에는 토관(土管)이 상용되어 도시 전체가 청결한 모습이었다.

방바닥 밑에서 발견된 은제 항아리에는 세계 최고의 무명 조각이 들어 있었다. 청동으로 만든 면도칼, 의자, 스푼, 향수병, 은제컵, 상아로 만든 빗, 팔찌, 여성의 코걸이, 목걸이, 여성이 치마와 허리띠를 사용한 것을 보여주는 조그만 청동상, 황금 목걸이, 주사위, 기타 무수한 역사적 유물이 수천 년의 먼지를 털고 인도의 과거를 밝혀 세상을 깜짝 놀라게 했다.

홍수 때문인지 무슨 질병 때문인지 인도 최고의 문명은 멸망했다. 거기에 아리아 인이 와서 독자적인 신과 물자로서 인도에 새로운 각인(刻印)을 찍었다. 그들은 말, 전차, 큰 도끼, 활, 투창을 사용했다.

1028 구(句)의 찬가로 구성된《리그 베다》는 의식용 산스크리트 어로 씌어 있는데, 4~5000년 전의 정복자인 아리아 인의 생활이 묘사되어 있다. 세계 최고(最古)의 책인 이《리그 베다》가 힌두교의 카스트 제도와 불가촉천민의 기원을 밝혀준다.

확인된 한에서 당초 인도에 도착한 아리아 인들 사이에는 카스트의 구별이 없었는데 정복 과정에서 사회적 차별이 생기게 되었다. 아리아 인에게 정복된 지역은 아마 야만인이나 흑인의 거주지는 아니었을 것으로 짐작되는데《리그 베다》는 "선주민(先住民)을 가리켜 '피부가 검다'든가 '코가 없다'든가 혹은 '불길한 사람'이라고 멸시하여 동물을 불로 구워 신(神)에게 바칠 줄도 모른다."고 말하고 있다. 아리아 인은 이 열등자를 부려 밭을 갈고 가축을 지키고 수확을 교환하고 도구와 장신구를 만들게 했다. 상인과 농민은 바이샤 즉 제 3 계급이 되고, 직공은 수드라 즉 제 4 계급이 되었다.

권력과 부 때문에 아리아 인 사이에 불화가 생겨 구분된 각 지역을 통치하는 라자(王侯)를 세우게 되었다. 왕과 정신(廷臣)과 전사(戰士) 및 그들의 가족은 지배자와 전사 즉 크샤트리아가 되었다. 이 크샤트리아 밑에 찬가를 부르고 베다를 기술하고 의식을 집전하고 신화를 만들고, 제단에 희생을 바치고 하는 브라만이 봉사하고 있으며 이것이 종교와 지식을 통솔하는 제도였는데, 얼마 후 브라만이 카스트의 정점에 오르고 크샤트리아가 제2계급이 되었다.

아리아 인은 남하할 때 여성을 조금밖에 동반하지 않았으므로 토착민과 잡혼을 하게 되었다. 이러한 체질에 유익한 혼혈은 남인도에서 드라비다 족을 정복한 뒤까지 계속되었다. 드라비다 족은 흥미로운 독자적 문화를 발전시키고 있었는데, 피부색이 검기 때문에 피부에 의식이 강한 아리아 인은 카스트의 벽을 더 한층 높였다. 드라비다 인은 브라만이나 크샤트리아나 바이샤가 되기도 했으나 수드라(제4계급)의 테두리에 갇힌 사람들의 비율이 북부 인도의 경우보다 크며 많은 사람들이 모든 카스트에서 밀려나고 말았다.

아리아 인의 침입에 대하여 많은 토착민들은 겁이 나서 산이나 밀림으로 도피하여 수렵이나 어로(漁撈)를 구실로 삼고 있다. 그러다가 차츰 차츰 아리아 인이나 수드라(제4계급)의 마을에 접근하여 바구니나 기타 수공품을 팔게 되었다. 그러는 동안에 그들은 간혹 변두리에 정주(定住)하는 것이 허용되어 사람이나 동물의 시체를 처리하거나 쓰레기를 치우거나 하는 잡무에 종사했다. 이 사람들이 불가촉천민의 유래이다.

근대에 와서 직업은 이미 카스트에 매어 있지 않다. 브라만이 자동차 운전수가 되기도 하고 크샤트리아가 경리사가 되기도 하고, 바이샤에서 나와 재상이 될 수도 있다. 그러나 혼인에 관한 카스트 사이의 금제는 현재까지도 남아 있다. 간디가 인도 사회의 무대에 등장한 1915년 당시 이 금제를 범한 사람은 전혀 없었다.

실제로 4카스트는 3~4000의 부(副) 카스트로 나누어져 있다. 그 일부는 직장 길드(同業組合)와 비슷하며 혈족이나 지방적인 인연에 따른 집단도 있다. 혼인에 관해서는 부모는 보통 며느리감을 부(副) 카스트 안에서 물색했다. 특히 물론 카스트에 속하는 사람이 불가촉천민과 혼인을 한다는 것은 생각도 못하는 일이었다. 연애결혼은 풍속상 아름답지 못할 뿐 아니라 불길한 것으로 여겨지고 있었다. 결혼은 으레 부모가 결정을 했으므로 아버지가 아들에게 천민의 신부를 얻어주어 가문을 전락시킬 까닭이 없었다.

천민이 종사하는 직업은 힌두교도가 배척한 것에만 한정되어 있었다. 즉 도로 청소, 변소 소제, 무두장이(度華工) 같은 업이다. 곳에 따라서는 수레바퀴 목공 사냥꾼, 직공 혹은 도공도 천민으로 간주되었다. 그래서 어떤 사람들은 그 굴욕에서 벗어나기 위해 크리스트 교나 이슬람 교에 귀의했다. 하지만 경계 바깥에 놓인 채 아직도 4~5000만이나 되는 많은 사람들이 그 속에서 빠져나가려 하지 않고 있다. 그것은 무슨 까닭인가.

이 지상에서의 카스트의 영속은 불변의 율법인 성전에 기술되어 있다. 브라만이나 수드라나 천민은 그의 전세의 행위에 의해 결정된 것이다. 그리고 이승에서 무슨 잘못된 행위가 있으면 내세에서 카스트를 하락시키는 결과가 될지도 모른다. 높은 카스트에 속했던 사람이 천민으로 다시 태어날 수도 있다. 죄인의 영혼은 짐승의 몸에 들어갈지도 모른다. 혹은 천민이 브라만이 될지도 모른다.

마하데브 데사이는 《기타》의 서문에 “힌두교도에 있어서 인간의 생명을 누린다는 것은 진화 과정의 행운으로 간주되며 그 생명을 다시 지고(至高) 최상의 목표로 향해야 하는 것으로 되어 있다.”고 말하고 인도의 고시(古詩)를 인용하고 있다.

나는 광물로 죽어서 식물이 되었다
식물로 죽어서 동물이 되었다
동물로 죽어서 인간으로 태어났다
두려운 것이 무엇이랴
죽어서 천해진 일이 있는지

여성이 내세에서는 그런데 남성으로 태어날지도 모르고 혹은 그 반대의 경우도 있을 것이다. 어떤 일부의 힌두교도는 다시 태어날

적에도 관계는 달라져도 같은 가족이 된다고 생각하고 싶어하는 경향이 있다. 이를테면 부부가 남매간이 된다는 식이다. 성격이 여성적인 남자는 내세에서는 여자로 태어날지도 모른다. 성격이 사납고 부도덕한 사람은 짐승으로 태어날지도 모른다. 상인소도 도의심이 있으면 브라만으로 태어날 수 있을지 모른다. 브라만도 욕심이 많으면 다음에는 상인 카스트에 태어날지도 모른다. 이와같이 현세의 행동에 의해서 내세로 나아가는 유산은 변동이 있으나 일단 결정된 카스트는 현재의 숙명이다. 즉 이 교리에 의하면 지금 천민의 처지에 있다는 것은 어떤 속죄를 하고 있는 것을 의미한다. 따라서 현세에서 이 제약을 받아들이지 않고 억지로 그 지위를 끌어올리는 것은 오히려 내세에서 높은 카스트에 태어나는 가능성을 빼앗는 짓이 된다. 이것이 신심 깊은 천민들이 현재의 비참한 상태에 그대로 머물러 있는 이유이다.

불가촉이란 문자 그대로 카아스 힌두(카스트 내에 들어 있는 힌두교도) 및 카스트 힌두가 접속한 물체에 접해서는 안 된다는 뜻이다. 불가촉천민은 힌두교도의 사원, 가옥, 상점에 들어가서는 안 된다. 농촌의 천민은 마을 변두리에 더러운 물이 흘러드는 저지(低地)에 거주한다. 도시에서는 세계에서 가장 누추한 슬럼의 가장 누추한 곳에 거주한다. 만일 무슨 우연으로 힌두교도가 천민이나 천민이 만진 물건에 닿았을 때는 종교적으로 정해진 방식에 따라 몸을 정화하지 않으면 안 된다. 어떤 지방에서는 천민의 그림자도 부정하다고 해서 그림자에 접촉하기 만해도 몸을 씻어야 한다. 타라발 연안에서는 천민에게 카스트 힌두가 다가오면 그 자리에서 피해가도록 큰소리로 경고를 받는다.

힌두교도는 하루에 한 번씩은 목욕을 해야 하는 것으로 되어 있으며 손이나 음부를 씻는 물은 가장 원시적인 변소에 놓여 있다. 그들은 냄비, 솥, 식기가 깨끗한 것을 자랑하며 후카아(水煉管)나 궐련초를 필 때에는 입술이 직접 닿지 않도록 손을 나발처럼 사용하고, 물을 마실 때에는 그릇에 입을 대지 않고 물을 쏟아 입에다 붓는다. 그러나 "이 청결의식은 과학적이 못 된다. 하루에 목욕을 두 번 하는 사람도 세균이

들끓는 물을 태연스럽게 마신다……개인적으로 자기 집을 깨끗하게 하고 있는 사람도 마을의 도로나 이웃집 앞에다 쓰레기를 마구 버린다." 네루의 말은 계속 이어진다. 청결은 종교적 의식이기는 하지만, 그 자체에 목적이 있는 것은 아니다. 참으로 청결을 존중한다면 힌두교도는 당연히 천민까지 포함해서 남의 청결에도 관심을 두어야 할 것이다.

요컨대 불가촉천민 제도는 전혀 불합리한 격리책이다. 이론적으로는 오탁(汚濁)을 방지한다고 하지만 실제는 그 땅 그 환경을 오탁시킨다. 그렇기 때문에 마하트마 간디는 카스트에 얽매인 사람을 위해서도 그렇지 않은 사람을 위해서도 불가촉천민 제도에 노력하였다. 그리고 그 투쟁하는 과정에서 여러 가지 종래의 터부에 도전하여 각종 공포, 미신, 증오, 불합리한 기득권 등을 적발했다. 불교와 힌두교의 여러 개혁자들이 그 동안에도 불가촉천민 제도를 공격하고 있었지만, 간디는 행동을 개시할 때까지는 별로 말을 하지 않았다.

간디는 소년시대에 천민에 속하는 소년과 어울려 논 일이 있었다. 어머니 부토리바이는 당연히 금했다. 간디는 어머니를 공경했지만 그 명령에는 따르지 않았다. 간디의 권위에 대항한 최초의 일이었다. "우리 형제가 파리아(천민)에 접촉했다고 해서 목욕을 시키려고 하는 어머니의 고집을 이해할 수 없었다." 간디는 찰스 프리아 앤드루즈에게 보낸 편지에서 이렇게 말하고 있다. 간디는 남아프리카에서도 천민들과 교제했다. 1918년 봄베이에서 천민의 지위개선을 호소하는 집회에 참석하여 강연을 하기 위해 단에 올라, "이 자리에 천민이 있습니까?" 하고 물었으나 아무도 손을 들지 않았으므로 그럼 연설하지 않겠다며 그대로 단에서 내려갔다.

그러다가 어느 천민 한 가족이 아흐마다바드 근방 간디의 아쉬람에 와서 정주(定住) 멤버가 되고 싶다고 요청했다. 간디는 요청을 받아들였다.

야단법석이 났다.

천민 부부와 소녀가 입주하여 아쉬람 전체가 라쿠쉬미 때문에 오염됐다고 생각한 봄베이나 아흐마다바드의 부호들은 "부정한 장소에는 경제원조를 할 수가 없다."고 하며 기부를 중지했다. 경리를 담당하던 마간라르는 자금이 떨어져서 당장 다음 달의 예산을 세울 수가 없다고 실태를 보고했다.

"그렇다면 우리가 천민부락에 가서 살기로 하자." 간디는 태연하게 말했다.

어느 날 아침, 부자 한 사람이 차를 타고 찾아와서 "아쉬람에 돈이 필요한가." 하고 물었다. 간디는 "대단히 필요하다."고 대답했다. 그 사람은 간디가 전에 한 번밖에는 만난 일이 없으며 이번 방문도 뜻밖이었다.

이튿날 그 익명의 독지가는 고액권으로 만 3천 루비를 간디에게 전달하고 돌아갔다. 그 돈은 아쉬람을 1년간 유지할 수 있는 금액이었다.

하지만 이것으로 문제가 끝난 것은 아니었다. 아쉬람의 여성들은 천민 여성이 들어오는 것을 거부했다. 카스투르바이도 다니벤에게 부엌에서 음식을 조리하고 식기를 닦고 하는 일을 시키자는 방침에 관해서 반대했다. 간디는 아내의 말을 듣고 나서 그녀의 이성에 호소했다. 그러나 불가촉천민 제도의 신앙은 사람 마음의 깊은 곳에 숨어 있으며 교의나 인종의 편견과 얽혀 있기 때문에 상식이나 인정의 설득에도 소용없었다. 그러므로 간디는 카스투르바이의 고집——그녀 자신도 잘 모르는 고집에 대처하지 않으면 안 되었다. 카스투르바이는 경건한 힌두교도이며 정숙한 아내였다. 그녀는 차츰차츰 남편의 독특한 방식에 길들었다. 이치를 따진다는 입장에서는 한 번도 남편을 이길 수가 없었다. 남편은 이제 마하트마였다. 문맹에 가까운 여성이 성자와 토론해서 이길 수는 없다. 그리고 간디는 이제 다정한 배우자라기보다는 친절한 교사였다. 차츰차츰 반항하지 않고 설득에 귀를 기울이게 되었다. 천민에 대한 적의 때문에 신경은 여전히 경련상태에 있었지만 그녀의 마음은 남편의 생각을 이해하게 되었다. 남편은 어느덧 인도의 존경을 받는 영웅이 되어 있지 않은가.

얼마 후 간디는 입주한 천민의 딸 라쿠쉬미를 양녀로 삼았다. 따라서 카스투르바이는 천민 소녀의 어머니가 되었다. 그것은 남북전쟁 이전의 미국 남부의 가정에서 흑인 소녀를 양녀로 삼은 것과 같다.

간디는 불가촉천민 제도는 초기의 힌두교에는 없었다는 사실을 강조했다. 그리고 동시에 불가촉천민 제도를 타파하는 투쟁을 힌두교의 입장에서 추진했다. "나는 다른 모습으로 재생할 것을 바라지 않지만 만약 재생을 하게 된다면 천민으로 태어나서 그들의 슬픔과 고통, 그들이 당하는 모욕을 같이 나누면서 자기와 이웃사람들을 그 비참한 상태에서 구하고 싶다."

만일 마하트마의 이 소망이 이루어지면 간디는 인도 사회에서는 천민의 자식이 되므로 그의 열렬한 문하생도 그를 학대할지 모른다.

그러나 간디는 내세에서 천민으로 다시 태어나기 전에 이승에서 천민으로 살기로 했다. 그래서 간디는 우선 아쉬람의 변소 소제를 맡았다. 제자들은 자발적으로 협력했다. 각자가 부정해진다고 생각하지 않고, 천민이 하는 일에 종사했으므로 결과적으로 천민은 아무도 없었다.

천민은 불가촉천민, 파리아, 혹은 피억압계급, 지정계급(指定階級)이라 불리고 있었는데, 인간심리를 잘 아는 간디는 오히려 천민을 '하리잔 신의 자손'이라고 부르기 시작했으며, 나중에는 그가 발행한 주간지의 이름으로 내세웠다. '하리잔'은 그 관용에 따라 차츰차츰 정화되어갔다.

광신적인 힌두교도는 간디의 이러한 천민에 대한 사랑을 결코 용납하지 않았다. 간디가 정치활동에서 부딪친 방해 중 몇 가지는 이 광신적인 힌두교도에 원인이 있었다. 그러나 대중은 기꺼이 간디를 마하트마라고 불렀다. 민중은 그에게서 축복받기를 원하여 그의 발에 닿는 것을 행복으로 여겼다. 어떤 사람들은 그가 딛고 지나간 땅에 입을 맞추었다. 그들은 간디가 변소 소제를 하고 천민과 동거하고 천민의 딸을 양녀로 삼는 것을 부정하다고 생각하지 않았다. 그런 생각이 남아 있다 하더라도 마하트마 간디인 까닭에 이해했다. 매년 높은 카스트에 속하는 힌두교도가 몇천 명이나 아쉬람을 방문하여 간디를 만나 같이 식사를 하고 숙박하기도 했다. 그 중에는 나중에 몸을 씻은 사람도 있었을지 모르지만 대개는 그런 위선자가 되지는 않았다. 불가촉천민 제도는 저주의 힘을 잃었다. 간디를 따른 사람, 간디의 사상을 이해하는 사람은 가정에 천민이 출입하는 것을 허용하게 되었다.

그리고 도시 생활과 공업의 발전이 하리잔에 대한 박해를 극복하는 데 효과적인 영향을 미쳤다. 천민이라고 해서 모습이 인간과 다르게 생긴 것은 아니다. 상대방이 자신이 천민이라고 말했을 때 비로소 천민으로 보일 뿐이다. 시골에서는 사람들이 서로 상대의 신분을 알고 있다. 하지만 도시에서는 이를테면, 전차나 기차 안에서는 파라아(천민) 하고 나란히 의자에 앉아서 피부가 닿아도 서로 모르는 경우가 있을 수 있다. 그런 상황에서는 힌두교도도 불가피한 접촉을 단념할 수밖에 없다.

그러나 하리잔(천민)의 빈곤은 여전했다. 간디는 꾸준히 노력을 계속했다. 간디가 천민구제운동을 지도하게 된 것은 남아프리카에서의 투쟁에 연유가 있다.

남아프리카 연계노동자의 대부분은 천민출신이며 또 그들이야말로 1914년 당시 시민불복종운동의 최종단계에서 활약한 영웅들이었다. 그리고 남아프리카에서 전후 30년간에 걸쳐 전개된 간디의 투쟁은 경제적 억압에 대한 저항일 뿐 아니라, 인종편견에서 오는 악을 상대로 하는 투쟁이었다. 세상 모든 사람은 천분(天分)은 차이가 있을지라도 그 권리에 있어서는 태어나면서부터 평등하다. 따라서 사회는 모든 사람이 타고난 능력을 발휘하여 자유롭게 살 수 있는 평등한 기회를 보증해야 한다——혹은 적어도 그 기회가 방해되지 않도록 보증해야 한다. 남아프리카 인도인의 평등을 위해 20년의 투쟁을 마치고 모국에 돌아온 간디가, 같은 인도인들 사이에 전통적으로 답습되고 있는 그 가혹한 차별을 용인(容認)한다는 것은 도저히 있을 수 없는 일이었다.

종교, 선조나 친족의 어떤 신조와 행위, 코의 생김새, 피부색, 이름 혹은 그 사람이 태어난 장소나 상황에 따라 평등한 권리가 부정되는 곳에서는 인간의 자유는 그 근저(根底)에서 허물어지고 만다.

인도의 독립에 관한 간디의 개념은, 영국인 통치자와 마찬가지로 힌두교도의 도덕에 어긋난 요소에 대해서는 이를 배제하자는 것이었다. 간디는 1921년 5월 25일자 〈영 인디아〉지에 이렇게 쓰고 있다. "스와라지 즉, 인도의 자치독립이 인도의 5분의 1을 언제까지나 예속시켜주려고 한다면 무의미한 말이다……자기는 인도를 짓밟고 있으면서 남의 잘못에서 구원해달라고 신에게 탄원할 수는 없을 것이다."

불가촉천민 문제에 대한 간디의 태도를 가장 간결하게 설명하면, 우선 그런 관습을 참을 수가 없었던 것이다. 사실 간디는 이 비인도적인 인간 배척을 싫어하는 마음이 어찌나 철저했는지, "만약 그것이 힌두교의 본질적인 요소라고 한다면, 나는 감히 힌두교 자체에 대한 반대를 선언하겠다."고 말한 적이 있다. 원칙보다 평판을 더 염려하는 사람이면 보수적인 힌두교도가 압도적으로 많은 나라에서 도저히 그런 말을 못할 것이다. 그러나 간디는 "나는 나의 종교를 정화하는 한 힌두교도로서 이 노력을 한다."고 말했다. 요컨대 그는 불가촉천민 제도는 힌두교를 곡해한 데서 온 방해물이라고 생각한 것이다.

그러나 힌두교에 있어서는 방해물을 그 본질에서 구별하는 것이 쉬운 일은 아니다. 힌두교는 교의나 종교에 그치지 않는 역사적인 생활양식이다. 신흥 종교와 다르다. 그것은 먼 신화시대로부터 선사, 역사, 경제, 지리, 민족에 밀접하게 관련된 생활양식이므로, 농장에도, 학교에도, 상점에도 어디든지 침투하고 있다. 인도에서는 종교가 곧 그 민족이 겪어 온 경험의 총계이다. 그리고 또 한 가지 특색은 힌두교는 흡습성(吸濕性)이 적은 이슬람교와 달리 원칙성이 모호하고 흡습성이 큰, 부드러운 특질을 지니고 있다. 인도 철학자 서어 C. P. 라마스와미 아이얄은 "우리에게는 반박이 불가능하다거나 절대적이라거나 한 문헌도 없고, 특별한 묵시도 없다. 우리의 성전은 최종적인 것은 아니라고 말하고 있다. 이를테면 힌두교는 일신교적인 동시에 우상숭배도 한다. 그것은 역사상 각 시대를 거쳐오면서 양쪽을 각각 신봉하는 사람들을 포섭했기 때문이다. 일신론자이면서도 우상에 대해서 관대하다. 우상숭배자는 그 우상 앞에서 춤을 추는데, 기도를 드리는 대상은 유일신이다. 어떤 힌두교도는 사원에서 동물을 회생으로 바친다. 그런가 하면 어떤 사람들은 종교의 의무로 벌레나 세균도 죽이지 않는다. 불교나 자이나 교(인도종교의 하나 붓다와 동시대의 마하비라를 개조로 하여 무살언, 불망어, 불유가, 불음, 무소득, 5대 서약을 지킨다.)와 마찬가지로 힌두교의 개혁운동은 결코 분파로 갈라지지 않았다. 개혁운동은 항상 보편적인 혈통 속에 환원, 해소되었다. 힌두교는 부드러운 탄력이 있고, 포용력이 있고 발전성이 크다. 다수 힌두교도의 사고도 그렇다. 간디도 그랬다. 간디는 불가촉천민이라는——힌두교의 본질이 아닌 곡해된 제도에 대해서 싸웠다. 동물을 죽여서 희생으로 바치는 것을 싫어하여 신의 전당에서 흐르는 피에 구역질이 났다. 그런데 그런 악을 행하는 사람들도 그의 형제 같은 인도의 동포였다.

네루는 인도를 파린프세스트 같다고 말한 일이 있다. 파린프세스트라 함은 한 번 글씨를 쓰거나 그림을 그리거나 한 것을 니스를 발라서 지워없애고 다시 그 위에다 쓰고 그리고 하는 양피지나 화포를 가리키며 세 번, 네 번 혹은 다섯 번도 사용할 수 있다. 이 경제적인 사용법이 의도하지 않은 가운데 절로 과거의 귀중한 기록을 보존하게 되었다. 오늘날 전문가는 후대의 윗칠을 씻어내어 전대의 글씨나 그림을 재현하는 방법을 알고 있다. 다만 인도가 그러한 파린프세스트라고 한다면 사정이 다른 것은 니스가 용해되어 여러 층의 글씨나 그림이 겹쳐서 복잡하게 보이는 점이다. 이것이 인도 문명의 복잡성이고, 그것이 침투한 인도인의 복잡성이다. 바렌타인 티롤에 의하면 "힌두교도가 근대세계의 불안과 물질주의에서 벗어난 평온한 피난처로 삼는 그 위대한 철학체계만큼 인간의 지성으로서 달성한 미묘하고도 숭고한 형이상학은 없다.” 인도 사람은 누구도 이 문화적, 지적 유산을 회피하지 못한다.

그러나 때로는 그 파린프세스트의 어떤 하나의 층밖에 안 보이는 경우가 있다. 그때에는 근대적인 서양 교육을 받은 힌두교도는 없어지고 서양의 과학자가 미개사회의 의식의 주문을 받아들이는 것처럼 이성 이전의 거칠고 원시적인 주물신(呪物神)을 숭배할지도 모른다.

힌두교는 자이나 교의 개조(開祖) 마하비라와 무신론자 혹은 불가지론자(不可知論者)로 간주되는 붓다를 융합했다. 상당수의 힌두교도는 크리스트나 마호메트를 종교상의 도사로 받아들이고 있다. 그러다가도 일단 열광하게 되면 힌두교도, 시크 교도, 이슬람교도는 서로 질시한다. 그랬다가 자기 종교에 대한 열광이 식으면 다시 또 관용을 베풀며 휴식한다.

그러나 실제로 어떤 사람에 대한 꾸준한 갈망에도 힌두교의 공존은 실질적으로 ‘별거’를 의미하는 것에 지나지 않는다. 힌두교는 자급자족하는 촌락, 하나의 주거에 2~3세대 내지 4세대까지도 포함하는 대가족, 최근에 이르기까지 통혼(通婚)이나 회식을 전혀 하지 않고 지내온 각각 고립된 카스트나 다수의 부유한 카스트——등에 있어 그칠 줄 모르는 무수한 분열을 길러왔다. 힌두교도는 신을 공경하면서도 ‘신의 자손(천민)’이 비참한 학대 속에 격리된 상태를 방치해왔다.

그러나 역시, 인도에는 다양성의 통일이라는 이념이 엄연히 존재한다. 그 결합의 요소는 아시아대륙의 긴장된 삼각형의 3변, 아득한 옛날부터 오늘에 이르는 단절없는 문화의 연속, 역사의 수레바퀴, 그리고 혈연과 종교의 기반이었다. 그 혈연은 힌두교도를 이슬람교도와 시크 교도에 결합한다. 그런가하면 종교의 구별은 그 연계를 약화시킨다. 지세(地勢)는 결합되어 있다. 그런가 하면 전달기관의 미발달과 언어의 다양성은 인도를 더욱 분단한다. 이러한 복잡한 요소 속에서 간디와 그의 세대는 하나의 나라를 만들어내는 일에 착수했다.

제4장
쪽(藍 : 마디풀과의 하루살이풀)

어떤 사람이 처음으로 중앙 인도 세바구람에 있는 아쉬람으로 간디를 방문했을 때, 간디는 "내가 왜 영국인에게 인도에서 나가라고 주장하기로 결심했는지 말하겠소. 그것은 1917년의 일이었네." 하고 얘기를 시작했다.

간디는 1916년 12월 인도 국민회의파의 라크노우에서 열린 연차대회에 출석했다. 2301명의 대표와 많은 참관자가 와 있었다. 개회 중 어느 날 인도의 일반 농민들과 마찬가지로 가난하고 수척한 한 농부가 찾아와서, "나는 참파란에 사는 라지쿠말 쉬쿠라입니다. 한 번 우리 지방에 와주십사고 부탁을 드리러 왔습니다."라고 말했다. 간디는 그 때까지 그런 지명을 들은 일이 없었다. 그것은 네팔 왕국 가까이 높이 치솟은 히말라야 산맥 밑에 있었다.

참파란 지방의 농민은 옛날부터 정해진 비율에 따라 수확을 분할하는 소작민이었다. 라지쿠말 쉬쿠라도 그 전 소작민의 한 사람인데, 문맹이기는 하지만 의지가 강한 사람이었다. 비하르 주(^{인도
북동부}) 지주제도의 부정에 관해서 이번 회의파 회의에 호소하러 와 있었는데, 아마 누가 간디를 만나서 의논해보라.고 했던 모양이다.

간디는 쉬쿠라에게 우선 칸풀에 가기로 되어 있고, 그 밖에도 여러 곳에 미리 약속이 되어 있다고 사정을 얘기했다. 쉬쿠라는 계속 간디를 따라다녔다. 간디는 일단 여행을 마치고 아흐마다바드 근교의 아쉬람에 돌아왔다. 쉬쿠라도 아쉬람에 와서 몇 주간이나 간디 옆에서 떨어지지 않았다.

“시일을 잡아주셔요.” 하고 그는 꾸준히 탄원했다.

이 농민의 끈질긴 성격과 호소에 감명을 받은 간디는, “그럼 모월 모일 카르카타에 가서 있을 예정이니까, 거기서부터 당신이 안내해 주시오.” 하고 말했다.

몇 달 후 쉬쿠라가 약속한 장소에서 기다리고 있으려니까 간디가 왔다. 그는 간디의 카르카타에서의 용무가 끝나는 것을 기다렸다. 그리고서 두 사람은 비하르 주 파트나 시(비하르 주의 수도 고도(古都))로 향하는 기차를 탔다. 쉬쿠라는 파트나에서 훗날 회의파 의장과 인도 대통령을 지낸 변호사 라젠도라 프라사드의 집으로 간디를 데리고 갔다. 주인은 마침 부재중이었다. 그 집 사용인들은 쉬쿠라가 전에 쪽〔藍〕 소작인을 원조해 달라는 문제를 가지고 변호사를 찾아온 농부임을 알고 있었으며, 간디도 같은 농민인 줄 알고 두 사람을 마당에서 기다리게 했다. 그리고 간디가 샘에서 물을 먹는 것을 금했다. 이 미지의 인물이 천민일지도 모르며 천민일 경우에는 양동이에 떨어진 물방울이 샘물 전체를 부정하게 한다는 염려 때문이었다.

간디는 쉬쿠라가 설명하는 이상으로 실상을 상세하게 파악하기 위해 우선 참파란에 이르는 도중에 있는 무자츠파르플에 가기로 했다. 그래서 타고르의 샨티니케탄에서 만난 일이 있는 무자츠파르플의 아트 컬리지 교수 J. B. 쿠리파라니에게 전보를 쳤다. 기차는 1917년 4월 15일 밤중에 도착했다. 쿠리파라니는 여러 학생들을 데리고 역에 마중나와 있었다. 간디는 그곳에서 관립학교의 교관인 마루카니 교수의 집에서 이틀을 묵었다. “당시 나 같은 사람을 관립학교 교수가 집에 숙박시킨다는 것은 어려운 일이었다.” 시골 인도인들은 자치를 주장하는 사람에게 호의를 표시하는 것을 두려워하고 있었다.

간디가 왔다는 것과 그 용무가 무엇인지가 곧 무자츠파르플과 참파란에 소문이 퍼졌다. 참파란의 소작 농민들이 자기들의 투사를 보려고 도보나 수레를 타고 일부러 찾아오기도 했다. 무자츠파르플의 변호사들도 찾아와서 간디에게 사건의 개요를 설명했다. 그들은 농민측에 서서 법정에 나간 일이 여러 번 있었기 때문에 소송의 내용이나 변호료 금액에 관해서도 얘기했다.

간디는 소작농민으로부터 받는 변호료가 너무 고액이라고 변호사들을 비난했다. 그리고 "나는 재판소를 이용한 투쟁은 그만둬야 한다는 결론을 얻었습니다. 이런 사건은 재판소에 들고 가도 별 도움이 안 됩니다. 농민이 이렇게까지 압박을 받고 공포에 사로잡힌 곳에서 법정이 무슨 소용이 있겠습니까. 우선 공포에서 해방시켜주는 것이 참으로 농민을 구하는 길입니다."

참파란 지구 가경지(可耕地)의 태반은 영국인이 소유하는 이스테이트(大地區)로 나누어져 인도인이 소작을 하고 있었다. 그 주요한 상품 농작물은 쪽(마디풀과의 한해살이풀)이었다. 지주들은 소작인에게 소작지의 20분의 3, 즉 15퍼센트에 쪽을 재배시켜 그 수확 전부를 소작료로 징수하고 있었는데, 장기계약으로 되어 있었다.

그러다가 독일에서 합성람(合成藍)이 만들어진 것을 안 지주들은 계약서를 회수하고 15퍼센트 계약해소 보상금의 지불을 소작인에게 요구했다.

소작계약은 농민들에게는 복잡한 것이었으므로 대개는 귀찮아서 아무렇게나 서명을 했다. 간혹 반대자가 변호사에게 의뢰하면 지주들은 폭력으로 위협했다. 한편 합성람에 관한 정보가 서명한 무학(無學)의 농민들에게도 알려졌으므로 그들은 지불한 돈을 반환해달라고 요구했다.

사태가 여기까지 이르렀을 때 간디가 참파란에 왔다.

간디는 사실을 확인하는 일부터 시작했다. 우선, 영국인 지주협회의 간사를 만났다. 그 간사가 제3자에게는 아무 정보도 제공할 수 없다고 하자 간디는 자기는 제3자가 아니라고 말했다.

다음에 간디는 참파란 지구가 속해 있는 틸프트 지방의 영국인 지방장관을 방문했다. 장관은 간디를 보더니 오만한 태도로 당장 이 지방에서 떠나라고 말했다.

　　그러나 간디가 떠날 리가 없었다. 간디는 참파란 지구의 중심지 모티하리에 갔다. 변호사 몇 명이 동행했다. 많은 군중이 역에 나와서 간디를 환영했다. 어떤 사람의 집에 가서 그곳을 본부로 조사를 계속했다. 가까운 마을에서 대단히 억울한 일을 당한 농민이 있다는 보고가 들어왔다. 간디는 현지시찰을 하러 가기로 했다.

　　이튿날 아침 코끼리 등에 올라타고 출발했다. 얼마 가지 않아 경찰이 달려오더니 그가 타고 온 차로 시내에 돌아갈 것을 명령했다. 간디는 그 지시에 따랐다. 경찰관은 간디를 집에까지 일단 호송한 다음 즉각 참바라에서 퇴거하라는 정식 고지서를 내보였다. 간디는 고지서를 받았다는 수령증에 서명을 하고 거기에다, '명령에 복종하지 않겠다.'고 썼다.

　　그 결과 간디는 이튿날 출정하라는 소환장을 받았다.

　　간디는 그날 밤을 꼬박 새워서 라젠드라 프라사드에게 비하르에서 유력한 친구를 동반하고 오라는 전보를 치고 아쉬람에는 자기가 없는 동안 어떻게 하라는 지시를 보내고, 또 인도 총독에게 경위를 알리는 전보를 쳤다.

　　이튿날 아침 모티하리는 수많은 농민으로 꽉 찼다. 농민들은 간디의 남아프리카에서의 업적은 모르고 다만 자기들을 구해주려고 온 마하트마가 당국의 압력으로 곤란한 입장에 놓였다는 소문만 듣고 있었다. 재판소를 포위한 수천 명의 자연발생적인 데모대가 그들을 영국인 공포증에서 해방하는 발단이 되었다.

　　재판소 당국자들은 간디의 협력없이는 수습할 수 없다는 것을 알았다. 간디는 그들에게 협력하여 군중을 정리했다. 여기에서 간디는 우호적이고도 예의 바른 방법으로 그 동안 절대적인 것으로 외포(畏怖)의 대성이었던 당국의 힘에 대해서 인도인이 도전할 수 있다는 구체적인 증거를 보여준 셈이었다.

　　이렇게 되자 재판소측이 오히려 곤란해졌다. 검사는 재판관에게 심리(審理)의 연기를 요구했다. 당국은 상부와 상의해야겠다고 생각한 모양이다.

간디는 연기를 거부하고 자기의 유죄를 인정하는 진술을 했다. 즉 나는 이 법정에서 의무의 갈등에 놓여 있다. 한편으로는 법을 위반해서는 안 된다는 입장이고, 다른 편에서는 내가 여기 온 목적——인도적이고 민족적인 봉사를 해야 한다는 입장이다. 이 갈등에서 법률을 존중하지 않기 때문이 아니고 인생의 보다 높은 법률인 양심의 소리에 복종하기 위해 당국의 명령을 무시한 자기에 대하여 적절한 형벌을 스스로 요구했다.

치안판사는 2시간 휴정한 뒤에 판결을 내리겠다고 하면서 120분간을 위해 보석금을 내라고 명령했다. 그러나 간디는 이 제의를 거부했다. 판사는 보석금없이 보석을 허가했다.

법정이 재개되었다. 그런데 판사는 다시 며칠 판결을 보류한다고 말했다. 간디는 그 동안에도 구속을 받지 않았다.

라젠드라 프라사드, 브라쥐키쇼울, 마우라나 마즈하르루 허크 기타 수명의 저명한 변호사가 비하르에서 와서 간디와 의논했다. 간디는 자기가 투옥되는 경우에는 어떻게 하겠느냐고 그들에게 물었다. 선배격인 변호사가 우리는 당신에게 조언하고 원조하기 위해서 왔는데 당신이 감옥에 들어가면 조언할 상대가 없으니까 그대로 돌아가게 될 거라고 대답했다.

"그럼 소작인들에 대한 불법행위는 어떻게 되느냐."고 간디가 다시 물었다. 변호사들은 자리를 옮겨서 상의했다. 그 의논한 결과를 라젠드라 프라사드가 이렇게 기록하고 있다. "전혀 타관 사람인 간디가 이 고장 농민을 위해 투옥을 각오하고 있는데, 가까운 곳에 있고 그 동안에도 농민을 돌봐주고 있었던 우리가 이대로 돌아간다는 것을 부끄러운 탈주행위라고 그들은 생각했다."

그래서 변호사들은 다시 간디에게 간디를 따라 투옥당할 각오가 되어 있다고 말했다. 그러자 간디는 "우리는 이미 참파란의 투쟁에 이겼다."고 외쳤다. 그리고 종이를 펴서 변호사들을 둘씩 둘씩 나누어 각 조가 체포되는 순서를 정했다.

며칠 후, 간디는 치안판사로부터 주 부지사가 기소를 취하하라고 지시했다는 고지서를 받았다. 근대 인도의 역사에서 처음으로 시민적 불복종운동이 승리를 얻은 것이다.

다음에 간디와 변호사들은 농민의 어려운 사정을 더욱 철저하게 조사했다. 약 만 명의 농민의 증언을 기록하고, 기타의 증거도 준비하고, 서류도 수집했다.

그 지역 전체가 조사원들의 활동과 그것에 대한 지주측의 격렬한 반대로 진동했다.

6월, 간디는 주 부지사 서어 애드워드 게이트의 소환을 받았다. 출발하기 전에 동지의 주요 멤버들과 화합하여 돌아오지 못하는 경우에 대비하여 시민적 불복종의 면밀한 계획을 세웠다.

간디는 부지사를 만나 4회에 걸쳐 장시간의 회담을 했다. 그 결과 부지사는 쪽〔藍〕 소작인들의 사정을 조사하기 위한 공적인 위원회를 임명하기로 했다. 그 위원회에는 지주와 정부 관리와 농민측의 단 하나의 대표로 간디가 참가했다.

간디는 처음 7개월 동안 계속해서 참파란에 머물렀으며, 그 후에도 몇 번 단기간 방문을 했다. 당초에 문맹의 한 농민의 요청을 받고 갈 적에는 2~3일에 끝날 줄 알았던 것이 간디의 생애 중 약 1년을 그 곳에서 보내게 되었다.

조사위원회는 영국인 지주들의 비리를 증명하는 산더미 같은 증거 서류를 앞에 놓고 열렸다. 그것을 본 지주측 대표인 대규모 재식자 (栽植者)들은 농민에게 환불할 것을 원칙적으로 동의했다. "그런데 얼마나 반환하면 되는가."고 그들은 간디에게 물었다.

그들은 자기들이 농민을 속여서 빼앗은 돈 전액의 환불을 간디가 요구하리라고 생각했다. 그런데 간디는 5할을 요구했다. 그때 사건의 경위를 옆에서 목격한 참파란의 영국인 선교사 J. Z. 헛지 목사는 다음과 같이 쓰고 있다. "간디의 태도는 바위처럼 확고부동해보였다. 재식자

(栽植者)들 대표는 간디가 양보하지 않으리라고 생각하면서도 2할 5 부를 환불하겠다고 제의했다. 그런데 놀랍게도 간디가 그 제의를 수락했으므로, 막혔던 나머지 문제도 타개되었다.”

이 협정은 전회일치로 위원회에 통과되었다. 간디의 설명에 의하면 환불금액은 어쨌든 지주들이 돈의 일부를 내놓지 않을 수 없게 된 사실과 함께 그들의 위신의 일부를 실추시키게 된 사실을 생각한다면 금액 자체는 그다지 중요하지 않았다. 결과적으로 농민에 한해서는 법률을 무시한 재식자 지주들의 횡포는 좌절되고, 이제야 농민들에게도 권리가 있다는 것이 증명되었다. 그리고 농민의 권리를 옹호해주는 자가 있는 것을 알고 용기를 배우게 되었다.

실제로 간디의 생각이 옳다는 것을 사실이 증명했다. 몇 년 후 영국인 재식자들은 땅을 내놓았다. 토지는 농민의 손에 돌아오고, 쪽〔藍〕의 소작은 없어졌다.

그러나 간디는 그처럼 큰 정치적 경제적 승리에도 불구하고 만족하지는 않았다──일생을 통해서 그렸던 것처럼 참파란 지방 여러 마을의 문화적, 사회적 후진성을 보고, 곧 어떻게 해야겠다고 생각하여 교사들에게 호소했다. 간디의 제자가 된 지 얼마 안 되는 마하데브 데사이와 나르하리 파리크 두 청년과 그들의 부인들이 그 일을 맡겠다고 지원했다. 그 밖에 또 몇 사람이 봄베이, 푸우나 기타 먼 곳에서 달려왔다. 간디의 막내아들 데바다스와 간디 부인도 아쉬람을 떠나 현지로 달려왔다. 6개 마을에 소학교가 개설되었다. 카스투르바이는 개인의 청결과 공중위생에 관해서 아쉬람에서 실시하고 있는 규칙을 가르쳤다.

마을 사람들의 건강상태는 참으로 비참했다. 간디의 요청에 따라 한 의사가 봉사를 지원했다. 약이라고는 아주까리 기름과 키니네와 유화연고(硫化軟膏) 세 가지밖에 없었다. 혓바닥이 하얀 사람에게는 아주까리 기름을, 말라리아 열병에 걸린 사람에게는 키니네를, 피부에 발진이 난 사람에게는 연고와 아주까리 기름을 주었다.

간디는 여성들의 옷차림이 불결한 것을 보고, 카스투르바이에게 한 번 얘기를 하라고 시켰다. 한 여성이 카스투르바이를 자기 집에 안내하여 "보세요. 장롱도 의걸이도 없습니다. 사리는 입고 있는 것 하나뿐입니다." 하고 말했다.

간디는 이렇게 참파란에 장기간 머무르는 동안에도 아쉬람에 편지를 써서 정기적으로 지시를 하고 재정 상태를 묻기도 했다. 어떤 편지에는 뒷간에 냄새가 날 때가 되었으니 흙으로 메우고 새로 파도록 하라고 지시하고 있다.

참파란 사건은 간디 생애의 한 전환점이 되었다. "내가 한 행동은 지극히 당연한 일이었습니다. 그것은 이제 나의 모국에서는 영국인들이 나에게 명령을 강요하지 못한다는 것을 증명했습니다."

그러나 여기서 알아두어야 할 특색은 참파란 사건은 당초에 반항 운동으로 시작한 것이 아니고 곤궁에 처해 있는 농민을 구해야 한다는 구체적인 문제를 가지고 출발해서 점차로 전개되었다는 점이다. 전형적인 간디의 방식이었다. 간디의 정치활동은 많은 사람들의 실제 생활문제와 결부되어 있었다. 말하자면 어떤 추상적 개념에 대한 충성이 아니고 우선 곤궁에 빠진 어떤 사람들을 급히 도와야 한다는 ——인간에 대한 충성이었다.

간디는 또 무슨 일에 있어서나 항상 자기가 놓여 있는 현재의 입장에 서서 활동했으며 동시에 그 목표는 가장 높은 곳에 두고 있었다. 즉 인도의 자유를 달성할 수 있는 새롭고 자유로운 인도인을 양성하려고 시도했다. 참파란 사건 초기에 마하트마 간디의 충실한 동조자가 된 영국인 평화주의자 찰스 프리아 앤드루즈가 피지 섬(남태평양의 군도 영국의 직할식민지)에 용무가 있어서 떠나기 전에 간디에게 작별을 하러 왔다. 간디와 같이 활동하던 변호사 친구들은 앤드루즈가 떠나지 말고 참파란에서 협력해줬으면 좋겠다고 생각했다. 앤드루즈도 간디가 동의하면 그렇게 할 생각이었다. 그러나 간디는 단호히 반대했다. "당신들은 이 싸움에 영국인이 우리 편에 가담해주면 좋겠다고 생각하는 모양입니다마는 그런 생각은 내가 보기에는 당신들 마음이 약하기 때문입니다. 우리의 목표는 적당합니다. 그렇다면 우리 자신의 힘만으로 충분히 싸울 수 있을 것입니다. 앤드루즈 씨가 영국인이라고 해서 의지할 생각을 해서는 안 됩니다."

"간디 옹은 우리 마음을 정확하게 간파하고 있었다. 우리는 대답할 말이 없었다. 간디 옹은 여기서도 자립 정신을 가르쳐주었다." 이것은 라젠드라 프라사드가 술회한 말이다.

행동방식의 자립과 인도의 독립과 곤궁에 빠진 소작인을 구하는 문제——이 세 가지 전체가 밀접하게 연결되어 있었다. 그것이 간디의 방식이었다.

제5장
최고의 단식

간디는 방직 노동자들의 불온한 움직임 때문에 아흐마라바드에 돌아가야 할 사정이 발생하지 않았다면 얼마 동안 더 참파란에 머물러 학교의 운영이나 보건 사업 등의 활동으로 농민에게 봉사하고 있었을 것이다.

아흐마다바드 방직공장 직공들은 월급이 적은데다가 과중한 노동량으로 임금인상과 노동조건의 개선을 요구하고 있었다. 간디도 그들의 요구는 "당연했다"고 말하고 있다.

간디는 아흐마다바드에서 제일 큰 방직공장에 있는 암바랄 사라바이와 친구 사이였는데, 그는 공장주측 지도자였다.

문제를 조사해본 간디는 공장주측에 분쟁의 조정에 응하라고 충고했으나 공장측에서는 거부했다.

그래서 간디는 노동자측에 스트라이크의 결정을 권고했다. 노동자들은 권고에 따랐으며 간디가 지휘를 맡았다. 암바랄 사라바이의 누이 아나수야는 적극적으로 간디를 지원했다.

간디는 노동자들에게 사용자측이 노동자의 요구를 받아들이거나 조정에 응할 때까지는 직장에 복귀하지 않을 것을 엄숙히 서약을 시키고 매일 사바르마티 강 둑 근방에 가지를 펼친 커다란 바냔 나무 그늘에서 스트라이크에 돌입한 노동자들을 만났다.

수천 명이 모여서 간디의 말에 귀기울였다. 간디는 서약을 지킬 것과 평화적으로 행동할 것을 요구했다. 집회를 한 뒤에 노동자들은 '서약을 지키자'고 쓴 기치(旗幟)를 들고서 거리를 행진했다.

그 동안 간디는 사용자측과의 접촉을 계속했다. 그들은 여전히 조성에 응하지 않고 다시 거부했다.

스트라이크는 오랫동안 계속되었다. 노동자들은 지쳐서 점점 집회에 나오는 수도 줄었다. 간디가 매일 되풀이하는 서약의 재인식에 대한 그들의 반응은 이제 자신이 없어보였다. 파업을 어기고 다른 공장에 나가서 일하는 사람도 생겼다. 간디는 한편으로 폭력의 발생을 염려하고 또 한편으로는 노동자들이 공장에 복귀하는 것을 염려했다.

노동자들이 직장에 복귀하는 것은 상상도 못할 일이었다. 간디는 '이 생각의 배경은 긍지일까, 노동자들에 대한 애정일까, 혹은 진리에 대한 염원일까. 누가 그것을 확실히 말할 수 있으랴.' 하고 스스로에게 물었다.

그 생각이 무엇이었든지 간디는 그 신념에 자기를 바치게 되었다. 어느 날 아침 바냔 나무 밑, 노동자들과 모인 자리에서 만약 노동자들이 승리를 획득할 때까지 스트라이크를 계속하지 못하게 될 경우에는 일체 식사를 하지 않겠다고 선언했다.

간디는 단식선언을 할 작정은 아니었다. 미리 작정을 하고 있었던 것도 아닌데 절로 그 말이 나왔다. 간디 자신도 놀라고 청중도 놀랐다. 많은 사람이 감동해서 눈물을 흘렸다. 아나수야 사라바이는 특히 감동했다.

몇몇 노동자들은 "우리도 단식을 하겠소." 하고 외쳤다. 간디는 그럴 필요는 없으며 당신들은 스트라이크를 계속하기만 하면 된다고 말렸으나, 자신은 일단 선언한 바에는 스트라이크가 해결될 때까지 단식할 생각이었다.

간디는 전에 종교적인 이유나 혹은 개인적인 이유에서 단식을 한 일은 있었지만, 공적인 이유로 단식을 하는 것은 이것이 처음이었다.

간디가 단식을 시작하는 날 아나수야와 스트라이크 지도자 몇 명도 같이 단식을 했다. 간디는 그들에게 단식을 중지하고 노동자들을 도와줘야 한다고 설득했다. 아흐마다바드의 바츠라브바이 바텔을 비롯하여 여러 사람들의 협력으로 소수의 노동자에게는 임시로 일거리를 구해줄 수 있었다. 또 일부는 간디의 사바르마티 아쉬람에 새 건물을 짓는 공사에 종사했다.

단식에 돌입한 간디는 자기가 양쪽 사이에 낀 입장에 놓인 것을 알았다. 단식은 원래 노동자들이 서약을 지키도록 고무하기 위한 것이었는데 한편으로는 공장주들에게 압력을 주었다. 친구이며 제자이기도 한 암바랄 사라바이는 간디를 대단히 걱정했다. 그의 아내 살라데뷔도 무척 걱정을 했다. 간디는, 그녀는 "집안 식구처럼 다정하게 염려해주었다."고 쓰고 있다.

간디는 그를 찾아온 공장주들에게 자기의 단식은 당신들을 상대로 하는 것은 아니며, 이때문에 당신들이 영향을 받아서는 안 된다고 말했다. 그리고 자기는 파업자들의 대표이므로 의당 그렇게 취급되어야 한다고 말했다. 하지만 그들에게 있어서도 간디는 마하트마 간디였다. 단식을 시작한 지 3일 후, 공장주측은 조정을 받아들여 21일간에 걸친 스트라이크는 끝났다.

간디는 단식은 파업에 참가한 사람들의 동요를 막기 위한 것이라고 생각했다. 만약 스트라이크가 실패했을 경우에는 노동자들은 오히려 무기력해졌을 것이다. 간디는 바로 그 점을 두려워했기 때문에 스트라이크를 반드시 승리로 이끌어야 했던 것이다. 가난한 사람, 짓밟힌 사람들을 동정할 뿐 아니라 그들의 마음속에 평화적인 위엄이 있는 항의를 환기시키려고 했던 것이다. 그러나 또한 노동자들이 조정에 반대했을 경우에는, 간디는 아마 그 문제에 관해서 단식을 했을 것이다. 조정의 원칙은 간디의 철학의 본질이다. 조정의 원칙은 평화적인 투쟁에서도 자칫하면 나타날 가능성이 있는 폭력이나 강제를 배제하며 모든 사람에게 관용과 화해를 가르친다. 말하자면 간디의 단식은 누구만을 위하거나, 누구만에 대한 것이 아니고 그 창조적 이념을 위한 것이었다.

간디는 이 점을 명백히 말하고 있다. "개인적 이익을 위한 단식은 협박과 다를 게 없다." 실제로, 아흐마다바드 방직노동자들의 스트라이크에 관한 간디의 단식은 개인적으로 이익이 되는 것은 아무것도 없었다. 공장주들은 그것을 알고 있었으며, 또한 그렇기 때문에 감동했던 것이다. 그들은 간디의 사인(死因)이 되고 싶지 않았다. 그러나 가령, 단식을 한 사람이 봄베이 주 장관이었다면, 어쩌면 그들은 '죽게 내버려 두자'고 했을지 모른다. 그 사건이 있은 후, 간디 자신도 "나는 나를 사랑하는 사람들을 개조하기 위해 단식한 것이다. 폭군에 대해서 단식하지는 않는다."고 말했다. 공장주들은 간디에 대해서 깊은 애정을 품고 있었기 때문에 두려워했던 것이며, 간디의 태도가 어디까지나 무사의 희생인 것을 알고 있었기 때문에 자기들의 이기심을 부끄럽게 여겼던 것이다.

간디는 "나는 악을 근절하기 위해서라면 아버지에 대해서 단식을 할 수 있겠지만 유산상속을 위해서는 단식하지 않는다."고도 설명했다. 간디가 단식을 한 것은 당장의 임금인상보다는 오히려 방직산업에 평화를 증진시키는 조정제도를 부당하게 반대하는 사용자(공장주)들의 마음을 바로잡기 위한 것이었다.

실제로, 그때 간디의 '단식'은 지금까지도 계속되고 있는 평화롭고 타협적인 조정제도를 이루어놓았다. 필자는 1948년 아흐마다바드를 방문하여 자본가측이나 조합측이 그 유효성을 신뢰하고 있는 것을 알았다. 간디는 조정위원회 상임위원으로 그 활동에 참가했다.

이를테면 1936년 9월, 아흐마다바드 공장주협회는 방직노동자협회에 임금 20퍼센트 인하를 인정할 것을 요구했으나 노동자측이 거부했기 때문에 조정이 필요하게 되었다. 사용자측은 카스투르바이 라알바이라는 공장주를 대표로 임명하고 노동자측은 마하트마 간디를 내세웠으며, 중립에 선 중재위원장은 서어 고빈드라오 마드가브칼이었다.

공장주측은 약 8만 명의 노동자를 사용하고 있는 공장이 최근, 외국과의 경쟁과 세계적인 불황 때문에 손해를 보고 있으므로 현행 급여를 지탱하지 못한다고 설명했다.

　회사 장부나 기타 관계자료를 검토한 간디는 다음과 같은 점을 확인했다. "회사측이 이익을 보지 못하게 되어, 사업을 계속하기 위해 자기 자본에 의존하지 않을 수 없게 될 때까지는 임금인하를 해서는 안 된다. 임금이 생활유지에 충분한 수준에 미달할 경우에는 인하해서는 안 된다. 노동자들이 공장을 자기들의 재산처럼 소중하게 여기는 경우를 상정할 수 있다. 그런 경우에 노동자들은 공장을 위기에서 구출하기 위해 마른 빵껍질을 먹는 최저생활을 하면서도 주야로 열심히 일할 것이다. 자발적으로 당면한 문제와 관계가 없을지 모르지만."

　간디는 또 어떤 글에 "노동자들이 주주들과 동등하게 간주되며, 따라서 회사의 업무에 관해서 정확한 지식을 갖게 되는 것이 산업의 번영을 위해서 필요하다."고 말한 일이 있다.

　마지막에 간디는 "양자(兩者)가 인정하는 모든 노동자의 등록부에 의거하여 방직노동자협회 이외의 기관으로부터 노동자를 채용하는 관습은 폐지해야 한다."고 제언했다. 이것은 서양 근대의 클로즈 숍(closed shop)의 개념에 가깝다.

　공정한 중재위원장은 간디의 의견에 찬성하여 임금인하를 부인하는 재정(裁定)을 내렸다.

제**6**장
양유(羊乳)

　"용감한 사람과 용기가 없는 사람 사이에서는 협력이 불가능합니다. 우리는 겁쟁이로 간주되고 있기 때문에 이 불명예를 씻으려면 무기 사용을 배우지 않으면 안 됩니다.'

　이것은 제1차 대전 중 영국군을 위해 인도인 모병 활동에 종사하던 간디가 1918년 7월에 한 말이다. 그는 또 다음과 같이 말했다.

　"우리는 캐나다, 남아프리카, 오스트리아 같은 자치령으로서 대영제국의 협력자가 돼야 합니다. 그러기 위해서는 무기를 손에 들어 사용하는 능력, 즉 자위 능력을 지니지 않으면 안 됩니다……무기 다루는 방법을 되도록 빨리 습득해야겠다고 생각한다면 모병에 응하는 게 우리들의 임무입니다."

　간디가 이 연설을 한 곳은 서부 인도에 있는 그의 고향 구자라트의 케러 지구였다. 그 해 3월에는 흉작으로 인해 농민의 면세를 받기 위해서 사티야구라하 운동을 지도한 바로 그 지방이었다. 면세를 위한 시민적 불복종 투쟁은 부분적인 성공을 했다. 유복한 농민은 납세를 했지만 가난한 농민은 세금을 내지 못했다.

　농민들은 불복종운동을 할 때에는 그의 지도에 따랐으며, 식사나 차의 편의를 제공했는데 이번에 모병하러 갔을 때에는 차를 내주지도 않았다. 간디와 그의 소수의 일행에게 식사 제공조차 거부했다.

　간디는 그때 농민들에게 "당신은 비폭력을 신봉하는 사람이면서 어떻게 남에게는 무기를 손에 잡으라고 하느냐."라든가, "정부가 인도를 위해서 무슨 좋은 일을 해주었는가?"라는 질문을 받았다고 기록하고 있다.

이런 질문에 간디는 다음과 같이 대답했다. "제국 내부에서의 협력을 우리는 명확한 목표로 삼고 있습니다. 우리는 가능한 한에서 인내해야 합니다. 제국을 방위하기 위해서는 생명도 내던져야 합니다. 만일 제국이 멸망하는 경우에는 우리들의 숙원도 좌절되고 말 것입니다."

청중은 인도의 자유와 교환하는 조건이라면 나가서 싸우겠다고 말했다. 간디는 이 조건에 반대하여 영국의 전시하(戰時下)의 곤란한 입장을 이용하는 것은 옳지 못하다고 강조했다. 간디는 영국을 신뢰하고 있었던 것이다.

이 케러 지구에는 주민 평균 1000명 규모의 마을이 600개나 되었다. 한 마을에서 평균 20명씩 응모해주면 만2천 명이 된다는 게 간디의 계산이었다. 간디는 목소리를 높여 말했다. "전사를 하면 자기뿐 아니라 마을과 나라도 불멸이 되게 한다." 그리고 역시 하사관 같은 말투로 여성에 대해서는 남자들의 사기를 고무해달라고 호소했다.

간디의 노력은 헛수고가 되었을 뿐 아니라, 단 하나의 성과로 중병에 걸렸다. 그는 보통 땅콩 버터와 레몬만을 먹고 있었는데 이 빈약한 식사와 신체에 끼친 과로 그리고 유세에 실패한 낙담이 겹쳐서 이질에 걸린 것이다. 간디는 이 병을 단식으로 극복하려 했다. 약도 주사도 거부했다. "당시 나는 주사에 대해서는 전혀 무지했다."고 스스로 말하고 있다. 간디는 주사와 혈청을 혼동하고 있었다.

중병을 앓는 것은 이번이 처음이었다. 체력도 쇠약해지고 마음도 약해져서 아무래도 죽는가 했다. 그러다가 어떤 개업의——간디는 그를 '나처럼 이상한 사람'이라고 불렀다——가 얼음 요법을 해보자고 제안했다. 체외의 것이라면 뭐든지 다 좋다고 간디는 대답했다.

과연 기이하게도 이 치료가 효과가 있어 식욕이 나기 시작했다. '이상한 사람'——의사는 생명을 지니지 않는 달걀 즉 무수정란을 권했으나 간디는 완고히 거부했다. 그러자 의사들은 우유를 권했다. 하지만 소가 얼마나 잔혹하게 착유(搾乳)를 당하고 있는지 잘 아는 간디는 영구히 우유를 먹지 않기로 결심하고 있었으므로 이것도 거부하여 "나는 우유도 절대 안 먹기로 맹세했다."고 말했다.

그래서 카스투르바이가 강경한 투로 "우유는 안 된다 해도 양유(羊乳)는 괜찮겠지요?"라고 물었다.

'봉사를 원하는 희미한 유혹'을 모면하지 못했다고 고백할 만큼 아직은 죽고 싶지 않았다. 신체가 정상적인 상태였다면 간디의 의지는 카스투르바이의 제안을 거부했을 것이다. 그 제안을 거부 못했다는 사실이 그가 얼마나 우유를 필요로 하는 상태에 있었는지를 말해준다.

간디는 훗날 양유를 먹은 것은 '맹세를 어긴'일이었다고 썼으며 그것을 늘 자책했다. 말하자면 약점의 노출이었다. 그러면서도 생애의 마지막 날 저녁 식사 때까지 양유를 먹었다.

카스투르바이의 강요가 간디로 하여금 서약을 어기게 했다. 간디는 인간도 정부도 형무소도 빈곤도 죽음도 다 무섭지 않았지만 아내는 무서웠다. 그것은 죄책감과 뒤섞인 두려움이었다. 간디는 아내를 더 이상 괴롭히고 싶지 않았다. 그렇잖아도 아내를 너무 많이 고생시켰기 때문이다.

열렬한 간디주의자인 G. 라므찬드란은 스승에 관한 《일화집》을 써 남겼는데, 그 진실성은 독립 인도의 초대 총독이며 데바다스 간디(간디의 4남)의 장인인 C. 라자고파라차리가 사실임을 보증하고 있다. 라므찬드란은 약 1년간 사바르마티 아쉬람에서 생활을 했는데 그 무렵 어느 날 일을 회상하여 다음과 같이 기록하고 있다. "점심 식사 후 카스투르바이가 부엌 설거지를 마치고 낮잠을 자러 옆방에 들어갔다. 거기에 간디가 와서 부엌에서 카스투르바이의 조수 노릇을 하는 청년에게 오라고 손짓을 하여 한 시간쯤 후에 손님이 몇 분 올 테니까 식사를 차려내야겠다고 낮은 소리로 말했다. 그리고서 입술에 손가락을 대고 카스투르바이가 쉬고 있는 방을 슬쩍 쳐다보고는 "바아(어머니 여기서는 부엌 어머니 즉 카스투르바이)가 깨지 않게 조심해. 알겠지? 바아가 화내지 않게 말야. 나중에 바아가 나한테 항의를 하지 않게 하면 자네는 썩 잘 한 거야.”하고 덧붙였다.

라므찬드란에 의하면 바아가 잠에서 깨지 않게 하기 위해 약간 성급했던 간디는 몸을 돌려 부엌에서 급히 나간다는 것이 그만 커다란 놋그릇 쟁반을 바닥에 떨어뜨려 그의 조심은 수포로 돌아가고 말았다.

그날 저녁 기도를 마친 뒤에, 바아는 마하트마에게 항의를 했다. 왜 간디는 카스투르바이를 깨워서 손님대접을 부탁하지 않았을까.

“설거지가 벌써 끝난 뒤였기 때문에 당신에게 미안해서 그랬어.”하고 간디는 사과했다.

“나한테 미안하다구요?” 카스투르바이는 어이없다는 듯 웃었다.

라므찬드란은 “하지만 그것은 정말이었다.”고 주석하고 있다.

이질을 앓고 몹시 쇠약해진 간디는 평상시보다도 아내를 걱정하고 어려워했다. 그 후로는 약 30년간 양유를 먹었다.

영국군을 위해 모병 운동을 한 것은 간디의 또 하나의 약점이었다. 필자는 1942년 그 문제를 간디에게 물어보았다. 간디는 그때 남아프리카에서 돌아온 지 얼마 안 되는 무렵이었으므로 쟈기가 놓인 입장도 잘 모르고 딛고 선 땅이 불안정했다고 설명했다. 말하자면 당시의 간디는 민족주의와 평화주의 사이에 극복하기 어려운 장벽에 직면하여 어떻게 하면 좋을지 모르고 있었다.

가령 그렇게 할 생각이면 전쟁협력을 거부하는 것은 가장 편한 길이고 가장 쉬운 길이었을 것이다. 인도 민족주의자들은 대개가 그렇게 했다. 그들은 우리는 자유를 지니지 못했기 때문에 전쟁에 가담하지 않는다고 말했는데, 그 평화주의의 스커트 밑에는 노골적인 민족주의가 잠복하고 있는 것이 환히 보였다. 다시 말하면, 그것은 인도가 자기 정부를 가지고 있을 경우에는 적을 죽이기 위해 징병할 수 있다는 의미가 된다.

그러나 1918년에 간디가 직면한 문제는 단순한 민족주의 이상으로 보편적인 것이었다. 어떤 의미에서는 시대와 관계가 없다고 할 만큼 보편적인 문제였다. 가령 국가가 외부로부터 침략을 당할 경우 국민은 어떻게 할 것인가. 양심에 충실한 평화주의자는 비록 신체의 속박을 당할지라도 입옥을 택할지도 모른다. 혹은 적극적으로 징병이나 기타 군사적 조치를 인도적 입장에서 용감하게 취할지도 모른다. 이는 단순히 도덕적 견지에서만 평가한다면 귀중한 교육적 시위행위라고도 볼 수 있겠지만 그러나 전 국민이 이 모범에 따라 전투를 거부한다고 가정하면 어떻게 될까.

1918년 당시의 인도인으로서는 두 가지 입장을 생각할 수 있었다.

100퍼센트의 인도인 평화주의자일 경우, 전쟁을 기피하여 종래대로 식민지의 지위에 머무르는 것을 감수할 수 있다. 한 국가로서의 인도라면 전쟁에 대비하느냐 파멸에 속수무책으로 있느냐 하는 기로에 직면하는 것이지만, 식민지 인도로서는 예종 상태에 있는 모국의 전시협력을 거부할 수 있기 때문이다. 그러나 간디는 장차 독립국으로서의 인도를 바라고 있었기 때문에 그 입장을 택할 수 없었다.

또 100퍼센트의 인도인 민족주의자일 경우, 그것은 영국의 전쟁이니까 우리는 상관없다고 해서 기피할 수 있을 것이며 혹은 그 기회를 이용하여 인도 해방을 위해 영국에 도전할 수도 있을 것이다.

그러나 간디는 인도의 장래에 관해서 영국과 비폭력적인 방법으로 해결에 도달하기를 원하기 때문에 그런 입장에 설 수 없었다.

그래서 간디는 1918년 대영제국을 받아들여 서서히 평화적으로 독립을 달성한다는 방향에서 민족주의와 타협했다. 이 타협적인 입장을 선택하자 너무나 솔직한 간디는 평화주의자로서 오해받을 염려를 무릅쓰고서 인도 민중 사이에 모병을 호소했던 것이다.

이리하여 간디는 그 정치적인 면에서 민족주의와 평화주의의 불가피한 갈등에 말려들었다. 그리고 종교적인 면에서는 비폭력과 인류애를 주장하고 실천도 하여 그 갈등을 해결하려고 애썼다.

이 이분법이야말로 마하트마 간디 생애의 비극이었다.

제7장
영국의 인도 통치자

간디가 그 만년 30년간 즉 1918년부터 1948년에 이르는 동안 주요한 투쟁의 상대로 한 것은 첫째는 자기 자신, 둘째는 자기 동포인 인도인, 셋째는 영국이었다.

태고부터 근대에 이르기까지 인도는 26회의 침략을 당했다. 영국의 침략은 마지막이었다. 5세기 말까지의 인도 정복자들은 모두 육로를 거쳐서 들어왔다. 또 바부르(무갈 제국의 통치자. 본 명 자힐 우딘 무하마드)를 제외하면 모두가 오늘의 소비에트령 토르키스탄으로 알려진 곳을 거쳐서 접근하여 힌두쿠시 산맥을 넘었다. 그 산마루 고개는 해발 12000피트 내지 16000피트이며 좁은 카이발 고개로 통하여 스레이만 산맥과 인더스 강 기슭으로 나온다.

앗시리아의 세미라미스 여왕이 B. C 2~3세기 토르키스탄 경유(輕油)로 인도에 군대를 파견한 일이 있었다. 페르시아의 키루스 왕이 B. C 530년에 역시 군대를 파견했다. 북서 인도는 페르시아의 지배 밑에 있었다(인도인은 아마 마라톤에서 그리스 인과 경쟁했던 것 같다). 그러다가 마케도니아의 알렉산드르 대왕이 4만 명의 군사를 이끌고 그리스를 석권하더니 삽시간에 시리아, 이집트, 팔레스티나를 정복하고 아르베라에서 페르시아를 격파한 다음 암강과 사마르칸드를 진격하여 힌두쿠시 산맥을 넘어 B. C 326년 인도에 침입했다. 그 나이 30세였다. 철학자 아리스토텔레스의 제자인 알렉산드르는 19개월간 머물러 있다가 인도인 철학자 몇 사람을 동반하여 귀로에 올랐는데, 2년 후 바빌로니아에서 사망했다.

그리스 인과 뒤이어 로마 인이 인도의 과학을 서양에 전달했다. 소위 '아라비아 숫자'는 인도에서 발명된 것이고, 제로(零)의 개념도 인도인이 고안해낸 것이다. 1 다음에 4가 오면 14이고, 4 다음에 1이 오면 41이라는 세계 공통의 숫자 배치법도 인도인의 두뇌가 발전시킨 것이다.

칭기즈 칸, 티물, 나딜 샤아 등등 인도의 부와 신비에 매혹된 정복자들——많은 전설로 널리 알려——은 인도의 역사에 그 손톱자국을 찍어 약탈품과 학문을 토산품으로 가지고 돌아갔다.

콜롬부스가 3척의 스페인 선을 이끌어 신대륙 아메리카를 발견하고서 5년 후, 1497년 7월 8일 포르투갈 선 3척——제일 큰 배는 150톤——을 거느리고 출항한 바스코 다 가마는 1498년 5월 17일 인도의 남서 해안에 닻을 내렸다. 이로부터 해로(海路)에 의한 침략이 개시되었다.

1493년에 체결된 로마 법황과 스페인의 협정에 따라 당시 세계적으로 큰 세력이던 포르투갈은 남서 아시아 지역에서의 로마 카톨릭 교의 독점권을 장악하게 되었는데, 그럼에도 불구하고 그것은 16세기 초루에 있어 네딜란드가 인도 현지 몇 군데에 이익이 많은 상관(商舘)을 설립하는 것을 방해하지 않았다. 몇 년 후에는 프랑스가 그 뒤를 따랐다. 그들은 본국에 호초(胡椒)나 육계(肉桂) 같은 향신료를 보냈다.

영국은 처음에 강대한 포르투갈 세력을 침범하기를 주저했다. 그래서 열대인 남아시아에서는 필요로 하지 않는 판매용 양모(羊毛)를 가지고 있었기 때문에 중국의 한냉지로 통하는 북서항로와 북부유럽으로 돌아가는 북동항로를 모색해보았으나 실패했다. 그러다가 1588년 7월 스페인의 무적함대에 승리를 하여 자신이 생긴 영국은 스페인의 맹우인 포르투갈에 도전하여 1591년 드디어 최초의 원정대를 인도양에 파견했다. 그 후 영국의 진출은 스페인이나 포르투갈과 싸우면서 계속되었으며 그들 경쟁자 사이에 화평이 성립된 뒤에는 교역이 더욱 왕성해지고 경쟁은 상업면에서 격화되었다.

1600년 런던에 '동인도회사'가 설립되었다. 그 특허는 1609년에 갱신되어 아시아 전역에 걸쳐서 무기한으로 영국의 무역을 독점하는 권한이 이 동인도회사에 부여되었다.

상업활동에서 전쟁이 윤활유가 되었다. 야심적이고 침략적인 네덜란드는 본국의 군사력를 배경으로 인도에 있는 포르투갈 조계(租界)에 공격을 시도하여 영국의 지원을 받아 상당한 성공을 거두었다. 1625년에는 영국과 네덜란드의 함대가 포르투갈을 격파했다. 승리자들은 승리품을 나누어 차지했다.

영국은 1642년에는 네덜란드와의 연합을 버리고 포르투갈의 맹우가 되었는데 이 새로운 동맹의 보수로 영국 상인은 마카오를 제외한 아시아에 있는 포르투갈의 전영토에서 자유롭게 교역할 수 있다는 편익을 얻었다. 10년 후 영국은 유럽에서 네덜란드하고 개전했으며 인도 현지에서는 영국과 포르투갈이 합세해서 네덜란드와 싸웠다. 1654년 전쟁이 끝났을 때에 영국은 네덜란드의 희생 위에 인도에서의 세력을 확장하게 되었다.

동인도회사는 전쟁 인도 각 지방 무장들과 결탁한 음모, 교활한 상술 등 온갖 수단으로 부를 축적하고 세력을 확대해나갔다. 17세기 전반에 영국은 인도로부터 면제품, 쪽[藍], 약종, 옷, 사탕(砂糖), 융단 같은 물건을 수입하고 있었다. 인도 켈리코우(폭넓은 무명)는 영국 주부들이 특히 좋아했다. 그 대상으로는 폭넓은 나사(羅紗)나 공업용 금속 그리고 금을 인도에 가져왔다. 1668년, 동인도회사는 영국 왕으로부터 미개발이기는 하지만 좋은 항구와 전에 포르투갈령이던 봄베이 조계를 얻었다. 그리고 칙허(勅許)를 얻어 동해안에 있는 마드라스에도 영국의 진지를 구축했다. 당시, 인도 이슬람교도의 황제 즉 무갈 조(朝) 황제와 봄베이 동쪽 부나를 중심으로 하는 남중부 인도의 힌두교도로서 호전적인 마라타 족이 서로 반목하고 있었기 때문에 이 정세에 편승해서 동인도회사는 돈벌이와 제국주의와의 제휴를 선언할 수 있었다. 그리하여 동인도회사는 1687년 12월 '앞으로 영구적이고 광대하며, 안정된 영국령 인도'의 토대가 되는 문관제도와 군사조직을 만들 것을 본국에 제안했다.

영국의 세력은 가속적으로 커져갔다. 그 수법은 간단했다. 이를테면 1749년 초 남동해안 탄죠울 국 국왕 샤후지가 대립자에게 왕위를 빼앗겼다. 〈케임브리지 인도사〉에 의하면 샤후지 왕은 왕위 탈환을 원조한다는 조건으로 코레룬 강이 벵갈 만으로 나가는 곳에 있는 데비코타이 시를 영국인에게 제공했다. 수일간의 포위공격으로 데비코타이는 함락되었다. 그런데 영국인이 쓴 이 역사책은 "영국인은 그 왕국의 영토를 장악했다. 하지만 샤후지를 복위시킨다는 약속을 지키려고 하는 사람은 아무도 없었다."고 기록하고 있다.

영국인에게 학대당한 인도인에게 프랑스 인으로부터 협력을 제의해 오는 경우도 있고 인도인이 먼저 프랑스 인에게 원조를 요청하는 경우도 있었다. 지방 태수 시라지 웃 두라는 데리(^{중북부의 주. 무}_{갈 제국의 수도}) 지방 무갈 세력의 불화를 틈타서 벵갈을 손아귀에 넣었다. 영국인은 그가 너무 강대해지는 것을 방지해야겠다고 생각했다. 승패가 나지 않는 소규모의 전투가 계속되었다. 한번은 시라지 웃 두라가 영국인 군대를 격파하여 그들의 일부를 캘커타의 블랙홀에 가두어 많은 사망자가 나왔다. 그러다가 1757년 1월 2일 로버트 크라이브라는 젊은 영국인 장교가 캘커타를 탈환했는데, 시라지 웃 두라에게 굴욕적인 조건을 강요했기 때문에 이 태수는 프랑스와 제휴했다. 그 영국인에 의하면 이에 대해서 영국측 워트슨 제독은 태수를 협박하여 이렇게 말했다. "갠지스 강물을 다 퍼부어도 끄지 못할 만큼 이 나라에 큰 불을 내겠다." 이 말에 겁이 난 이슬람교도 지배자는 그만 위축되고 말았으므로 전략적인 벵갈 지역에서 그의 프랑스 인 동맹자를 몰아내는 것을 촉진하게 되었다. 태수는 그대로 물러나지 않았다. 프랑스 인 고문도 일부는 잔류했다. 그러다가 영국측의 공격에 호응하여 반란이 일어나 결정적인 국면이 왔다. 크라이브 대령은 800명의 영국병사와 220명의 인도인 용병을 거느리고 1757년 6월 23일 프래시 전투에서 드디어 태수의 5만 병력을 패주시키는 데 성공했다. 시라지 웃 두라는 처형되고 그의 대립자——영국측과 내통한 반란의 주모자가 괴뢰 정권을 세워 후계자가 되었다. 이제야 벵갈 주 전체가 영국의 식민지가 되었다. 크라이브는 무식하고도 솔직하게 로버트 오움에게 이렇게 써 보냈다. "나는 당신이 역사책을 계속 써나갈 자료를 많이 가지고 있는데, 거기에는 전투, 간계, 기만, 책모, 정치 등 모든 게 다 나온다." 그것이 소위 정치의 진상이었다.

벵갈 총독 워렌 헤스팁스는 궁정음모(宮廷陰謀) 등 온갖 수단으로 영국의 확장정책을 계속했다. 1788년 2월부터 1795년 4월까지 탄핵재판을 받은 그는, 그 법정에서 영국의 인도 통치는 청렴하지도 않고 공정하지도 않으며 인도인의 복리는 전혀 고려되지 않고 있다고 밝혔다.

영국인들은 당시의 인도에서는 그것이 보통이었지만 대개의 경우 부당한 수단에 의하여 광대한 인도 아시아대륙에 종횡으로 세력 범위를 확대해갔다. 동인도회사는 일부 지역에서는 직원을 통해서 직접 통치했으나 나머지 다른 지역에서는 그들의 정책에 이용가치가 있는 힌두교도의 마하라자(大王)나 이슬람교도의 나워브(太守)들을 뒤에서 조종했다.

포르투갈 인은 몇 군데 항구에 갇히고 네덜란드 인은 쫓겨나고 말았으며, 프랑스 인의 세력은 아직은 상당하지만 점점 쇠퇴해가고 있었다. 1786년 프랑스의 혁명가 미라보는 프랑스의 인도 침입을 지원해줄 것을 러시아 황제에게 요청한 일이 있었다. 나폴레옹의 이집트 원정은 인도에서 세도를 부리는 영국인을 타도하는 제1보로 취해진 조치였다. 동부 지중해에서의 제패에 실패한 나폴레옹은 센트 페테르부르크의 바벨 1세에게 편지를 보내어 인원과 양식을 약속할 테니까 인도에 진격하라고 권고했다. 바벨은 이 권고에 동의하여 돈 카자크의 수장 오르로프 장군에게 명령했다. "인도의 부는 원정의 대가로 모두 그대의 것이다." 러시아는 부와 통상을 장악하여 적의 심장을 분쇄

한다고 바벨은 쓰고 있다. 적이란 물론 영국을 가리킨다. 그리고 "내가 소장하는 지도를 모두 동봉한다. 히바와 암 강으로 향해서 길을 잡아라."고도 써 있다.

바벨은 그 후 또 급사를 파견하여 다른 지도를 보냈다. 하지만 오르로프 장군은 우랄 산맥을 넘지 않았다. 바벨이 불가사의하게 살해되고, 러시아와 프랑스의 동맹이 해소되었다. 그러나 그 동맹은 2, 3년 후 갱신되어 나폴레옹과 바벨의 후계자인 알렉산드르 1세가 1807년 동 프로샤의 틸지트에서 회견했을 때, 다시 인도 공격을 계획했다. 소비에트의 공문서 도서관에는 1808년 2월 2일 나폴레옹이 알렉산드르 1세에게 써 보낸 편지가 보존되어 있는데, 그 편지에서 나폴레옹은 인도를 정복하기 위한 노불 동맹군을 결성하자는 제안을 하고 있다. 나폴레옹은 "영국은 포로가 될 것이다."고 예언하고 러시아가 아시아에서 영국에 대항하는 대가로 스토크포름을 주겠다고 약속했다.

그것은 공허한 꿈이었다. 얼마 가지 않아서 인도의 프랑스 인 세력은 연안 지방 일부에 제한되고 말았다. 1818년 영국이 남중부 인도의 대 마라타 국을 괴멸시키자 영국의 지배에 대한 마지막 조직력 도전은 없어졌다. 앞으로는 마무리 작업이 남아 있을 뿐이었다.

인도가 예종의 길로 전락하는 동안에 영국에서는 산업혁명이 진행되고 있었다. 1764년 방직기 발명, 1768년 제임스 와트의 증기기관 발명, 그리고 1785년 동력기계 발명으로 영국은 직물 생산국이 되고 수출국이 되었다. 이제 인도의 면제품은 영국에서 수요가 없어졌으며 종전과는 거꾸로 영국이 인도의 주민에게 직물이나 기타 공장제품을 수출하게 되었다. 그것이 1806년에는 약 1억 4천만 파운드에 다다랐다.

이에 따라 인도의 산업은 쇠미해져갔다. 인도의 부는 이윤이나 약탈품으로 영국에 흘러들어갔다. 인도는 수공업도 타격을 받았다. 인도는 순전한 농업국으로 위축되었다. 농촌에는 도시에서 실업한 인구가 흘러들어 범람했는데, 식량을 충분히 생산하지 못했다. 영국측 사료에 의하면 1800년부터 1825년 사이에 기근에 의한 인도민중의 사망자는

100만 명이었는데, 그것이 1825년～50년 사이에는 400만, 1850～75년 사이에는 500만, 1875년～1900년 사이에는 1500만 명이나 되었다.

영국은 간지(奸知)와 폭력으로 18세기 후반부터 19세기 초의 반세기에 이르는 기간에 인도를 병합했다. 인도 각 지방의 많은 번 왕들은 불만스러운 일을 겪고 혹은 강제로 실각당하기도 했다. 법과 질서와 공평한 과세제도를 도입하려고 하는 영국의 시도는 이미 겪은 손실을 수습하고 있는 사람들에게 오히려 더 초조한 느낌을 주었다. 널리 만연된 경제적 핍박 때문에 사회 전체가 점점 더 불온해져서 언제 어디서 불이 붙기 시작할지 모르는 상황이었다. '인도'는 아직 완전히 순응하고 있지는 않았다. 한편 영국인들도 그 후에 습득한 통치기술——견고하고도 부드러우며 표면으로는 의도를 분간할 수 없을 만큼 은근한 통치기술을 아직 터득하고 있지 않았다.

1857년～1757년에 있었던 플라시 전투로부터 꼭 100년이 되는 해, 영국의 지배가 끝날 것이라는 힌두교의 예언이 떠돌았다. 과연 세상이 소란해졌다. 전쟁——공식적으로는 세포이 반란이라 불리는 전쟁이 일어났다. 세포이란 동인도회사의 인도인 용병이란 뜻이다. 직접 도화선이 된 것은 인도군에게 배부된 영국제 탄약이었다. 그 총탄은 총에 끼울 때 일단 입에 물어야 하며, 쇠기름과 돼지기름이 발라져 있었다. 힌두교도는 쇠기름을 기피하고 이슬람교도는 돼지기름을 기피한다. 분격을 자극하는 조건이 공교롭게도 고르게 되어 있었다. 드디어 인도 병사 부대가 반란을 일으켰다. 그러나 영국 당국은, 벵갈 지방 인도인 부대는 기아에 허덕이는 농촌과 밀접하게 제휴한 우애조합으로서 영국군의 제복을 입은 인도인 병사는 누더기를 걸치고 허기진 농민들과 결합되고 있었던 것을 인정하고 있다.

많은 부대가 봉기하여 한 부대는 델리 시를 장악했다. 주도권은 이슬람교도가 쥐고 있었다. 사회 전반에 걸쳐서 영국인이 도입한 새로운 제도를 폐기했다. 철도 전신도 불통되었다.

쌍방이 서로 살육했다. 인도 병사는 영국인 사관을 죽였다. 한편

비나레스에서는 반란자뿐 아니라 거동이 수상한 사람이나 소란하게 따라다니는 어린이들까지도, 홍분한 사관이나 사형집행인을 자원하고 나선 민간 영국인의 손에 잇따라 처형되었다. 〈케임브리지 인도사〉가 그렇게 전하고 있다. 대진과 공위전(攻圍戰)에서도 많은 피가 흘렀다.

그러나 반란은 계획이 없고 통일이 없으며 지도자도 없는 절망적인 행동이었기 때문에 몇 달이 걸리기는 했지만——필연적으로, 복종하는 인도인 지원을 받은 영국 측에 의해 진압되었다. 〈케임브리지 인도사〉에 의하면 평화가 회복되자 동인도회사는 '영국 모든 정당의 반란을 발생시킨 책임은 동인도회사에 있다.'는 일치된 압력에 의해 폐지되었다. 그리하여 1858년 빅토리아 여왕이 인도 정부를 장악하여 로드 캐닝을 초대 부왕으로 임명했다. 그로부터 1947년 8월 15일에 이르기까지 89년간 인도는 대영제국의 식민지로 압제 밑에 놓이게 되었다.

피와 약탈의 시기는 일단 끝났다. 영국의 정치이념이 어느 정도 인도 통치에도 침투되어갔다. 영국인은 황야의 일부를 개간, 관개하기도 하고 교통, 통신 기관을 개선했다. 인도에서 2~30년간이나 근무를 한 영국인 관리들 중에는 인도가 고향처럼 느껴져 영국에 돌아와서는 오히려 이국에 온 것 같은 느낌이 드는 예도 있었다. 그들은 몸과 마음을 인도에 바쳐 여러 가지 어려운 문제를 해결하려고 애를 썼으며, 그 때문에 건강을 상한 사람도 있었다.

그러나 인도에서 거주하는 영국인은 말하자면 제 5 의 카스트인 동시에 최고의 카스트였다. 마지못해 인도인과 같이 회식하기는 했지만, 통혼하는 예는 좀처럼 없었다. 영국인은 브라만(제 1 계급)이나 크샤트리아(제 2 계급) 위에 도사리고 있었으며 그들에게 인도인은 모두가 불가촉천민이었다. 인도에서 살고는 있지만 결코 인도 사람은 아니었다. 말하자면 영국인은 교실을 정숙하게 유지하면서 아동에게 읽기, 쓰기, 산수, 2열 행진 같은 것을 가르치는 것처럼 보이지만 실제로는 아무것도 가르쳐주지도 않고 도와주지도 않는 위선적인 교사였다. 오히려 영국인은 자기들을 동물을 길들이는 조교사로 생각하고 있었다.

결국 어린이들을 천한 동물처럼 생각하고 있다는 뜻이었다.

영국인은 남의 집에 들어가서 주인노릇을 하는 것과 같다고 비유할 수 있다. 그들의 존재 자체가 인도에 대한 모욕이 아닐 수 없었다. 아무리 그들 가운데 가장 착한 사람들의 가장 훌륭한 선의가 있었다 하더라도, 전체로 보아 그들의 모든 행동 자체가 인도에 대한 모욕이 아닐 수 없었다. 영국인은 자기들이 잘 해주는데도 인도인은 은혜를 모른다고 불평을 했다. 그러나 이 불평은 이해의 결여를 나타내는 척도였다.

말하자면 영국인은 '인도'라는 파린프세스트(^{양피지에 쓴
고대 문서})를 한 번도 판독하지 않고 단순히 그 표면에 보이는 문자를 읽었을 뿐이었다. 즉 인도는 허약하고 불결한 후진 사회이다. 그야 역사상에는 몇 가지 불후의 공업을 이룩한 것이 있고, 머리가 우수한 사람도 약간 있지만 평균적으로는 열등이고, 역시 아시아적이라는 것이었다.

설사, 영국인이 인도 사회 전체를 우유와 꿀이 넘쳐흐르는 윤택한 나라로 만들었다 하더라도 인도인은 역시 그들을 싫어했을 것이다. 원칙적으로 제국주의는 독재주의와 마찬가지로 사람의 마음을 마비시키고, 정신을 타락시켜 지배자가 통치하기 쉽게 '인간'을 왜소하게 만든다. 공포와 비굴에 길들게 한다. 제국주의는 다시 말하면 다른 인민의, 다른 인민에 의한, 다른 인민을 위한 정치이다. 비록 그 지역 신민이 얻는 이익이 아무리 크다 하더라도 결국은 아득하게 멀리 있는 주인에게 봉사하는 노고의 부산물에 지나지 않는다.

인도의 자존심은 영국의 위신을 위해 희생되었다. 영국이 인도 사회에 적용한 체제의 모든 구상적인 표현——화려한 의식, 격리된 숙영지, 영국인이 사는 고급 주택 지구, 영어의 일반적 사용——그 모든 것이 인도인에게 피지배인임을 인식시켰다. 여기서 하나의 역설이 형성된다. 즉, 정복당함으로서 정복당한 사람들에게 자유를 원하는 의지가 고취된다.

이것이 식민지 지배가 성공하지 않으며, 결코 성공할 수 없는 이유이다. 역사상 참으로 훌륭한 식민자는 단 하나도 없다. 세국은 어쩔 수 없이 스스로 그 묘혈을 파게 마련이다. 제국주의라는 것은 자치가 불가능한 사람들에 대하여 그 통치의 권한을 외부자가 장악한다는 가정이 서 있으므로 그것이 존속하는 한 끝없는 모욕행위이다. 그것이 오만한 민족주의이고 보면 그것에 대항하는 민족주의 분기를 촉구하는 것은 필연적이다.

외국인에 의한 지배는 권력을 요구하는 토착민을 방해, 억압한다. 영국인은 세포이 반란을 억압했다. 그것은 영국인으로서 잊을래야 잊지 못할 경험이 되었다.

"결국 우리는 진주군이다. 세포이 반란 이후 우리는 인도인에게 무기를 주는 것을 조심했다." 이것은 린리스고우 영국 부왕이 1942년에 필자에게 한 말이다. 반란 후 몇십 년이 지나, 권력을 부분적으로 분양해도 괜찮을 만큼 안전함에도 불구하고 실질적으로 인도인에게 준 배분은 극히 적었다. 실질적인 권력──결정, 임명, 파면, 유배에 관한 권능은 어디까지나 영국인이 쥐고 있었다. 인도인의 권력은 엄격히 제한되어 있을 뿐 아니라, 권력에 따르는 가장 달콤한 요소──인기가 없었다. 즉 어떤 인도인이 영국인에게 신뢰를 받으면 받을수록 동포로부터는 더욱 기피되었다.

자기들을 좋아하지도 않고, 바라지도 않는 곳에 와 있는 영국인은 인도인에게 자치에 대한 기대를 너무 많이 품게 하는 것은 위험하고 또 인도인의 희망을 너무 많이 억압하는 것도 일면 불편했다. 그래서 영국의 인도 통치의 '흔들이(振子)'는 그 89년간(1856~1947) '약속'과 '실망' 사이를 늘 오락가락했다. 1858년 동인도회사를 인계한 빅토리아 여왕은 가능한한 인도인에게 정치상 책임있는 지위를 주겠다고 선언했었는데 1876년부터 1880년에 걸쳐 재임한 리튼 부왕은 기밀보고에 다음과 같이 쓰고 있다. '밀서이므로 사실대로 말하면 현재 나로서는 영국 정부나 인도 정청이나, 약속한 말을 휴지로 돌리기 위해 온갖 권력수단을 사용해오고 있다는 비난에 대해서 아직까지 납득시킬 만한 회답을 못하고 있다.'

리튼은 런던의 제약을 받지 않는 입장에서라면 좀더 명확하게 말할 수 있었을 것이다. 인도인은 당연히 여왕을 대신해서 인도에 와 있는 최고관료 이상으로 영국이 신의를 지키지 않는 것을 유감스럽게 생각하고 있었다.

지방행정에의 폭넓은 참가나 여러 가지 잘못된 점을 시정하라는 요구가 한층 더 강해지자 다파린 인도 부왕은 상층계급의 불만을 인공수로에 끌어넣을 목적으로 인도 국민회의를 만들었다. 그리고 뒤를 이은 역대 부왕들도 국민회의를 내세워 그 목적을 이용하려 했다. 만약 1880년대 말에 런던에서 법률을 공부하고 있던 한 젊은 인도인 유학생이 훗날 이 국민회의를 영국의 인도 지배를 몰락시키는 도구로 삼게 된다는 것을 예견할 수 있었더라면 그렇게 하지는 않았을 것이다. 영국의 인도 지배의 역사는——역대 부왕의 5개년 임기 중 어느 시기는 다른 기간에 비해서 다소 성적이 좋은 때도 있었지만——항상 인도의 힘을 강화시키는 퇴각의 기록이었다. 그러나 영국인은 물론 권력의 외견상의 일부는 사정이 허용하는 한에서 많이 넘겨주었으나 권력의 실질은 자기들이 계속 장악할 수 있도록 조금밖에는 넘겨주지 않았다.

이를테면 영국의 인도 현지 행정기관 I. C. S(인도 문관 근무) 등용을 평등하게 하겠다는 것을 인도인은 몇 번이나 거듭해서 약속받았지만 실제는 그렇지 않았다. H. N. 브레일스포드의 비꼬는 표현을 빌리면 "82년간 평등을 추진해온 결과, 1915년에는 I. C. S의 관직 95센트를 영국인이 차지하고 있었다." 또 역시 그에 의하면 공인된 숫자에 있어서도 1923년 현재 인도인이 차지하는 비율은 아직도 겨우 10퍼센트에 지나지 않았다.

흰 피부의 인종적 우월을 의식하는 영국인은 그 점에서 인도인을 경멸하고 동시에 권력을 놓지 않으려고 부심(腐心)하는 그 까닭에 인도인을 두려워했다.

이 공포심과 가장 편리하게 통치해야겠다는 통치자의 자연스러운 필요에 따라 영국은 소위 분할해서 통치하라는 유명한 제국주의 책략을 쓰게 되었다. 세포이 반란에 주도적 역할을 한 것은 이슬람교도이고 또 그들은 과거의 꿈(이슬람 제국)을 그리워하고 있는 것으로 보였으므로, 영국측은 처음에 이슬람교도보다 힌두교도를 만만하게 생각했다. 그러다가 힌두교도가 정치적 의식에 눈을 떠서 불안해지자 이번에는 이슬람교도와 힌두교도를 서로 대립시켰다.

그리고 영국은 인도를, 직접통치의 영령(英領) 인도와 간접적으로는 영국 통치하에 있지만 직접적으로 또 표면상으로는 인도인 번 왕이 통치하는 번 왕령 인도로 분할했다. 그것은 아이러니컬한 계략이며 1860년 4월 30일에 로드 캐닝이 공언한 것이다. 그는 다음과 같이 썼다. "전인도의 행정을 분할하면 우리 제국이 50년간 지속할 수 있다는 것은 확실하다. 여러 토후국을 실질적 정치권력이 없는 충실한 도구로 파악해 둘 수만 있다면 영국의 해군력이 우위를 유지하는 한 우리는 계속 인도에 머물러 있을 수 있을 것이다. 서어 존 말콤이 이렇게 말한 것은 이미 오래 전이다. 나는 이 의견이 본질적으로 옳은 것을 의심하지 않는다. 최근의 사태는 우리가 이 의견을 더욱 고려해야 할 것을 말해 주고 있다." 20세기에 이르러 정치권력을 갖지 않은 이 충실한 도구는 550 이상이었다. 영국은 이 꼭두각시를 조종하고 있으면 안전하다고 생각했다.

러쉬브룩 윌리엄스 교수는 인도 번 왕들과의 중개관리로 몇 번이나 근무한 일이 있는 훌륭한 영국인인데 1930년 5월 28일자 런던의 〈이브닝 스탠더드〉 지에 '전인도를 바둑판 줄처럼 분할한 봉건왕국은 중요한 안전장치이다. 그것은 계쟁지역(係爭地域)에 우리에게 우호적인 성채가 빈틈없이 그물을 치고 있는 것과 같다. 이 강력하고 충실한 토후국의 조직 때문에 반란이 인도 전체로 확대되기는 어려울 것이다.

이보다 명확한 설명은 없다.

인도가 경제적으로 강대해지는 경우에도 영국과 절연하지 않도록 하기 위해 또 영국의 산업을 계속 원조하기 위해서 인도의 산업은 항상 억제되었고 인도의 해운업과 조선업은 공공연히 제한을 받았다. 교육도

산업의 기술요원이나 국가 사회에 봉사하는 전문직을 필요한 수준에 충족할 만큼 양성하기 위한 것은 아니었다. 통계적요(統計摘要)에 의하면 1939년 당시 인구 3억 8000만 명이나 되는 인도에서 각 대학 전문학교에 재학중인 학생 수는 농학 1306명, 공학 2413명, 수의학 719명, 공예학 150명, 임학(林學) 63명, 의학 3561명밖에 되지 않았다.

당시(1939년)의 인도는 아메리카 합중국보다 인구는 3배였고 면적은 3분의 2인데 철도 총거리는 합중국의 319만 5589마일에 대하여 4만 1134마일이었다. 1935년에 인도가 25억 킬로와트 전력을 생산하고 있는 것에 비해서 합중국은 984억 6400만 킬로와트의 전력을 생산하고 있었다.

이런 형편은 물론 영국측만의 잘못은 아니다. 인도인도 책임의 일단을 져야 한다. 그러나 인도인이 무슨 일에 있어서나 영국측을 비난한 만큼 영국측의 잘못이 컸다.

인도인은 비평을 좋아하고 지배자는 비평을 싫어했다. 인도 문제의 권위자인 서어 바렌타인 티롤은 "전제정치는 어떤 형식의 반대도 다 싫어하게 마련이다. 겨우 호흡을 허비하는 것에 지나지 않을 정도의 미약한 반대도 그것이 무슨 폭동을 교사하는 것처럼 크게 간주하기 쉽다. 인도의 영국인 관료는 되도록 온정적으로 하려고 시도했다고는 하지만 실제로 전제적인 정치형태를 신봉했다."고 쓰고 있다.

영국의 온정적 전제정치는 일부 인도인을 초조하게 하고 다른 사람들에게는 괴로움을 주었다. 19세기 말 인도의 테러리스트들은 벵갈주나 기타 지방에서 활동을 시작했다. 공포는 탄압을 초래하고 탄압은 다시 공포를 부르는 악순환이었다.

영국 정계에서도 일부는 인도의 적의를 철혈정책으로 대처해야 한다고 생각했고, 다른 일파는 개혁으로 유화해야 한다고 생각했다. 인도 국민회의 내부에 이 두 가지 방침에 대한 상대가 각각 있었다.

영국의 전제자들은 인도인 온건파를 원조하지 않았다. 인도에서 이름난 로버트 육군 원수가 19세기 말, 이렇게 말한 일이 있다. "우리는 선조로부터 이어받은 유럽인의 우월의식으로 싸워 이겨서 인도를 차지했던 것이다. 내가 믿는 바로는 아무리 훌륭한 교육을 받았고 아무리 현명하고 용감하더라도 우리는 인도의 토민(土民)에게 영국인 사관과 동등한 계급을 줄 수는 없다."

이러한 인종적 편견은 더욱 집념이 강한 적을 만들어 온건파의 입장을 곤란하게 했다. 개혁주의자인 변호사, 정치평론가, 자본가들이 국민회의의 주도권을 잡고 있었지만 인도인이 모두 국민회의에 속해 있는 것은 아니다. 소년들이 폭탄을 던지는 사건이 발생하고 옥스퍼드나 케임브리지의 학위를 가진 청년들도 외세에 대항했다. 동·서양 양자가 이해나 교류가 없다면 그것은 동양은 노예의 처지에 있고 서양이 주인노릇을 하고 있기 때문이라고 그들은 말했다.

자와하르라르 네루는 《자유를 향하여》라는 자서전에서 "1907년 17세로 하로우 중학에서 케임브리지 대학으로 진학할 때, 자기는 급진주의자였다."고 말하고 있다. 사실 네루에 의하면 인도인 학생들은 거의 예외없이 모두가 틸락주의자(틸락은 1856~1920, 인도 반영민족운동을 지도한 혁명가), 즉 급진주의자였다.

바알 간가달 틸락은 로카마니야 즉 '경애하는'이라는 별명으로 통하며 인도 독립운동의 발전과 마하트마 간디의 생애에 중요한 영향을 준 인물이다.

틸락은 브라만 계급 중에서도 상위 계급인 치토파완 브라만으로 영국인에게 정복당한 최후의 인도인 마라타 인의 향토 푸우나 출신이었다. 마라타 인은 고지에 거주하여 역사상 몇 번인가 평지——특히 간디의 고향인 구자라트 지방에 내려와서 그다지 호전적이 아닌 그곳 사람들을 지배했다. 한번은 이 호전적인 힌두교도는 이슬람교도가 지배하는 델리를 점령한 일도 있었다. 그들은 이슬람교에 대해서 적대적인 태도를 계속했다.

틸락은 마라타 제국에 새로운 승리를 가져온 시바지 왕(1627~1680)을 찬양하는 연중행사를 창시했다. 그는 《기타》에 관해서 매우 학술적인 주석서를 저술하고 유아혼(幼兒婚)까지 포함하여 힌두교의 모든 전통적인 교의와 관행을 옹호했다. 영국을 주인으로 섬기는 인도인에 대해서는 누구를 막론하고 조종인형(操縱人形)의 낙인을 찍었으며 인도인의 자치 요구에 대한 영국인의 양보가 불성실한 위선임을 폭로했다.

영국 당국은 1897년 6월 27일 빅토리아 여왕 즉위 60주년 경축일에 발생한, 치토파완 브라만의 한 청년이 영국인 관리를 암살한 사건은 틸락의 맹렬한 저주에 의해서 선동되었다는 혐의를 걸어 틸락을 6년형에 처했다. 형기를 채우기 전에 석방된 틸락은 힌두교 종교운동을 개시했다. 그것은 물론 영국을 몰아내기 위한 정치·사회운동이기도 했다. 다만 그의 운동방식은 힌두교도와 이슬람교도와의 관계를 개선하는 데 도움이 되지는 않았다.

힌두교도의 감정은 늘 들끓고 있었다. 인도의 민족주의는 내외의 여러 가지 움직임에서 양식을 구하고, 영국측이 실시하는 개혁의 위선적인 공허에 의해서 육성되었다. 1904~1905년 일본이 러시아를 이긴 일(노일전쟁, 백인을 이긴 최초의 승리), 1905년의 러시아 혁명 그리고 터키 청년당의 활동이 모두 자극적인 역할을 했다.

1904년 일부에서는 역대 인도 총독 중 최고의 인물로 평가되는 로드 카아존이 벵갈 주의 분할을 결정했다. 돌이켜보면, 이 행동이 영국 인도 지배 종언(終焉)의 개시였을지도 모른다. 인도인은 그것을 영국의 포학이라고 보아 끊임없이 비난을 받았다. 카아존은 근면하고 재능도 있는 사람이었지만 관료정치가이며 귀족정치주의자였다. 그는 서류에 집착하고 인민으로부터는 멀리 떨어진 생활을 하고 있었다. 벵갈 주의 인구는 7000만 명이 넘는 거대한 주였기 때문에 카아존은 행정상의 편익을 위해서 분할한 것이다. 그런데 그 양단(兩斷)은 종교에 따라 구별되었으며 이슬람교도의 지역은 강력한 힌두교도의 지역에서 분리되었다. 이때문에 카아존은 힌두교도에 대해서 편견을 가지고 있으며 이슬람교도에게 은혜를 팔아 그 대가로 그들을 복종시키려 한다는 비난을 받았다.

이 비난은 카아존이 1904년 말 인도를 떠날 때까지 계속되었다. 그리고 분할에 대항하여 벵갈 주는 암살로 응했다. 마라타 족에서는 틸락이 그의 부하들을 열광으로 치닫게 선동했다. 양 지방에서 영국 제품에 대한 불매운동이 일어났다. 앞으로 간디는 항상 이 쌍방에서 완강한 반대를 겪게 된다.

간디와 틸락은 여러 가지 점에서 정반대였다. 간디는 조용하게 애기하는 연설가이고 틸락은 대단한 웅변가였다. 간디는 비폭력을 주장했고 틸락은 폭력을 정당화했다. 간디는 힌두교도와 이슬람교도의 우애를 위해 노력했고 틸락은 힌두교도의 우월성을 강조했다. 간디가 수단을 중요하게 생각한 데 대해서 틸락은 목적을 추구했다. 결과적으로 틸락의 작업은 몇 가지 어려운 문제를 초래하게 되었다.

1906년의 국민회의 연차총회는 당시 인도의 수도이고 벵갈 주도(州都)이기도 한 캘커타에서 열렸다. 이 총회는 벵갈 분할을 철회할 것을 요구하고 반영(反英) 보이콧을 지지할 인도의 자치를 요구하는 결의였다.

1906년에 카아존의 후계자가 된 로드 민토는 인도인의 주장이 주의회에 강력히 반영되고, 인도인에게 더 많은 관직이 배당되게 하는 개혁을 고려하는 중이라고 말했다. 그러나 틸락 일파의 급진주의자들은 태도를 바꾸지 않았다. 폭력행위가 벵갈 마하라쉬트라에서 연이어 발생하고 편잡 지방에도 번졌다. 1907년 스라토에서 열린 국민회의 총회에서는 온건파와 급진파가 서로 샌들을 집어던지는 싸움이 일어났다. 싸움 끝에 틸락 파는 주도권을 변호사들 손에 쥐어준 채 국민회의에서 탈퇴했다.

로드 민토가 런던의 인도 담당상인 존 모리의 협조를 얻어서 입안한 개혁안은 1908~1909년에 제출되었다. 이 개혁안은 인도 중앙 입법 참사회(參事會) 및 주 입법 참사회, 그리고 주 행정 참사회에 인도인의 참가를 허용하는 것이었다. 인도인 한 사람이 부왕(인도 총독)의 행정 참사회에 참가하게 되었는데 존 모리는 1908년 12월 영국 상원에서 다음과 같이 발언했다. "이 개혁안이 직접으로나 필연적으로나 인도를 의회제도의 설립으로 이끌어간다고 한다면 나는 거기에 아무 관계도 없다." 전보다는 많은 인도인이 입법 참사회에 자리를 얻어 더 많은 발언을 했다. 하지만 그 이상의 의미는 없었다. 참사회 자체에는 별다른 권한이 없었으며 자문 기관에 지나지 않았다.

모리 민토우 개혁에 인도인은 다소나마 기쁨을 느꼈을지도 모르지만 그 기쁨은 개혁에 따른 분리 선거제라는 조치로 물거품이 되고 말았다. 1906년 아가 칸을 우두머리로 하는 이슬람교도의 대표단이 민토우를 방문하여, 앞으로 선거에서는 힌두교도는 힌두교도 대표를 선출하고 이슬람교도는 이슬람교도 대표를 선출할 것을 강조했다. 민족주의 입장에서 역사가들은 이 회견에 민토우의 지휘봉 밑에서 연습을 한 '주문연주(注文演奏)'라는 낙인을 찍었다. 사실이 어떠했든지 민토우와 모리는 이슬람교도의 요구를 인정하였으므로 1909년에 이슬람교도 측에 비례수 이상의 의석(議席)을 주도록 장치된 종교 분리선거제가 인도의 영구적인 제도가 되었다. 그것이 초래한 해악은 막대했다. 왜냐하면 그것은 종교의 차이를 모든 정치상 논쟁을 결정하는 요인으로 삼게 되었기 때문이다. 원래 인도의 중심적인 정치문제는 힌두교도와 이슬람교도 사이에 다리를 놓는 일이었는데 이것은 오히려 두 종파를 분열시켰다.

그러나 우선은 분리선거제의 최초의 결과로 상당수의 이슬람교도가 국민회의파에 참가하게 되었다. 그 중에 저명한 사람으로는 무하마드 알리 지나가 있었다. 1911년 새 황제 조지 5세와 메리 왕비가 화려한 행차로 인도를 방문했다. 황제는 수도를 델리로 옮기고 벵갈 분할을 철회할 것을 선언했다. 그러나 틸락은 지난 1907년 11월에 치안 방해죄로 장기간의 금고형을 언도받아 아직도 만다레에서 병을 앓고 있었음에도 불구하고 개인적인 테러 행위를 계속하고 있었다. 1912년에는 허딩 총독이 폭사당할 위기도 있었다.

1914년 유럽에서 전쟁이 일어났다. 일부 인도인은 충실했지만 일부 사람들은 충실하지 않았으며 열의를 가진 사람은 전혀 없었다. 그러나 많은 사람이 영국군에 참가할 뜻이 있었다. 50만 이상의 인도인이 프랑스, 벨기에, 팔레스티나, 기타 전선에서 영국을 위해 싸웠다. 인도의 번 왕이나 서민들은 지상 및 공중 전투에서 훌륭한 활약을 했다.

틸락은 1914년 유형에서 돌아와 충성을 서약했다(간디는 런던을 경유해서 1915년 1월 남아프리카에서 귀국하여 영국군에 참가할 인도인 병사 모병활동에 종사했다), 그러나 무위(無爲)의 생활과 1916년 이스터(復活節) 때 아일랜드의 반란은 틸락의 열정적인 정신에는 너무나 큰 자극이었다. 틸락은 자치를 주장하여 격렬한 반영투쟁(反英鬪爭)을 벌이게 되었다. 틸락과 나란히 선 선동가는 애니 베산트 부인이었다. 베산트 부인이 더 월등한 점이 있다면 웅변과 욕설이었다. 그들은 C. O. 라마스와미 아이야르와 무하마드 알리 지나의 강력한 지원을 받고 있었다.

인도의 대지는 깊은 곳에서부터 흔들리고 있었다. 정치가들뿐 아니라 병사나 농민들까지도 영국의 전쟁에서 인도인이 흘리는 피는 반드시 보답이 있을 것으로 믿었다. 이에 호응하는 것처럼 1917년 8월 20일 애드윈 S. 몬타귀 인도 담당상이 영국 하원에서 영국은 "통치기구의 전 부문에 인도인의 참가를 증대시킬 뿐 아니라 대영제국과 불가분의 것으로 인도에 책임정치를 점진적으로 실현하는 것을 고려하고 있으며 자치제도를 허가하는 방침도 검토하고 있다."고 발표했다. 이 발표는 자치령의 지위를 약속하는 것으로 이해되었다.

틸락은 경우에 따라서는 국가조직 안에서 권력을 차지하는 것이 바람직할지도 모른다고 생각했다. 그는 자기가 영국을 위해서 모집할 수 있는 5000명의 마라타 인 가운데 그 일부가 사관에 임명된다는 약속을 간디가 부왕으로부터 얻어낸다면——이라는 조건을 붙여 5만 루피의 수표를 간디에게 보낸 일이 있었다. 간디는 수표를 반송했다. 간디는 이런 식의 흥정을 좋아하지 않았다. 그리고 간디는 사람이 무슨 행위를 하는 것은 그것을 믿기 때문이지 무엇으로부터 도피하기 위해서가 아니라고 생각했다.

전쟁은 1918년 11월에 승리로 끝났다. 그러나 인도에는 곧 뒤이어서 고난의 시기가 왔다. 그것은 1919년 초였다.

틸락은 1918년 6월에 다시 구금되었다. 애니 베산트 부인도 체포되었다. 전시 중에는 쇼우카트 알리와 무하마드 알리 형제, 기타 이름 있는 이슬람교도의 유력한 지도자들이 투옥되었으며 인도 전지역의 비밀 법정에서 형이 선고되고 있었다. 신문은 모두 전시검열로 통제되고 있었다. 그러한 조치는 사람들에게 강한 반감을 품게 했으나 평화가 돌아오면 시민권도 회복이 될 것으로 기대하고 있었다.

그런데 사법관리를 조사하기 위해 인도에 와 있던 영국인 서어 시드니 로우래트를 우두머리로 하는 위원회는 1918년 7월 19일 보고서에서 전시 중의 엄격한 규제를 계속할 것을 권고했다. 국민회의파가 로우래트 보고서를 격렬하게 비난했음에도 불구하고 1919년 2월 보고에 의한 법안이 정부측으로부터 중앙 입법 참사회에 제출되었다. 간디는 토의하는 자리에 출석하여 법안에 대한 인도인 의원의 공격을 정당하게 평가했다. 그러나 입법 참사회의 과반수는 영국인 정부관료가 차지하고 있었으므로 간디 식으로 말하면 '법률상 절차만을 거치기 위한 뻔한 연극'이었으므로 당연히 쉽게 법안이 되었다.

간디는 그때 이질을 앓고 그 후 열창(裂瘡) 수술을 한 지 얼마 안 되어 몹시 쇠약한 상태였으나 이번에 정부가 서둘러서 제정하려는 법률은 공동사회 전체와 국가 자신의 안전의 기초를 이루는 개인의 기본적 권리를 파괴하는 것으로써, 자유의 원칙을 침해하는 부정한 것이라고 단정했다.

결국은 법안이 제정될 것으로 예측한 간디는 남아프리카에서 승리를 달성한 방식에 따라 시민적 저항을 전개할 준비를 시작했다. 연설도 남에게 대독시켜야 할 정도로 쇠약해져 있었음에도 불구하고, 여러 도시를 순회하면서 정부로 하여금 탄압적인 법률의 제정을 단념시키기 위한 전국적 규모의 사티야그라하(不服從) 투쟁의 기반을 닦았다. 그리고 또 간디는 편지나 신문을 통해서 인도 총독에게 법률을 승인하지 않을 것을 요청했다.

1919년 3월 18일에 악명높은 이 로우래트 법은 인도의 법률이 되었다. 인도 전체가 전기에 감전되는 것 같은 충격을 받았다. 이것이 자치령이 되는 첫걸음인가, 이것이 인도인이 영국을 위해서 흘린 피의 보상인가.

이튿날 마드래스에서 열린 집회에 참석한 간디는 주최측의 C. 라자고파라차리에게 "지난 밤에 전국에 하르탈(總罷業)을 호소해보는 게 어떨까 생각했다."고 말했다. 하르탈이란 경제활동을 정지하는 일이다. 상점주는 점포를 열지 않고 근무하는 사람은 직장에 나가지 않으며 공장은 폐쇄되고 선박의 하역(荷役)은 정지된다. 간디는 하르탈의 날을 '단식과 기도'의 날, 굴욕과 기도의 날로 할 것을 강조했다. 그런 다음 상황에 따라서 사티야그라하가 개시된다. 저항운동자는 이를테면 금서(禁書)를 매매하거나 국가의 독점으로 되어 있는 제염을 규정한 법률을 위반하여 소금을 만들기도 한다.

이 하르탈은 인도 현지 영국정부에 대한 간디의 최초의 행동이었다. 사실 그것은 인도에 있어서의 그의 정치활동의 첫걸음이었다. 지난 번 참파란의 쪽(藍) 재배 소작인들을 위해서 활약했을 때에는 의도해서가 아니라 불가피하게 영국법정과 충돌했던 것이지만 이번에는 신중한 계획으로 영국당국에 대한 전국적인 시위행동을 호소하게 된 것이다. 그것은 앞으로 28년간에 걸친 영국의 인도 지배에 대한 간디의 투쟁의 출발이었다. 그리하여 이 투쟁의 종말은 곧 영국 지배의 종말이 되었다.

제**8**장
학 살

간디의 하르탈 계획은 인도 전역에 전파되었다. 그것은 거대한 군중을 공동행동에 결부시켜 민중에게 역량감을 주었으므로 민중은 그것을 창도(唱道)한 간디를 존경했다. 하르탈은 경제활동을 마비시켰다. 죽은 것처럼 조용해진 도시——상가나 공장 주변의 모습은 이제야 인도인이 힘을 발휘할 수 있다는 확실한 증거였다. 인도 민중에게 가장 필요하며 가장 결핍돼 있었던 것은 자신——자기 자신에 대한 신뢰였다. 이제 간디가 자신을 준 것이다.

봄베이에서는 600명의 남녀가 사티야그라하에 서약했다. 간디는 이에 크게 고무되었다. 남아프리카에서는 더 적은 인원으로 승리를 달성하지 않았던가. 다른 여러 도시나 마을에서도 서약하는 사람들이 많았다. 간디는 봄베이에서 다음과 같이 말했다. "영국의 인도 정부가 비록 강력할지라도 우리가 서약에 충실하기만하면 결국 우리에게 굴복할 것입니다. 정치에 종교적 정신을 도입하는 마음입니다. 우리는 상대방과 같은 방법을 쓰지 않을 것입니다. 증오엔 증오로, 폭력엔 폭력으로 응하지 않을 것입니다. 우리는 악에 대해서 선으로 보답하기 위해 항상 끈질긴 노력을 해야 합니다……그것은 결코 불가능한 일은 아닙니다."

회의를 품고 있던 사람들은 간디의 말을 비웃었다. 간디는 대답했다. "논쟁을 할 필요는 없습니다. 속담에도 있듯이 '말보다 증거'가 중요합니다." 결국 운동은 전개되었다. 그것은 반드시 확대되고 반드시 승리를 달성할 것이라고 간디는 확신했다.

그리고 간디는 총독에게 다시 청원을 계속함에 있어 문제를 숭고하고 보편적인 수준에서 다루었다. 그는 인도 총독에게 "사타야그라히 투쟁은 정치 방식에 혁명을 초래하여 그 출발점에 정신적인 힘을 부활시키려는 시도"라고 말했다. 국제연맹 규약의 배후에 있는 정신적인 힘이 충분하지 않을 경우에는 물리적인 힘이 앞으로 밀고 나올 것이라고 한 W. 윌슨 대통령이 파리에서 한 연설을 인용하면서, 간디는 그 청원서에 이렇게 쓰고 있다. '우리는 그 순서를 거꾸로하여 물리적 힘은 정신적 힘에 비해서 하찮은 것이며, 정신적인 힘은 결코 시들지 않는 힘이라는 것을 보여드릴 생각입니다.'

일부 사람들이 간디의 사티야그라하 투쟁은 볼셰비즘(공산주의)을 조장하는 것이라고 항의한 데 대하여(1919년 11월 7일 러시아에서 일어난 볼셰비키 혁명은 동양에 깊은 인상을 주었다) 간디는 1919년 3월 30일 마드래스에서 한 연설에서 그 점을 부인했다. "그 재난의 습격으로부터 이 나라를 지키는 방법이 있다면 그것은 곧 사티야그라하입니다. 볼셰비즘은 근대 물질문명의 필연적인 결과입니다. 물질숭배의 어리석은 정신은 물질적인 진보를 목표로 간주하여, 인생의 궁극적인 것과의 접촉을 상실한 일파를 대두시키게 되었던 것입니다.……나는 예언합니다. 만약 우리가 정신의 물질에 대한 우월, 자유와 사랑의 폭력에 대한 우월, 그 궁극적인 우월의 법칙에 따르지 않는다면 머지않아서 그처럼 신성했던 이 나라에 볼셰비즘이 만연하게 될 것입니다."

사티야그라하의 서곡인 하르탈은 델리에서는 3월 30일에 거행되었다. 봄베이나 기타 도시와 마을에서는 4월 6일에 거행되었다. 간디는 "물론 봄베이의 하르탈은 완전히 성공했다."고 보고하고 있다. 그에 의하면 전국적으로 일어난 하르탈은 '매우 훌륭한 광경이었다.'

그러나 델리에서는 하르탈이 폭력을 유발했다. 많은 이슬람교도와 힌두교도 그리고 힌두교도의 방계에 속하는 종교를 신봉하는——수염을 기르고 터번을 머리에 두른 완강한 시크 교도의 본거지인 펀잡 지방에서는 폭동과 발포 사건이 발생했다. 현지 지도자들은 간디에게 즉각 델리와 편잡 지역을 방문할 것을 요청했다. 정부(영국) 당국은 4월 9일 주경(州境)에서 그를 제지했다. 간디는 봄베이로 호송되어 그곳에서 석방되었다. 그 왕복 도중 간디는 자기가 안전하고 자유임을 전달했다. 그러나 간디가 체포되었다는 정보에 그렇잖아도 이미 열기를 품고 있던 민중의 감정에 불이 붙었다. 봄베이와 아흐마다바드에서 폭동이 발생했다.

4월 11일, 간디는 봄베이에서 그의 추종자들을 타일렀다. "투석이나 전차의 통행을 방해하는 등의 행동이 벌어지고 있습니다마는 그것은 사티야그라하가 아닙니다. 폭력행위에 관련해서 체포된 약 50명의 동지를 석방할 것을 요구했습니다마는 우리들의 주요한 책무는 우리들 스스로가 체포되는 일입니다. 폭력행위를 할 사람들을 석방하라고 고집하는 것은 우리들의 종교적 본분에 어긋납니다……만약 이 운동을 비폭력적으로 수행하지 못할 바에는 차라리 운동을 중지하는 게 옳을지도 모릅니다. 그뿐 아니라 나로서는 우리 자신에 대한 사티야그라하를 개시해야 할 경우가 생길지도 모릅니다……바로 지금 영국인 몇 명이 부상을 당했다는 말을 들었는데, 그것이 사실이라면 우리 사티야그라하의 큰 오점입니다. 영국인도 역시 우리 동포입니다."

간디는 봄베이에서 사티야그라하의 아쉬람에 가서 4월 14일 대군중 앞에서 연설하여 아흐마다바드의 시민까지도 폭력행위를 한 것은 부끄러운 일이라고 말했다. "긴 칼로 내 몸이 찔린 것보다도 더 괴로웠다."고 그는 통렬하게 비난했다. "우리들 중에 어떤 사람들은 건물에 불은 지르고, 무기를 빼앗고 돈을 가로채고 기차를 정지시켰습니다. 혹은 전화선을 끊고 무고한 사람을 죽이기도 하고 상점이나 개인 집에서 약탈을 하기도 했습니다." 간디는 그 잘못에 대한 속죄로 3일간 단식하기로 했다고 말하고 민중에게도 24시간 단식할 것을 요구했다.

사티야그라하에서 집회를 연 직후 간디는 전에 모병하러 간 일이 있는 아흐마다바드에서 29마일 떨어진 케러 지구의 나리야드라는 소읍에 갔는데 그 조그만 거리에서도 폭력이 번지고 있는 것을 보았다.

충격을 받은 간디는 나리야드의 군중 앞에서 사티야그라하 투쟁은 그에게 있어 '큰 오산'이었다고 말하고 4월 16일에는 운동을 중지했다.

많은 사람들이 마하트마가 큰 오산을 했다고 비웃었다. 그러나 간디는 과오를 솔직하게 고백한 것으로 결코 유감스럽게 생각하지는 않았다. 자서전에 다음과 같이 쓰고 있다. "자기 과오는 볼록렌즈로 보고, 남의 과오는 오목렌즈로 보면 양자에 대하여 상대적으로 정당한 평가에 다다를 수 있다." 세상의 어떤 정치가가 과연 이런 말을 할 수 있을까.

간디의 설명에 의하면 오산의 원인은 어떤 법률에 대한 시민적 불복종이 성공하기 위해서는 사람들이 그 훈련을 받지 않으면 안 되는 것을 간과한 점이다. 사티야그라하 투쟁을 일단 종결시키면서 그는 다음과 같이 말했다. "대중운동을 시작함에 있어 악의 힘에 대한 추측이 너무 안일했던 것을 분하게 생각한다. 당분간 휴양하면서 사태에 어떻게 대처하는 것이 최선일까를 생각해보지 않으면 안 된다." 이때 간디가 실패한 계획에 대해 새롭고 현명한 계획을 즉각적으로 발표하지 않는다고 해서 그의 지도에 등을 돌리는 사람은 아무도 없었다.

한편 펀잡 지역은 소란했다. 바렌타인 티롤이 영국령 인도의 역사를 통해서 암흑의 날이라 부른 1915년 4월 13일, 시크교도의 성도(聖都)인 암리트살에서 발생한 사건에 이르러 펀잡사태는 극점에 달했다. 그것은 간디 운동의 전환점이 되었고 인도인으로서 결코 잊지 못할 일이었다.

정부가 임명한 공식 조사위원회는 4명의 영국인과 3명의 인도인, 도합 7명의 위원으로 구성되어 스코틀랜드의 민사 최고법원 판사 한터가 위원장이었는데, 몇 달 동안 펀잡의 소동을 조사하여 보고서를 발표했다. 그 보고서에 의하면 3월 30일 암리트살에서의 하르탈은 예측 이상으로 성공하여 전 시의 업무가 정지했다. 경찰과의 충돌이나 폭력행위는 없었다. 4월 6일, 인구 15만의 암리트살 시에서 두 번째 하르탈이 거행되었다. 공식적인 한터 보고서가 인정하는 바에 의하면 하르탈은 이번에도 성공했다. 유럽인들은 군중 속을 무사히 걸어다닐 수 있었고 실제 걸어다녔다.

4월 9일 편잡 주 정부는 이슬람교도인 사이홋딘 키출 박사와 힌두교도인 사티야팔 박사——이 두 회의파 지도자에게 주외(州外)에 퇴거하라고 명령했다. 그날은 라무나바미라는 힌두교도의 제일(祭日)이었는데 이슬람교도도 같이 참가하여 "마하트마 간디 키이 자이(마하트마 간디 만세)라든가, 힌두 무사르만 키이 자이(힌두교도와 이슬람교도의 우호만세)를 외쳐 그것을 실증하기 위해 공공연히 서로 같은 그릇으로 물을 마셨다." 보고서는 이렇게 전하고 있다. 경찰은 데모대가 퇴거명령을 받은 두 지도자를 구출하려고 행동하는 것이 아닌가 예상했으나 그런 움직임은 전혀 없었다.

그런데 지도자를 추방한 것은 군중을 통제할 수 있었을 두 인물을 암리트살에서 배제한 결과가 되었다. 한터 보고에 의하면 '2명의 정치가를 추방한 당국의 조치에 분격한 군중이 가두(街頭)에서 열광했다. 내셔널 은행 지배인 스튜어트 씨와 부지배인 스코트 씨가 몰매를 맞고 죽었으며 아라이언스 은행에서도 G. M. 톰슨 지배인이 잔인한 죽음을 당했다.' 그외에도 많은 영국인이 습격을 당했다.

2일 후, R. E. H. 다이어 대장이 암리트살에 도착했다. 1864년에 인도의 시무러에서 출생한 다이어는 아일랜드의 카운티코크에 있는 미들턴 컬리지에서 교육을 받고 1885년 영국 육군에 입대했다. 미얀마 전쟁 때 북서전선에서 싸우고 제 1 차 세계대전에도 참전했다. 1919년 4월 당시에는 편잡의 지난달 여단을 지휘하고 있었다. 11일 암리트살에 파견된 다이어 대장은 이튿날(12일) 행진이나 집회를 금하는 포고를 내렸다. 한터 보고에 의하면 '포고 건은 정식으로 소장의 인가를 얻은 일이었으므로 경찰에 위임되었다. 그 포고를 철저히 실시하기 위해 어떤 조치가 취해졌는지는 명백하지 않다.'

다시 그 이튿날 4월 13일 오전, 다이어는 포고가 민중에게 잘 시달이 되었는지 확인하기 위해 시중에 들어가보았다. '포고의 시달이 확인된 장소를 지도에서 살펴보니까. 아직 확인되지 않은 곳이 많이 남아 있는 것이 판명되었다.' 한터 보고는 이렇게 단언하고 있다.

한터 보고서는 계속해서 4월 13일에 일어난 학살 사건의 경과를 기술하고 있다. "오전 1시경, 다이어 장군은 민중이 오전 4시 반에 대집회를 개최할 예정이라는 정보를 입수했다. 왜 집회를 중지시키는 조치를 취하지 않았느냐는 질문에 대해서 그는 되도록 빨리 현장에 갔지만 이미 손을 댈 수 없는 상황이었다고 대답했다."

집회는 자리안와라 버그에서 열렸다. 버그란 '정원'이라는 말이다. 보고서에 의하면 '자리안와라 버그는 어느 곳을 둘러보아도 정원이라고 볼 수 없을 정도로 장방형의 공지이며 약간의 건축자재나 벽돌, 자갈 등이 놓여 있었다. 사방이 건물의 벽으로 거의 완전하게 포위되어 있고 출입구는 좁았다. 종전부터 많은 사람의 집회장소로 사용되었던 것 같다. 다이어 장군이 들어간 구석은 입구 양쪽 지면이 높았다. 대군중은 반대쪽 구석에 모여 있으며 다이어 장군이 군대를 대기시킨 장소에서 약 150야드쯤 떨어진 곳에 있는 연단 위에서 누가 얘기하고 있는 것을 듣고 있었다.' 보고서의 추정으로는 그 군중은 약 1~2만 명이었다.

다이어 장군은 라이플 총을 장비한 구르커 병(네팔 출신병사) 25명, 바루티스탄 출신 바루티 병 25명, 그리고 칼만 차고 있는 구루커 병 40명을 거느리고 장갑차 2대를 몰고 버그에 와 있었다. 그(다이어 장군)는 자리안와라 버그에 도착하자 차가 통과하지 못할 만큼 좁은 입구로 이 일대를 거느리고 들어갔다. 차는 바깥에서 내려 도로에 세워두었다. '다이어 장군은 버그에 들어가서 곧 입구 양쪽 높은 지면에 각각 25명씩 배치했다. 군중은 이미 포고를 위반했으므로 해산하라는 경고를 할 필요는 없다고 생각하여 경고없이 발포 명령을 내렸다. 약 10분 동안 무고한 시민들을 향해 발포했다. 그때 청중이 듣고 있었던 연설이 어떤 내용이었는지 아무 증거도 없다. 군중들 중에 일부는 곤봉을 든 사람이 있었을지 모르지만 총을 가진 사람은 한 명도 없었다.

'발포 개시와 동시에 군중이 흩어지기 시작했다. 총 1650 발의 총탄이

발사되었다. 개별사격이었고 일제사격은 아니었다. 조사한 결과 약 379
명이 사살된 것으로 밝혀졌다." 보고서는 부상자 수는 사망자 수의
약 3배는 된 것으로 추정하고 있다. 사망자 379명, 부상자 1137명——총
사상자는 1516명이니까 총탄 1650발과 어느 정도 계산이 부합한다.
낮은 버그에 갇힌 군중은 썩 좋은 표적이었던 것이다.

　한터 위원회의 힐문에 대하여 다이어 장군은 그의 마음과 의도를
밝혔다.

　"당신은 발포 명령을 내릴 때 차례로 군중이 가장 많은 곳을 지시해서
저격하도록 명령했습니까?"

　"예, 그렇습니다."

　군중은 5피트쯤 되는 울타리가 제일 낮은 곳으로 올라갔고 그곳에서
많은 사람들이 죽었던 것이다. "입구의 폭이 장갑차가 들어갈 수 있을
정도로 넓었다면 당신은 기관총을 사용했겠지요?"

　"예, 아마 그렇게 했을 것입니다." 한터 보고서는 '우리 위원회의
조사에 대하여 그(다이어)는 차를 타고 현장에 가는 도중 집회금지령을
어기고 집회가 열리고 있을 경우에는 즉각 발포할 결심을 했다.'고
말했다고 씌어 있다.

　다이어는 인도인을 몰살시킬 작정이었다고 증언했다.

　다이어 장군이 상관에게 보낸 급보를 한터 보고서는 방점을 찍어
인용하고 있다. '본관은 발포를 개시하여, 군중이 다 흩어질 때까지
발포를 계속했습니다. 이는 필요한 효과를 올리기 위한 발포로서 최
소한의 것이었다고 생각합니다. 본관의 행동을 정당화해야 한다면 그
효과를 올리는 것은 본관의 임무였습니다. 그것은 단순히 군중을 해
산시킨다는 문제에 그치지 않으며 현장에 나와 있는 사람들 뿐 아니라,
특히 펀잡 지방의 모든 사람에 대하여 군사상의 견지에서 보아 정신
적인 효과를 충분히 발휘해야 한다는 문제이기도 했습니다. 부당하게
준엄했다는 문제는 있을 수 없다고 생각합니다.'

　한터 위원회는 "이것은 불행하게도 그의 잘못된 의무감에서 비롯된

일이었다."고 단정했다. 또 "발포를 그렇게 장시간 계속한 것은 다이어 장군의 중대한 과오로 본다."고 말하고 있다.

보고서는 다시 '자리안와라 버그의 부상자들에게 적절한 응급조치를 취하지 않은 다이어 장군의 행동은 비판의 대상이 되었다.'고 기술하고 있다. 다이어는 청문회에서 "요청이 있으면 도와줄 작정이었다."고 대답했다.

편잡 주지사 대리 서어 마이켈 오드와이어는 다이어의 행동을 승인하여 그 소동이 반란이라는 증빙을 주었다. 이에 대해서 한터 위원회는 다음과 같이 평하고 있다. "일부에서는 다이어 장군의 행동은, 세포이 반란과 같은 규모의 반란을 방지하여 편잡 지방의 질서를 구한 것으로 보고 있다. 그러나 특히 그 발생에 앞서서 영국세력을 전복하려는 음모가 꾸며지고 있지 않았다는 사실을 고려한다면 그렇게 결론짓는 것은 무리이다."

폭동이 의도되고 있지도 않았고 계획되고 있지도 않았다. 오히려 한터 보고서에 의하면 '4월 10일의 폭동은 2~3시간 내에 진정되었으며 같은 날, 아니 그 이후에도 중대한 사건은 전혀 되풀이되지 않았다. 또 10일의 사건에 관해서도 담당관이 임무를 수행하고 있었더라면 최대의 사고, 즉 은행원 피살 사건을 미연에 방지할 수 있었을 것이 거의 확실하다.'

암리트살의 사태가 2일 반나절 동안 조용했다가 별안간 다이어에 의한 학살사건이 발생했던 것이다. 다이어의 무익한 학살은 당시 인도에 있는 영국군을 휩쓴 정신상태의 산물이었다. 이 정신상태의 특질을 한터 보고서는 델리 주재 드레이크 브로크만 장군의 "아시아 인이 경의를 바치는 것이 있다면 그것은 오직 힘이다."라는 발언을 인용하고 있다.

"나는 무척 좋은 일을 많이 하는 줄로 알고 있었다." 이것은 자리안와라 버그에서 벌어진 학살을 다이어 장군 자신이 얼빠진 투로 요약한 말이다.

다이어 장군은 고통에다 다시 모욕까지 보태어 그 악명 높은 포복 명령을 내렸다. 4월 10일에 암리트살의 여학교 교장 셔웃드 여사가 폭도의 습격은 받은 일이 있었다.

자리안와라 버그가 피바다가 되고 난 며칠 후, 다이어 장군은 셔웃드 여사가 습격을 당한 길을 지나가는 사람은 누구나 엎드려 기어서 가라는 명령을 내린 것이다. 이 명령은 그 근방에 사는 주민들에게도 적용되었다.

간디는 이 조치를 폭행이라 단정하고 학살 사건보다 더 간악한 짓이라고 생각했다.

더욱이 다이어 장군은 셔웃드 여사가 구타를 당한 장소에 태형장을 설치하여 그의 명령을 무시한 인도인을 붙잡아 대중 앞에서 채찍질을 했다. 거마[車馬]를 탄 인도인들은 내려야 하고 양산을 든 사람은 접어야 했으며, 암리트살의 어떤 구역에서는 영국인 사관을 만난 인도인은 모두 사라암 경례를 해야 했다.

영국의 인도 담당상 애드윈 S. 몬타규는 1920년 5월 26일 쳄스퍼드 총독에게 보낸 급송 공문에서 '자리안와라 버그에서 다이어 대장이 행동의 기본으로 삼은 원칙을 우리 정부는 단호히 부인한다.'고 쓰고 있다. 그리고 몬타규는 또 '엎드려 기어가라는 명령은 문명정치의 모든 법률에 어긋난다.'고 덧붙여 말하고 있다. 많은 영국인이 다이어의 행위를 부끄럽게 생각한 것은 사실이지만 한편으로는 지지자도 많았다.

다이어는 퇴역하라는 요구를 받았다. 그는 말년에 관측비행기에 사용하는 거리측정기를 발명했으며, 1927년 7월 3일 은퇴해서 살던 브리스톨(잉글랜드 남서부의 항구도시)에서 사망했다.

다이어 장군은 한터 위원회의 힐문에 "발포하지 않고도 해산시킬 수 있었다고 생각합니다마는 나는 그들을 처벌할 작정이었습니다. 군사적 견지에서 광범한 인상을 줘야겠다고 생각했습니다."라고 답변했다.

공식 한터 보고서 '그는 대단히 광범위한 인상을 주어 정신적으로는 큰 효과를 냈지만 그가 의도한 것과는 전혀 정반대 성격으로 흘러갔다." 고 판단하고 있다.

자리안와라 버그의 학살 사건은 인도 정치발전의 속도를 가속화했으며, 간디를 정계로 끌어들이는 계기가 되었다.

제9장
정계에 진출하다

마하트마 간디는 원래 정치(政治)에 환멸을 느꼈다. 남아프리카에서의 활동도 간디 자신은 도의적이고 사회적인 견지에서 종교적인 의무라고 생각하고 있었다. 인도에 돌아온 1915년 이후, 인도 국민회의의 연차 대회에는 출석하고 있었지만 회의에서의 간디의 공적활동은 주로 남아프리카에서 살고 있는 인도인을 지원하는 법안이나 의안을 제출하는 데 한정되어 있었다. 그리고 간디는 국민회의를 모든 정치경향이나 당파가 대표를 보낼 수 있는 비공식 인도의회로 생각하고 있었다.

어떤 정치목표에 전념하는 특정의 한 당파에 참가하는 것은 동시에 다른 당파에서 탈당하는 것을 의미하는데 간디는 무엇이든 분열을 싫어했다. 그는 강한 신념을 품고 있으면서도 일정한 교조(教條)에 속박되지는 않았다.

1919년 영국 정부 간행물에는 간디에 대하여 '압박에 시달리고 있는 개인이나 계급을 위해서라면 무슨 문제이거나 쾌히 그 변호를 맡으려 하는 사람으로 인도 민중에게 널리 존경받고 있다.'는 명쾌한 논평이 실려 있다. 간디는 정당 강령의 냉철한 말보다 인간 상호간의 애정의 유대를 좋아했다.

그런데 간디는 1920년에 전 인도 자치연맹에 참가하여 의장으로 선출되었다.

보통 정치를 권력투쟁이라고 말할 수 있다. 권력을 잡고 있는 자의 힘을 약화시키고, 전복하여 빼앗는 것을 의미한다. 남아프리카 투쟁에 있어서 간디는 스마츠를 약화시키거나 거꾸러뜨리거나 혹은 밀어내려

하지 않았다. 그러나 이제 전 인도 자치연맹의 의장이 된 간디는 영국의 지배에 반대하여 인도의 자치를 목표로 삼게 되었다. 국민회의는 아직 독립을 창도하고 있지는 않았다.

간디의 정치면에서의 초기의 걸음걸이는 명확하지 않았다. 사실 그는 생애 동안 정치적인 행동을 예측할 수 없는 인물이었다. 그 까닭은 그의 마음은 항상 경계심과 정열이 갈등을 일으키고 있는 상태였기 때문이다. 그는 신념을 위해서는 죽음을 각오했으며 한편으로는 중재와 타협을 좋아했다. 천성적인 투사이기도 하고 중재인이기도 했다.

간디의 기준은 보통의 정치기준이 아니었다. 또 그의 통솔력은 남을 승리로 통제하는 힘이 아니었다. 그는 체면을 차릴 필요도 없었다. 자서전에는 자기 외에는 아무도 모르는 일 이를테면 유곽에 놀러갔다든가 몰래 육식을 했다든가 아내를 학대했다든가 하는 것을 숨김없이 얘기하고 있다. 진실은 다 털어놓은 진실이라야 하며, 그렇지 않으면 진실이 아니었다. 인도인은 많은 고난에 시달린 까닭에 의심이 많았지만 간디만은 모든 것을 다 털어놓고 얘기했기 때문에 의심할 여지가 없었다. 그에게는 비밀이 없었으며 자기 자신을 가장 엄격하게 비판했다. 때때로 자기 실책을 스스로 인정할 수 있었던 것도 자기의 완전무결이나 우월성을 주장하는 마음이 없었기 때문이다.

간디를 비판하는 사람들은 그가 통솔하는 전 세력이 힘을 발휘하기 전이나 때로는 성공이 눈앞에 있을 때 갑자기 그 전장(戰場)에서 철수하는 것이 불만이었다. 그러나 성공이란 대체 무엇인가. 간디의 성공의 기준은 도의적, 종교적인 것이며 그 점에서 일관성과 영속성이 있지 않으면 안 되었다.

간디가 인도 정계의 중앙에 이르는 길은 자리안와라 버그를 출발점으로 해서 곡절이 많았다. 처음에 그는 어디에서나 다이어 장군의 1650발의 총탄의 반향을 들었다. 학살사건 직후, 간디는 편잡 지역을 방문하겠다는 허가를 당국에 신청했다. 몇 번이나 거절당했으나 끝내 강경하게 요구했기 때문에 마지막에는 부왕으로부터 1919년 10월 17일

이후는 방문을 허가한다는 전보를 받았다. 마하트마 간디는 라홀이나 기타 도시에서 열렬한 환영을 받았다. 규모에 있어서도 열의에 있어서도 공전의 대환영이었다. 그 자신의 그 당시를 적은 기록에 의하면 '들끓는 군중은 반가운 마음으로 들떠 있었다'고 적고 있다. 그는 이제 외부의 악에 대항하는 민족적 저항의 상징이 되어 있었던 것이다.

편잡에서 간디는 인도의 지도자들——그 중에는 노련한 국민회의파 당원으로 자와하르라르 네루의 아버지 모티랄 네루도 있었다——과 함께 자리안와라 버그 학살사건에 대한 회의파의 독자적인 조사에 협력했다. 간디가 그 조사보고서를 작성했다. 동료들이 모두 간디의 공정성을 믿었기 때문이다.

이런 일에 종사하고 있었을 때 간디는 델리에서 열리는 이슬람교도의 협의회에 출석해달라는 초대를 받았다. 1919년 11월 24일 간디는 델리에 도착했다. 제 1 차 세계대전을 종결한 휴전협정은 지난 해(1918) 11월 11일에 조인되었는데 그 결과 이슬람교 국가인 터키와 터키의 세속적인 지배자인 동시에 칼리프——이슬람교 전체의 종교상 우두머리인 터키의 술탄의 패배가 결정되었다.

판 이슬라미즘(범 이슬람주의)은 인도에서도 다른 지역에서도 대중 운동은 아니었지만 칼리프의 운명은 인도 이슬람교도의 마음을 움직였다. 이슬람교도의 지도자들, 특히 대전 중 당국에 구금되어 있던 무하마드 알리와 쇼우카트 알리 형제, 진너, 아사프 알리, 마우라나 아블 카람 아자트 같은 이들은 칼리프에 대한 인도의 관심이 적어도 영국이 터키에 대해서 요구한 화평조건을 다소나마 완화시킬 것으로 기대했다. 그러나 터키는 결국 영토 일부를 빼앗기고 술탄 자신도 폐위된다는 것이 명백해지자, 칼리프에 대한 관심과 영국에 대한 반감이 겹쳐 인도에서는 소위 캘러패트 운동이라는 이름으로 알려진 강력한 칼리프 옹호 운동이 일어나게 되었다.

간디가 출석한 1919년 11월 델리에서 열린 이슬람교도 협의회는 바로 그 캘러패트 집회였다. 거기에는 힌두교도도 많이 참가했다. 이

기간이 힌두교도와 이슬람교도 사이의 정치적 협조의 밀월이었다. 간디가 라홀에서 받은 초대장에는 칼리프 문제와 함께 암소 보호 문제도 토의한다는 취지가 써 있었다. 간디는 이 문제에 이의를 제기하여 그 협의회 자리에서 다음과 같이 발언했다. 가령 "이슬람교도가 암소를 신성한 동물로 여기는 힌두교도의 관습을 존중하는 뜻에서 도살하지 않을 생각이면 그것은 캘러패트 문제에 관한 힌두교도의 태도하고는 관계없이 추진되어야 한다. 그리고 마찬가지로 힌두교도가 칼리프를 옹호하는 이슬람교도를 지원해야 한다면 그렇게 하면 그만이다. 다만 그렇게 한다고 해서 암소보호를 대상으로 기대해서는 안 된다." 간디의 주장에 따라 암소 문제는 의제에서 제외되었다.

협의회는 어떻게 할 것인지를 검토했다. 영국의 지나치게 가혹한 방침을 비난하는 결의만으로는 충분하지 않았다. 영국제 의료를 배척하자는 제안이 나왔다. 그러나 영국제품을 다른 외국제품과 구별할 수 있을지, 영국제품이 일본제나 이탈리아 제나 벨기에 제처럼 가장해서 판매되지는 않을지, 결국 철저히 하기 위해서는 박래품(舶來品) 전체를 배척해야 하는데, 인도는 과연 국내 수요를 충당할 만한 의료를 생산할 수 있을지.

간디는 단상에서 행동계획을 생각하고 있었다. 계획과 그 계획을 적절히 요약한 슬로건을 찾고 있었다. 드디어 적당한 어휘를 생각해낸 간디는 '비협력'이라고 말했다. 인도인은 정부에 반대를 하면서 협조를 할 수는 없다. 영국의 수출품이 인도에 들어오는 것을 보이콧하는 것만으로는 불충분하며, 학교, 재판소, 직업, 명예 등 영국에 관계되는 것은 모조리 보이콧해야 한다. 결코 협력해서는 안 된다.

비협력 인도의 독립운동과 간디의 생애에서 획기적인 말이 되었다. 비협력은 소극적으로는 평화적이지만 적극적으로는 효과가 있었다. 그것은 인도인 자신에게 절제와 헌신과 자율을 부과하는 것이며 실질적으로 있어 자치 훈련이었다.

이슬람교도 협의회에 대한 간디의 권고는 터키가 수락하지 않을 수 없는 최종적인 강화 조건의 내용에 따르는 것이었다. 즉, 예상되는 바와 같이 과중하고 칼리프를 폐위시킨다는 조건일 경우에 인도는 영국에 협력하지 않는다는 것이다. 이렇게 해서 간디는 영국이 터키에 대한 정책을 수정(修正)해서 빠져나갈 수 있는 구멍을 남겨주었다.

국민회의의 연차(年次) 회의는 그 해, 즉 1919년의 마지막 주 암리트살에서 열렸다. 정부가 자리안와라 버그 가까운 곳에서 회합하는 것을 용인한 점과 알리 형제가 대회 전날 밤에 석방되어 형무소에서 회장으로 직행할 수 있었다는 사실에서 간디의 낙관주의는 더욱 고무를 받았다.

우연인지 계획적인지 대회 전날 그 동안에 자주 예고가 있었던 몬타규 쳄스퍼드 개혁을 영국 황제가 포고했다——(황제는 그것을 '새 시대의 개막'이라고 말했다) "간디, 그 포고는 나로서도 완전히 만족스러운 것은 못 되고 다른 사람들 모두에게는 더욱 불만족한 것이었다."고 확언하고 있으나 그럼에도 불구하고 수락했다. 11월에는 델리에서 비협력을 강조했는데 12월에는 암리트살에서 협력에 찬성했다.

몬타규 쳄스퍼드 개혁은 영국 하원에서 1919년 인도 통치법이라는 명칭으로 승인되어 1921년 2월 9일에 인도의 새 헌법이 되었다. 그 새로운 제도는 영국에서는 '양두정치(兩頭政治)'라고 불렸다. 단두정치(單頭政治), 즉 일자——영국——의 통치가 양두(兩頭), 즉 두 개—— 영국과 인도——의 통치로 되었다. 그러나 실제에 있어 인도인은 중앙정부에서는 아무 힘도 갖지 못했으며 전혀 고려되고 있지 않았다. 주(州)의 단계에서는 인도인 국장이 농업, 공업, 교육, 보건, 물품세, 도로, 건설 등 부문에서는 관리를 하지만 재정과 경찰은 어디까지나 영국인 주지사가 완전히 장악하고 있었으며, 인도인 국장이나 입법부의 어떤 결정도 감히 무시할 수 있었다. 문관직에 인도인을 등용하는 기회가 증가되었으며 앞으로 더 증가하겠다는 약속도 되어 있었다. 그러나 총체적으로 보아 인도인의 입장에서는 양두정치라고 하지만 실질적으로는 역시 영국의 단두정치였다.

그래도 간디는 가까운 시일에 있을 헌법개혁에 관한 황제의 포고에 마음이 끌려 1919년 국민회의 암리트살 연차대회가 그것을 승인할 것을 희망했으며 영국의 선의에 기대를 걸었던 것이다. 간디의 말에 의하면 "신뢰는 덕이며 무력에서 불신이 생긴다." 그러나 대회의 전체 분위기는 간디의 희망과 일치하지 않았다. 유명한 벵갈 주의 민족주의자 C. R. 다아스, 진너, 틸락 같은 이들이 반대했다. 경험도 많고 인망도 두터운 지도자들이 반대하는 것을 알고는 간디도 주저했다. 자서전에는 "국민회의에서 달아나려 했다."는 생각도 들었다고 말하고 있다.

그러나 간디의 존재는 국민회의의 한 거점이 되어 있었으므로 탈퇴하지 말라는 설득을 받았다. 이번 대회에는 7만 31명이라는 전례없이 많은 대표자들이 참석했다. 간디는 그들의 우상이며 전부터 이름난 변호사들보다도 친근한 느낌을 주는 인물이었다. 이제 간디의 세력에 대항할 수 있는 사람은 틸락 하나뿐이었다.

틸락의 주장은 특이했다. 몬타규 쳄스퍼드 개혁을 수락하는 것은 그것이 불충분하다는 것을 증명하기 위해서라는 것이었다.

그것은 원래 간디의 방식이 아니다. 간디의 방식은 무슨 일이나 일단 수락한 바에는 진심으로 그것을 지켜 과연 타당한지 어떤지 공정한 시험을 해야 한다. 그리고 그것을 원하지 않을 바에는 누구를 상대하게 되든지 정정당당하게 싸워야 한다.

대표들은 간디를 지지했다. 그러나 간디는 틸락을 이기고 싶지 않았다. 극적인 순간에 간디는 단상에 앉아 있는 틸락을 향해 섰다. 그때 간디는 훗날 인도 민족주의자들의 '간디 모자'로 불린, 조종사 모자처럼 생긴 수직의 흰 모자를 쓰고 있었는데, 그 모자를 벗어던지고 경례한 다음 타협안을 받아들여 줄 것을 틸락에게 탄원했다. 이렇게 되자 틸락이 양보했다.

타협안에서는 몬타규가 개혁에 힘쓴 역할에 감사를 표하고 장차 완전한 의회정치로 발전해가는 방향에서 이 새로운 양두정치에 협력할 것을 약속하는 동시에 다이어 장군의 죄를 불문에 붙인 쳄스퍼드는, 인도의 정세를 혼란시키고 있는 점을 지적하여 그의 파면을 요구했다. 그리고 또 하나의 결의에서는 편잡에서 일어난 영국측, 인도측 쌍방의 폭력이 비난되고, 제 3 의 결의에서는 로울라트 법의 철폐를 요구했다.

그러나 간디에게서 고무받은 젊은 세대나 새로운 분자들은 전후에 접어들어서 자치를 향한 진전이 가속화될 것을 기대하고 있었기 때문에 교묘하게 균형을 잡은 국민회의의 결의에 실망했다. 전후에 물가가 올랐기 때문에 더욱 많은 사람이 굶주림에 시달리고 있으며, 이슬람교도는 이미 터키의 운명이 개선되지 않는다는 것을 알았다. 몬타규의 노력은 진지한 것이었으므로 암리트살에서 열린 국민회의는 그에게 찬사를 보냈다. 하지만 영국의 내각은 이것을 거부했다. 거기에다 영국에서는 퇴역한 다이어 장군에게 많은 후원자가 나타나 일부는 그를 위해서 거액을 모금해주었다. 간디는 다이어에 대한 처벌을 요구하지는 않았으나, 그에 대한 은급(恩給)이 아무 탈 없이 지급되는 조치에 분격했다. 한터 보고서는 다이어의 죄를 증명하고 있으면서도 다이어처럼 생각하고 다이어처럼 행하는 수많은 영국인들에 대하여 아무런 조치도, 권고도 하지 않았다.

간디는 암리트살 국민회의 대회에서 몬타규 쳄스퍼드 양두정치 개혁한 지 3개월 후, 이러한 사태의 추이로 인하여 그 반대쪽으로 전진하게 되었다.

암리트살 대회에서의 간디주의적 신중성의 승리는 일시적인 것에 지나지 않으며 일반적 동향은 명백히 비협력의 방향으로 나아가고 있었다. 사태는 급속히 진전했다. 1920년 4월 간디는 자치연맹의장으로 선출되어 6월 30일에는 비협력의 방침을 정했다. 간디는 부왕에게 서간을 보냈다. '나는 이슬람교도 동포에게 귀하의 정부에 대한 지지를 철회할 것을 권고했으며 또 힌두교도에 대해서는 그들에게 동조하도록 권고했습니다.' 부왕은 '비협력은 어리석은 기도 중에서도 가장 어리석은 짓'이라고 회답했다. 하지만 쳄스퍼드의 모든 권력도 그것을 억제하지는 못 했다. 간디는 1920년 7월 31일, 단식하고 기도를 올린 다음 이튿날(8월 1일) 비협력 운동을 개시한다는 취지를 선언했다. 인도의 반영(反英) 민족주의 운동의 창시자라 할 발 간가달 틸락(1856~1920)은 그날 위대한 발자취를 남기고 세상을 떠났다.

틸락이 죽은 뒤에는 아무 이론 없이 간디가 국민회의 지도자가 되었다. 1920년 9월 4일부터 9일까지 캘커타에서 열린 인도 국민회의의 임시대회에서 비협력운동이 승인되었다. 12월 중부 인도 나구플에서 열린 연차대회에서는 다시 이 결의가 만장일치로 확인되었다. 다음에 간디는 가능하다면 대영제국 안에서의 스와라지(自治)를, 또 필요하다면 다른 억압받는 국가의 스와라지를 목표로 한다는 결의안을 제출했다. 진너를 우두머리로 하는 일파는 제국 내에서 자치(Home—Rule)를 택했으나 그들은 패하고 말았다. 진너는 국민회의에 대한 흥미를 잃었다. 간디의 정치가 국민회의의 정치였다.

나구플 연차대회에서는 간디가 작성한 새로운 국민회의 헌장이 채택되었다. 간디는 그 동안 기둥이 없는 황금의 돔(둥근 지붕)이었던 국민회의를 농촌단위, 도시지구단위, 주구역 정책을 결정하는 350명의 위원으로 구성되는 전 인도 국민회의 위원회——A · I · C · C(이하 생략하여 국민회의 파 위원회라 부른다)와 15명으로 구성된 운영위원회를 두어 기둥이 있는 조직, 즉 민주적인 대중조직으로 바꾸었다.

나구플 대회에는 2만 명이 출석했다. 불가촉천민제의 철폐, 수방(手紡), 수직(手織)의 부활 그리고 틸락 기념사업 기금으로 1000만 루피를 모금할 것이 의결되었다.

캘커타 임시대회와 나구플 연차대회에서는 종래의 모임에 비하여 양복을 입은 사람이 적었으며 영어를 사용하는 사람보다 힌두어를 사용하는 사람이 더 많았다. 중산계급을 대표하는 층이 많았고 가난한 사람도 상당수 참가하여 이제는 명사나 부호들이 독점하는 무대가 아니었다. 일부 사람들은 국민회의파를 떠났지만 대다수는 간디의 인력(引力)에 끌렸다. 사실 그들은 간디라는 인물이 그들 자신은 미처 생각도 못 하던 힘을 발휘하고 있는 것을 알았다.

간디는 중류 카스트 출신이며 중산계급에 속해 있었다. 그는 마침 눈을 뜬 중산계급 인도인이 민족적 자유와 독립을 갈망하게 되었을 때 정치에 진출한 것이다. 간디와 그들이 정치에 뛰어든 것은 거의 동시였다.

간디의 인격과 경력의 모든 요소가 민중에게 일체감을 주었으므로 그를 존경했다. 의심이 많은 사람들도 간디의 용기, 꾸준한 활력, 착한 마음씨, 보일듯 말듯한 상쾌한 미소, 사심이 없는 태도, 자신감 그리고 인간에 대한 무한의 신뢰에 매력을 느꼈다.

간디는 무력한 나라에서 독특한 '힘'의 상징이 되었고 예종의 나라에서 '자유인'으로 행동했다. 말하자면 그는 성자였다.

간디가 내세운 비협력의 이념은 곧 강력한 호소력을 발휘했다. 우리를 둘러싼 벽을 더욱 강하게 해서는 안 된다. 우리를 속박한 칼(枷)을 우리 자신이 만들어서는 안 된다는 것이 간단 명료한 이치였기 때문이다. 간디는 1920년 12월 나구플에서의 국민회의파 대회에서 가령 인도가 폭력에 의존하지 않고 비협력을 실천하면, 1년 이내에 자치를 획득할 수 있을 것이라고 약속했다. 그는 이 메시지를 전국에 파급시켜 비협력이 매우 개인적인 것이라는 인상을 주었으므로, 민중 한 사람 한 사람이 비협력에 참가해야 하며 그렇지 않으면 스와라지가 늦어진다고 생각하게 되었다. 간디는 남아프리카에서 받은 종군 메달 2개와 남아프리카에서의 인도주의적 활동에 대한 공로로 수여된 카이젤 에 힌두 금메달을 인도 총독에게 반환했다. 간디는 함께 보낸 편지에 '자기의 부도덕을 변호하기 위해 점점 더 악에서 악으로 달려가고 있는 정부에 대하여 나는 경의도 애정도 느낄 수 없다.'고 썼다. 많은 인도인이 영국이 준 칭호나 훈장을 포기했다. 모티랄 네루는 번창하는 변호사업을 폐업하고 금주(禁酒)까지 해서 완전한 비협력자가 되었다. 그의 아들 자와하르라르 네루 캘커타 법조계의 중진인 C.R. 다아스, 바츠라브비이 파텔 같은 이들을 빌두로 수천 명의 사람들이 영국 재판소와 영구히 절연했다.

많은 학생들은 전문가가 되기 위한 학업을 중단했다. 틸락 기념기금은 빈자와 부자를 가리지 않고 열광적인 희생정신으로 지지되었으므로 얼마 안 가서 목표액을 넘는 금액이 모금되었다. 그 기금은 항구적인 고등교육기관을 설립하는 데 사용되었다.

학생들과 교사들, 그리고 각종 전문직에 종사하던 많은 남녀가 도시를 떠나 농촌에 들어가서 '글'과 '비협력'을 가르쳤다. 농민에게 비협력이란 세금 불납과 정부가 막대한 재원으로 삼고 있는 술을 마시지 말자는 것을 의미했다.

간디는 무덥고 습기가 많은 계절에도 지칠줄 모르고 끊임없이 전국을 누비고 다녔다. 10만 명, 때로는 그 이상의 거대한 군중 앞에서 연설했는데 확성기가 없는 때이므로 민중은 그저 그의 '정신의 소리'를 듣기 위해 몰려들었다. 7개월간이나 덥고 불편한 기차를 타고 여행했는데 기차가 정거할 때마다 마하트마의 모습을 보기 위해 몰려든 군중에게 포위되었다. 어떤 오지의 주민들은 간디가 탄 기차가 그 조그만 역에 정거하지 않을 경우에는 선로에 누워 깔려죽겠다고 했다. 기차는 밤중에 그 역에 정거했다. 자다가 깬 간디가 모습을 나타내자 소란했던 군중이 플랫폼에 무릎을 꿇고 눈물을 흘렸다.

그 분투의 7개월간 마하트마는 하루 세 차례씩 식사를 했다. 양유 16온스, 토스트 3조각, 오렌지 2개, 포도 한 송이나 건포도가 한 끼의 메뉴였다.

아샘 주, 벵갈 주, 마드래스 주에서 간디는 알리 형제 중 하나인 무하마드 알리와 같이 다녔으며 집회에서도 같이 연설했다. 간디는 어느 모임에서나 당신들이 인도의 자치를 바란다면 입고 있는 박래품 옷을 벗어야 한다고 말했다. 청중이 박수갈채로 찬성의 뜻을 표시하면 즉각 지금 입고 있는 옷을 벗어서 땅에 던져버릴 것은 요구했다. 박래품 옷을 입은 사람은 벗어 내놓았다. 그 중에는 벌거숭이가 되는 사람도 있었다. 모자, 웃옷, 셔츠, 바지, 내의, 양말, 구두 따위가 연단 옆에 수북하게 쌓이면 간디가 불을 붙였다.

박래품은 훨훨 타서 삽시간에 잿더미가 되었다. 그러자 간디는 다시 청중을 향하여 박래품대신 인도의 공장제품을 입자는 것이 아니고 손으로 실을 뽑아 피륙을 짜는 일을 배워야 한다고 말했다. 일상생활에서 간디는 대개 점심 식사 전에 약 반 시간 정도 방차(紡車)를 돌렸으며 동료들에게도 그렇게 할 것을 요구했다. 그러는 동안에 간디 앞에 나타나는 인도인은 거의 모두가 수직(手織) 피륙으로 만든 옷 외에는 입고 오지 않았다.

간디는 "매일같이 방차(물레)를 돌리는 일은 그것이 곧 '종교적 예전(禮典)'이며 그 사람의 마음은 신에게 향하는 일이 된다."고 말했다. 간디는 염주를 가지고 있었지만 잠이 오지 않는 밤이나 별을 우러러 볼 때 외에는 별로 사용하지 않았다. 염주대신 방차가 돌아가는 규칙적인 소리와 '라마, 라마, 라마, 라마, 라마'를 되풀이하는 규칙적인 영창(詠唱)에 마음을 가다듬는 리듬을 발견했다.

이와 같이 비협력을 주장하는 장기간에 걸친 간디의 유세는 여러 가지 점에서 종교 부흥운동과 비슷한 것이었으며 곳곳에서 소규모의 그룹에게 국민회의파 지부조직을 발족시키는 문제에 관해서 차분하게 설명했다. 그는 또 한복판에 찰카아(紡車)를 도안한 국민회의파 기(旗)를 고안하기도 하고 의용대원을 모집하기도 했다. 그들 10개 조의 대원들은 평상복을 제복으로 삼아 집회의 질서를 지키는 일을 맡았다. 간디는 규칙적으로 영어 주간지 〈영 인디아〉 지와 구자라트 어 주간지 〈나바지반〉 각 호에 몇 가지 논설을 쓰고 있었는데, 이 두 주간지는 1919년에 발간된 그의 사설 기관지이며 광고는 일체 싣지 않았다. 둘 다 아흐마다바드에서 간행되고 있었다.

어느덧 한 해도 저물어 갔다. 간디는 1921년에는 인도에 스와라지가 실현될 것을 민중에게 약속했었는데, 그런 조짐은 전혀 보이지 않았다.

지난 9월의 어느 날 오후 간디와 무하마드 알리가 집회에 출석하려고 나란히 걸어가고 있을 때 영국인 경관 2명과 하급 순경 수명이 다가와서 무하마드 알리를 체포했다. 그리고 얼마 후 무하마드 알리의 형 쇼우카트 알리도 체포되었다. 두 사람은 이슬람교도에게 영국군에 근무하지 말라고 선전했다는 이유로 2년 형을 받았다. 체포되기 전에 무하마드 알리는 서부 인도 마라발 해안에 갈 계획을 세우고 있었다. 그곳에서는 모푸러라 불리는 이슬람교도들이 반정부 폭동을 일으켰는데 그것이 빗나가 힌두교도와 이슬람교도 사이에 충돌을 유발했다.

간디는 무하마드 알리의 체포와 마라발에서 일어난 양교도(兩敎徒) 사이의 폭동사태 때문에 대단히 난처한 입장에 놓였다. 그의 생각으로는 스와라지의 달성은 기본적으로 양교도 사이의 우호에 달려 있었기 때문이다.

이슬람교도 동지를 빼앗긴 간디는 육체노동에 더욱 힘써 물레돌리기를 끈질기게 강조했다. 1921년 9월에는 수직(手織) 무명과 간소한 스타일을 더 철저하게 추가하여 그때까지 착용하던 모자, 조끼, 헐거운 도우티 등을 영구히 벗어버리고 요포(腰布)를 자기 유일의 옷차림으로 했다. 그 밖에 홈소판(굵은 실로 짠 모, 방 모직의 일종)으로 만든 자루를 가지고 다녔는데 거기에는 필기구, 염주, 약간의 일용품 그리고 말린 과일이 들어 있었다. 이 모습이 마하트마 간디의 탁발차림이었다.

간디는 이러한 기묘한 모습——일부 동지들을 웃기기도 하고 난처하게도 한——으로 인도의 정치지도자들과 중대한 의논을 하기 위해 봄베이에 왔다. 회의파 운영위원회는 10월 5일 모든 인도인 병사와 문관은 한 사람 한 사람이 정부와의 관계를 끊고 다른 새로운 구실(생계의 방법)을 찾기로 한다고 결의했다. 이는 곧 군대에서 나오라는 호소이므로 알리 형제를 구금한 이유가 되었던 치안방해 성명을 국민회의파가 공식으로 되풀이한 것을 의미했다. 그리고 회의파 지도자들은 각각 그들의 근거지에 들어가서 정부에 대하여 개인적, 시민적 불복종을 실천하라는 지시를 받았다.

영국은 이렇듯 긴장된 정세에 대하여 영국 황태자, 즉 뒤에 애드워드 8세가 된 윈저 후(侯)의 인도 방문을 제의했으나 그렇다고 해서 인도는 무슨 매력을 느끼거나 충성을 표시할 생각은 없었다. 국민회의파는 황태자의 방문여행을 보이콧했다. 황태자는 인기척없는 도시나 적의에 찬 거리를 통과했다. 봄베이에서는 황태자를 환영하러 나온 사람들이 습격을 당하여 유혈폭동이 일어났다. 간디는 혼란이 수습될 때까지 단식을 했다. 단식은 5일간 계속되었다.

정부는 드디어 정치지도자들과 그 추종자들을 검거하기 시작했다. C.R. 다아스, 모티랄 네루, 라지파트 라이, 기타 수백 명의 회의파 당원이 체포되었다. 회의파의 다음 연차대회가 1921년 12월에 아후마다바드에서 개최될 때에는 전국을 통하여 2만 명의 인도인이 시민적 불복종과 치안방해의 죄목으로 투옥되었다. 그 대회에서는 간디가 국민회의파 유일의 집행권자로 임명되었다.

1921년 12월부터 이듬해 1월 사이에 다시 만 명의 인도인이 정치범으로 투옥되었다. 어떤 주에서는 농민이 자발적으로 세금 안 내기 운동을 개시했다. 관직에 있었던 인도인은 그 자리를 내놓았다.

정부는 한층 더 강경한 태도로 대처했다. 간디는 정부가 취한 조치를 인증(引證)하여, 그것은 '계엄령보다도 더 나쁘다'고 하고 당국의 탄압정책을 '어리석고 거칠며 원시적이고 잔혹한 까닭에 야만적'이라고 단정했다. 형무소 안에서나 바깥에서나 사람을 매질하는 예가 흔했다.

1921년은 지나갔으나 스와라지는 아직 오지 않았다. 간디는 사바르마티의 아쉬람에 있었는데 지금 이 상황에서 어떻게 할지 곰곰이 생각하고 있었다. 간디는 장기계획을 세우는 예는 좀처럼 없으며 '직면한 현실의 상황에 입각해서' 갑작스러운 영감에 따르는 경우가 흔히 있었다. 그러나 지금은 어떻게 할지. 회의파 내부에는 의결의 불일치가 있으며 마하트마가 금주(禁酒), 물레돌리기 그리고 정부 권력에 대항함에 있어서 말[言語]에 의한 반항——같은 소극적인 수단을 강조하는 것을 비웃는 사람도 적지 않았다. 그들이 바라는 것은 행동이었다.

일부 민족주의자들은 반란을 원했지만 간디는 평화를 신봉했다.

평화로운 수단을 고집하는 것은 결코 두려움 때문이 아니었다. '비굴과 폭력과 둘 중 하나를 택해야 한다면 나는 감히 폭력을 택할 것이다' 그는 1921년 8월 11일 자 〈영 인디아〉 지에 이렇게 쓰고 있다. 평화로운 수단——비폭력은 오히려 폭력보다도 더 큰 용기가 필요하다. 관용은 처벌보다 더 남자답다. 인도인에게는 다이어 같은 사람을 처벌하는 일보다 전 세계에 전달해야 할 더 중요한 사명이 있다. 간디는 비폭력은 인류의 법이고 폭력은 축생(畜生)의 법이라고 생각했다.

"가령 인도가 칼(폭력)의 길을 택한다면 찬란한 승리를 달성할 수 있을지도 모르지만 그렇게 해서 달성된 인도는 이미 내가 자랑스럽게 여길 수 없다. 나의 종교에는 지리적 경계는 없다. 나의 신앙은 경우에 따라서는 나의 인도에 대한 애정을 초월할 것이다." 간디는 결코 무비판적인 민족주의자는 아니었다.

새로운 부왕, 즉 인도 총독 로드 리딩은 1921년 4월 2일 인도에 도착했다. 총독이 경찰과 군대를 절대적으로 지배하는 데 대하여 국민회의파는 마하트마 간디를 최고 지도자로 받들었다. 간디의 어떤 한 마디가 1857년의 반란(세포이 반란)은 비교도 되지 않을 만큼 큰 변란을 일으킬지도 모르는 상황이었다.

로드 리딩은 유태인 출신으로 법조계에서 눈부신 활약을 한 뒤에 각료, 고등법원장, 워싱턴 주재 영국대사를 거쳐 이번에 인도 총독으로 부임하게 된 사람이었다. 뉴델리에 착임(着任)한 지 얼마 후 그는 간디와 만나 얘기하고 싶다는 의향을 표시했다. 리딩이 자기 아들에게 써 보낸 편지에 의하면 '여기는 최근 어느 정도 긴장된 분위기가 떠돌고 있다. 중재자들이 간디와 회담시키려고 나에게 접근해오고 있다.'

로드 리딩은 처음 만난 반도(叛徒——인도 민족의 지도자)에게서 확실히 훌륭한 인물이라는 인상을 받았다.

간디는 총독의 초청을 수락했다. 많은 인도인들은 이 수락을 반대하여 간디는 협력자가 되었느냐고 물었다. 간디는 대답했다. "상대방의 수단이나 조직을 공격하는 것은 좋지만 사람을 공격해서는 안 된다.

사람이라면 누구에게나 결점이 있으므로 남에게 대해서도 아량이 있어야 하고 남의 동기를 책망함에 있어서는 천천히 해야 한다. 그렇기 때문에 나는 기꺼이 총독각하를 방문하는 것이다.”

간디와 만나고 싶다는 리딩 총독의 열의는 십분 보답되었다. 5월 하순 아들에게 보낸 편지에 마하트마와 여섯 번 만났다고 말하고 있다. ‘제 1 회는 4시간 반, 제 2 회 3시간, 제 3 회 1시간 반, 제 4 회 1시간 반, 제 5 회 1시간 반, 제 6 회 45분이었다. 그 인물을 평가하기 위해 충분한 기회를 얻었다.’

도합 13시간에 이르는 회담을 하고 나서 리딩은 간디를 어떻게 생각했을까. “풍모에는 특별히 이상한 점은 없다. 하얀 도오티(腰布)를 두르고 수직(手織) 모자를 쓰고 맨발로 들어왔다. 방에 들어온 그의 모습을 보고서 제일 먼저 느낀 인상은 풍모에는 두드러진 점이 아무 것도 없으며 길에서 스쳤다 하더라도 모르고 지나갔을 것이라는 느낌이었다. 그런데 얘기를 하면 인상이 다르다. 명쾌하고 한 마디 한 마디를 음미하면서 썩 훌륭한 영어로 표현했다. 머뭇거리는 일이 전혀 없으며 그의 모든 발언에는 성실함이 울리고 있었다. 그는 종교적인 입장을 확고히 지키고 있으며 ‘비폭력’과 ‘사랑’이 인도에 독립을 가져오고, 인도를 영국에 저항시킬 수 있는 것이라는 열광에 가까운 신념을 품고 있는 것 같았다. 그의 종교적, 도의적 견해는 매우 고도의 것으로 찬양할 만하다. 다만 그것을 정치에 적용한다는 점이 나로서는 도저히 이해하기 어렵지마는……. 우리는 매우 솔직하게 의견을 교환했다. 그는 예의바르고 모든 기거동작에 법도가 있었다. 여러 가지 문제에 관해서 의논을 했지만 말투는 항상·조심스러웠다.”

리딩 총독이 간디의 정치관을 이해하지 못한 것은 놀라운 일이 아니다. 간디는 그에게 자기가 어떤 방법으로 영국을 이기려 하는지를 설명했다. “우리의 운동은 부패, 기만, 공포, 백인의 우월성 등 여러 가지 틀린 생각에 매어 있는 인도의 정치생활을 정화하는 종교적인 것으로 그 주안점은 인도의 정화에 있으며 영국을 밀어내는 것은 그

부산물이다. 그렇기 때문에 인도인은 비폭력적인 비협력을 실천한다.”
그러나 리딩은 찬성하지 않았다.

인도인이 설사, 간디의 방법에 찬성하지 않더라도 마하트마 간디의
존재는 불가결이었다. 왜냐하면 그는 열광적일 정도로 신념이 확고
하며, 인도의 폭력파 투사들마저도 그의 비폭력에 묵종했기 때문이다.
그들은 간디에게 왜 인도 전역에서 동시에 비폭력적 불복종 투쟁을
전개하지 않느냐고 물었다. 이 조치를 지지하는 결의는 1921년 11월
4일 델리에서 열린 전 인도회의파 위원회에서 채택되었는데 간디는
각지 지도자 전원으로부터 그의 허가없이는 행동을 하지 않는다는
유보의 약속을 받고 있었다. 간디는 대중의 불복종운동의 시도를 우선
어느 하나의 지역에서 전개하기로 하여 그 실험을 자기가 직접 감독할
수 있도록 봄베이에 가까운 인구 8만 7000명의 바알드리 지구를 택하여
1922년 2월 1일 이 계획을 리딩 총독에게 전달했다.

같은 실험을 각 주에서 동시에 전개하는 것도 가능했을지 모른다.
또 그렇게 하면 정부는 더욱 곤란하여 어쩌면 항복할 수 있었을지도
모른다. 그런데 마하트마는 왜 137의 작은 마을로 구성된 하나의 제한된
지역에서 영국의 통치를 마비시킨다는 큰일을 시도했을까. 그렇게 하면
당국이 간디를 탄압하기가 간단함에도 불구하고.

간디는 시민적 불복종은 올바르게 행하기만 하면 결코 패배하지 않을
것으로 믿고 있었다. 정부에 저항하는 시민의 수효가 10만일 경우나
1억일 경우나 마찬가지였다. 어떤 정부도 10만 명을 몰살하거나 몽땅
투옥하거나 하지는 못하니까.

그리고 간디는 아직 대영제국과의 결전을 생각하고 있지 않았다.
간디의 생각에 의하면 그런 극한적인 투쟁은 오래 끌고 폭력화하며
양측 지휘자의 양심을 둔하게 하는 한편 증오, 잔인성, 부정직, 독재권
등을 최대로 조장시키게 된다. 그리고 어느 쪽이 이겨도 두 나라와
세계 전체에 손해를 끼치게 될 것이다.

1921년 12월의 회의파 아후마다바드 대회에서 간디는 영국정부에

지극히 겸허한 태도로 다음과 같이 간청했다. '귀정부가 우리를 어떻게 억압하거나 우리는 언젠가는 반드시 당신들을 후회하게 만들 것입니다. 우리는 귀국이 즉각 현사태를 검토하고 당신들의 행위를 자제하여 3억의 인도 국민을 영원한 적으로 삼게 되지 않기를 바랍니다.'

간디가 바알드리를 시험대로 택한 것은 이상과 같은 고려에서 나온 것이었다. 바알드리가 단결되고 자율적이고 평화적으로 영국의 지배에 대한 비협력을 실천하면, 영국 본토의 영국인이 인도 현지정부의 용납할 수 없는 과오를 깨달아, 나아가서는 현재 그들이 인도인에게는 이 정도가 적합하다든가 이 정도면 인도인이 감당할 수 있다고 생각하고 있는 수준 이상으로 완전한 독립을 인도에게 줘야겠다고 생각하게 될지도 모른다. 간디가 늘 유의한 것은 적과 피투성이가 되어 싸우는 것이 아니고 적에게 감동을 주어 변혁시키고 신뢰 시키는 데 있었다. 바알드리는 시민적 불복종을 전개할 준비를 했다.

그런데 2월 5일 바알드리에서 800마일 떨어진 연합주 초우리 초우라에서 사건이 발생했다. 그 소도시에서 인도인 폭도가 살인을 했다. 간디가 1921년 2월 16일 자 〈영 인디아〉 지에 보고한 바에 의하면 그곳에서는 합법적인 시위행진이 거행되고 있었다. '그런데 행렬이 거의 다 지나간 뒤에 맨 끝의 사람들이 경관들에게 방해를 당하기도 하고 욕지거리를 듣기도 했다. 그들이 구원을 청하자 앞서 갔던 군중이 되돌아왔다. 경관들은 발포했으나 갖고 있는 탄약이 적었으므로 다 쏘고는 경찰서로 도피했다. 폭도들이 경찰서에 불을 질렀다. 도피한 경관들이 이번에는 불을 피하여 뛰어나왔다. 경관들은 폭도에 붙잡혀 칼로 난자당하고 타오르는 화염 속에 던져졌다.'

2월 6일 이 끔찍한 사건의 뉴스를 바알드리에서 접한 간디는 큰 충격을 받았다. 슬프고 비참한 기분이었다. 육체적으로, 심리적으로 평형이 흔들릴 정도였다. 그는 이렇게 외쳤다. "경관들은 마지막에는 무방비나 다름없었기 때문에 실질적으로는 폭도의 처분에 달려 있었다. 그런 사람들을 잔인하게 죽였다는 것은 당초에 경관들 쪽에서 어떤 도발이 있었다 하더라도 정당화될 수 없다.”

그것은 불행한 조짐이었다.

간디는 더 폭도들을 추궁했다. “신께서 바알드리의 비폭력 불복종 운동을 성공시켜주시고, 정부가 바알드리의 승자에게 양보를 한다 하더라도 도발이 있기만 하면 언제든지 잔인한 행동을 할 우려가 있는 흥분하기 쉬운 사람들을 대체 누가 통제할 수 있겠는가.” 간디 자신도 그게 가능하다는 확신이 없었다.

이때문에 간디는 바알드리의 투쟁을 중지하고 인도 전역에서의 반정부 행동을 취소했다. 그는 이렇게 외쳤다. “우리들의 굴욕, 즉 우리들의 패배를 적으로 하여금 자랑하게 하자. 서약을 어기어 죄를 범하거나 신에 대한 죄를 범하기보다는 차라리 비굴하다거나 무기력하다는 비난을 받는 것이 낫다. 자기 자신에 대해서 불성실하기보다는 차라리 세상에 대해서 불성실한 것처럼 보이는 것이 백 배 났다.”

회의파 운영위원회의 일부 위원들은 간디의 조치에 찬성하지 않았다. 간디는 그들의 시점에도 일리가 있는 것을 알았지만 단호하게 말했다. “실제로 공세적인 강령을 모조리 철회하는 것은 정치적으로는 불건전하고 현명하지 않을지 모르지만 종교적으로는 의심할 여지없이 건전하다.” 간디가 일단 종교적인 자세를 취하면 아무도 그를 움직일 수 없었다. 간디는 초우리 초우라 사건은 “만약 충분히 조심을 하지 않는다면 인도가 자칫 그쪽으로 나아갈 위험한 방향을 암시하고 있다.”고 말했다. 국민회의파는 자기를 훈련하는 동시에 민중을 훈련해야 한다. 그리고 간디 자신은 한 개인으로서 자기 정화를 해야 했다. 자기를 둘러싼 주변 정신적 분위기의 사소한 변화도 빠짐없이 기록할 수 있도록 더욱 우수한 기구를 만들어야겠다고 생각해서 5일간 단식에 들어갔다.

한편 영국측 무대 뒤 준비실에서는 격론이 계속되고 있었다. 그 내용에 관해서는 자기 부친의 사신(私信)과 미공간(未公刊)의 공문서를 충분히 이용해서 전기(傳記)를 쓴 리딩 총독의 아들이 기술하고 있다.

당시 간디를 체포하자는 의견이 공식적으로 제기되어 있었다. 전기에 의하면 다음과 같다. '인도 총독은 서어 조지 로이드(봄베이 주지사 뒤에 로오드가 된 인물)를 비롯한 여러 유능한 영국인 관리들이, 간디가 주장하는 비폭력이라는 것은 궁극적으로는 폭력혁명을 목표로 하는 은닉된 단체라고 보는 의견을 근거없는 억측이라고 무시하기는 어려운 입장이었다. 리딩 총독은 으레 그런 식으로 위험하기는 하지만 단순히 연설만 한 사람을 체포하는 것은 너무 급하므로 그가 무슨 결정적인 행동을 할 때까지 기다리자고 한 데 반해서 서어 조지 로이드는 즉각적인 체포를 주장했다. 로드 리딩은 만약 간디가 행동을 시작하는 경우에는 나는 그를 체포함으로써 야기될 경과에 충분히 대비하고 있다고 언명했다.

전기에 의하면 얼마 후 "인도 담당상 애드윈 몬타규는 간디를 포함해서 비협력운동의 중심인물을 모조리 체포하라고 리딩 총독에게 지시했다." 그러나 리딩은 이 지시에 반대했다. 역시 그 전기에 의하면 "리딩 총독은 역시 무슨 결정적인 행동을 기다리기로 했다. 간디가 봄베이 관구(管區) 수라트 지구 바알드리 군에서 활발한 시민적 불복종 운동을 개시할 것을 선언하고 있었으므로 그를 체포할 기회가 곧 올 것처럼 보였다. 1월 24일 인도 정부는 서어 조지 로이드에게 간디가 공공연히 바알드리에서 투쟁을 개시할 때까지 기다리라는 특별훈령을 타전했다."

전기에는 다음에 초우리 초우라 사건이 기술되어 있으며 이어서 바알드리 투쟁이 실제로 개시되기 전, 2월 8일에 간디가 그 투쟁을 철회한 경위가 기록되어 있다. 그러나 "간디가 아직도 구속되지 않고 있는 사실에 대한 영국의 세론(世論)을 다루기가 어려워졌다. 몬타규는 2월 초 간디의 체포가 지연되고 있는 사실에 곤혹스럽다는 뜻을 타전했다. 어차피 그의 체포는 불가피한데 의회에서 기정사실로 보고 했으면 좋겠다고 초조해하고 있었다. 그런데 이 시점에서 총독행정 참사회의 인도인 대표들이 간디의 체포 시간을 조금이라도 더 늦추기 위해 가능한 한에서 강경하게 항의했다. 리딩 총독은 신중하게 검토한 결과 전체적으로 보아 조금 지연시키는 것이 인도 내외에 오전(誤傳)이 터질 염려가 있는 즉시(卽時)의 처치보다는 위험성이 적다고 판단했다.”

리딩 총독은 “체포를 연기하는 한편 세 관구의 지사들 봄베이 관구의 서어 조지 로이드, 마드래스 관구의 로드 위린돈, 벵갈 주의 로드 로날드세에게 문제를 같이 검토하기 위해 델리에 올 것을 요청했다.”

3월 1일, 리딩 총독은 당시 인도에 주재하는 가장 뛰어난 영국인 보수 정치가 두 사람과 회담을 한 뒤에 간디 체포를 지시했다. 체포는 1922년 3월 10일 금요일 밤 1시 반에 집행되었다. 경관이 사바르마티 아쉬람에 있는 간디의 집에서 80야드쯤 떨어진 노상(路上)에 차를 세워놓고 아쉬람에 거주하는 사람에게 간디를 체포하러 왔으니 준비가 되는 대로 나와달라고 정중하게 말했다. 간디는 아쉬람 사람들 14～15명에 둘러싸여 기도를 올리고 찬가의 합창도 했다. 그런 다음 명랑한 태도로 차가 기다리고 있는 곳까지 걸어가서 사바르마티 형무소로 연행되었다. 이튿날 아침 카스투르바이가 옷과 양유와 포도를 차입했다.

리딩 총독은 간디에게 무슨 뚜렷한 범법행위가 있을 경우에만 체포한다고 단언했다. 그러나 간디는 아무 행동도 하지 않았다. 의회에서는 토론이 벌어지고 있었다. 무엇 때문에 체포할 필요가 있었는지 분명하지 않았다. 리딩 총독은 연설이나 기사로 간디의 주장을 잘 알고 있었으므로 마하트마를 체포하는 것이 현명하다는 견해는 결코 납득을 하지 않았다. 그렇다면 조지 로이드와 위린돈은 어떻게 해서 리딩 총독으로 하여금 간디 체포를 단행시켰던 것일까.

리딩 총독은 4월 아들에게 보낸 사신(私信)에서 ‘현재까지는 간디 체포에 의한 곤란한 문제는 아무것도 발생하지 않고 있다.’고 쓰고 있다. 분명히 리딩은 민중 사이에 별다른 소동이 일어나지 않은 것이 다행이라는 말투이다. 주지사들은 이 점을 내다볼 수 있었던 것일까.

법과 질서만을 절대적으로 생각하는 주지사들의 주장이 리딩 총독의 주저를 이긴 것이다. 그리고 간디 쪽에서 말하면 바알드리의 시민적 불복종을 중지함으로써 스스로 무장해제를 했기 때문에 간단하게 체포된 것이다. 리딩이 4월에 아들에게 보낸 편지에서 이 점을 확인하고 있다. 간디는 '체포되기 전 1개월 내지 6주 동안에 매우 당돌한 정견을 표명함으로써 정치가로서의 자기 입장을 스스로 궁지에 몰아넣었다. 즉 날짜를 미리 정하여 정부에 대한 극한적인 반항 행동을 전개하기로 예정하는가 하면 막상 그날이 다가오자 정반대로 행동의 중지를 권고했다.'고 그는 쓰고 있다.

물론 그때문에 그의 일파 내부에 이론(異論)이 생기게 되었다.

그때문에 간디는 정치가로서 최후의 궁지에 몰려 있었다. 그의 정치적 생명은 여기서 끝난 것으로 간주되었다. "간디가 위법행위를 한 보통 사람이나 마찬가지로 구인, 투옥되었다는 사실 자체가 간디의 위신을 떨어뜨렸다."고 전기작자로서의 리딩의 아들은 평을 덧붙이고 있다. 그러나 이것은 터무니없는 오해였다.

간디는 자기가 체포될 것을 짐작하고 〈영 인디아〉 지 3월 9일 호에 '내가 체포되는 경우에는'이라는 제목을 단 기사를 발표했다. '정부는 설사 피가 강물처럼 흐르게 할지라도 나에게 두려움을 끼치지는 못한다. 하지만 민중이 나를 위해서 혹은 내 이름을 내세워서 정부를 매도한다면 오히려 내 가슴은 아픔을 느낄 것이다. 그리고 만약 민중이 내가 체포되었다고 해서 마음의 평정을 잃는다면 그것이야말로 내 면목을 손상시키는 것이다. 그런데 아무 혼란도 일어나지 않았다.

체포된 이튿날 예심(豫審)이 있었다. 간디는 '연령 53세. 직업은 농민 겸 직공'이라고 진술하고 죄상을 인정했다. 간디에 대한 혐의는 〈영 인디아〉 지에 치안을 방해하는 논설을 3편 발표했다는 것이며, 그것을 인쇄한 G. S. 반칼 씨도 동시에 고발되었다. 간디는 공판을 받기 위해 구치(拘置)되었다.

치안방해의 내용을 담았다는 3편의 논설 가운데 제 1 은 1921년 9월 19일자 〈영 인디아〉에 '충성심의 매수'라는 표제로 실린 글이다. '나는 거침없이 말한다. 군인이나 문관이나 기타 누구이거나 이 정부에 봉사한다는 것을 죄악적인 행위이다. 치안방해가 국민회의파의 신조이다. 우리들의 비폭력은 엄격하게 종교적이고 도의적인 운동이지만 신중하게 정부의 전복을 기도하는 것이므로 합법적으로 치안방해를 실시한다. 우리는 정부에 대하여 자비를 구걸하지 않으며 무엇을 기대하지도 않는다.'

이 구절이 간디를 구속한 정부측의 증거였다. 그것만으로는 명백하지 않다고 할 경우에는 다시 간디가 1921년 12월 15일자 〈영 인디아〉지에 발표한 '수수께끼와 해답'이라는 제2의 논설에 명백히 되어 있었다. '로드 리딩은 비협력자들이 정부를 상대로 싸우고 있다는 것을 이해해야 한다. 그들은 정부에 대하여 반란을 선언하고 있는 것이므로 로드 리딩은 손해를 당하지 않도록 할 권리가 있다.'

치안방해의 내용을 담은 제3의 논설 '갈기를 흔들면서'는 1922년 2월 23일자 〈영 인디아〉지에 실렸는데, 그 첫머리에 '영국이라는 라이온(獅子)이 우리 얼굴을 발톱으로 할퀴어 피투성이로 만드는데 어떤 타협이 있을 수 있겠는가.'고 외치고 있었다. 그리고 뒤이어서 대영제국에 대하여 다음과 같이 신랄하게 말하고 있다. "쌀밥을 먹고 사는 연약한 인도의 백성이 아무 보호도 없고 무기도 없이 이제야 자기 운명을 스스로 개척할 결심을 한 것 같다. 권력과 약한 민족에 대한 약탈이라는 포도주에 취한 제국이 오래 존속한 예는 세계 어디에도 없다. 1920년에 시작된 투쟁이 앞으로도 한 달 동안 계속될지 1년 동안 계속될지 혹은 몇 해나 계속될지 모르지만 어쨌든 최후의 최후까지 가야만 될 투쟁이다.'

간디로서는 이 제1, 제2의 논설이 나갔을 때 당장 체포되지 않은 것이 오히려 이상한 일이었다.

후세에 대심판이라는 이름으로 알려지게 된 그 역사적 재판은 1922년 3월 18일 C. N. 부룸필드 지구 치안판사를 재판장으로 하여 아후마다바드 순회재판소에서 열렸다. 원고는 봄베이의 검사장 J. T. 스트랑

그만이었다. 간디와 〈영 인디아〉 지의 인쇄인 반칼은 변호사를 선임하지 않았다. 군대가 파견되어 건물과 주변 도로를 엄중하게 경계했다. 법정은 협소하고 만원이었다. 방청권에는 치안재판소 소송 1922년 제45호 피고인 (1) M. K. 칸디 (2) S. C. 반칼이라고 기재돼 있었다.

기소장(起訴狀)을 낭독한 뒤에 검사장이 간디에 관한 기소사실을 읽었다. 다음에 재판장이 마하트마에게 진술을 희망하느냐고 물었다. 간디는 진술서를 준비해서 가지고 있었는데 거기에 즉흥으로 약간의 서두를 붙였다. "검사장은 아주 공정합니다. 현재의 정치조직에 대한 불충성을 널리 창도(唱導)하는 것이 나의 정열이라는 것은 틀림없는 사실입니다. 나는 그것을 이 법정에서 숨길 생각은 조금도 없습니다." 실제로 그는 검찰 당국이 주장하는 시기보다도 훨씬 전부터 치안방해를 교사(敎唆)하고 있었던 것이다. "나는 자비에 매달릴 생각은 없습니다. 정상참작은 바라지 않습니다. 따라서 나는 나에게 법정 최고형을 언도한다 해도 기꺼이 받을 각오입니다. 법적으로 고의적인 범죄를 범한 것이 사실이며 형을 받는다는 것은 시민 최고의 의무로 생각하기 때문입니다. 재판장님, 당신에게 열려 있는 오직 하나의 길은 이제 내가 진술서에서 말하는 바와 같이 사임하든지, 그렇지 않으면 당신이 맡고 있는 제도와 법률이 민중에게 도움이 되고 있는 것으로 믿는다면 최고의 형을 나에게 부과하든지, 이 둘 중 하나밖에는 없습니다. 나는 그러한 전향을 기대하지는 않았습니다마는 내가 진술을 끝마칠 때에는, 상식적으로는 생각할 수 없는 이 양자택일을 요구하는 내 진심이 무엇이라는 것을 다소나마 짐작하게 될 것입니다.'

간디는 이렇게 말한 다음 '어찌하여 신의에 두터운 충성스러운 협력자가 충성을 버리고 단호한 비협력자가 되었는지'를 설명하기 위해 준비한 진술서를 읽었다. 간디는 남아프리카에서 겪은 영국인과의 교섭은 유쾌한 것이 아니고 "내가 인도인인 까닭에 인간으로서의 권리를 갖지 못하고 있다는 것을 알았다."는 말로 시작했다. 하지만 그 당시에 있어서 그것은 본질적으로는 또 전체적으로는 좋은 제도의 부분적인 파생물이라고 생각했다. 그래서 정부를 비판했지만 지지했다. 인도에 와서 영국군을 위해 모병을 했다. "그런 봉사를 한 것은 우리 동포가 장차 제국 안에서 완전히 평등한 지위를 얻게 되리라는 신념으로 고취된 때문이었습니다."

그 후 간디는 1919년에 큰 충격을 받았다. 로울라트 법 자리안와라 버그의 학살, 사람을 길바닥에서 기어가게 한 명령, 채찍, 터키의 칼리프에 대한 부당한 처사, "그대로 나는 협조를 계속하여 몬타규 챔스퍼드 개혁이 기능을 발휘하게 하기 위해 노력했습니다." 마하트마는 이렇게 회고하고 있다. 아직은 희망을 버리지 않고 있었다. "그런데 그 희망도 산산이 깨어지고 말았습니다. 나는 어쩔 수 없이 인도는 영국과 관계된 까닭에 역사상 유례가 없을 정도로 정치적 경제적으로 무력해져 있다는 결론에 다다랐습니다. 인도는 지금 기근이 일어날 경우 전혀 대처할 능력이 없는 상태입니다. 영국인이 인도에 오기 전에는 인도는 방방곡곡의 농가에서 부족한 농업생산을 보충할 만큼은 실을 뽑고 피륙을 짰습니다. 인도의 사활이 걸린 이 농촌산업은 영국인 목격자들이 기술한 바와 같이 믿어지지 않을 만큼 무자비하고 잔인한 방법에 의해서 파멸당했습니다. 도시 거주자들은 항상 반기아 상태에 있는 인도의 대중이 차츰차츰 무기력한 상태에 빠져가고 있는 현실을 모르고 있습니다. 그러나 아무리 궤변으로 희롱할지라도 아무리 숫자를 속일지라도 이 나라 농촌의 그 무수한 시체가 여실히 보여주는 증거를 기피할 수는 없습니다. 가령 하늘에 신이 계신다면 역사상 유례없는 이 범죄, 인간에 대한 범죄에 대해서 영국과 인도의 도시 거주자——양자가 책임을 지지 않으면 안 된다고 나는 확신합니다."

그것은 피고가 거꾸로 고소인을 논고하는 고소장이었다. 간디는 낭독을 계속했다. "많은 영국인과 인도인 관료는 자기들은 세계에서 가장 훌륭한 제도의 하나를 맡아 운영하고 있으며 인도는 완만하기는 하지만 착실한 전진을 계속하고 있다——진심으로 그렇게 믿고 있는 모양입니다. 하지만 그들은 한편으로는 희미하면서도 효과적인 공포의 제도나 조직화된 힘의 과시에 의해서, 또는 보복의 힘과 자기 방위의 힘을 박탈당함으로써 민중이 거세되고 있으며 의장(擬裝)의 습관에 빠져 있는 현실을 모르고 있습니다. 그리하여 이 무서운 습관은 지배자의 무지와 자기 기만을 더욱 조장시켜 왔습니다.

나는 어떤 지배자에 대해서도 개인적인 악의는 품고 있지 않습니다. 하물며 국왕 개인에 대해서 불만을 품고 있을 리가 없습니다. 그러나 전체적으로 보아 역사상 어떤 제도보다도 더 많은 폐해를 이 나라에 끼쳐 온 정부에 대해서 감히 불만을 품는 것은 명예로운 일이라고 나는 생각합니다. 인도는 영국의 지배밑에서 과거 어느 때보다 씩씩한 기질을 상실하고 있습니다. 증거로 제시된 몇 편의 논설에 나의 견해를 써서 발표했다는 것은 나로서는 대단히 자랑스러운 일이었습니다. 악에 대한 비협력은 선에 대한 협력과 마찬가지로 인간의 의무라고 생각합니다.”

간디는 다시 엄벌을 요구했다.

간디가 참석하는 것을 기다려 부룸필드 판사는 피고에게 가볍게 경례를 하고서 판결문을 읽었다. “올바른 판결을 내린다는 것은 이 나라 판사가 종전에도 직면한 일이 있었던 것처럼 대단히 어려운 임무입니다. 법률은 인격을 문제삼지는 않습니다. 그러나 당신은 내가 지금까지 재판을 한 사람들과 다른 범주에 속해 있다는 사실을 밝혀 두어야 겠습니다. 당신이 수많은 동포의 눈에 위대한 애국자, 위대한 지도자로 비치고 있는 사실을 무시하는 것은 불가능합니다. 정치면에서 당신과 대립하는 사람들조차도 당신을 고매한 이상을 추구하는 사람, 성자처럼 고결한 생활을 실천하는 사람으로 존경하고 있습니다.”

이렇게 말한 다음 판사는 간디에게 6년의 형을 언도하면서 그러나 나중에 혹시 정부가 감형이 타당하다고 판단하는 경우에는 누구보다도 기쁘게 생각할 것이라는 말을 덧붙였다. 반칼은 징역 1년과 벌금 1000 루피의 판결을 받았다.

마하트마는 판결을 듣고 일어나서 말했다. “어떤 판사가 나에게 줄 수 있는 것보다도 관대하며 이 재판 전체에 관한 한 이 이상의 예의를 기대하지는 않았습니다."

폐정이 선언되었다. 그 자리에 나온 방청객의 대부분이 간디의 발밑에 무릎을 꿇었다. 많은 사람이 울었다. 간디는 부드러운 미소를 띠고서 교도소로 연행되어갔다.

간디는 뜻밖으로 생각하지도 않고 불만으로 여기지도 않았다. 인도의 정계에 들어갈 때 그 길은 곧 교도소에도 통하고 있다는 것을 알고 있었다. 그것은 다른 사람들도 마찬가지였다. 친구나 동료가 체포되었다는 소식을 들을 때마다 간디는 그들에게 축전을 보냈다. 입옥은 비협력이라는 신조의 밑바탕이었다.

"우리는 교도소 문을 넓혀서 신랑이 신방에 들어가는 것처럼 들어가야 한다. 자유는 교도소에서 때로는 교수대에서 추구된다. 회의실이나 재판소나 혹은 교실에서 추구되는 것은 아니다." 간디의 전술에 있어 입옥은 국민의 자유를 향한 눈을 뜨게 하는 불가결의 요건이었다.

영국측은 간디의 요청을 받아들여 여러 번 그를 투옥했지만 재판을 한 것은 이것이 마지막이었다.

제**10**장
간디의 가족

간디가 투옥된 후 어떻게 해야 할지 모르는 정치가들로 꽉 찬 나라와 두 가족들로 꽉 찬 아쉬람이 남겨졌다. 두 가족이란 간디 개인의 가족과 비서, 숭배자, 식객들로 구성된 부양가족이었다. 카스투르바이도 포함해서, 그들 모두가 간디를 '바아푸' 혹은 '바아푸지이'라 부르고 있었다. 바아푸는 아버지, 지이는 힌두교도 사이에서 경의와 애정이 섞인 마음을 뜻한다. 이처럼 간디는 많이 사랑하고 또 사랑도 많이 받았다.

간디는 정애(情愛)의 감정에는 아주 후했다. 자기 자신에 대해서는 극도로 엄격한 행동규범을 정하고 있었지만 남에 대해서는 더없이 너그러웠다. 그는 아쉬람에 거주하는 여성들에게 다음과 같이 써 보낸 일이 있다. '내 견해의 광범한 의미에 두려움을 느껴서는 안 됩니다. 모든 견해에는 그것이 의미하는 범위를 넓게 잡는 테두리가 있고 좁게 잡는 테두리가 있습니다. 그러니까 실천함에 있어서 넓은 테두리를 이해하면서 우선 좁은 테두리——가까운 일부터 시작하면 그리 어렵지 않을 것입니다.'

젊은 시절부터 간디는 아내와 자식들 외에는 누구에게나 상냥하고 친절했다. 부인 카스투르바이와는 한 동안 긴장된 때도 있었지만 나중에는 부인에 대해서도 편한 기분으로 있을 수 있게 되었다. 이를테면 두 사람은 흔히 나이를 놓고 농담을 했다. 두 사람 나이는 6개월 차이였는데 누가 위고 누가 아래인지 확실히 몰랐다. 간디는 자기가 젊다하고 카스투르바이는 자기가 젊다고 주장했다. 간디의 말에 의하면 육욕이 애정으로 바뀜에 따라 두 사람은 이상적인 부부가 되었다. 아내는 봉사의 극치에 이르고 남편은 사려(思慮)의 전형(典型)이 되었다. "바아는 나와 같이 살면서 홍차도 마시고 커피도 마신다. 내가 아내의 찻잔에 커피를 정답게 따라주기도 한다."고 간디는 말하고 있다. 차나 커피를 마시는 것은 간디의 입장에서는 오히려 죄스러운 일이었다. 다시 말하면 카스투르바이는 결코 자기 개성을 상실하지 않았던 것이다. 자기 성격을 그대로 지니고서 고도의 헌신을 터득했으며 간디 부인으로서 무슨 특권을 요구하거나 특별한 행동을 하지 않았다. 가장 어려운 일도 서슴지 않고 종사했으며 유명인이 된 남편과 자기 사이에 끼어든 젊은 여성이나 중년 여성의 문하생들을 귀찮게 여기지도 않았다. 자기 자신을 지키는 동시에 마하트마의 그림자 역할을 한 훌륭한 여성이었다. 수년간 이 두 사람을 가까이에서 관찰한 사람들은 어떤 의미에서 카스투르바이는 남편 이상으로 《기타》가 가르치는 무집착(無執着) 경지에 도달한 것 같다고 했다. 간디는 열정이 너무 강해서 완전한 '요기'가 되지 못하는 일면도 있었다.

나이가 들면서 정욕은 더욱더 강한 고삐로 억제되었다. 그런데 간디는 아버지 노릇에는 익숙하지 못했다. 아이들을 대하는 그의 태도는 간디답지 않게 냉정했다. 아마도 그는 비인격적 불사(不死)의 관념을 가지고 있었던 것 같다. "그러나 예술가, 시인 혹은 위대한 천재는 자기 자제를 통해서 그 재능의 유산을 후세에 전하는 것이 아닐까." 간디와 회견한 어떤 사람이 역설한 일이 있었다.

이 문제에 관해서 간디는 1924년 10월 20일자 《영 인디아》 지에서 '그렇지 않다. 그런 인물은 자기 자식들보다 문하생을 더 많이 두게 될 것이다.'고 대답했다.

자기 자신에 대해서 엄격했던 간디는 자식들에 대해서도 매우 엄격했다. 하리라르, 마니라르, 라무다스, 데바다스 4형제가 자기를 닮을 것을 기대했으나 직접 자기를 나누어주는 식으로 가르치지는 않았다. 엄격한 시련을 능히 견뎌낸 젊은이를 만났을 때는 자식들을 더욱 엄격하게 비판했다. 1906년 5월 27일 당시 남아프리카의 요하네스버그에서 장형 라크쉬미다스에게 보낸 편지에 '자그모한다스의 아들 카르얀다스 군은 프라후라다(後出) 같은 매우 고상한 감수성을 지니고 있어 그저 핏줄을 잇기만 한 자식들보다도 더 귀여운 생각이 듭니다.'라고 말하고 있다.

간디의 정신구조에는 여러 가지 신화가 각인되어 있거니와 유명한 신화에 나오는 프라후라다도 그렇다. 프라후라다는 악마왕(惡魔王) 히란냐카시프의 아들이다. 마왕은 신을 미워했으나 프라후라다 왕자는 신을 공경했다. 마왕은 교사(敎師)를 시켜서 부왕(父母)이 신보다 더 강하다고 가르치려 했지만 실패했다. 그래서 마왕 히란냐카시프는 자기 아들을 몹시 구박했다. 높은 언덕에서 집어던지기도 하고 코끼리나 말이 짓밟게 하기도 했다. 하지만 왕자는 여전히 신의 우월을 주장하며 굴복하지 않았다. 마지막에는 불덩이의 철주(鉄柱)를 끌어안고 있어야 하는 고문을 당했는데 프라후라다는 여전히 신의 이름을 불렀다. 그러자 드디어는 신이 그 철주 속에서 반인 반사자(半人半獅子)의 모습으로 껑충 뛰어나와 마왕 히란냐카시프를 산산조각을 내고야 말았다.

간디는 이 프라후라다라는 신화의 인물을 최초의 사티야그라히(삿티야그라하－대의를 실천하는 사람)라고 생각하고 있었다. 그렇기 때문에 이 프라후라다처럼 행동한 남아프리카의 한 인도인 청년이 자기 아들보다도 더 귀여웠던 것이다.

같은 1906년, 형에게 보낸 다른 편지에는 이렇게 쓰고 있다. '하리랄이 결혼하거나 일하거나 마찬가지입니다. 어쨌든 현재는 하리랄을 내 아들이라고 생각하지 않습니다.' 당시 맏아들 하리랄은 장차 인격적으로 독립하기 위해 인도에 머무르고 있었는데 18세에 결혼하려는 것을 너무 이르다고 반대하면서 현재는 내 아들이 아니라고 부인한 것이다.

6년 후, 남아프리카에서 젊은 인도인 기혼여성이 마니랄(둘째아들)을 유혹한 사건이 있었다. 사건이 발각되자 간디는 추문을 공개하고 자기는 단식했으며 그 여성에게는 삭발하라고 권했다. 그리고 마니랄에게는 절대 결혼시킬 수 없다고 말했다. 바아(夫人, 카스투르바이)의 압력으로 그의 화가 풀린 것은 마니랄이 35세 되던 1927년 3월이었다.

간디의 아들에 대한 태도는 남의 자식에 대한 태도의 반대였다. 극단적으로 자기 아들에게는 남의 자식에게보다 조금밖에는 베풀지 않았다. 그렇게 한 까닭이 힌두교도의 강한 가족의식에서 오는 연고주의를 바로잡는다는 의도가 있었다 하더라도 공정하다고는 할 수 없었다. 하리랄이나 마니랄은 그것을 몹시 억울하게 생각했다. 아버지는 전문직을 가지고 있으면서 자기들은 전문 교육을 거부당한 것이 불만이었다. 간디는 인격의 형성이 법학이나 의학보다 중요하다고 해서 만족하고 있었다. 그건 그렇다 하더라도 종형제인 마간랄이나 차간랄 혹은 여러 인도 청년들을 영국에 유학시키고 있었으므로 역시 공정했다고는 할 수 없었다.

마간랄이 사망했을 때 간디는 1928년 4월 26일자 〈영 인디아〉 지에 '내가 단 하나의 후계자로 택한 사람은 이미 세상에 없다.'고 썼다. 왜 그렇게 8촌 아우를 특별히 사랑했을까. 간디는 또 그 추도문에 다음과 같이 쓰고 있다. '마간랄은 내가 걸어온 정신적 도정(道程)을 열심히 배워서 실천하려고 애썼다. 진리를 탐구하기 위해서는 기혼자도 브라흐마차리(禁欲)를 생활규칙으로 삼아야 한다고 내가 동지들에게 제시했을 때 그 의미와 필요성을 제일 먼저 감득한 것은 마간랄이었다. 그러기 위해서는 대단히 어려운 투쟁을 거쳐야 했음에도 불구하고 그는 자기 생각을 강제가 아닌 꾸준히 설득하는 방법으로 금욕 생활을 실천했다. 그는 나의 손이고 나의 발이고 나의 눈이었다.'

간디는 더욱 비탄의 소리로 추모한다. '지금 이 글을 쓰면서 남편의 죽음을 슬퍼하는 미망인의 흐느껴 우는 소리가 들린다. 하지만 그녀는 내가 더 큰 슬픔을 느끼고 있는 줄은 미처 생각지 못할 것이다. 만약 신이 안 계신다면 내 아들보다도 사랑스럽고 단 한 번도 나를 속이거나 배반하거나 하지 않은 사람을 상실한 슬픔에 나는 그만 미쳐서 헛소

리를 할 것이다.'

마하트마는 둘째 아들 마니랄에게 속았다고 생각한 일이 있었다. 1916년 마니랄은 아쉬람의 자금 수백 루피를 맡아 보관하고 있었는데, 형 하리랄이 캘커타에서 사업을 시작하기 위해 자금이 필요하다는 말을 듣고 그 돈을 빌려주었다. 공교롭게도 하리랄의 수령증이 간디의 손에 들어갔다. 이튿날 마니랄은 아쉬람에서 쫓겨나 '간디'라는 이름을 밝히지 말고 어디 가서 수방(手紡)과 수직(手織)을 배우라는 명령을 받았다. 위를 상세히 얘기하고 있다. "그리고 아버지는 단식한다고 하기에 나는 그러지 말라고 밤새도록 애걸했다. 결국 아버지는 내 탄원을 들어주었다. 나는 울먹거리는 어머니와 동생 데바다스와 작별했다. 아버지는 나를 무일푼으로 내쫓지는 않고 기차표를 끊고 조금 남을 만큼 돈을 주었다." 마니랄은 그 후 2개월간 변명하며 지냈다. 그런 다음 마하트마는 마드래스의 출판업자 G. A. 나테샨 소개장을 마니랄에게 보내주었다. 마니랄은 다시 그곳에서 7개월을 보냈다. 간디는 그 소개장에서 마니랄이 기율을 지키고 자취를 하고 방직(紡織)을 습득하도록 이끌어 달라고 부탁하고 있다.

마니랄이 이런 참회의 기간을 마치자 간디는 마니랄을 〈인디언 오피니언〉지의 편집에 종사하도록 남아프리카로 보냈다. 훗날(1948년) 마하트마가 암살당한 뒤에 마니랄은 "아버지가 살아 계시는 동안 내가 아버지와 같이 생활한 기간은 극히 짧은 세월이었다. 다른 형제들과는 달리 나는 남아프리카에 추방되어 아버지로부터 멀리 떨어져 있지 않으면 안 되었다."고 쓰고 있다.

그러나 마니랄은 가끔 인도에 돌아왔다. "내가 인도에서 아버지와 비교적 많은 시간을 같이 보낸 기간 중에 제일 길었던 것은 1945년과 1946년 사이였다. 그것은 귀중한 세월이었다." 그때 마니랄은 간디의 태도가 어린 시절에 비해서 많이 달라진 것을 알았다. "아버지는 내가 보기에 주위 사람들을 지나치게 사랑하고 있는 것처럼 보였다. 그들은 옛날부터 그랬던 것처럼 응석꾸러기가 되어 있었다. 특히 어머니가 아버지 생활에서 갈라진 뒤에 특히 심했다. 내가 강한 인상을 받은 한 가지는 우리 4형제가 아버지 밑에 있던 시절에 비해서 아버지의 태도가 대단히 부드럽고 상냥해졌다는 점이다. 물론 일에 대해서는 엄격하고 사람에 대해서는 관대했다. 어쨌든 아버지는 대단히 관대해져 있었는데 우리가 어린 시절에는 그렇지 않았다.” 그래서 나는 아버지에게 말했다. “아버지는 우리가 아버지와 같이 있을 때에 비해서 많이 변하셨군요. 우리의 응석을 받아주신 일이 한 번도 없었습니다. 늘 빨래를 하든가 장작을 패든가 일에 쫓기고 있었습니다. 언젠가는 무척 추운 날 아침 곡괭이나 삽을 들고 마당에 나가 땅을 판 일도 있었습니다. 취사를 시키기도 하고 몇 마일이나 되는 먼 길로 심부름을 보내기도 했습니다. 그런데 지금은 주위 사람들을 모두 응석꾸러기처럼 다루고 있군요. 정말 놀랐습니다.”

아버지는 내 말을 듣더니 언제나처럼 껄껄 웃으면서 “다들 마니랄이 하는 얘기 들었겠지?”라고 말했다. 그 말투도 그들을 애무하는 것 같았다.

마니랄의 이 말에는 아버지의 사랑을 받지 못하고 흘러간 오랜 세월에 대한 슬픔이 깃들어 있다.

마니랄은 벌을 받고 쫓겨난 신세가 되어서도 성격의 균형을 잃지 않았으나 하리랄(맏아들)은 큰 충격을 받아 탈선했다. 그는 아내가 살아 있는 동안은 표면상 정상인이었는데 1918년의 유행성 감기로 아내를 여의고, 간디에게 재혼을 반대당한 후로는 완전히 빗나가서 주색에 빠져 대중 앞에서 추태를 보인 일도 한두 번이 아니었다. 술과 가난과 복수심에 굴복한 하리랄은 어떤 간사한 출판자의 유혹에 넘어가 아브두츠라라는 이슬람교도 이름으로 인쇄물을 통해서 아버지를 공격한 일도 있었다. 그는 아주 이슬람교도가 되었다. 이슬람교로 개종하고 주정뱅이가 되고 방탕한 것도 다 아버지에 대한 일종의 복수였다.

1920년대 초, 하리랄은 올 인디아 아톰스라는 주식회사 설립에 관계하여 그 중역이 되었다. 1925년 간디는 그 회사에 투자한 사람의 소송 대리인인 어느 변호사로부터 편지를 받았다. 그 편지는 마하트마에게, 회사에 보낸 우편이 반송되어 왔다는 것과 회사가 유령회사처럼 여겨진다는 것을 알리고 있었다. 소송 의뢰인은 이슬람교도이며 마하트마를 존경하는 마음에서 주주가 된 사람이라는 것이었다.

간디는 1925년 6월 18일자 〈영 인디아〉 지에 그 편지 전문과 함께 자기 회답을 아울러 발표했다.

사실 나는 하리랄. M. 간디의 아버지입니다. 그는 나의 장남으로 36세를 넘었으며 네 아이의 아비이고 맏아들은 열아홉 살입니다. 그의 이념과 내 이념은 15년 전에 이미 다르다는 것이 판명되었습니다. 그는 나와 별거하고 있으며 직접, 간접으로 나의 원조를 받고 있지 않습니다. 나는 내 자식들을 열여섯 살이 넘으면 나의 친구나 동료처럼 간주하기로 하고 있습니다. 하리랄은 당연히 지난날 내 생활이 그랬던 것처럼 서양의 허식에 물들어 있습니다. 그의 사업은 나와는 완전히 별개입니다. 만약 내가 그에게 감화할 수 있었다면 그 역시 내가 실천하고 있는 몇 가지 공공 활동에 종사하면서 검소한 생활을 하고 있을 것입니다. 하지만 그에게는 권리가 있기 때문에 독자적인 자기 길을 택했습니다. 그는 옛날에도 그랬습니다마는 지금도 야심을 품고 있습니다. 그것은 큰 부자가 되고 싶다는 생각이며 그것도 되도록 쉽게 되고 싶은 모양입니다. 아마 그는 부와 부에 따르는 명예를 달성하는 길을 내가 도와줄 수 있는데도 그와 그의 자제들에게 해주지 않는다고 해서 나에 대하여 불만인 모양입니다. 나는 하리랄이 하고 있는 사업이 뭔지 모릅니다. 이따금 나와 만나기는 합니다마는 나는 한 번도 그의 사업을 알려고 하지 않았습니다. 다만 나는 그의 사업이 최근 잘 안 돌아가고 있다는 것 외에는 아는 바가 없습니다. 하리랄의 생활 속에는 내가 싫어하는 요소가 많이 있습니다. 본인도 그것은 알고 있습니다. 그래도 나는 그의 결점을 포함해서 그를 사랑하고 있습니다. 그가 스스로 입구를 찾기만 하면 언제든지 아버지의 가슴은 그를 받아들일 것입니다. 이번에 소송 의뢰인이 겪은 사건은 상거래에 있어서 유명한 사람의 이름을 마구 신뢰하는 사람들을 위해서 경고로 삼았으면 좋겠습니다. 어떤 사람이 선량하다는 것은 그의 자식들도 반드시 그렇다는 것을 의미하지는 않습니다.

당연히 하리랄의 행실은 어머니에게도 한없는 고통을 주었다. 카스투르바이는 조모 같은 자애로 4형제를 키웠는데 1930년대에는 슬픔을 견디다 못하여 하리랄에게 꾸짖는 편지를 썼다. 그가 또 술주정을 하여 무용담이 신문에 났다.

하리랄, 최근에 네가 마드래스 거리에서 한밤중에 술에 취해 난폭한 짓을 하다가 경관에 끌려가서 구치된 일이 있었다는 것을 알았다. 이튿날 판사 앞에 끌려가서 벌금 1루피의 즉결 언도를 받았다고 하는데 그렇게 너를 관대하게 처분해준 사람들은 모두 착한 분들임에 틀림없다.

판사님이 형식에 지나지 않는 작은 벌을 내린 것도 아버지를 생각해서 취한 조치일 것이다. 하지만 나는 이번 사건으로 마음이 울적하다. 그날 밤에 너 혼자였는지 친구들도 같이 있었는지는 모르지만 어쨌든 너는 큰 잘못을 저질렀다.

나는 지금 너에게 뭐라고 하면 좋을지 모르겠다. 정신을 좀 차리라고 전부터 늘 말을 했는데도 점점 더 나빠지기만하니 나는 살고 싶은 생각이 없구나. 얼마 남지도 않은 늙은 부모에게 슬픔을 끼치고 있다는 점을 생각해보기 바란다.

아버지는 아무 말씀도 안 하시지만 얼마나 속이 상하실지 짐작된다. 부모를 괴롭힌다는 것은 여간 나쁜 짓이 아니다. 너는 우리 자식이지만 하는 짓은 원수나 다름이 없다.

요즘 너는 여기저기 떠돌아다니면서 그처럼 훌륭하신 아버지를 비난하고 비웃는다는데 그게 어떻게 영리한 사람이 하는 짓이냐. 아버지를 헐뜯는 것은 결국 자기 자신을 헐뜯는 짓이라는 것을 너는 전혀 모르고 있느냐? 아버지 마음속에는 너를 사랑하는 생각밖에는 아무것도 없다. 너도 아는 것처럼 아버지의 일상생활에서는 청결을 존중하고 있는데 너는 그 가르침을 전혀 지키지 않았다. 그래도 아버지께서는 너를 슬하에 두어 먹고 입는 것을 다 보살펴주시겠다고 말씀하고 계시다.

나는 이제 늙어서 네가 끼치는 근심걱정을 견딜 수가 없구나.

너는 내가 남 앞에 나서지도 못 하게 하고 있다. 정말이지 너무 부끄러워 아는 사람 앞이나 모르는 사람 앞이나 어디에도 가지를 못 하겠다. 아버지는 언제나 너를 용서해주시지만 오히려 하느님께서는 네가 하는 짓을 용서해주시지 않을 것이다. 매일 아침 눈을 뜨면 네가 또 무슨 부끄러운 짓을 해서 신문에 실리지나 않을까 겁이 날 지경이다. 그리고 네가 어디에 있는지 어디서 자고 있는지 뭘 먹고 지내는지 그런 생각이 들기도 한다. 아마 너는(종교적인 입장에서) 먹어서는 안 될 것을 먹고 있는 건 아니냐? 나는 때때로 네가 보고 싶은데 도대체 네가 어디 있는지를 모르니 답답한 노릇이다. 너는 우리 집 맏아들이며 나이 쉰 살이 다 되었다. 그런데도 어머니가 네 옆에 가는 것을 부끄러워해야 하는 게 아닌가 하는 생각이 든다. 네가 왜 우리 집안에서 대대로 이어오는 종교를 버렸는지 모르지만 그것은 우선 너 한 사람에 한한 일이다. 그런데 너는 아무것도 모르는 무구한 사람들에게 네 시늉을 하라고 유혹을 한다는구나. 세상 사람들은 네가 아버지 아들인 까닭에 다소는 너에게 끌려가기도 하는 모양이지만 실상 너 자신은 남에게 종교를 가르치는 주제가 되지 못한다.

네 딸과 사위도 네 행실 때문에 점점 더 실망하고 있다.

간디는 하리랄의 못된 품행이 자기에게 원인이 있다고 생각했다.

"아내가 하리랄을 잉태하고 있을 무렵 나는 정욕의 노예였다. 나는 하리랄이 어렸을 때 음탕하고 사치스러운 생활을 했다." 그러나 물론 하리랄이 타락한 원인이 그와 그의 동생들에게 생명을 부여한 자연의 충동에 있을 리는 없다. 그럼에도 불구하고 간디의 마음 한 구석에 자식을 두었다는 사실에 대하여 어떤 저항감이 있었던 것은 확실하다.

그러나 간디는 자식들을 사랑했으며 같이 놀 때가 가장 즐거웠다. 아쉬람에서는 시간이 나기만 하면 아이들을 데리고 놀았다. 어떤 추종자가 1942년 세바그람에서 1주일 동안 간디와 생활을 같이 했을 때 어느 병자가 있는 오두막집에 필자를 안내한 일이 있었다. 다음에는 바로 그 옆집으로 안내했는데, 세간이라고는 나무로 만든 요람밖에는 아무것도 없었다. 간디가 다가가니까 아기 어머니가 아기를 치켜들었다. 간디는 아기 볼을 슬쩍 만지면서 "이 아기는 나의 환자가 아니고 울적한 기분을 풀어준다."고 말했다. 아기는 신이 나서 손발을 흔들었다. 간디는 아기 볼에 입을 맞추고 장난으로 꼬집는 시늉을 했다.

간디가 어린이를 끌어안아 코를 맞대고 있는 유쾌한 사진이 있다. 그는 어린이들에게는 흔히 익살스러운 표정을 짓거나 우스운 소리를 하여 웃기기를 좋아했다.

다년간 인도에서 생활하여 간디와 기거한 일도 있는 '영국인 벗의 모임'의 호리스 알레그산더는 마하트마를 처음 만난 장면을 기록하고 있다. "그는 1928년 3월 어느 날 오후 사바르마티에 도착했다. 잠시 휴식을 취하고 저녁 기도를 올리러 갔다. 사람들이 다 모이자 간디가 총총걸음으로 와서 한가운데에 앉아 영창(詠唱)을 시작했다. 기도를 마친 다음 아쉬람 전원이 각각 물레돌리기〔手紡〕 진행상황을 보고했다. 그것은 15분이나 20분쯤 걸쳐서 끝났는데 약간 지루했다. 그러는 동안 어린이들은 마하트마의 주위에서 뛰어다니며 익살을 부리고 있었다. 나는 간디가 한 아이를 붙잡으려는 듯 손을 뻗는 모습을 보았다. 몇 해가 지나 장성한 그 어린이들 가운데 한 사람은 어린시절에 그렇게 정다웠던 노인이 마하트마였다는 것을 이해하기가 무척 어려웠다고 나에게 말한 일이 있다.”

간디는 어린이들의 천성이 선량하다는 것을 믿었다. 아쉬람에서 사는 소년소녀들에게 보낸 편지에서 이런 말을 하고 있다. ‘사람은 누구나 태어날 때에는 성실하고 인정이 많은데 나이를 먹으면 악에 물드는 경향이 있다.’

사바르마티의 아쉬람이나 1932년 이후 중앙 인도 세바그람 아쉬람에서의 생활은 검소하면서도 한가로웠다. 즐겁고 여유가 있었다. 아무도 간디를 두려워하거나 경원하지 않았다. 간디는 노년에 이르기까지 매일 아침, 아쉬람 거주자들과 함께 취사장에 쭈그리고 앉아서 감자껍질을 벗기기도 하고 여러 가지 잡무도 분담해서 하기도 했다. 그 고행자들의 공동체에도 사소한 알력이나 대립이 있었으며 마하트마의 총애를 에워싼 경쟁도 있었다. 하지만 간디는 항상 그러한 사태에 초연했다. 때로는 그런 움직임이 간디의 주의를 끄는 일도 있었다. 사실 간디의 예리한 눈은 동거인들의 생활이나 작업을 상세하게 파악하고 있었으며, 조금이라도 무슨 파문이 있으면 그것을 진정시켜 원만하고 공정하게 수습했다.

간디는 아쉬람의 거주자들이 정해진 엄격한 규율을 지켜나갈 것을 기대했다. 개인에 있어서나 아쉬람 전체의 완전한 청결, 시간엄수, 육체노동, 그리고 매일 한 시간이나 적어도 반 시간은 물레를 돌려야 했다. 간디는 지성과 노동의 분리를 비난했다. 수공(手工——손으로 하는 일)은 그에게 있어 노동하는 인도와 합일하고, 노동하는 세계와 합일하는 수단이었다.

일상생활에서 검소와 절약을 강제한 것도 세상에는 단추 한 개, 못 한 개, 돈 한 푼도 아껴쓰는 사람이 많이 있다는 것을 의식적으로 고려한 데서 온 방침이었다.

간디는 언젠가 그의 변호사이며 나중에 헌법제정회의 의장이 된 G. V. 마바란카르에게 전보를 치려고 한 일이 있었다. 그런데 그날은 마침 일요일이어서 단어 한 마디 한 마디에 초과요금이 가산된다는 것을 알고는 전문을 편지로 바꾸었다.

간디의 간편한 엽서는 유명하다. 통신문의 양과 내용이 허용하는 한에서는 봉서대신 엽서를 사용했다. 등사판으로 찍은 통지서의 이면에 편지를 쓰기도 했다. 아쉬람에서는 아무리 단편적인 종이 조각도 버리지 않고 봉투로 만들어 썼다. 간디는 비서들의 준비서류나 간디 자신의 메모는 으레 받은 편지의 이면을 이용했다. 언젠가 한 번 추종자가 뉴욕에 있을 때 간디의 짤막한 편지를 받은 일이 있는데 큰 종이에 글을 쓰고서 남은 부분을 조심스럽게 잘라낸 흔적이 있었다.

영국의 제독 애드몬드 스레이드 딸인 스레이드 양은 1925년 간디의 아쉬람에 들어가 훗날 성 갠지스 강 기슭에 자기 아쉬람을 설립할 때까지 오랫동안 그곳에서 생활하고 있었는데 간디가 애용하던 연필 토막이 분실된 사건을 얘기하고 있다. 모두가 없어진 보물을 찾았으나 쉽게 발견되지 않았다. 누군가 새 연필을 한 자루 가져왔지만 간디가 받지 않았으므로 다시 연필 수색이 계속되었다. 그러다가 간신히 찾았다. 바아푸(간디)는 싱글벙글하면서 그것을 받았다고 한다.

절약, 청결, 시간엄수 그리고 물레 돌리기〔手紡〕에 대한 간디의 집착은 노령(老齡)으로 접어들면서 점점 강해졌다. 아쉬람 사람들의 공동생활에 관해서는 개개인 행동에도 엄격했으나 그들 각자의 생각에 대해서는 무척 관대했다. 정치활동에서 간디와 친밀했던 동지나 아쉬람에 오래 체재한 사람들 중에도 일부는 비폭력과 신, 혹은 영국인이나 이슬람교도를 사랑한다는 간디의 신념을 신봉하지 않았다. 이를테면 무리두츠라 사라바이가 간디에게 "나는 간디주의자는 아닙니다."고 말했을 때 간디는 껄껄 웃었다. 아마 장난삼아 그녀를 슬쩍 때리는 시늉을 했을 것이다. 누구나 간디의 당규제에 따르지 않아도 괜찮았다. 실제 그런 것은 아무것도 없었다.

간디는 어떤 사람에 대해서나 그 사람을 그 사람대로 받아들였다. 자기 자신의 부족함을 아는 간디는 남에게 완전성을 요구하지 않았다. 다만 그는 시간과 선행이 사람을 교육하여 향상시켜준다는 가능성에 신뢰를 두고 있었다.

간디는 사람이나 책이나 종교나 입장이나 자기 성향에 맞는 것을 취하고 나머지는 일단 제외했다. 어떤 사람에 대해서도 인간의 내부에 있는 악을 보려고 하지 않았으므로 따라서 그 사람이 지금 어떤 사람이냐 하는 것보다 어떤 사람이 되려고 노력하느냐가 더 중요했다. 혹은 그 사람이 지니고 있는 부분적인 선이 그 사람의 전체인 것처럼 간주했다. 그것이 간디가 인간을 변혁시키는 방법이었다.

간디의 친구들은 간디가 너그럽게 이해해준다는 것을 알고 있었기 때문에 무슨 일이나 솔직하게 고백했다. 가령 간디에게 무엇을 숨긴다면 그것은 그들의 잘못을 가지고 간디가 자기 자신을 책망하기 때문이었다. 간디는 사람들 상호간에 친밀한 교제를 권장했다. 그 인간 교제는 어디까지나 우애를 촉진시키는 교제였다. 다소 따끔한 자극이 되는 것이라도 농담을 좋아하기도 했다. 1922년 3월 간디가 체포되기 전에 먼저 옥중에 있었던 라자고파라차리는 마하트마에게 다음과 같은 편지를 썼다. '나는 지금, 정치에서도 뉴스에서도 신문에서도 완전히 격리되어 있습니다. 하도 이상적인 상태이므로 당신은 아마 나를 부러워하리라고 생각합니다. 종기도 치료해줘서 지금은 다 나았습니다. 이 종기 때문에 주사를 다섯 대나 맞았다고 하면, 당신은 전율을 느끼겠지요.(간디는 주사는 불결하다는 생각을 갖고 있었다). 그리고 내가 이 독방에서 물레를 돌리고 있는 것을 본다면 당신은 아마 감동의 눈물을 흘리겠지요. 나는 괴팍스러운 폭군이 강요해서가 아니고, 자진해서 이 일을 하고 있습니다.' 그 괴팍스러운 폭군은 이 편지를 1922년 2월 9일의 〈영 인디아〉지 제 1 면에 실었다.

간디는 맹목적인 추종을 싫어했다. 오히려 가장 강경한 대립자를 존경하여 벗으로 삼았다. 사람들이 자기 신념을 인식해주어 스스로 전향하는 것을 보고 기뻐했으나 말만 번지르하게 하는 당파적인 추종에 넘어가지는 않았다. 오히려 그는 이의를 제기할 것을 권하고 반대자를 원조했다. 그렇기 때문에 그의 대립자들은 간디가 자기 생각과 다른 정책을 공정하게 시험해보기 위해서는, 정치적으로 매우 중요한 문제에 있어서도 일단은 자기 주장을 보류하는 여유가 있는 것을 알고 마음 든든히 생각했다.

이러한 너그러운 태도, 말하자면 민주적인 자유주의가 바탕에 있었기 때문에 간디의 동지들, 정치상의 가족들은——그들의 일부는 1921~22년의 비폭력 투쟁에 마지못해 참가했었다——1922년 3월 16일에 간디가 체포되어 6년 형을 언도받았을 때, 일치단결된 계획을 세울 수 있었다. 간디는 감옥에 들어가면서 무슨 일은 하고 무슨 일은 하지 말라는, 특별한 금지명령을 하나도 내리지 않았다. 그가 독방에서 낸 오직 하나의 지령은 평화, 비폭력, 인내였다. 따라서 회의파는 그 진로에 있어서 혼란과 방황을 겪기도 하였다.

제11장
물레 돌리기와 단식

1924년 1월 24일 저녁, 마하트마 간디는 1922년 3월 20일 이후 수용되어 있던 야르바다 중앙형무소에서 갑자기 푸나 시에 있는 섯수운 병원으로 실려갔다. 그는 급성 충수염에 걸려 있었다. 정부는 기차로 3시간 거리인 봄베이에서 인도인 의사가 도착하는 것을 기다릴 생각이었으나 자정 조금 전에 영국인 외과의사 마독 대령이 당장 수술해야 한다고 진단했다. 간디는 이 제의에 동의했다.

수술 준비를 하는 동안에 인도 봉사자 협회 회장 V. S. 쉬리니바사 샤스토리와 푸나에 살고 있는 마하트마의 친구 파타크 박사가 간디의 요청으로 초치(招致)되었다. 두 사람은 간디가 동의했다는 것과 의사의 처치는 적당하며 어떤 결과가 생길지라도 반정부 선동을 해서는 안 된다는 취지를 적은 공식성명문을 공동으로 작성했다. 병원 당국도 간디도 만약 수술 결과가 잘못되는 경우에는 인도 전체가 소란해질 염려가 있다는 것을 알고 있었다.

성명문이 작성되자 간디는 무릎을 세워 연필로 서명을 했다. 간디는 마독 대령에게 "손이 떨리면 안 돼요. 잘 해주셔야지요." 하고 웃었다.

마독 대령은 "예, 잘 하겠습니다."고 대답했다.

마취를 하고 사진을 찍었다. 수술 도중에 천둥이 쳐서 정전이 되었다. 다음에는 세 간호부들 중 하나가 손에 들고 있던 회중전등의 전지가 떨어져서 칸델라 빛 밑에서 수술을 계속했다.

충수절제는 무사히 끝났다. 간디는 의사에게 공손히 감사를 했다. 그러나 국부적으로 농종(膿腫)이 생겨서 회복이 늦어졌다. 정부는 이런 상황에서 간디를 석방하는 것이 현명하다고 판단했는지 2월 5일 그를 석방했다.

간디는 이 체험으로 수술에 호기심을 느꼈다. 훗날 간디 종형제의 손녀 마누 간디가 여행중 비하르 주 파트너에서 충수절제를 하지 않으면 안 되었을 때 마하트마는 외과의 바알가바 박사——간디가 암살당했을 때 제일 먼저 달려 온 의사——에게 내가 입회를 해도 괜찮느냐고 물었다. 바알가바 박사는 가제 마스크를 입에 쓰는 것을 조건으로 입회를 허락했다. 수술 장면을 찍은 두 장의 스냅 사진을 보면 간디는 후두부에서 흰 마스크로 얼굴 하반을 가리고서 대단히 높은 의자에 앉아 있다. 바알가바 박사는 수술하는 동안 간디는 한 마디도 하지 않았다고 술회하고 있다(그것은 1947년 5월 15일 오후 9시 반의 일이었다).

간디는 언젠가 한 번 스레이드 양에게 보낸 편지에 '서양의학 외과술의 창의성이나 그 부문의 전면적인 진보에 대해서 나는 늘 감탄해왔다.'고 쓴 일이 있다.

그러나 간디의 의사에 대한 편견이 완전히 불식된 것은 아니었다. 언젠가는 페니실린 주사를 거부한 일이 있었다.

의사가 "페니실린 주사를 맞으면 사흘이면 완쾌되고, 주사를 맞지 않으면 3주일은 걸립니다."고 말했다.

간디는 "3주간 걸려도 좋아요. 급할 것 없습니다."고 대답했다.

의사는 다시 다른 사람에게 감염시킬지 모른다고 말했다.

"그때는 그 환자에게 페니실린을 주사해주십시오." 하고 역시 거부했다.

그 의사가 무심코 간디에게 병이라는 것은 대개 조용히 누워 있기만 하면 낫는 법입니다."라고 말하자 간디는 "큰소리로 그런 말을 하면 안 됩니다. 환자가 하나도 안 올 겁니다."라고 농담을 했다.

간디는 스스로 건강상태를 자가진단했다. 간디를 잘 알고 있었던 마하데브 데사이는 "생체해부에 원칙적으로 반대가 아니었다면 간디는 어쩌면 의사가 되었을지도 모른다."고 말한 적이 있다. 사실 간디는 보건에 관한 책을 저술했고 친구나 방문자나 인도 모든 사람에게 일종의 돌팔이식 요법을 권하기를 좋아했다. 그래서 얄바다 교도소에서 아무 조건 없이 석방되어 봄베이에 가까운 주후우 해안에 있는 실업가 샨티크말 모라르시의 저택에서 휴양하게 된 간디는, 자기 자신에 대해서 의사노릇을 할 수 있는 사람은 남에 대해서도 의사가 될 수 있다고 생각하여 그 바닷가의 별장을 임시병원으로 바꿔놓았다. 거기에서 그는 사방에서 찾아온 병든 사람들이 그가 지시하는 진흙습포나 수욕(水浴), 혹은 독특한 영양식이나 마사지 요법을 하는 것을 보고는 무척 좋아했다. 하지만 간디 자신이나 다른 사람들의 회복을 촉진시킨 것은 그런 요법보다도 웃음과 우정이 효과가 더 컸을 것이다.

그 밖에도 많은 사람이 초청을 받지 않았는데도 주후우에 찾아왔다. 간디는 꼭 오고 싶은 사람은 저녁 나절 4시와 5시 사이 바닷가에서 거행하는 예배에 참석할 것을 보도기관을 통해서 세상에 알렸다. 그러나 "나를 만난다 해도 당신들에게 별로 도움이 되는 것은 없습니다. 나에 대한 애정을 표시해주는 것은 고맙지만 멀리서까지 일부러 찾아오는 것은 낭비이므로 차라리 그 비용과 시간을 물레돌리기에 쓰는 것이 더 유익하다."고 충고하기도 했다. 간디는 사람들이 자기를 조용히 있게 해주면 극히 조그마한 에네르기의 자본을 절약해서 쓸 수가 있으며 자기 기관지인 〈영 인디아〉 지와 〈나바지반〉 지를 편집하는 일을 적극적으로 재개하고 싶었다. 간디가 그 일을 다시 시작한 것은 1924년 4월이었다.

C. R. 다아스와 모티랄 네루도 간디가 옥중에 있었던 22개월 사이에 발생한 여러 가지 험악한 정세를 검토하기 위해 주후우에 왔다.

첫째로 간디가 인도의 통일과 독립을 위해 확고한 토대로 삼으려던 힌두교도와 이슬람교도의 우호는 가족적 공동체 사이의 편협한 증오의 흐름 속에 가라앉고 말았다. 캘러패트 운동은 영국에 의해서가 아니고 이슬람교 국가 터키에 새로 등장한 지도자 케말 파샤(아타튜르크)에 의해서 사멸되고 말았다. 케말 파샤는 인도인 동종자(同宗者)보다 현명하게 세속 국가를 건설했다. 붙여쓰는 아라비아 글씨를 로마 자(字)로 바꾼다든가 터키 모자나 기타 동양식 두건을 추방한다든가 하는 여러 가지 개혁을 실시했다. 1922년 11월에는 칼리프를 폐위하여 칼리프가 영국 전함으로 말타 섬에 탈출하는 것을 허용했다. 다음의 허약한 후계자는 칼리프의 종교적 우월이라는 환상에 집착했으나 1924년 3월에는 그 역시 망명자 신세가 되었다.

여기에서 대의명분을 잃은 캘러패트 운동은 붕괴되고 그와 동시에 힌두교도와 이슬람교도의 대규모 정치제휴도 끝났다.

둘째는 그 동안에 비협력 운동의 명맥이 끊어져 있었다. 간디는 주후우에서 들은 얘기나 자기가 직접 알게 된 상황을 요약해서 이렇게 말했다. "많은 변호사가 업무에 복귀했으며 어떤 사람은 한동안 중단한 것을 후회했다. 각종 관립학교나 대학을 퇴학한 학생들도 자기들의 행동을 후회하여 복학했다. 그리고 모티랄 네루, C.R. 다아스 등 기타 사람들은 시나 주나 국가의 입법기관에 복귀하는 방침을 지지했다. 그들의 생각에 의하면 그렇게 해서 선거에 참가하고 민중과의 접촉을 유지하고 심의기관에서 불만을 표시하고 나아가서는 영국정부에 대한 반대가 가능해진다는 것이었다. 사실 정부측은 의회에서 과반수를 지배하지 못하는 경우에는 행정명령에 의한 통치라는 궁지에 몰리게 될지도 모른다. 그렇게 되면 양두정치(兩頭政治)의 기만성을 폭로하여 영국 국민에게 영국의 제국주의 지도자들은 본심에 있어서는 인도인에게 권력을 나누어줄 생각이 없다는 것을 보여주게 된다. 그리하여 영국은 인도의 조직을 바꾸지 않을 수 없게 될지도 모른다.

C.R. 다아스와 모티랄 네루는 이 계획을 수행하기 위해 1922년 말, 당면한 목표를 제국 내의 자치령에 두는 스와라지 당을 발족시켰다.

이에 대하여 간디의 비폭력적 비협력을 견지하는 사람들은 고수파라고 불렀다. 두 파는 같은 스와라지를 추구하면서도 원수처럼 싸우고 있었는데 다만, 서로 행동의 자유를 허용한다는 타협 밑에 회의파 안에 머무르고 있었다.

간디는 주후우 별장에서 이 사태에 직면하여 간디·다아스 협정을 맺어 간디 파와 스와라지 당 사이에 공존 협정을 확인했다. 피차 국민회의 파의 분열을 바라지는 않았던 것이다.

간디는 그가 아직도 비협력주의자이고 시민적 불복종의 투사이며 현정부에 대해서 강한 불만을 품고 있다는 것을 1924년 4월 10일자 〈영 인디아〉 지에 발표했다. 그리고 재판소, 학교, 관공서 각종 칭호에 대한 보이콧을 강조했지만 간디주의자들은 간디가 옥에 들어가 있는 동안에 맥이 풀려 있었다. 보이콧은 대개의 사람은 견디기 어려운 막대한 개인적 희생이 아닐 수 없었다. 거기에서 스와라지 당의 정책은 유혹적이었다. 선거의 승리와 입법기관의 대표가 된다, 연설을 한다는 것을 주장했다. 간디는 지금 당장은 그것에 대항하는 정책을 아무것도 갖고 있지 않았으므로 몇 해 동안 정치에서 손을 떼고 인도의 정화에 헌신했다. 간디의 생각으로는 스와라지는 영국인이 어떻게 나쁘냐에 달려 있는 것이 아니고 인도인이 어떻게 훌륭해지느냐에 달려 있었다. 그는 '오늘의 인도는 정화를 받아 비로소 자유를 달성한다는 것이 나의 신념이다.'고 찰리 앤드루즈에게 보낸 편지에서 밝히고 있다.

정치에서 잠시 후퇴한 이 기간에 간디는 인도인 사이에 동포의식의 배양을 목표로 삼았다. 주위를 살펴본 그에게 "이 나라에 제일 해결이 시급한 문제는 힌두교도와 이슬람교도 사이의 문제이다. 나는 진너 씨와 같은 생각이다. 즉, 양 교도의 단결은 스와라지를 의미한다. 이처럼 중요하고 이보다 더 긴급한 문제는 없다."는 것이 확실해졌다.

우수한 편집자이기도 했던 간디는 1924년 5월 29일자 〈영 인디아〉 지의 전면에 '힌두교도와 이슬람교도 사이의 긴장 그 원인과 대책' 이라는 제목을 단 6000어(語)나 되는 논설을 실었다. 힌두교도로부터의 이슬람교도에 대한 비난과 이슬람교도로부터의 반박을 기술한 다음, 양교도 상호간의 분쟁이나 폭동이 증대하고 있는 경향에 주목하여 이 모든 경향은 비폭력의 확대에 대한 반동이며 폭력의 물결이 밀려오는 것 같은 느낌이 든다. 두 교도 사이의 긴장은 그런 위험성을 함축한 불안스러운 국면이라는 견해를 표명했다.

그리고 간디는 이러한 비폭력에 대한 신뢰의 상실을 회복시켜주는 것은 무엇인가 묻고 그것은 역시 비폭력이라고 대답했다.

간디의 장문의 논설은 분석이라기보다는 창도(唱導)의 성격을 띤 것이었다. 그는 두 교도 사이의 우호가 즉각 초래될 수 있는 가능성을 믿었다. 왜냐하면 그것은 양자에 있어 너무도 당연하고 또 필요한 일이며 인간의 본성을 신뢰하기 때문이라고 생각했기 때문이다. 이야말로 간디의 거의 모든 주장을 한 마디로 요약해서 표현한 말이었다.

간디는 사태의 열쇠를 쥐고 있는 것은 힌두교도라고 생각했다. 힌두교도와 이슬람교도의 충돌에 있어서 항상 원인이 되고 있는 두 가지는 소의 도살과 음악이었다.

간디는 다음과 같이 서술하고 있다.

"나는 소를 보호하는 일은 힌두교의 주요사실이라고 생각하지만 이에 관한 이슬람교도에 대한 반감은 이해하기가 어렵다. 우리는, 영국인을 위해 매일 소를 도살하는 사실에 대해서는 아무 말도 하지 않으면서 이슬람교도가 소를 잡으면 몹시 화를 낸다. 소의 이름을 빙자해서 벌어진 모든 소동은 모두 분별없는 헛수고이며, 소는 한 마리도 구하지 못했을 뿐만 아니라 오히려 이슬람교도의 태도를 경화(硬化)시키고, 도살을 증가시키기만 했다. 나는 1921년에는 그 이전 20년 동안에 힌두교도가 억지로 노력해서 구한 것보다도 더 많은 소가 이슬람교도의 자발적이고 관대한 노력에 의해서 구해진 것을 기쁘게 생각하고 있다. 소의 보호는 우리가 먼저 시작할 일이다. 전세계에서 인도처럼 가축이 학대를 받고 있는 나라는 없다. 우리 나라 가축의 대다수가 기아상태에 있다는 것은 명예롭지 못한 일이다. 소가 도살자에게 목을 잘리는 것은 결국 힌두교도가 소를 팔기 때문이다. 가장 효과적이고 명예로운 방법은 이슬람교도와 의좋게 지내면서 소를 보호하는 명예를 그들에게 맡기는 일이다. 그리고 소 보호회는 가축에 대한 학대를 방지하고 급속히 없어져가고 있는 방목지를 보존하고 가축의 품종을 개량하는 문제에도 관심을 두어야 한다.”

그리고 예배 때, 이슬람교 사원 옆으로 힌두교도의 종교적 행렬이 음악을 연주하면서 지나가는 일이 있는데 무슨 까닭인지 공교롭게도 이슬람교도들이 알라신에게 기도를 드리고 있을 때와 일치하였다. 간디는 힌두교도들이 간혹 이슬람교도를 놀리기 위해 일부러 그렇게 한다는 얘기를 들었다. 그것은 당연히 이슬람교도를 분격시켜 폭력을 야기하는 못된 짓이었다.

간디는 그 장문의 논설에서 한 가지, 관직의 비율이 이슬람교도에게 유보되어야 한다는 이슬람교도의 요구를 언급한 외에는 양교도 관계의 악화에 작용하는 사회적, 경제적 원인에 대해서는 무시하고 있었다. 이슬람교도 중산계급이 인도(전 아라비아국)에서 대두하기 시작하고 있었다. 그들은 교육이나 기타 여러 가지 면에서 힌두교도나 배화교도나 크리스트 교와의 경쟁에서 불리한 처지에 놓여 있었기 때문에 일정수의 관직이 자격에 관계없이 자기들을 위해서 확보될 것을 바라고 있었다. 간디는 이 문제에 대해서는 반대의사를 표명했다.

“행정의 능률을 올리기 위해서는 가장 적당한 인물이 그 일을 맡아야 한다. 말할 것도 없이 거기에 정실(情實)이 있어서는 안 된다. 가령 명의 기술자가 필요한 경우 각 커뮤니티(공동체 — 종교공동체)에서 한 사람씩 채용하는 방식을 취해서는 안 된다. 설사 5명이 모두 이슬람 교도이거나 배화교도라고 해도 그 임무를 위해서 가장 우수한 5명을 채용해야 한다. 교육면에서 뒤떨어진 커뮤니티는 교육면에서는 특별히 우대를 받을 권리가 있다고 하겠지만, 정치나 행정면에서 책임있는 지위를 맡으려는 사람은 우선 그 필요한 시험에 합격하지 않으면 안 된다.”

이 말은 논리적으로는 공정하고 현명하지만 이슬람교도로서는 불만이었다. 경제적으로 뒤떨어진 인도에서는 관직이라는 것도, 중심적인 것은 아닐지라도 일종의 산업이었다. 이슬람교도를 위한 관직의 유보는 영국의 지배가 계속되는 동안 항상 어려운 문제점이었다.

실제로 대충 70만 정도 되는 인도 각 지방의 마을에서는 힌두교도와 이슬람교도가 서로 의좋게 지내왔다. 20세기에 와서 두 교도 사이에 긴장이 생긴 것은 인공적으로 발생된 것, 말하자면 중산계급 도회병(都會病)이었다. 인도인은 때로는 매우 야심적이고 정력적이다. 봄베이 같은 도시는 활기에 넘치고 있다. 빈틈없이 꽉 찬 주거, 동물적인 상태라 할 정도의 빈곤, 수입과 교육과 진보의 기회가 극도로 제한된 데에서 오는 좌절감 때문에 인간성을 무시하고 밀집한 도회에서는 인도인은 흥분하기가 쉽다. 장기간의 후텁지근한 여름의 더위 속에서는 특히 그렇다. 따라서 간디의 비폭력은 도회에서는 인간성과 함께 자연에 대해서도 싸워야 했다.

간디는 낙관적인 칼마 요기(요가 수행자)이다. 그는 고난은 인간의 의지를 더욱 단련하는 박차라고 생각했다. 기관지의 전면을 하나의 문제에 바친 편집자는 자기 전생애를 해결에 바치려고 행동하는 사람이기도 했다. 그래서 간디는 1924년 9월 18일에 힌두교도와 이슬람교도의 우호를 위해 21일간에 걸친 단식을 개시했다.

간디는 감옥에서 여러 날 병을 앓다가 갑자기 충수절제 수술을 했다. 상처가 화농해서 치료에 시간이 걸리고 회복도 늦어졌다. 출옥하자마자 몇 주일이나 회담이 계속되었다. 다음에는 몇 주일의 여행으로 몸에 피로가 쌓였다. 정치정세는 그의 뜻과 다르며 다년간의 노력이 수포로 돌아가는 것처럼 보이기도 했다. 6월 전인도 회의파 위원회가 열렸을 때 그는 비폭력을 신봉하지 않는 동지가 얼마나 많은지 깨닫고 사람들 앞에서 통곡했다. 잇따라 전해지는 힌두교도와 이슬람교도 사이의 분쟁에 관한 정보, 말다툼, 증오, 우울의 무거운 공기가 그의 육체와 정신을 압박했다. 그는 55세라는 연령으로 21일간의 단식은 어쩌면 치명적인 것이 될지도 모른다는 것을 알고 있었다. 죽고 싶지는 않았다. 그는 해야 할 일이 아직 산더미처럼 많았고 또 자신의 삶을 존중하고 있었다. 종교적으로나 육체적으로나 자살 같은 의도적인 죽음을 그는 반대했다. 단식은 죽음과 밀회하는 일은 아니다. 또 일부러 고통에서 무슨 희열을 느끼자는 것도 아니다. 단식은 결국 그의 최고 목표——사해동포——인간은 모두가 형제자매라는 이념이 그에게 명령한 의무였다.

간디로서 행동은 어디까지나 바르고 진실하지 않으면 안 되며 그러기 위해서는 자기나 타인이 어떤 대가를 치르게 되느냐 하는 것조차도 고려하지 않았다. 이 점에서 그는 무자비할 정도로 엄격했다. 봉사는 으레 희생, 헌신, 초탈을 의미한다. 그렇지 않은 것은 봉사가 아니다. 그렇기 때문에 자기 자신을 극복해야 한다. 그것은 결국 의무이다. 1924년 9월 18일, 간디는 단식이 의무라고 생각했던 것이다.

간디는 항상 목표를 주시했다. 그것이 잘 보이지 않을 때에는 그것이 잘 보인다고 생각했던 장소를 주시했다. 그리고 연극에 대해서 일가견을 가지고 있었던 간디는 이슬람교도인 쇼우카트 알리의 동생 무하마드 알리의 집에서 단식을 시작했다. 무하마드 알리는 충실한 회의파 지지자이며 양교도의 우호를 주장하는 투사였다. 그러나 이슬람교도의 사회는 그의 노력을 정당하게 이해해주지 않고 있었다. 간디는 그 논설에서 "사태의 열쇠를 쥐고 있는 것은 힌두교도이다."라고 말했지만 사실은 이슬람교도 쪽에 잘못이 있음을 알고 있었다. 상황이 이슬람교도를 폭한의 과오를 범하게 하고 있다고 말했다. 그러므로 간디는 무하마드 알리의 노력을 강화시켜야 되겠다고 생각한 것이다. 언젠가 그는 "같은 이념을 가지고 있지만 압력에 의해서 힘이 빠진 사람들을 지원해야 한다."고 쓴 일이 있었다. 간디는 드디어 단식을 시작했다. 앞으로 21일 동안 전인도의 눈은 간디가 단식하고 있는 집에 초점을 맞추게 될 것이다. 이슬람교도들은 모한다스(간디)와 무하마드(알리)가 형제임을 알게 될 것이다. 힌두교도는 자기들의 성자가 이슬람교도에게 생명을 맡기고 있는 사실을 주목할 것이다.

단식은 간디 개인에게 손실이 있을망정 이득은 아무것도 없다. 또 단식을 강제하는 요소도 아무것도 없다. 카르카타나 아구라의 이슬

298

람교도 혹은 암리트살이나 아라하바드의 힌두교도가, 간디가 양 교도의 우애를 위해 죽음을 각오하고 있다고 해서 과연 그들의 행동을 바꾸게 될지. 만약 조금이라도 달라진다면 그것은 마하트마의 위대한 희생이 마하트마와 그들 사이에 정신적인 유대를 만들어냈기 때문이다. 그 유대는 간디가 단식의 목표로 삼고 있는 대의(大義)의 중요성, 필요성, 긴급성, 신성을 그들에게 전하는 전달의 한 수단이다. 그것은 그들 한 사람 한 사람을 찾아가서 그들의 마음에 침투하여 자기와 그들을 결부시키는 간디의 독자적인 방법이었다.

그것은 다분히 동양적·인도적인 것이었다. 말하자면 서양의 다리가 콘크리트, 강철, 철사, 언어 등으로 되어 있다면, 동양의 다리는 정신의 다리이다. 전달을 하기 위해 서양은 움직이거나 말을 하거나 한다. 동양은 앉아서 명상하고 인내한다. 서양과 동양을 둘 다 한몸에 지니고 있던 간디는 서양적인 방법으로 실패를 하면 동양적인 방법을 사용했다.

단식은 선(善)의 모험이었다. 그 모험에 걸려 있는 것은 한 사람의 생명이고 그 모험이 달성되는 경우 얻어지는 상은 한 나라의 자유독립이었다. 가령 모든 인도인이 단결을 하면 어떤 외래자도 그들의 주인으로서 오래 머물러 있지는 못할 것이다. 1919년 당시 인도의 정세에 관한 영국의 공식보고서에는 높아져 가는 민심의 하나의 두드러진 특징은 힌두교도와 이슬람교도 사이의 종전에 없었던 친밀이라고 씌어 있다. 1924년에 간디는 그 친밀성과 함께 자유가 쇠미해져가는 것을 느꼈다. 그렇기 때문에 이슬람교도 동포의 집에서 고된 시련을 하게 되었던 것이다.

간디는 단식성명에서 다음과 같이 말했다. "내가 무슨 말을 해도 무슨 글을 써도 양교도 사회를 결합시키는 것은 불가능하기 때문에 오늘부터 10월 6일 수요일까지 21일간 단식하기로 했다. 다만 나는 맹물이나 약간의 소금물을 간간이 마시기로 하겠다. 이 단식은 참회인 동시에 기도이다……나는 영국인을 포함하여 모든 커뮤니티의 지도

자들이 종교와 인간성을 업신여기는 이 싸움을 수습하여 종결시키게
되기를 진심으로 바란다. 현재의 상태는 마치 신이 폐위된 것 같다.
신을 우리 가슴에서 복위시키자.”

이슬람교도 의사 두 사람이 늘 대기하고 크리스트 교 선교사인 C. F.
앤드루스가 간호를 맡았다.

단식 이틀째 간디는 〈영 인디아〉 지에 ‘다양성에 있어서의 통일’
이라는 제목을 단 1페이지 전면을 차지하는 청원문을 썼다. “지금
우리에게 필요한 것은 하나의 종교가 아니고 여러 가지 종교의 신자
들이 서로 존경하여 관용해지는 일이다.” 단식 엿새째에는 역시 1페
이지 크기의 논설을 다음과 같이 끝맺었다. “이렇게 말하는 것이 모독이
되지 않는다면 바이블의 구절을 의역하여 우선 힌두교와 이슬람교도의
단결, 불가촉천민제의 폐지, 물레와 캇달(手紡), 이 세 가지를 구하면
그대는 모든 것을 얻을 수 있을 것이다.”

단식 12일째는 112어(語)의 문장을 써서 발표했다. “여태까지는
인도의 정치를 구성하고 있는 영국인의 마음에 변화를 일으키는려는
투쟁이고 열망이었다. 그 변화는 앞으로도 계속되어야 한다. 그러나
이제 그 투쟁은 힌두교도와 이슬람교도 사이에서 마음의 변화를 일
으키는 노력으로 바뀌어야 한다. 독립을 생각하기 전에 서로 사랑하고
피차의 종교를 인정하고, 편견이나 미신도 일단은 서로 허용하여 상
호가 신뢰하는 용기를 가져야 한다. 그러기 위해서는 자기를 신뢰하지
않으면 안 된다. 자기를 신뢰한다는 것은 신을 신뢰하는 일이다. 그
신뢰하는 마음만 있다면 우리는 서로 두려워할 까닭이 없다.”

20일째에는 그는 기원문을 구술했다. “이제 곧, 나는 평화의 세계에서
투쟁의 세계로 들어가게 됩니다. 그것을 생각하면 생각할수록 무력감을
느낍니다. 나는 내가 아무 일도 못한다는 것을 알고 있습니다. 모든
일은 신께서 하시기에 달려 있습니다. 오오, 신이여, 나를 도구로 하여
뜻하시는 대로 사용해주십시오. 인간은 무력합니다. 나폴레옹은 많은
일을 기도한 끝에 드디어 세인트 헬레나 섬에 갇힌 몸이 되었습니다.

강대한 카이젤은 유럽의 왕관을 노리다가 한 사인(私人)의 신세로 전락했습니다. 그것이 곧 신의 뜻이었습니다. 우리는 그러한 전례를 생각해서 겸허해져야 합니다." 단식 20일간은 은총과 광영과 평화의 나날이었다.

그날 저녁 마하트마 간디는 대단히 명랑하고 쾌활했다고 하면서 앤드루스는 이렇게 쓰고 있다. "그의 가장 가까운 친구들 여러 명이 달빛 어린 옥상의 침대에 누워 있는 그를 문안하러 왔다. 다들 기도를 했다. 다음에는 긴 침묵이 있었다. 친구들은 한 사람 한 사람 떠나고 그 혼자 남겨졌다."

21일째, "새벽 4시 조금 전에 우리는 새벽 기도를 하러 나오라는 연락을 받았다." 이것은 앤드루스의 말이다. "달이 져서 매우 어두웠다. 서늘한 미풍이 동쪽에서 불어오고 있었다. 바아푸(간디)는 검을 숄을 몸에 두르고 있었다. 내가 잘 주무셨느냐고 물으니까, 간디는 '아, 아주 잘 잤어요.'라고 대답했다. 목소리가 어제 아침보다도 기운이 있는 게 고마웠다." 기도가 끝난 뒤에 많은 사람이 간디를 만나러 왔다.

(앤드루스에 의하면) 오전 10시 경 마하트마는 나를 불러 "내가 좋아하는 크리스트교 찬송가 구절이 생각나느냐?"라고 물었다.

간디는 웃으면서 말했다. "아니 지금 불러달라는 게 아니고 단식을 끝마칠 때 종교적인 단결을 나타내는 간단한 의식을 해볼까 해요. 이마무 사히브가 〈코란〉 첫 구절을 영창한 다음에 당신이 그 찬송가를 불러주시오. 내가 말하는 그 노래를 아시겠지요? '불가사의한 십자가를 보면'이라는 구절로 시작하여

　　이다지도 거룩한 성스러운 사랑은

　　내 영혼, 내 생명, 내 전부를 구하네

로 끝나는 노래말입니다. 그리고 마지막에 비노바가 〈우파니샤드〉의 구절을 부르고 바르크리쉬나가 뷔쉬누 파의 찬가를 부르기로 하겠어요." 간디는 관계자 전원의 출석을 요청했다.

드디어 정오가 되어 단식을 종결하게 되었다.

의사가 간디 방에 갔다. 알리 형제, 마우라나 아부르 카람 아자드, 모티랄 네루, C. R. 다아스, 기타 여러 사람이 간디의 침대 옆 바닥에 앉았다. 단식을 실제로 종결하기 전에 간디가 발언했다. 그는 무슨 말을 했으나 감동이 크고 몸이 쇠약해 있었기 때문에 가장 가까운 자리에 있는 사람들밖에는 알아듣지 못했다. 간디는 그 자리에 있는 사람들에게 필요한 경우에는 동포애를 위해 생명을 내던질 것을 요구했다. 이슬람교도 지도자들은 다시 한 번 맹세를 했다. 그리고서 찬송가를 불렀다. 앤서리 박사가 소량의 오렌지 쥬스를 권했다. 마하트마가 그것을 마셨다. 단식은 끝났다.

제12장
기금과 장신구

1924년 후반기에 접어들자 세계는 전쟁의 상처가 아물기 시작했다. 독일의 정치, 경제 정세를 안정시키기 위해 도우스 안이 실시되고, 유럽 열강은 소비에트 러시아를 승인하려 하고 있었다. 장개석이 모스크바와 동맹을 맺은 중국 남부를 제외하면 볼셰비즘의 위협은 감퇴되어가고 있었다. 아메리카는 쿨리지 대통령 지도 아래 마음을 놓고 있었다. 영국에서는 최초의 노동당 내각이 성립되었으며 1919년부터 23년에 걸쳐 아일랜드의 신펜 당과 근동(近東)에서의 반란 때문에 심각한 타격을 받고 있었다.

인도도 해이해져 분열과 휴식을 추구하고 있었다. 대전(大戰)이 끝난 후 암리트살에서와 같은 정열은 소진(消盡)되고 신념과 투지 대신에 의혹과 실망이 나타났다. 아마 간디의 비폭력운동이 세계대전 중 민족주의의 정열을 둔화시켰는지도 모른다. 간디의 21일간의 단식은 별로 효과가 없었다. 그 노력은 많은 사람들을 감동시키고 일부 사람들의 태도를 바꾸게 했지만 힌두교도와 이슬람교도 사이의 긴장은 여전히 계속되었다.

간디는 지금은 영국과 결전할 시기가 아니라고 생각했다. 지금은 내 집 울타리를 수리할 시기였다. 간디의 강령은 앞으로 올 적절한 정치적 기회를 위해서 정신적인 준비를 하는 일——구체적으로 말하면 힌두교도와 이슬람교도의 단결, 불가촉천민제의 폐지, 수직(手織), 즉 카아디 혹은 캇달의 보급이었다. 수직품을 장려하기 위해서 간디는, 영국이 랭카셔(^{잉글랜드 서부 방}_{적공업의 중심지})의 방적공장을 살리기 위해 인도의 농촌산업을 파멸시켰다고 비난했다. 그 외에는 1925년부터 27년에 걸친 기간의 그의 저술이나 논설엔 영국의 지배를 비난하는 요소가 거의 없었다. 오히려 간디는 인도인의 자기 비판에 논점을 두었다. "나는 단순히 영국의 멍에에서 인도를 해방하는 일에만 관심을 두고 있는 것은 아니다. 그 밖에도 모든 멍에에서 인도를 해방시키는 것이 나의 염원이다." 간디는 입법참사회나 시회(市會)에 참가하는 일에는 적극성을 띠지 않았다. 그는 이렇게 말하고 있다. "스와라지는 소수자가 권력을 획득하는 일에 의해서가 아니라 모든 사람이 그릇된 권위에 저항하는 능력을 획득할 때에 비로소 얻어진다." 극소수의 인도인이 의회에 선출되고, 또 소수의 인도인——그것도 도회인이 태반——이 선거권을 얻었다. 그런 상황에서는 대중이 종순(從順)한 태도를 포기할 것을 배우지 않는 한, 오히려 인도인 자신이 일종의 독재자가 될지도 모른다.

지식인들은 여전히 간디의 생각을 납득하지 않았다. 간디는 "그들은 개인적으로는 나를 좋아하고 있으나 나의 견해나 방법을 염려하고 있다."고 쓰고 있다. 이것은 불평은 아니었다. 다만 자기의 한계를 제시하기 위해 사실을 말할 뿐이다.

교육을 받은 인도인은 당파를 결성하여 분열되어가고 있다고 지적한 간디는 1926년 9월 2일에 다음과 같이 쓰고 있다. "솔직히 고백하면 나에겐 그러한 당파를 결합시킬 힘이 없다. 그들의 방법은 내 방법과 다르다. 나는 밑에서 위로 향하는 방향을 따라 활동하려는 것이다." 그리고 만약 자기가 주장하는 카아디(手織) 정책을 지지하지 않으면 "인도의 지식층은 그들을 대중과 결부시키는, 눈에 보이고 손에 닿을 수 있는 유일의 구체적인 유대를 스스로 끊어버리는 결과가 될 것이다." 라고 경고했다.

간디는 영국의 관계기관에 탄원서를 보내거나 기도를 올리는 국민회의파의 종전의 전통적 방식도 신뢰하지 않았고 또 최근 스와라지당의 의원이나 관료가 되기를 지망하는 방식도 신뢰하지 않았다. 그러나 그들을 자기의 방식에 신복(信服)시기는 데 실패한 간디는 "나는 전체적으로 보아 인도인 지식층과는 기본적으로 정신을 달리하여 모든 것을 대중에게 기대하고 있다. 국민회의파는 나보다는 오히려 그들 지식층에 의해서 발전해왔으며 지도를 받고 있다. 나는 그 방해자가 되어서는 안 된다."라고 말한 적이 있다.

언젠가 아메리카 인 목사가 가장 걱정이 되는 문제는 무엇이냐고 질문했을 때 '지식인들의 마음이 완고한 점'이라고 대답했다. 하지만 간디는 그래도 지식인들의 마음에 영향을 끼치려고 했다. 그러나 국민회의파를 이끌어나가는 방법으로서가 아니라 반대로 그들의 마음에 내 방식을 작용시키는 방법에 의해서——되도록 조용하게, 1915년부터 19년에 걸쳐 당시의 내가 그렇게 한 것처럼 조용하게. 간디는 그 동안 그렇게 국민회의파의 정치지도에 말려 있었던 것을 유감으로 생각하여 거기서 빠져나오려고 했다.

간디가 1924년에 출옥하여 그렇게 할 의사를 처음으로 표명했을 때 세찬 반대의 소리가 인도 전역을 진동했다. 그 반향에 대해서 간디는 다시 이렇게 응답했다. "나는 모든 것이 나에게 일임되는 것이 싫다. 나는 한 번도 그렇게 되기를 기대한 적도 없다. 그것은 국가문제를 다루는 방식으로는 최악의 방식이다. 국민회의파는 아무리 선량한 사람일지라도 아무리 위대한 사람일지라도, 여태까지 자칫하면 그렇게 될 뻔 했지만——결코 어떤 사람의 독무대가 되어서는 안 된다. 나는 차라리 형기(刑期)를 다 마치는 것이 인도를 위해서도 나 자신을 위해서도 더 유익하지 않았을까 하는 생각이 들 때가 많다."

그럼에도 불구하고 간디는 1925년 국민회의파 의장을 맡도록 설득되었다. 그의 친구들은 간디가 떠나 있으면 국민회의파의 내부구성이, 그의 건설적인 정치강령에 따르는 사람들과 의회에서 정치활동을 하는 방침을 지지하는 스와라지 당으로 분열된다고 주장했다. 간디는 회의파 당원이 되는 엄격한 조건으로 카아디(手織)를 착용할 것과 어디든지 할 수 있는 장소에서 매일 물레 돌리는 일을 한다는 것을 가차없이 요구했다.

어떤 사람들이 그가 정치에서 물러나면 그의 도의적 권위가 상실된다고 말했을 때 간디는 단호하게 반박했다. "도의적 권위라는 것은 그것을 유지하려고 애써서 유지되는 것이 아니다. 그것은 바라지 않는 가운데 절로 갖추어지는 것이며, 유지하기 위해 따로 노력이 필요하지 않다."

사실 간디의 도덕적 권위는 그가 무슨 일을 하고 안 하고 관계없이 증대되었으며 항상 인도의 땅과 인도의 마음에 의해서 배양되었다. 1925년에는 1년 내내 동서 1500마일, 남북 1900마일에 걸쳐 방방곡곡을 도보로 여행하여 인도의 대부분의 주(州)와 여러 토후국을 방문했다. 이제는 그의 생활도 여행도 가난한 사람의 양식과는 불가피하게 달라져 있었다. 간디는 그것을 슬퍼했다. 주위 사람들은 억지로 그를 2등차에 태웠는데 간디는 그 권유를 따랐다. 칸막이가 없는 공간에 4~50명이나 꽉 찬 3등차에서는 논설을 쓰거나 휴식을 취할 수 없었기 때문이다.

간디는 가는 곳마다 군중에 둘러싸였다. "사람들은 나를 잠시도 혼자 있게 하지 않는다. 목욕을 할 때도 그렇다." 밤이 되면, 간디의 발과 정강이는 그 앞에 무릎을 꿇고 손을 대는 사람들 때문에 여기 저기 허물이 벗겨져 바셀린을 발라야 했다. 비로소 간디의 신격화(神格化)가 시작되었다. 어떤 곳에서는 부족 전체——곤드 족이 그를 숭배하고 있다는 말을 들었다. "나는 그런 우상숭배에 대하여 염려와 반감을 여러 번 표명했다. 나는 보통 사람이고 인간의 육체가 나타내는 모든 약점을 지니고 있다. 곤드 족이, 그들에게도 나에게도 아무런 도움이 되지 않으며 다만 그들처럼 소박한 사람들의 미신적인 성질을 더하기만 하는 어떤 한 인물의 신격화를 일삼기보다는 오히려 내가 하는 간단한 말의 의미를 이해해주는 것이 훨씬 더 유익한 일이다."

단순한 경의도 그는 불필요한 것으로 느꼈다. "나는 마하트마라고 불릴 만한 사람이 아니다. 내가 마하트마라는 것은 무의미한 말이다."

그러나 마하트마는 그러한 추세에 대해서 무력했다. 그는 마하트마가 아닐 수 없었다. 많은 사람들은 간디를 붓나나 크리슈나 같은 신의 화신(化身)이라고 생각했다. 신께서 모습을 취하여 지상에 내려왔다고 생각했다. 머나먼 마을에서 산과 들을 건너 마하트마의 모습을 보려고 오는 사람들, 눈으로 보고 될 수 있으면 손을 접촉하여 정화(淨化)되기를 원하는 사람들이 수없이 찾아왔다. 그가 연설을 할 때에는 청중이 너무 많아 청중이 땅바닥에 앉아 그에게 밀려오지 않도록 조심하지 않으면 안 되었다. 올 때 갈 때, 궁중 가운데로 가지 못하고 빙 돌아서 갔다. 그래도 자칫하면 깔려 죽을 뻔한 일이 여러 번 있었다.

벵갈 주 다아카에서 70세의 노인이 간디 앞에 안내되어 왔다. 노인은 간디의 사진을 목에 걸고 있었으며 감격한 나머지 흐느껴 울었다. 마하트마 앞에 가까이 다가온 노인은 얼굴을 땅에 대고서 오래 고생하던 중풍을 치료해준 것을 감사했다. 노인은 무슨 약도 효력이 없었는데 간디 이름을 외웠더니 어느 날 저절로 나았다고 말했다.

간디는 노인의 말을 정정했다. "당신을 치료한 것은 내가 아니고 하느님입니다. 목에 건 내 사진을 떼어버리십시오."

지식인들 중에는 그런 사람이 있었다. 어느 날 간디가 타고 있는 열차가 급정거했다. 누군가가 급정거를 하는 줄을 잡아당긴 것이다. 알고 보니 어떤 변호사 한 사람이 열차에서 거꾸로 떨어졌기 때문이었다. 그런데 그는 전혀 상처를 입지 않았다. 변호사는 마하트마와 같은 객차에 타고 있었기 때문에 무사했다고 말했다. 간디는 웃으면서 "그렇다면 애당초 떨어질 리가 없잖아요."라고 농담을 했다. 그러나 신자들에게는 농담도 통하지 않았다.

힌두교도 여성들도, 집회에서 간디의 연설을 들을 때에는 흔히 장막 뒤에 가서 자리를 잡았다. 이를테면 이슬람교도나 크리스트교도 혹은 불가촉천민까지도 힌두교도로부터 카스트 제도를 빌려쓰는 경우가 있는 것처럼 곳에 따라서는 힌두교도가 이슬람교도의 팔다아——여성 격리(隔離)의 관습을 본받는 경우가 있다. 그러나 한 여성이 얼굴을 가리고서 간디 앞에 왔을 때, 간디가 "사람은 모두 형제자매입니다. 내 앞에서는 팔다아를 쓸 필요가 없어요."라고 말하자 그 여성은 곧 팔다아를 벗었다.

간디의 자금을 끌어모으는 수완은 아무도 따르지 못할 정도였는데 특히 여성이 장신구를 풀어서 내놓게 하는 것을 재미있어 했다.

간디는 여행 중에 이런 얘기를 했다. "나는 애인이 하루하루 늘어나고 있다. 최근에 생긴 애인은 발드완에 사는 열 살쯤 되는 귀여운 소녀 라니바라이다. 굳이 나이는 따지지 않는다. 나는 언제나처럼 라니바라와 놀면서 여섯 개나 되는 무거운 팔가락지를 슬그머니 보고 있었다. 내가 차근차근 네 가냘픈 팔목에는 너무 무겁다고 설명을 하자 라니바라는 팔가락지를 풀었다."

라니바라의 조부(祖父)가 팔가락지를 간디 옹에게 드리라고 일렀다. "실은 나는 당혹했다. 소녀들이 흔히 장신구를 많이 달고 있는 것을 보면 좋지 않기 때문에 세상에는 가난한 사람이 많다는 것을 때로는 생각해보아야 한다고 그저 농담을 하는 것이 나의 버릇이었으므로 나는 그 팔가락지를 반환하려 했다." 간디는 이렇게 회상하고 있다.

그러나 그 소녀의 조부가 라니바라의 어머니는 일단 내놓았다가 돌려받는 것을 불길하게 생각할 거라고 말하였으므로 간디는 라니바라가 다시는 이런 것을 탐내지 않는다는 조건을 붙여 팔가락지를 받았다.

같은 날, 그 도시의 부인들 모임에서 간디는 라니바라 얘기를 했다. "팔가락지 십여 개와 귀고리 세 개가 요구하지도 않았는데 생겼습니다. 물론 이것은 캇달(手織)을 보급시키는 데 사용할 작정입니다."

간디는 계속해서 쾌활하게 얘기했다. "나는 젊은 아가씨들 그리고 그들의 양친과 조부모 되시는 분들에게 말씀드립니다. 나는 라니바라의 경우와 같은 조건으로 나를 찾아오는 애인을 얼마든지 환영합니다. 그 아가씨들은 귀중한 장신구를 가난한 사람에게 도움이 되도록 희사 (喜捨)하는 착한 마음씨를 지닌 분들이므로 분명히 외모도 유달리 아름답게 생겼을 것입니다. 인도의 소녀들 가슴에 '마음이 아름다우면 행실도 아름답다'는 속담을 깨우쳐 새깁시다."

간디는 여행을 계속하여 비하르로 갔다. 철도의 지선(支線)을 거쳐 다시 자동차로 26마일이나 더 가서 도착한 카라구데하에서는 처음의 일정이 부인들의 모임에 참석하는 것이었다. "나는 지금까지 늘 이상하다는 생각을 하면서도 일부 여성들의 그 무거운 장신구에 대해서 비판하는 것을 억제해왔습니다. 그러나 아무리 보아도 손목에서 팔꿈치까지 빈틈없이 팔가락지를 낀 팔이나 두 개의 구멍으로 지탱하기 어려운 직경 3인치 남짓이나 되는 크고 굵은 코걸이는 인내의 한계를 초과하는 것임을 알았습니다. 또 나는 이 무거운 장신구는 아름다움에는 아무 도움이 안 될 뿐 아니라 오히려 고통스럽고 자칫하면 병을 일으키기도 한다는 것을 점차 알게 되었습니다."

간디는 이렇게 말하면서, 혹시 여성들을 불쾌하게 하지는 않았는지 염려했으나 강연이 끝나자 그의 주위에 몰려와서 돈을 희사하기도 하고 장신구는 떼어서 내놓는 여성도 많이 있었다. 간디는 인도의 여성이 이러한 습관——오히려 아름다움에 어긋나는 습관을 버리게 되기를 진심으로 바랐다.

간디는 수직 무명의 요포(腰布)를 두르고 미소를 지으면서 보통은 샌들을 신고(때로는 맨발이었다) 성큼성큼 연단에 올라 청중에게 호소했다. 비하르에서 열차를 대기시키고 있는 바쁜 모임에서는 1분간 연설을 했다. "내가 여기 온 목적은 물레와 카아디(手織)를 선전하고 카아디를 파는 장사를 하자는 것입니다. 내가 비하르에 오는 것은 이것이 마지막일지도 모르니 되도록 많은 벌이를 시켜주시기 바랍니다."라고 솔직하게 얘기했으며 수방과 수직에 대한 신심(信心)의 '울리는 증명(証明)'을 구하여 청중들 사이를 누볐다. 사람들은 간디의 양철통에 동전을 던져넣어 소리를 울렸고 금새 520루피나 모였다(1루피는 1실링 4펜스 상당). 다음에는 수직으로 만든 면포(綿布)나 요포 혹은 여성의 사리를 들고 다니면서 되도록 많이 팔았다. 비서 마하데브 데사이, 막내아들 데바다스, 기타 일행도 같이 물건을 팔았다.

큰 도시에서는 간디가 도착하기 전에 미리 모금해서 증정하는 것이

관례가 되었다. 금액은 수백 루피에서 수천 루피에 다다르는 예도 있었다. 그와 함께 간디에 대한 경애(敬愛)의 마음을 적은 감사장도 전달하기로 되어 있었다. 공들여 만든 그 감사장은 대개 조그만 은상자에 들어 있었다. 간디는 "이런 값비싼 상자는 아무 소용이 없으며 둘 장소도 없어요."라고 말한 적이 있었다. 간디는 그 은상자를 증정한 당사자에게 도로 팔려고 했다. 증정자는 쾌히 값을 쳐서 샀다. 간디는 이런 식으로 값이 나가는 상자는 경매하여 팔았는데 한번은 1001루피라는 고가(高價)로 팔린 적도 있다. 사람들이 그의 목에 걸어준 화환도 그런 식으로 처분했다. "실만으로 고리를 만들어 목걸이로 할 수가 있는데 왜 꽃을 꺾느냐." 이것이 간디의 말이었다. 이후 실로 뜬 목걸이가 인도의 풍습이 되었다.

친구들은 간디의 인품에 감탄하여 '바냐아'라고 불렀다. 실제로 그는 영리한 상인이었으나 물론 그 이익이나 수입은 한번도 그의 재산의 소득이 되지는 않았다.

추종자 중의 한 사람이 어떤 아메리카 인 친구에게 마하트마의 서명(署名)이 든 사진을 구해달라는 부탁을 받아 아쉬람에서 사진을 찍은 일이 있었다. 까닭을 설명하고 서명을 해달라고 하니까 간디는 웃으면서 "하리잔 기금으로 20루피를 희사해준다면."이라고 말했다.

"10루피 기부하겠습니다."라고 하자 그때서야 그는 서명해 주었다.

그리고 데바다스를 만나 그 얘기를 했더니 "바아푸(아버지)는 5루피만 내도 서명해주었을 겁니다."라고 말했다.

1924년부터 27년까지의 기간에 간디의 마음은 카아디의 보급사업에서 떠나지 않았다. 주간지인 〈영 인디아〉 지에는 매호마다 인명과 그 사람들이 뽑은 실의 양의 상세한 숫자를 싣기 위해 수페이지가 할당되었다. 일부 사람들은 자기가 뽑은 실을 기금으로 헌납했다. 그 것은 마을 사람들에게 제공되었다. 간디의 사바르마티 아쉬람에서는 간단한 물레를 제조하고 있었는데 1926년 그 담당자는 "수요에 공급이 따르지 못하고 있다."고 발표했다. 소학교에서도 물레돌리기를 가르쳤다. 국민회의파의 모임에서는 당원들이 흔히 바이올린 케이스 같은 상자에서 절첩식(折疊式) 물레를 꺼내어 회의 중에 조용히 돌리고 있었다. 인도에 물레돌리기가 유행하게 된 발단이었다.

간디와 절친한 친구들 가운데 일부는 그의 카아디 편중주의(偏重主義)를 비난했다. 간디는 인도의 전래(傳來) 농촌산업의 부활 가능성을 과장하고 있으며 설사 성공한다 하더라도 그것으로 얻어지는 이익을 과대평가하고 있다는 것이다. 지금은 기계문명시대이며 간디의 정력, 지력, 고결한 성격을 모조리 경주(傾注)한다 해도 시계 바늘을 역전시킬 수는 없다는 것이 그들의 견해였다.

간디는 이런 비난에 다음과 같이 말했다. "150년 전에 우리는 우리 손으로 피륙을 만들고 있었다. 우리 나라 여성들은 자기 집에서 훌륭한 실을 뽑고 피륙을 짜서 남편의 근로에 보탬이 되었다……인도는 1년에 1인당 약 13야드의 피륙이 필요한데 내가 짐작하기에 생산고는 그 절반에도 미치지 못한다. 인도는 목화로도 필요한 양을 충분히 생산하며 또 수요에 응할 만큼은 국내에서 수방, 수직으로 면사나 면포를 만들 수 있는데도 수백 만 가마의 목화를 일본이나 랭카셔에 수출하여 그 태반을 다시 캘리코(평직(平織) 무명의 총칭) 제품으로 수입하고 있다……물레는 한 해 중에 4개월간은 일거리가 없는 많은 사람들에게 일을 시키기 위해서 인도인에게 부여된 것이었다. 그런데 약 6억 루피나 되는 막대한 돈을 피륙을 구입하기 위해 외국에 지불하고 있다."

지식인들은 대개 카아디(모직무명)를 감촉이 꺼칠꺼칠하다고 해서 멸시했다. 어떤 사람들은 '볼품없는 하얀 수의'라고 비웃었다. 그러나 간디는 '물레는 인도인의 정신적 구제의 문'이라 말하고 자와하르라르 네루도 '무명 옷은 우리 독립의 제복'이라고 말했다.

간디는 지력과 근력, 도시와 농촌, 부자와 빈자를 결부시키려고 노력했다. 분열된 나라와 위축된 문명에 그 이상 어떤 위대한 봉사를 할 수 있을까. 간디는 패자를 돕기 위해서는 그를 이해해야 하며 그를 이해하기 위해서는 이따금 그 사람과 같이 일을 해보아야 한다고 가르쳤다. 물레돌리기는 사랑의 실천이며 전달을 위한 또 하나의 회로였다. 그것은 조직의 방법이기도 했다. 어느 지역(地區)일지라도 캇달에 조직할 수 있으며 조직과 함께 고난을 견딜 수 있는 훈련이 되면, 그것으로 시민적 불복종의 준비가 갖추어졌다고 하겠다. 그러므로 카아디는 곧 자치(自治)와 상통한다.

간디는 도회 사람이나 농촌 사람이나 하루 한 시간씩 물레돌리기를 할 것을 권했다. "물레돌리기는 격심한 노동을 한 뒤에 기분전환이 되는 일종의 레크리에이션이다." 그것은 개혁에 대신하는 것이 아니고 거기에 추가되는 일부분이다. 하지만 간디는 개혁을 물레돌리기만큼은 강조하지 않았다.

간디는 거듭 말하고 있다. "나로서는 정치문제에 있어서도 물레만큼 중요한 것은 없다." 간디와 같은 정도의 영리한 두뇌를 가졌으며, 간디가 항상 순진했던 것과는 달리 항상 회의적이었던 사람——인도의 위대한 지식인의 한 사람이 카아디에 관해서는 마하트마의 주장을 열렬히 지원했다. 마드래스의 저명한 변호사 차크라바르티 라자고바라차리는 수직 피륙을 사용하자는 운동에 기대를 걸고 있었던 점에서 간디에 버금가는 인물이었다. 그는 1926년 4월 6일 아후마다바드의 방직 공장에서 다음과 같이 말했다. "물레돌리기는 인도를 위한 유일의 참다운 계획입니다. 여러분은 도시에 살고 있기 때문에 이 나라의 빈곤이 얼마나 심각한지를 잘 모르고 있습니다. 실제로 인도에는 1개월 수입이 2루피 반밖에 안 되는 사람들이 살고 있는 마을이 몇천 아니 몇만이나 됩니다. 그 사람들이 손으로 피륙을 만들어 입에 풀칠을 하기 위해 팔기를 원하는 수야드의 카아디를 착용하지 않는다면 그 사람들을 위해서 눈물을 흘릴 필요도 없습니다. 가령 여러분의 마음이 냉혹하지 않다면 모두가 카아디를 입고 있어야 할 것입니다. 카아디는 가난한 사람들에게 일거리를 주고, 이 나라에 독립을 가져오는 길입니다. 영국이 인도를 꼭 쥐고 놓지 않는 까닭은 랭카셔(영국 방직 공업의 중심도시)의 제품을 많이 사주는 단골 고객이기 때문입니다."

모티랄 네루도 카아디를 입게 되었으며, 간디처럼 노상(路上)에서 행상을 하고 다녔다. 지식인들은 처음에는 비웃었을지 모르지만 얼마 후에는 그들도 카아디에 매혹되어 1920년대 중엽부터는 수직이 곧 인도 민족주의자의 표지(標識)가 되었다. 독립을 주장하는 사람은 농촌에 갈 때에는 박래품은 고사하고 인도의 공장에서 만든 의류도 입지 않게 되었으며 농민의 모임에서는 영어로 대화하지 않게 되었다. 경제적인 가치로서는 결국 결정적인 것이 되지 못했지만 인도의 정치적 교육이라는 관점에서는 물레돌리기야말로 마하트마 간디의 독특한 기여임에 틀림없었다. 간디는 인도의 정치면의 피부에 가난하고 무교육한 비정치적인 인도를 접촉시켜 실감(實感)을 갖게 했다. 카아디는 지도층과 국민대중의 일체화를 도모하는 모험이고 인도 사회에 광범하게 만연된 질병의 치료이기도 했다. 간디는 인도사(史)의 비극은 금, 은, 비단, 보석, 코끼리 등을 상징으로 하는 궁정의 영화와 거적대기 집에 사람들의 동물적 상태에 가까운 빈곤 사이에 있는 대협곡이며, 그 골짜기 속에는 왕국의 잔해와 몇백만인지 모르는 무수한 희생자의 해골이 깔려 있다는 것을 알고 있었다.

간디는 너무 많이 활동을 한 때문에 몸에 무리가 왔다. 하루에 3~4개소의 집회에 출석하고 매일 밤 숙소가 바뀌고 방대한 양의 문통(文通)을 하고 거기에다 커다란 정치문제에서 개인적 번민에 이르기까지 온갖 문제를 가지고 의견을 들으러 오는 무수한 남녀들과의 사적인 면담 ——그것도 심한 더위와 습기 속에서——으로 기진맥진이 되었다. 그래서 1925년 11월 1주간의 단식을 실시했다.

인도 전체가 걱정이 되어 왜 단식을 하느냐고 항의했다. 이에 간디는 "민중은 나의 단식에 대해서 염려하지 않아도 괜찮습니다. 단식은 나로서는 존재의 한 부분입니다. 이를테면 나에게는 눈이 필요한 것처럼 단식이 필요합니다. 눈이 외계(外界)에 대한 것이라면 단식은 내부세계에 대한 것입니다." 간디는 필요하다고 생각하면 언제든지 단식을 했다. 자칫하면 비참한 결과에 이를지도 모른다. 그러나 "내가 잘못인지도 모른다. 만약 내가 이대로 죽을 경우에는 세상 사람들은 나의 기념비에다 '어리석은 사람으로서 적합한 짓을 하다가'라고 쓰게 될 것이다. 하지만 설사 내 생각이 틀렸다 하더라도 나는 이를 회피하지 못한다." 그것은 개인적인 단식이었다. "이번 단식은 사회와는 아무 관계도 없다. 사람들은 나를 가리켜 하나의 공공재산이라고 한다. 그건 그렇게 말하게 내버려두어도 그만이다. 하지만 나라는 사람을 결점을 포함해서 받아줬으면 좋겠다. 나는 진리를 탐구하는 사람이다. 내가 행하는 실험은 가장 훌륭한 장비를 갖추고 강행하는 히말라야 탐험보다도 더 중요하다고 생각한다." 간디는 정신의 정상을 목표로 삼고 있으며 단식은 정신으로 하여금 육체를 뛰어넘게 하는 것이라고 생각했다.

단식을 자주 실천한 간디는 단식에 관한 의견을 말해달라는 청을 자주 맡았다. 인도에서도 그처럼 자주 단식을 한다는 것은 특이한 일이었다. 간디는 〈영 인디아〉 지에서 그 물음에 답했다. '의사분들에게는 미리 사과를 드리고서 나 자신과 여러 단식가들의 체험에 의해 충분히 증명된 것을 말씀드리기로 한다. 즉 단식은 다음과 같은 경우에 한다. (1) 변통(便通)이 좋지 않을 때 (2) 빈혈증이 있는 사람 (3) 열이 날 때 (4) 소화불량 (5) 두통, (6) 류머티스가 있을 때 (7) 통풍(痛風) (8) 기분이 초조하거나 울화증세가 날 때 (9) 원기(元氣)가 없을 때 (10) 너무 기뻐서 못견딜 지경일 때. 그리고 의사의 지시나 매약의 사용은 피한다.

간디는 1924년 2월 석방되었을 때 체중은 최고 112파운드였다고 그 기사에서 밝히고 있다. 단식을 시작했을 때 105파운드까지 내려갔으나 1주일 동안에 9파운드 줄었다가 곧 회복했다. 그 자신이 말하는 바에 의하면 이때 단식에서도 1924년의 21일 동안의 단식에서도 육체적으로 해로운 점은 아무것도 없었다.

단식 중에는 물에 소금이나 중탄산(重炭酸) 소다를 조금 타거나 레몬즙을 몇 방울 떨어뜨리거나 하지 않으면 구역질이 났다. 단식 중에 공복 때문에 배가 아픈 일은 전혀 없었다. 사실 그때도 단식을 끝낸 것은 예정보다 반 시간 늦었다. 그는 매일 물레를 돌리고 기도회에도 참석했다. 단식을 시작하고서부터 3일간 실제로 새벽 4시부터 저녁 8시까지 일했다. 논설이나 편지를 쓰고 사람을 만나기도 했다. 4일째는 두통이 있어 그날 하루 일을 하지 않았다. 7일째 정확한 손 움직임으로 단식에 관한 논고를 썼다.

주간지에 실린 간디의 기고문에는 또 단식에 관하여 9조항의 규칙이 제시되어 있었다. 제 1 의 조목은 간디 자신이 어긴 것으로 육체적·정신적 에네르기를 미리 저장해둘 일 (2) 단식 중에는 식사에 관한 생각을 하지 않는다. (3) 되도록 다량의 냉수를 마신다. (4) 매일 더운물로 몸을 씻는다. (5) 단식 중 정기적으로 관장(灌腸)을 한다. 매일 배설물이 나오는 것을 보고 놀랠 것이다. (6) 되도록이면 호외(号外)에서 잔다. (7) 아침 공기를 많이 마신다. 일광욕이나 대기와 접촉하는 것은 적어도 수욕(水浴)과 같은 정도의 정화작용이 있다. (8) 자기가 지금 하고 있는 단식 외에는 생각하지 않는다. (9) 단식을 하는 의도가 무엇이든 간에 그 귀중한 시간이 신(神), 자기와 신 혹은 신의 다른 창조물과의 관계를 곰곰히 생각하면 꿈에도 몰랐던 새로운 깨달음을 얻을 수 있다.

간디가 단식을 한 것은 이 발견이 목적이었다.

간디의 회의파 의장의 임기가 끝난 다음 1925년 12월 칸플에서 규수서정시인(閨秀敍情詩人) 사로디니 나이두 여사가 그의 뒤를 이어 의장으로 뽑혔다. 그래서 간디는 앞으로 1년간의 '정치적 침묵'을 맹세했다. 1926년 1월 7일자 〈영 인디아〉 지에서 그는 적어도 금년 12월 20일까지는 아쉬람 바깥, 강 건너 아후마다바드 바깥으로 나가지 않겠다고 선언했다. 그의 육체도 정신도 휴양이 필요했다.

당초 영국의 지배를 방해하기 위해서 입법참사회에 동지를 들여보냈던 스와라지 당은 차츰차츰 협력책으로 옮겨갔다. 그리고 영국측에 대한 협조는 더 추진하지만 이슬람교도에 대한 협조는 더 축소하는 M. R. 자칼과 N. C. V. 케르칼을 대표로 하는 반대파는 스와라지 당에서 분리하여 레스폰시비스트 당을 결성했는데 그것은 차차로 종교적 정당(正黨)으로서의 힌두 마하사바로 기울어져 갔다. 1925년 12월 아리 갈에서 열린 무슬림 리그(이슬람교도 연맹)의 모임에는 진너, 무하마드 알리, 서어 알리 아마므 같은 사람들이 출석했는데 종교정치의 방향으로 움직이는 기세를 보였다. 인도의 민족해방을 위해서는 통일이 필요하다고 생각하는 간디의 염원에도 불구하고 인도는 지금 종교의 연결점에서 분열되어가고 있었다. 간디는 정치적 통일체로서의 인도는 분열과 혼란과 속에 있다고 판단했다. 당분간 침묵을 지키기에 적합한 시기라고도 할 수 있었다. 간디는 침묵은 우주를 숭배하는 마음을 나타내는 참다운 언어라는 말을 인용해서 그 무렵의 심정을 설명했다.

제**13**장
침묵의 1년

　그 침묵의 해에는 실제로 간디가 전혀 무언으로 지낸 날——월요일이
52일 있었다——그 침묵, 무언의 날에는 방문객과 면담할 때에도 말을
하지 않았다. 상대가 하는 말을 들으면서 이따금 쪽지에 두세 마디
연필로 써서 보였다. 이것은 회화로는 썩 좋은 방법이 아니었기 때문에
방문객들이 사양을 하여 매주 그 무언의 날에는 어느 정도 사생활을
할 수가 있었다.

　1942년 간디를 만났을 때 그 무언의 날을 지켜야 하는 무슨 이유가
있었느냐고 물어보았다.

　"그때 나는 몸이 퍽 피로했습니다. 무더운 기차여행, 가는 곳마다
계속되는 집회연설, 기차 안에서나 바깥에서나 혹은 무슨 질문을 하고
혹은 나와 같이 기도를 올리겠다고 몰려드는 사람들에 시달려 몸은
극도로 지쳐 있는 상태였습니다. 그래서 일주일에 하루는 휴양을 해
야겠다는 생각으로 무언의 날을 정했지요. 물론 나중에는 그 '무언의
날'에다 여러 가지 덕성을 결부시켜 정신적인 의상을 입히기도 했습
니다마는 당초의 동기는 단순히 하루 편하게 지내고 싶다는 생각뿐
이었습니다."

　간디는 이렇게 농담조로 대답했으나 좀더 따져물었다면 침묵이 정
신수양의 기회가 된다는 점을 인정했을 것이다.

　그러나 52일의 월요일을 제외하면 그 '침묵의 해'는 실제에 있어
침묵이 아니었다. 여행이나 큰 집회에서의 연설 같은 행사는 하지
않았지만 간디는 그 동안에도 글을 쓰고 방문자를 만나고 인도 내외

(內外)의 몇천 명이나 되는 많은 사람들과 문통(文通)을 계속했다.

1926년 4월 1일 로드 어윈(뒤에 영국 수상이 됨. 워싱턴 대사를 지낸 로드 핼리퍽스)이 리딩 총독의 후임으로 인도에 부임해왔다. 그러나 결정적인 변화는 〈영 인디아〉 지에서는 언급되지 않았고, 또 간디는 다른 어떤 방법으로도 그 점에 대해서는 말을 하지 않았다. 간디는 여전히 인도 총독에 대해서가 아니라 대중에게 호소하는 비협력자이며 내면에 기초를 둔 스와라지를 모토로 삼고 있었다.

하지만 매우 중요한 변화가 간디의 태도에 나타났다. 그는 힌두교도와 이슬람교도의 우호를 방해하는 영국의 정책에 의문을 품게 되어 1926년 8월 12일 다음과 같이 썼다. '인도의 정치는 불신 위에 서 있다. 불신은 정실(情實)을 포함하고 있으며 정실은 불가피하게 분열을 조장한다.' 정부는 은근히 이슬람교도 편을 들고 있는 것처럼 보였다.

간디는 힌두교도와 이슬람교도의 우호는 인도에 자치를 초래한다고 생각하고 있었는데 이제야 영국이라는 제3자가 있는 한 양 교도의 우호는 거의 불가능하다는 것을 알게 되었다.

그렇다면 독립의 전제(前提)를 삼으려고 한 종교적인 평화는 실은 독립을 달성한 뒤에 가서 비로소 얻어질 것이다.

이런 딜레마에도 불구하고 간디는 낙관적이었다. "우리가 어떻게 하든지 통일은 이루어질 것이다. 인간의 노력은 실패할지도 모르지만 신의 뜻은 결실을 맺는 법이니까. 신의 지배는 소위 분할통치 정책에 입각하고 있는 것이 아니다." 그 동안에도 인도의 몇 지방에서 두 교도 사이에 피비린내나는 싸움이 발생하고 있었다.

간디의 해결책은 다수자인 힌두교도가 소수자인 이슬람교도를 잘 대접하자는 것과 두 교도가 다 같이 비폭력을 지키자는 것이었는데 힌두교도들은 간디가 이슬람교도 편을 든다고 몹시 비난했다.

그런데 그 해의 가장 격렬한 논쟁은 개가 중점에 되었으며 몇 달 동안이나 마하트마의 머리 주위에 폭풍이 불었다.

아후마다바드의 큰 방직공장 주인 안바랄 사라바이가 그의 넓은 공장부지에 자주 나타나는 들개 60여 마리를 잡아서 죽이게 했다.

개를 죽인 사라바이는 마음이 불안해져서 마하트마에게 고민을 털어놓았다. 간디는 '달리 어떻게 할 수가 없을 것'이라고 말했다.

아후마다바드 인도협회가 이 얘기를 전해듣고 간디에게 항의했다. 그것의 사실 여부를 묻는 질문서를 보내왔다. 간디는 정말 달리 어떻게 할 수가 없다고 말했는가, 정말 그렇게 말했다면 무엇을 의미하는가.

'힌두교는 모든 생류(生類)에 대하여 그 생명을 빼앗는 것을 금하여 그 행위를 죄로 규정하고 있는데 당신은 광견이 사람을 물거나 다른 개를 물어서 그 개도 광견이 되게 한다는 이유로 살해하는 것을 옳다고 생각합니까?' 그 질문서 내용은 몹시 흥분조로 씌어 있었다.

간디는 이 질문서를 '이것이 인도(人道)인가?'라는 제목을 붙여 〈영 인디아〉 지에 기고했다. 질문서와 간디의 회답은 제1면 전체와 제2면의 반을 채웠다. 사실에 틀림없었다. 간디는 "달리 어떻게 할 수가 있겠는가." 하고 말했다. 그 문제에 대해서 다시 생각해보았다. "나는 내 생각이 옳았다고 생각한다."고 거듭 주장했다.

간디는 이렇게 설명했다. "우리 인간은 불완전한 존재이며 과오를 범하기도 합니다. 광견은 죽이는 수밖에 다른 방법이 없습니다. 때로는 우리는 살인범에 대해서 어쩔 수 없이 사형을 내리는 경우도 있을 것입니다."

〈영 인디아〉 지의 다음 호 제1면은 같은 문제를 다루었는데 표제도 역시 '이것이 인도인가.' 였다. 지난 번 기사에 대하여 분노의 편지가 쇄도했다. 그뿐 아니라 간디를 모욕하러 일부러 찾아오는 사람도 있었다. "하루의 고된 노동을 마치고 내가 잠자리에 들으려 할 때 세 친구가 들이닥쳐 인도를 내세우면서 나와 의논하려 했다." 간디가 여기서 친구라고 한 것은 만인이 다 벗이라는 생각에서 쓴 말이었다. 그 친구의 한 사람은 자이나교도이며 분노와 존대를 노골적으로 나타내고 있었다.

간디는 자이나교의 절대적 비폭력의 신조 밑에서 자란 사람이었다.

"나는 많은 사람으로부터 자이나교도로 간주되고 있다."고 그 자신이 말한 적도 있다. 그런데, 자이나교의 개조(開祖) 마하비라는 '자비와 비폭력의 화신(化身)이다. 따라서 그 신도는 비폭력을 신봉해야 한다.'

간디는 일보도 양보하지 않았다. '개를 굳이 번식시켜야 할 이유는 없다. 야견(野犬)은 사회 전체로 보면 위험한 동물이다. 야견이 많으면 사회의 존재에 대한 위협이 된다. 사람들이 참으로 신심이 투철하면 야견은 없을 것이다. 서양에는 개의 사육(飼育)이 학문으로 되어 있다. 우리는 그것을 배워야 한다.

개 문제에 관한 편지는 끊이지 않았다. 간디는 거의 3페이지나 할애했다. 다시 〈영 인디아〉 지 다음 호에서는 '일부의 적의를 가진 비평가들은 예의(禮儀)의 한계를 넘은 태도를 취하고 있다.'고 단호하게 말했다. 어떤 사람은 회견을 요청하고 허가없이 회견내용을 써서 소책자를 출판하여 가두판매를 했다. '그는 이런 방법으로 나를 가르치려는 것인가' 하고 의아스럽게 생각했다. 노한 사람은 자칫하면 폭력을 범한다. 그런 사람이 어떻게 나에게 비폭력을 가르칠 수 있을까.

"설사 그렇다 하더라도 적의를 품은 비평가들은 오히려 나에게 봉사하고 있다. 내가 남의 분노에 대해서 마음을 진정시킬 수 있는지 어떤지를 보는 기회를 준다. 그들의 노한 마음의 밑바닥을 투시(透視)하여 접촉하면 나는 오히려 사랑을 보게 될 뿐이다." 어떻게 해서 간디는 그런 기묘한 결론에 다다랐을까. 그것은 "그들이 자기들이 이해하는 비폭력을 나에게 귀속시킨 때문이다. 지금 그들은 내가 반대 행동을 취하고 있는 줄로 알고 화를 내고 있는 것이다. 나는 그들의 분격을 염려하지 않는다. 나는 다만 그 배후에 있는 동기를 평가한다(거기에는 가치 있는 마음이 있다). 나는 꾸준히 그들을 설득하기 위해 노력해야 한다."

그는 다음과 같이 설득했다. "야견(野犬)에 밥을 주는 것은 죄악——언민의 징을 위장하는 것이다. 굶어죽을 상태에 있는 개에게 빵조각을 던져주는 것은 모욕이다. 야견은 우리 사회의 연민이나 문명을 표시하는 것은 아니다. 거꾸로 사회 구성원의 무지(無知)와 무기력을 나타내는 것이다. 하등 동물들은 우리 인간과 더불어 세상에 살고 있다. 나는 그중에 사자나 호랑이도 포함시켜서 생각한다. 독을 뿜는 파충류와 어떻게 공동생활을 할 수 있겠는가. 무지인 까닭에 그 방법을 모른다. 사람이 더 많이 배우면 그런 동물마저도 벗으로 삼는 방법을 알게 될 것이다. 하지만 인간은 지금은 아직 이교도나 외국인과 의좋게 지내는 방법도 모르고 있다."

간디는 이 애견가들 중 일부는 이슬람교도나 영국인이 60명쯤 살해되었을 경우에 혹시 이렇게까지 분개하지 않는 것이 아닌가 하는 의문이 생기기도 했다.

간디에 의하면 인정가(人情家)는 야견을 먹여살리도록 사회에 돈을 기부하거나 자기가 직접 몇 마리 먹이기도 하겠지만, 국가가 그것을 방치하고 가정에서도 사람들이 사육을 하려고 하지 않을 경우에는 어쩔 수 없이 개를 죽이지 않으면 안 된다. 간디는 인도의 개들이 오늘날 이 나라의 노쇠한 동물이나 인간처럼 비참한 상태에 있다는 것이 슬펐다.

그렇다면 노쇠한 소는 왜 죽이지 않는가.

간디의 말은 계속된다. "광견의 경우라면 죽이는 것이 오히려 의무일지도 모른다. 가령 어떤 사람이 미쳐서 날뛰어 손에 칼을 들고 돌아다니며 지나가는 사람을 마구 찔러 죽이는데 그 미치광이를 붙잡을 용기를 가진 사람이 아무도 없는 경우를 생각해보자. 이때 누가 감히 나서서 그 미치광이를 처치하는 사람이 있다면 마땅히 사회로부터 감사를 받을 것이다."

간디에게 편지를 보내온 많은 사람들이 개인적인 회답을 요구했으며 회답이 없을 경우에는 습격을 하겠다고 위협하는 자도 있었다. 간디는 이 문제에 관해서 답지된 산더미 같은 편지에 일일이 회답할 수는 없었으므로, 자기 잡지에서 계속 취급을 하겠다고 말했다. 〈영 인디아〉 지의 다음 호에는 다시 또 개 문제에 관하여 몇 개의 난이 할당되어 있었다. 간디는 아후마다바드의 어떤 병원에서 치료를 받은 광견병의 건수(件數)가 1925년에는 1917건, 1926년에는 900건이었다는 사실을 밝히면서 이 점에 관하여 인도는 서양을 본받아야 한다고 강조했다. "만약 서양 사람들은 인도(人道)를 모른다고 한다면 그것은 심히 틀린 생각이다." 그러면서 한 마디 비꼬았다. '서양에서는 인도의 이념보다 낮을지 모르지만 실천은 우리보다 훨씬 높은 실정이다. 우리는 이념 면에서는 대단히 높지만 실천 면에서는 느리고 태만하다. 우리 나라의 빈민이나 가축이나 기타 동물의 상태를 보면 명백한 바와 같이 우리는 깊은 어둠에 싸여 있다. 그것은 우리들의 종교보다는 오히려 무종교를 여실히 말해주는 것이다."

이러한 간디의 논법은 그가 서양 사상에 현혹된 증거라고 문통자들은 비난했으나 간디는 분격한 사람들을 상대로 꾸준히 논쟁을 계속했다. 자기는 서양 문명의 몇 가지 특색은 비난하지만 다른 특색에서 배우기도 했다고 주장하면서 의견은 기원(起原)이 아니고 내용에 의해서 판단되어야 한다고 대답했다.

논쟁이 시작된 지 3개월 만에 간디는 "이 문제에 관한 투서가 아직도 쇄도하고 있다."고 발표했으나 그것이 대개는 단순히 악의에서 나온 것이었기 때문에 그 이상은 무시했다. 이상과 같은 개에 관한 논쟁은 침묵의 해에 뜻밖으로 열기를 띠었는데, 한 마리의 송아지가 또 폭풍을 일으켰다. 아쉬람에서 암송아지가 병이 났다. 간디는 어떻게 살리려고 애써보았지만 너무 고통에 신음하는 것이 딱해서 죽도록 가만히 두는 것이 차라리 자비라고 생각했다. 이 의견에 카스투르바이는 반대했다. "그럼 당신이 간호해요."라고 간디는 부인에게 맡겼다. 카스투르바이는 실제로 간호를 해보고서야 송아지의 고통을 알았다. 간디가 입회하여 의사가 주사로 송아지를 죽였다. 격렬한 항의의 편지가 산더미처럼 쇄도했다. 간디는 자기 행동이 옳았다고 주장했다.

〈영 인디아〉 지의 편집자에게는 솔직하게 성(性) 문제를 논하는 편지도 많이 왔다. 간디는 그 무렵에는 젊은이들과 사사(私事)에 관한 문통이 많아졌다고 회고록에서 말하고 있다. 젊은이들은 그에게 충고를 구했던 것이다.

간디는 그 침묵의 해의 비교적 한가로운 시간을 이용해서 영국의 성 과학자 하벨록 애리스나 포렐, 혹은 폴 뷰로의 《도의의 퇴폐》 같은 가족과 성에 관한 서양의 권위자들의 책을 읽었다. 간디는 평소에도 인도인의 성생활에 관해서 관심을 두어, 남녀간 교접이 너무 조기(早期)에 시작되는 것과 정도가 과도한 것이 인도인을 쇠약시키는 원인이라고 믿고 있었다. 또 인구의 급격한 증가가 의미하는 것도 이해하고 있었다(1940년대에 있어서 인도의 인구는 매년 500만 명이 증가하고 있었다). 간디는 이 문제로 정신적인 의상을 입혀 힌두교 성전(聖典)에서 적절한 글귀를 끄집어내어 종교적인 이유로 금욕을 주장했으나 그와 동시에 사태의 생물학적, 경제적 측면도 빠뜨리지는 않았다.

침묵의 1926년과 그 후에 자주 발표된 여러 가지 논설에서 간디는 피임(避姙)기구에는 단호히 반대했다. 피임기구의 사용은 서양의 악덕이라고 생각했기 때문이다. 그러나 산아제한은 반대하지 않고 항상 지지했다. 다만 그가 찬성하는 산아제한은 어디까지나 자제——육체의 충동을 억제하는 정신력에 의하는 것이라야 했다. "자제는 출산율을 통제하는 확실한 유일의 방법이다." 그 기율이 없으면 인간은 오히려 짐승보다도 못하다는 것이 그의 주장이었다. 그리고 "영구적인 혹은 장기적인 금욕은 결코 육체적으로나 정신적으로나 해가 없다."고도 말했다. 간디와 가장 친밀한 아쉬람의 동지들은 부라흐마차리야 즉 완전한 금욕을 실천했다. 간디는 일반 사람은 동물적인 정욕을 채우기 위해서가 아닌 생식이 목적인 경우에는 성행위를 해도 괜찮다고 말했으나 행위 자체를 위해서 성행위를 하는 것이 인간에게 필요하다고는 인정하지 않았다.

어떤 사람이 편지로 질문을 했다. "내 경우 유익한 금욕기간은 고작 3주간입니다. 그 기간이 끝날 무렵에는 몸이 무겁고, 몸이나 마음이 안정을 못 하며 기분이 울적합니다. 그러다가 보통 성교를 하거나 혹은 저절로 사정(射精)을 하면 평정으로 돌아갑니다. 기운이 빠지거나 마음이 들뜨거나 하지는 않고, 이튿날 아침에는 기분이 상쾌해져서 더욱 가볍게 일을 하게 됩니다.” 이와 비슷한 체험적 고백을 하는 사람이 적지 않았다.

간디는 자기 체험을 고려해서 대답했다. “그 활액(活液)을 보존하고 동화하는 능력을 터득하기 위해서는 상당히 오랜 훈련이 필요하다.’ 하지만 일단 그것을 터득한 사람은 심신이 강화된다. 활액은 ‘인간이라는 우수한 생물을 만들어내는 생명의 요소이거니와 그것을 올바르게 유지하지 않고서는 가장 고귀한 목적에 사용할 에네르기나 능력을 발휘하지 못한다.”

1935년 9월 14일자 〈하리잔〉 지에서 간디는 현실적으로 ‘인위적인 산아제한이 일정한 조건 밑에서는 정당화될 수 있다고 가정하더라도 그것을 광범하게 적용하는 것은 전혀 실제적이 아닌 것으로 생각된다.’ 고 쓰고 있다. 인도는 무척 가난하고 무지한 상태에 있기 때문에 피임기구에 의한 산아제한을 응용할 수 없다. 또 그렇기 때문에 가난하고 무지한 상태에 있다. 그래서 간디는 인구를 감소시키기 위한 다른 방법을 강조한 것이다. 피임기구의 사용은 생식에 대한 고려를 회피한 순전한 육욕의 과다를 초래하여 그 결과로 그러잖아도 여러 가지 원인 때문에 쇠약해 있는 사회가 더욱 쇠약해질 것이라고 걱정했다.

간디는 자기 아들들의 결혼을 되도록 늦추려고 노력했으며 공개적으로 유아혼제(幼兒婚制)를 공격한 안이 여러 번 있었다. ‘조혼(早婚)은 생명을 많이 산출하는 원천이며, 인구를 증가시킨다.’ 물론 그는 대지(大地)는 태어나는 모든 인간을 부양할 수 있는 생산력을 지니고 있었지만 사회현실에 대한 인식에 입각해서 인구제한의 필요성을 이해하고 있었던 것이다. 그는 C.F. 앤드루즈에게 보낸 글에서 이렇게 말하고 있다. ‘인도가 비참한 처지에서 벗어나지 못하고 있는 지금 만약, 자발적으로 생식을 성지하는 품위있는 방법이 발견된다면 나는 당장 실행하겠다.’ 결국 간디가 장려한 오직 하나의 방법은 ‘마음의 기율(紀律)'이었다. 의지가 견고하고 덕이 수련된 사람들에게는 부라흐마차리야를 권하고 일반 대중에게는 되도록이면 20대 중반까지 결혼을 늦추고(당시 인도에서는 조혼이었다) 그 후의 자제를 권했다. 아쉬람에서는 여자의 결혼 최저연령을 21세로 정해두고 있었다. 간디는 인간의 취약성을 알고 있었지만 또한 극기(克己)에 의한 자제의 가능성을 믿었다. 조미료를 사용하지 않은 식사, 단정한 의복, 노동, 산책, 체조, 건전한 독서, 기도, 건전한 영화(인도의 영화는 현재까지도 스크린에서 키스를 금하고 있다), 신앙 등이 근대생활의 긴장을 풀어 세상 사람들이 대개 별로 생각해보지도 않고서 부자연스럽다고 간주하는 성(性)의 자제를 가능하게 한다고 설명하여 이를 강조했다. 간디가 이 문제에 관해서 쓴 글은 발행부수가 많지 않은 〈영 인디아〉지와 구자라트 어(語)로 발행되는 〈나바지반〉지에 발표되었으며, 그의 다른 발언과 마찬가지로 인도의 거의 모든 신문에 다시 실려서 널리 보급되었다.

간디는 또 그 침묵의 해에 같은 계통의 문제, 즉 '아동 과부'의 문제에도 특별한 관심을 표시했다. 그가 인용한 1921년도 영국 공식 국세조사에 의하면 인도는 5세 이하의 과부가 11892명, 5세 이상 10세 이하의 과부 85037명, 10세 이상 15세 이하가 232147명, 16세 이하 329076명이었다.

간디는 아동 과부의 존재는 힌두교의 오점이라고 외쳤다. 부모가 어린 딸을 어린 사내아이나 때로는 노인과 결혼을 시켰다. 그래서 만약 남편이 어려서 일찍 죽거나 노령으로 사망하는 경우 과부가 된 그 어린 계집아이는 힌두 법(法) 상으로 평생동안 재혼을 못 했다. 간디는 이런 실정에 눈을 돌린 것이다. "내가 생각하기에 처녀 과부의 재혼은 바람직스러울 뿐 아니라 그런 과부가 된 딸의 부모는 재혼을 시키는 게 절대적인 의무이다." 그러한 과부들의 일부는 이미 처녀가 아니고 매춘부로 전락하고 있었다. 간디는 "예방책은 조혼을 방지하는 데 있다."고 주장했으며, 종래의 부도덕한 관습에 얽매여 아동 과부의 재혼

반대를 고집하는 완미(頑迷)한 힌두교도들에 대해서 "그 소녀들은 한 번도 결혼을 하지 않은 것으로 보아야 한다."고 반박했다. 어린이를 부모의 독단으로 결혼시키는 것은 신성한 의식이 아니고 오히려 모독행위이다. 정절은 성인의 사려에서 오는 자발적 행위라야 하며 부모나 사회적 인습이 강제하는 것이어서는 안 된다. 간디는 만인이 '사랑'을 알게 되기를 바랐으나 다만 성인으로 결혼을 한 사람은 과부나 홀아비나 이미 사랑을 체험했으므로 재혼을 해서는 안 된다고 말했다. 이 금지는 산아제한을 위한 또 하나의 방편이기도 했다.

그 휴식의 해에 간디는 소의 보호, 또다시 인종적 증오가 치열해진 남아프리카 거주 인도인을 옹호하는 일, 금주(禁酒) 그리고 세계평화 등 여러 가지 문제에 개혁적 정열이 솟아올랐다.

가끔 묘미있는 금언(金言)이 나왔다. "비밀은 어떤 것이나 다 진정한 민주주의 정신을 방해하는 것이다." 종교, 정치, 경제에서 '나의 것'이라는 이기성을 제거할 수 있다면, 우리는 참다운 자유를 갖게 되고 이 지상에 천국을 만들 수 있을 것이다." 등의 말을 했다. 그리고 가끔 종교적 탐구의 소여행(小旅行)을 했다. 하지만 신이나 형이상학에 관한 제목을 내걸어서 활자로 발표된 글은 드물었다. 그중에서 간디는 하나의 사색(思索)을 독자들에게 위임했다. 즉 그는 기도의 효과에 관한 하나의 논설에서 다음과 같이 쓰고 있다. "이성론자는 썩 훌륭하기는 하지만 이성론이 그 자신의 만능을 주장하는 경우에는 오히려 요사스러운 괴물이 된다. 이성의 만능을 인정하는 것은 막대기나 돌멩이를 신으로 섬기며 예배하는 것과 마찬가지로 그릇된 일종의 우상숭배이다. 나는 단순한 신앙에 의해서 무슨 일을 하지 않은 이성론자를 단 한 사람도 본 일이 없다. 하지만 우리는 누구나 다 우리 모두를 만들어낸 창조자에 대하여 어린이처럼 순진한 신앙을 가지고 다소나마 기율이 있는 인생을 살고 있는 무수한 사람들을 알고 있다. 그 신앙이 곧 기도이다. 내가 주장하는 것은 이성을 억압하자는 것이 아니고 우리 내부에 깃들어 있으면서 이성에 대해서도 그것을 인가(認可)하는 어떤 내적인 존재를 올바르게 인식해야 한다는 것이다."

간디는 언젠가 한 번 "사람은 논리만으로는 살 수 없으며 시(詩)도 필요하다."고 쓴 일이 있으며 때때로 감각적인 감수나 이성적인 마음의 작용을 벗어나 신앙 본능, 직관, 그리고 사랑의 중심지대를 찾아갔다. 그러나 간디는 거기에서 무슨 신비적인 탁선(託宣) 혹은 기타 정체 불명의 정신이나 육체의 시현(示現) 따위의 몽롱한 세계에 방황하는 일은 절대로 없었다. 그의 가장 가까운 한 문하생에 의하면 "간디는 초감각적 현상의 확실성을 배제하지는 않았으나 그것을 추구하는 일은 매우 강력히 반대했다."고 말하고 있다. 간디는 사람에 대해서나 사건에 대해서나 냉엄한 사실을 기준으로 해서 판단했으며, 남들에게도 이 성으로 자기를 판단하라고 요구했다. 신비적인 광채로 남에게 영향을 끼치려고 하는 일은 결코 없었다. 그의 자기 평가는 엄격하고 냉정 했으며, 그의 활동도 실제적이고 목표도 실제적인 성공에 두고 있었다. 간디는 뮤리엘 레스터라는 영국 여성에게 "나는 한 번도 신의 목소리를 들은 일도 없고 모습을 본 일도 없다. 그 밖에 무슨 방식의 감지를 한 경험도 없다."고 말한 적이 있다. 무슨 특별한 신비적 경험을 얻은 일이 없는 간디를 이끌어나간 것은 말하자면 신앙의 날개를 단 이성 이었다.

그 동안에 간디의 해외에서의 성가(聲價)도 높아져 갔다. 프랑스 작가 로망 롤랑은 간디를 열렬하게 예찬하는 책을 써서 발표했다. 간디는 특히 아메리카로부터 각 방면의 초청을 받았지만 응하지는 않았다. "이유는 간단합니다. 아메리카를 방문해야 할 필요가 그다지 충분하지 않기 때문입니다. 비폭력 운동이 정착했다는 점은 전혀 의심할 여지가 없이 확실합니다. 어쨌든 나는 그것이 최종적으로 성공하리라는 확신이 있습니다. 그러나 비폭력의 효험을 눈에 보이게 제시할 수는 없습니다. 그때까지는 국한된 이 인도의 연단에서 나의 주장을 계속해야 할 것 입니다."

신앙의 벗, 인인동맹(隣人同盟) 및 동서연방(東西連邦)을 대표하여 케리 부인과 랑게로스 부인이라는 두 아메리카 여성이 마하트마를 초청하기 위해 사바르마티 아쉬람에 왔다. 두 여성은 맨 먼저 물었다. "당신이 철도나 기선 그 밖에 스피드가 있는 자동차나 비행기를 반대하신다는 것이 정말입니까?"

간디는 수없이 받은 질문이었지만 역시 차분하게 "그렇기도 하고, 그렇지도 않습니다."라고 대답하면서 그의 저서 《인도의 자치》를 읽어보라고 했다. 그런 대화가 계속된 끝에 두 부인은 급히 기차를 타고 떠나야 했으므로 간디는 기계나 스피드에 대한 자기 태도를 잘 이해하지 못한 것이 아닌지 염려했다.

간디는 개인적으로도, 정치적으로도 전혀 서두르지 않고 1년간 조용히 있었다. 1926년도 정치의 지불유예기간(支拂猶予期間)을 마냥 즐기고 있는 것 같았다. 그 기간은 그의 육체에 휴양의 시간을 주고 그의 정신에는 산책의 기회를 주었다. 간디는 종전보다 더 많이 어린이들과 더불어 유희를 하고 아쉬람의 물레돌리기 경주에도 참가했다. 그런데 간디와 카스투르바이——아쉬람의 두 장로는 제일 연소한 참가자인 손녀딸에게 졌다. 이것이 발표되자 야단법석이 났다.

간디는 면도날처럼 예리한 변호사 라자고파라차리, 그의 비서이며 사도(使徒)인 마하데브 데사이, 자기보다 2세 아래이며 착한 사마리아인이라 불리던 찰리 앤두루즈 등을 여러 모로 훌륭하게 단련시켰다. 간디는 앤드루즈에 대해서는 "그는 나에게 있어 피를 나눈 형제보다도 더 가까운 사람이며 그에 대한 이상으로 깊은 애정을 타인에게 느낄 수 있을 것 같지 않다."고 말한 바 있다. 힌두교의 성자(聖者)는 앤드루즈 이상의 성자를 만나지 못했다. 또 크리스트교 선교사는 간디 이상의 참다운 크리스트교도를 만나지 못했다. 이 인도인과 영국인은 둘 다 참다운 사람이었다는 점에서 형제였다. 두 사람의 우애는 인종이나 국적을 초월한 것이었다. 앤드루즈는 영국과 인도를 가리켜 "두 나라는 나에게 있어 똑같이 정답"이라고 했으며 간디는 "인도에 봉사하기 위해서 영국이나 독일을 헐뜯고 싶은 생각은 없다."고 말했다.

또 1928년 12월 27일 카르카타에서 앤드루즈에게 보낸 편지에 "인도의 가장 진보적인 민족주의자는 서양이나 영국을 미워하는 사람들이 아니고 어떤 의미에서도 편협한 사람은 아닙니다. 오히려 그 반대로 민족주의를 가장한 국제주의자들입니다."고 말하고 있다.

민족주의자 사람들을 분열시키지 않는 곳에서는 종교──보편적인 가치의 이념은 세상 모든 사람을 형제로 할 수 있다.

⑨⑨ 마농 레스꼬	⑭⑩ 잠 못 이루는 밤을 위하여
⑩⑩ 젊은이여, 시를 이야기하자	⑭① 페스트
⑩① 피아노 명곡 해설	⑭② 크눌프
⑩② 관현악 · 협주곡 해설	⑭③⑭④ 빙점(Ⅰ Ⅱ)
⑩③ 교향곡 명곡 해설	⑭⑤ 페이터의 산문
⑩④ 바로크 명곡 해설	⑭⑥ 적극적 사고방식
⑩⑤ 혈의 누	⑭⑦ 신념의 마력
⑩⑥ 자유종 · 추월색	⑭⑧ 행복의 길
⑩⑦ 벙어리 삼룡이	⑭⑨ 카네기 처세술
⑩⑧ 동백꽃	⑮⑩ 한중록
⑩⑨ 메밀꽃 필 무렵	⑮① 구운몽
⑩⑩ 상록수	⑮② 양치는 언덕
⑪①⑪② 아들들(Ⅰ Ⅱ)	⑮③ 아들과 연인
⑪③ 감자 · 배따라기	⑮④⑮⑤ 에밀(Ⅰ Ⅱ)
⑪④ B사감과 러브레터	⑮⑥⑮⑦ 팡세(Ⅰ Ⅱ)
⑪⑤ 레디 메이드 인생	⑮⑧⑮⑨ 짜라투스트라는 이렇게 말했다(Ⅰ Ⅱ)
⑪⑥ 좁은문	⑯⑩ 광란자
⑪⑦ 운현궁의 봄	⑯① 행복한 죽음
⑪⑧ 카르멘	⑯② 김소월시선
⑪⑨ 군주론	⑯③ 윤동주시선
⑫⑩⑫① 제인 에어(Ⅰ Ⅱ)	⑯④ 한용운시선
⑫② 논어 이야기	⑯⑤ 英 · 美명시선
⑫③⑫④ 탁류(Ⅰ Ⅱ)	⑯⑥⑯⑦ 쇼펜하워 인생론
⑫⑤ 에반제린 이녹 아든	⑯⑧⑯⑨ 수상록
⑫⑥⑫⑦ 폭풍의 언덕(Ⅰ Ⅱ)	⑰⑩⑰① 철학이야기
⑫⑧ 내훈	⑰② ⑰③ 백경
⑫⑨ 명심보감과 동몽선습	⑰④⑰⑤ 개선문
⑬⑩ 난중일기	⑰⑥ 전원교향곡 · 배덕자
⑬① 대위의 딸	⑰⑦ 소나기(外)
⑬② 아버지와 아들	⑰⑧ 무녀도(外)
⑬③ 나의 라임오렌지나무	⑰⑨ 표본실의 청개구리(外)
⑬④ 갈매기의 꿈	⑱⑩ 사랑방 손님과 어머니(外)
⑬⑤⑬⑥ 젊은 그들(Ⅰ Ⅱ)	⑱① 순애보(上)
⑬⑦ 한국의 영혼	⑱② 순애보(下)
⑬⑧ 명상록	
⑬⑨ 마지막 수업	

판형 ∤ 4 · 6판 ✻ 면수 / 평균 256면

世界教養思想100選

~ 계속 간행합니다.

🅛 일신서적출판사　　121-110 서울시 마포구 신수동 177-3
TEL : 703-3001~6　　FAX : 703-3009

인도의 성웅 간디

초판·발행 1993년 8월 10일   값 10,000원

지은이 루이스 피처
옮긴이 민 병 산
펴낸이 남 용
펴낸데 一信書籍出版社

121-110 서울 마포구 신수동 177-3
등 록:1969. 9. 12. No. 10-70
전 화:703-3001~6
FAX:703-3009
대체구좌/012245-31-2133577

ISBN 89-366-1505-X   03890